한국의 현대시와 시론 연구

한국의 현대시와 시론 연구

김 지 연

도서출판 역락

| 저 | 자 | 소 | 개 |

김 지 연

1986 성심여자대학교 국어국문학과 졸업
1989 동 대학원 문학석사
1994 숙명여자대학교 대학원 국어국문학과 문학박사
1995~ 현재 가톨릭대학교 인문학부 국어국문학 전공 교수

저 서 『작가의 이상과 현실』(공저)
      『문예사조로 조명한 한국문학』(공저)
      『한국문학에 나타난 죽음』(공저) 외 논문 다수

한국의 현대시와 시론 연구

인 쇄 2006년 12월 1일
발 행 2006년 12월 11일
지은이 김지연
펴낸이 이대현
편 집 박소정
펴낸곳 도서출판 **역락**
      서울 성동구 성수2가 3동 301-80
      (주)지시코 별관 3층
      전화 3409-2058, 3409-2060
      FAX 3409-2059
      홈페이지 http://www.youkrack.com
      이메일 youkrack@hanmail.net
      등록 1999년 4월 19일 제303-2002-000014호

ISBN 89-5556-513-5-93810
정 가 18,000원

* 잘못된 책은 바꿔 드립니다.

책머리에 · · ·

시의 표현은 그 상상력으로 시의 내면에 이해의 영역을 벗어나는 어떤 심층을 갖게 한다. 그 심층이 시적 체험을 통해 왜곡되거나 굴절되는 과정을 거친 것일 경우 그 시적 진실은 더욱 극화된 감동을 수반할 수 있다. 우리 시와 시론을 탐구한 이 책은 이와 같은 정신과 체험을 담고 있다.

이 책은 한국 현대시의 여정을 작품론 중심으로 체계화하고, 현대시론의 특징과 쟁점들을 정리해보려는 일련의 연구들로서 총 3부로 구성되어 있다. 1부는 한국 현대시의 특성을 시정신과 표현성에 초점을 맞추어 우리 시의 보편성과 특수성의 양상을 조감한 글들이다. 김소월과 한용운, 이상화 등 1920년대의 주요 시인들의 작품과 임화, 김기림, 조지훈, 김규동, 고정희 시인의 작품을 집중적으로 고찰하였다. 2부는 한국의 현대시에서 시정신의 심도가 깊고 높은 품격을 지녔다고 생각되는 시편들 중에서 특히 아이러니 방법론에 의해 작품 분석을 수행한 글들이다. 황석우, 이상, 김수영, 함형수, 박두진 시인 등의 작품에 드러난 내적 갈등의 문제와 아이러니의 양상을 해석하였다. 3부는 시론과 시를 대비 분석하여 우리의 현대시론을 체계적으로 정리하기 위한 일련의 연구 중 일부이다. 정지용, 윤곤강, 전봉건, 신경림 시인의 시론과 시를 분석 고찰하였다.

격렬하고 심각한 체험을 통하여 한 시인이 변신하는 모습을 각 시기별로 구명하는 연구는 뜻있는 작업이다. 그러나 한편, 다양한 시적 체험 속에서 어떤 일관된 특성과 시의식의 줄기를 찾아 그 原質을 해명해보는 연구 또한 큰 의의를 지닐 수 있다. 우리 시와 시론을 연구한 이 책은 그 정신의 저류를 형성하는 原質 또는 究極의 세계를 천착하려고 하였다. 그 이유는 시적 상상력의 대전제가 인간 생명의 유한성과 삶의 고독, 실존적 고뇌를 초월하여 영원한 생성의 세계를 추구하는 정신의 순수성을 지향하고 있기 때문이다.

논문들을 정리하며 글을 쓰던 그때의 나와 만나면서 또다시 *浮動*하며 많은 혼란과 방황을 경험해야만 했다. 그러면서도 마치 '불멸의 연인'을 마음속에 감추고 있는 시인의 정신세계를 파헤치는 몽상의 시간을 가진 것처럼 나름대로 행복한 시간을 보내기도 했다. 사랑의 꿈에서 불멸을 얻을 수 있을까. 오늘도 숫된 몽상을 하고 있다. 부끄럽지만 용기 내어 책을 엮어 낸다. 내면으로 칩거하는 나의 성벽을 경계하고 나 자신에게 소외되는 아이러니까지 극복해야 하겠기에.

학문에의 길로 이끌어주신 여러 스승님들이 떠오른다. 이 책에는 그 선생님들의 가르침이 묻어 있다. 그리고 늘 *淸新*하게 나를 일깨우는 아름다운 친구 *慧潭*에게 고맙다. 끝으로 어려운 시기에 흔쾌히 출판을 해주신 역락의 이대현 사장님과 출판을 맡아 고생한 편집부 식구들에게 감사드린다.

2006년 10월

김 지 연

차 례

:: 제 2 부 ::

신경림의 시론과 시 / 335

찾아보기 / 357

한국의 현대시와
시론 연구

제1부

1920년대 한국 현대시 연구

1. 머리말

한국문학사에서 1920년대는 현대문학의 기점에 관한 문학사적 논의와 우리 문학의 근대적 자생성에 대한 비평적 견해가 일련의 쟁점으로 부각된 시기이다. 특히 1920년대의 시는 앞 시대의 정형적인 시형과 계몽적 성향을 지양하고 시 형태에 자율성을 부과하면서 자유로운 시상과 다양한 표현 기법을 구사하게 되어 이 점이 이 시기 시문학의 특성적 요체로 관심의 축을 이루게 되었다. 본 연구는 한국 현대시의 시사적 고찰을 작품론 중심으로 체계화하고자 하는 필자의 연구 계획의 한 부분으로서, 1920년대 한국 현대시의 특성과 문학사적 의의를 밝히는 데 목적을 둔다.

본 연구에서 1920년대의 시를 '현대시'로 지칭한 것은 1910년대 말의 문단적 정황과 더불어 3·1운동의 정신이 한국문학사에 현대적인 전환점이 된다고 판단했기 때문이다.[1] 다시 말하면 1910년대 중반 이후 『學之光』, 『泰西

---

1) 본 연구에서는 1920년대의 시를 현대시로 설정하여 논의를 진행하고자 한다. 1920년대의 시를 포괄하여 현대시의 바탕이 되었다고 본 것은 어떤 동인지나 유파, 시인 등을 중심으로 한 특색을 꼽아 현대시로 지칭하는 것이 1920년대의 시가 지니고 있는 현대시적 특성과 시정신의 심도를 다 아우르지 못한다고 판단하였기 때문이다.

文藝新報』 등의 잡지와 1920년대로 이어지는『創造』,『廢墟』,『白潮』 등 여러 동인지가 자유시의 실험 무대가 되었고, 3·1운동이라는 역사적 사건이 민족의 독립을 위한 당대의 사건으로 한정되는 것이 아니라 현재까지 한국의 현대문학에 있어서 민족문학을 성격 짓는 징표로 자리잡게 되었기 때문이다. 또한 한편으로 전통에 바탕을 둔 민족문학적 특성들이 1920년대부터 다양한 유형의 시들을 통하여 형상화되고 있기 때문이기도 하다.

　이 시기의 시를 체계적으로 총괄하기 위하여 본 연구는 1920년대의 특정 시인의 시세계를 중심으로 조명하기보다는 여러 시인들의 작품에서 드러나는 표현과 의미를 집중적으로 고찰하여 이를 유형화하고자 한다. 한국문학사에서 1920년대의 시에 관한 그간의 연구는 중세적인 시관의 해체와 자유시로의 갈래 정착 문제, 동인지·잡지·신문 등을 통한 발표 양식의 변화와 작가층의 확대 문제 등 문학 외적인 사회적 역사적 동인에 의해서 그 시사적 특징을 짚어 내거나, 동인지와 유파별로 그 성향을 재단하는 논의가 다수를 차지하고 있었다.2) 동인지나 유파를 중심으로 시사 체계를 정리하는 일은 문학사를 쓰기 위해 필요한 실증적 재원이 된다. 그러나 동인지별, 유파별로 그룹을 형성하고 있었던 시인군을 중심으로 고찰하는 작업은 한국 현대시에 자리잡고 있는 시의식과 표현성의 양상들을 총체적으로 고찰하는 데 배경적 연구라는 한계에 머문다. 본 연구가 시 작품론 중심으로 시사적 고찰을 도모하는 의도는 곧 이 한계를 벗어나고자 하는 데 있다. 한편 본 연구에

---

2) 1920년대의 한국 시사를 정리한 주요 논저는 다음과 같다.
　백 철, 『신문학사조사』, 민중서관, 1953 / 조연현, 『한국현대문학사』, 성문각, 1972 / 김윤식·김 현, 『한국문학사』, 민음사, 1973 / 정한모, 『한국현대시문학사』, 일지사, 1974 / 김용직, 『한국근대문학의 사적 이해』, 삼영사, 1977 / 김우창, 『궁핍한 시대의 시인』, 민음사, 1977 / 박철희, 『한국시사연구』, 일조각, 1980 / 조병춘, 『한국현대시사』, 집문당, 1980 / 신동욱, 『우리시의 역사적 연구』, 새문사, 1981 / 양왕용, 『한국근대시연구』, 삼영사, 1982 / 정한숙, 『현대한국문학사』, 고려대출판부, 1982 / 김용직 외, 『한국현대시사연구』, 일지사, 1983 / 김용직, 『한국근대시사』, 학연사, 1986 / 김재홍, 「한국현대시약사」, 이형기 외, 『한국문학개관』, 어문각, 1986 / 조동일, 『한국문학통사5』, 지식산업사, 1988 / 김윤식 외, 『한국현대문학사』, 현대문학, 1989 / 김재용 외, 『한국근대민족문학사』, 한길사, 1993 / 김학동, 『현대시인연구Ⅰ·Ⅱ』, 새문사, 1995 등.

서 북한의 문학사를 검토하여 이들 시에서 공통분모가 될 수 있는 사항을 비교 고찰하여 차후 민족문학사를 새로이 정립하는 데 필요한 근거로 삼고자 한다. 이 부분의 논급을 본 연구에서는 우선 각주로 처리하고 이에 관한 본론적 서술은 차후의 과제로 삼는다. 본 연구는 이러한 시각과 방법론을 연구의 근거로 삼아 1920년대의 한국 현대시를 그 시정신과 표현성에 초점을 맞추어 그 보편성과 특수성의 양상들을 조감해 보고자 한다.

2. 원형 회귀의 암울한 애매성 — 상징의 편린

1910년대에서 1920년대로 넘어오던 시기의 시 중에는 계몽적 교훈적 관념성에서 벗어나 자아의 슬픔과 불안, 초조, 탄식, 절망 등의 암울한 정조가 상징의 편린을 통하여 표출되는 양상이 나타난다. 1920년대의 시에 자주 나타나는 에로스적 충동, 과거에의 회귀와 같은 도피의 모티프 등은 슬픔·눈물·꿈·죽음 등을 경험하면서 겪게 되는 동일성의 상실의 표현인 동시에 동일성의 회복을 지향하는 낭만적 전략이라는 평설이 있다.[3] 이 견해는 암울한 시대 상황과 존재의 고뇌를 상징의 의장으로 형상화한 작품들을 해석하는 데 중요한 단서가 된다. 이들 상징의 내면이 지닌 암울한 애매성은 일종의 원형 회귀로 수렴된다. 이러한 시로는 주요한, 황석우, 박영희, 박종화, 홍사용, 이상화, 오상순 등의 작품을 들 수 있다. 이와 같은 시적 성향은 그 당시 이들이 프랑스 상징주의 시풍에 접하게 되고, 일제 강점을 겪어야 했던 암울한 현실이 맞물려 나타났던 현상으로 보인다.

주요한의 <불노리>는 한국문학사가 서술되면서 한국 최초의 근대시[4]라는 평가로 조명을 받게 되었는데, 이에 대한 부정적 재검토와 수정 작업은

---

3) 박철희, 「20년대 시의 좌절과 방향 모색」, 황패강 외, 앞의 책, 529~535면 참조.
4) 백　철, 앞의 책, 115면.
　조연현, 앞의 책, 69면.

여러 평자에 의해서 이루어진 바 있다.5) 그러나 <불노리>는 그와 같은 시사적 폄하와는 별도로 자유시의 정착 과정에서 그 이미지와 정서가 전적으로 새로운 모습을 보여주고 있다는, 보다 본격적 차원의 시사적 의미를 지닌다.

아아날이저믄다, 西便하늘에, 외로운江물우에, 스러져가는 분홍빗 놀……
아아 해가저믈면 해가저믈면, 날마다 살구나무 그늘에 혼자우는밤이 쏘오것마는, 오늘은四月이라패일날 큰길을물밀어가는 사람소리는 듯기만하여도 흥성시러운거슬 웨나만혼자 가슴에 눈물을 참을수업는고?

아아 춤을춘다, 춤을춘다, 싯벌건불덩이가, 춤을춘다. 잠잠한城門우에서 나려다보니, 물냄새 모랫냄새, 밤을째물고 하늘을째무는횃불이 그래도무어시不足하야 제몸까지 물고쓰들때, 혼차서어두운가슴품은 절믄사람은 過去의퍼런꿈을 찬江물우에 내여던지나, 無情한물결이 그기름자를 멈출리가이스랴? ─ 아아 썩거서 시둘지안는 쏫도업것마는, 가신님생각에 사라도죽은 이마음이야, 에라 모르겟다, 저불씰로 이가슴태와버릴가, 이서름살라버릴가 어제도 아픈발 끌면서 무덤에가보앗더니 겨울에는 말랏던꼿이 어느덧피엇더라마는 사랑의봄은 쏘다시 안도라오는가, 찰하리 속시언이 오늘밤이물속에…… 그러면 행여나 불상히 녀겨줄이나이슬가…… 할적에 퉁, 탕, 불씌를날니면서 튀여나는매화포, 펄덕精神을차리니 우구구 쩌드는구경꾼의소리가 저를비웃는듯, 꾸짓는듯. 아아 좀더强烈한熱情에살고십다, 저긔저횃불처럼 엉긔는煙氣, 숨맥히는불꽃의苦痛속에서라도 더욱쓰거운삶을살고십다고 쯧밧게 가슴두근거리는거슨 나의마음…….

四月달 다스한바람이 江을넘으면, 淸流壁, 모란봉노픈언덕우에, 허여혀케흐늑이는사람쎄, 바람이와서불적마다 불비체물든물결이 미친우슴을 우스니, 겁만흔물고기는 모래미테 드러백이고, 물결치는뱃슭에는 조름오

<hr>

5) <불노리>를 한국 자유시의 출발점으로 삼는 것은 모순인데, 그것은 1910년대 시단인 『學之光』, 『靑春』, 『泰西文藝新報』에 대한 검토를 통하여 김억과 황석우 등의 작품이 발표되면서 근대적 자아의 발견과 서정성, 시어의 미적 가치에 대한 자각 등이 이루어졌고, 주요한도 <불노리>에 앞서 <눈> 외의 자유시를 발표한 바 있기 때문이다.

는「니즘」의形像이 오락가락 — 얼린거리는기름자, 닐어나는우슴소리, 달아논등불미테서 목청썻길게쌔는 어린기생의노래, 쯧밧게情慾을잇그는 불구경도인제는겹고, 한잔한잔쏘한잔 쯧업슨술도 인제는실혀, 즈저분한 뱃미창에 맥업시누으면 까닭모르는눈물은 눈을데우며, 간단업슨장고소리에겨운男子들은 째째로 불니는慾心에 못견듸어 번득이는눈으로 뱃가에 쮜여나가면, 뒤에남은 죽어가는 촉불은 우그러진치마깃우에 조을째, 쯧잇는드시 찌걱거리는배젓게소리는 더욱 가슴을누른다……

아아 강물이웃는다, 웃는다, 怪샹한우슴이다, 차듸찬강물이 껌껌한하늘을보고 웃는우슴이다. 아아배가올라온다, 배가오른다, 바람이불격마다 슬프게슬프게 찌걱거리는배가오른다…….

저어라, 배를, 멀리서잠자는 綾羅島까지, 물살쌔른大洞江을 저어오르라. 거긔 너의愛人이 맨발로서서 기다리는언덕으로 곳추 너의뱃머리를돌니라. 물결쯔테서 니러나는 추운바람도 무어시리오, 怪異한우슴소리도 무어시리오, 사랑일흔靑年의 어두운가슴속도 너의게야무어시리오, 기름자업시는「발금」도이슬수업는거슬 —. 오오다만 네確實한오늘을 노치지말라. 오오사로라, 사로라! 오늘밤! 너의발간햇불을, 발간입셜을, 눈동자를, 쏘한너의발간눈물을…….

— <불노리> 전문6)

<불노리>는 산문적인 리듬이 자유분방한 감정과 어울리면서 실연한 시적 자아의 절망감이 불놀이의 흥분과 격정 속에 뒤엉키는 극적인 절정을 통하여 연소되고 있다. 이 작품은 반복과 부연의 수사로 일견 산만한 결함을 보이는 듯하나, 반복과 점층에 의한 내재재율의 가락으로 상징과 비유의 다층성을 보여주고 있다. <불노리>는 한 청년이 죽은 임 때문에 죽음에의 유혹을

6) 『創造』 창간호, 1919.2.
　　1920년대의 한국시를 고찰함에 있어 이 시기의 10년만을 한 단위로 분할한다면 다소 도식적인 작위성이 있을 것으로 생각된다. 1910년대 후반부터 자유시의 모습이 나타나는 정황을 고려해볼 때 <불노리>에 대한 작품론은 이 시기의 공간에서 다루어지는 것이 적절하다고 판단된다.

뿌리치지 못하고 고통을 맛보던 중 평양의 대동강에서 불놀이와 더불어 뱃놀이를 하다가 불이라는 매개체를 통하여 삶의 의미를 새롭게 자각하는 이야기를 지니고 있다. 표면상으로는 좌절과 슬픔, 고통의 감정에 지배되어 있는 것 같으나, 단순한 절망이나 자기 부정으로 떨어지지 않고 사랑을 불로 승화시킨다. 이 시에서 두드러지는 것은 '물'과 '불'로 상징되는 이미지이다. '「니즘」의形象'이 일어나는 외로운 강물을 바라보며 미친 웃음을 웃는 시적 자아의 눈물에서 표출되는 것처럼 '물'의 이미지는 죽음에의 유혹과 어둠, 슬픔 등을 상징한다. 이에 비해 '불' 이미지는 극한적인 절망의 상황에서 일탈하여 괴로움과 슬픔을 초극하는 정열을 상징한다. 그러므로 "기름자업시는 「발금」도이슬수업는거슬―. 오오다만 네確實한오늘을 노치지말라."라며 어둠과 자학에서 벗어나 생의 횃불을 밝히는 힘을 발견하게 되는 것이다.

황석우는 『廢墟』 창간호에 <夕陽은 꺼지다>, <碧毛의 猫>, <太陽의 沈沒> 등의 상징성이 짙은 작품을 발표하였다. <碧毛의 猫>에는 사막의 한가운데 누워 있는 푸른 털의 고양이라는 이질적인 소재를 통하여 부정적인 현실 인식과 존재론적 고뇌의 갈등 양상들이 시화되어 있다.

어느날내靈魂의
午睡場(낫잠터)되는
沙漠의우, 수풀그늘로서
碧毛(파란털)의
고양이가, 내고적한
마음을바라다보면서
   (이애, 네의
   왼갓懊惱, 運命을
   나의熱泉(끓는샘)갓흔
   愛에 살적삶아주마,
   만일, 네마음이
   우리들의 世界의

太陽이되기만하면,

基督이되기만하면).

－ <碧毛의 猫> 전문[7]

이 시에서 화자인 '나'의 영혼은 사변의 메마른 사막 속에서 빈사 상태에 있고, '碧毛의 고양이'는 풍만한 사랑의 숨결을 주체하지 못하고 있다. 이 고양이가 표면적으로는 '熱泉(끓는샘)갓흔 愛' 속에 오뇌와 운명을 잠기게 하는 관능의 상징으로 풀이될 수 있으나, 한편으로는 한 시인의 부정적인 세계 인식과 그 세계에 몸담고 있는 자아의 내면적 고뇌를 더욱 갈등으로 내몰아가는 대상으로 볼 수 있다. <碧毛의 猫>는 낮잠을 자는 곳이 평안하고 안락한 곳이라는 일반적인 상식을 반역한다. 낮잠터로 등장하는 사막은 영혼이 잠시라도 쉴 수 있는 곳이 되지 못한다. 그러므로 낮잠은 상식적인 잠의 의미가 아니라 화자가 처해 있는 현실의 상징적 의미로 해석할 수 있다. 이 시적 자아와 상대적인 위치에 있는 '고양이'는 '나'의 오뇌와 운명을 사랑으로 바꾸어 주는 대신 '우리들의 세계'의 태양과 기독처럼 절대적인 존재가 되어 달라는 제안을 한다. 이 고양이를 여성의 관능으로 상징화할 수도 있을 것이나, 이 시에서 고양이는 반드시 여성이 아니어도 좋다. 그것이 무엇이 되었든 오뇌와 운명을 잊게 해준다는 고양이의 제안은 대단한 유혹이다. 왜냐하면 '나'는 오뇌와 운명의 사막의 수렁에 빠져 헤어나지 못하고 있기 때문이다. 그러나 시적 자아는 갈등한다. 그 이유는 '고양이' 세계의 태양이 되고 기독이 되는 것이 '나' 자신이기를 포기하는 것이기 때문이다.

시인이 꿈꾸는 것은 분열된 자아의 합일이지, 자아의 소멸이 아니다. 이 시에서 고양이가 갈구하는 것은 영혼을 떠받칠 수 있는 지주이지만, 사실은 지적으로 완벽한 고독, 오뇌, 그리고 슬픈 운명을 떨쳐버릴 사랑과 정열의 행동을 불러일으키지 못하는 화자의 아이러니컬한 운명을 드러낸 것이 이 작품이 품고 있는 주제성이라고 하겠다.

---

7) 『廢墟』 창간호, 1920.7.

　박영희는『白潮』,『薔薇村』등의 동인으로 <微笑의 虛榮華市>, <꿈의 나라로>, <幽靈의 나라>, <月光으로 짠 病室> 등의 시에서 탐미적 낭만의 세계를 시화하면서 시작 활동을 출발하였다.

한숨과눈물과後悔와憤怒로
알는내마음의臨終이, 슺나려할째
내病室로는 어엽분, 세處女가들어오면서
— 당신의알는가슴우에우리의손을대이라고
달님이, 우리를보냇나이다. —

이째부터, 나의마음에감추어두엇든
히고힌사랑에, 피가무듬을알엇도다.

나는고마워서그處女들의이름을물을째
— 나는「슬픔」이라하나이다.
　나는「두려움」이라하나이다.
　나는「安逸」이라고부르나이다 —
그들의손은압흔내가슴우에고요히닷도다.

이째부터내마음이, 미치게된것이
슺없시고치지못하는炳이되엇도다.

— <月光으로 짠 病室> 4 · 5연8)

　<月光으로 짠 病室>은 제목에서 느껴지듯이 감상과 현실 도피의 몽환적 영탄이 펼쳐지고 있다. 이 시에서 드러나는 감상, 과장, 병적인 민감성 등의 수사는 슬픔, 두려움, 후회, 분노 등을 나타낸다. 공간의 배경도 '月光'이 비치는 어둠과 우울한 병실의 분위기가 주조를 이루고 있다. 시적 자아인 병자는 어둠 속에서 죽음의 세계로 다가가는데, 아름다운 세 처녀가 나타나 참회

---

8)『白潮』3호, 1923.9.

와 분노로 병들어 있는 화자의 감정을 뒤흔든다. 청년의 소박한 감수성이 감
상적으로 드러나 있는 이 시에는 거대한 세계에 내던져진 자아의 고뇌와 두
려움이 배어 있다.

> 어들수업나니 참을어들수업나니,
> 紛먹인 얇다란 조히하나로
> 온갓 醜穢를 가리운 이시절에
> 眞理의빗을 볼수업나니.
> 아! 돌아가자
> 살과, 혼,
> 薰香내 놉흔 幻想의꿈터를넘어서,
> 거룩한 骸骨의무리
> 말업시 것는
> 漆黑의하늘, 朱土의거리로돌아가자.
>
> — <死의 禮讚> 3연[9]

박종화의 <死의 禮讚>에서도 얇게 분을 바른 종이 한 장으로 온갖 추하
고 더러운 것을 가릴 수 있는 시대임을 말하는 화자는 진리의 빛을 찾아 해
골의 무리가 거룩하게 느껴지는 환상의 꿈터로 가자고 노래한다. 이처럼 거
짓된 현실의 부조리한 삶을 강렬하게 부정하는 화자는 현실에서 취할 수 없
는 진실을 환상 또는 몽환의 세계에서 구하려는 도피 심리를 보여준다.

> 나는 王이로소이다 나는 王이로소이다 어머니의 가장 어여쁜아들 나
> 는 王이로소이다 가장 가난한 농군의아들로서……
> 그러나 十王殿에서도 쫏기어난 눈물의王이로소이다.
>
> 「맨처음으로 내가 너에게 준것이 무엇이냐」 이러케 어머니쎄서 무르
> 시면은

---

9) 『白潮』 3호, 1923.9.

「맨처음으로 어머니께 바든것은 사랑이엇지오마는 그것은 눈물이더
이다」하겟나이다 다른것도만치오마는……
　「맨처음으로 네가 나에게 한말이 무엇이냐」이러케어머니께서 무르
시면은
　「맨처음으로 어머니께 들인말슴은 「젓주셔요」하는 그소리엇지오마는
그것은 「으아!」하는 울음이엇나이다」하겟나이다 다른말슴도 만치오마
는……

― <나는 王이로소이다> 1·2연10)

　홍사용의 <나는 王이로소이다>는 가난한 농군의 아들인 '나'와 어머니의
사랑의 문제가 드러나 있다. 어머니는 나에게 끊임없이 사랑을 주지만, 설움
의 땅에 사는 나는 '눈물의 王'이 될 수밖에 없다. 당대 민족의 슬픔이 '눈물
의 王'으로 상징화되면서 과장된 감정의 분출을 보이는 이 시는 민족의 역사
적 동일성을 잃어버린 사실과 그 비극적인 인식을 형상화하고 있다.

　「마돈나」언젠들안갈수잇스랴, 갈테면, 우리가가자, 쯔을려가지말고!
너는내말을밋는「마리아」― 내寢室이復活의洞窟임을네야알년만…….

　「마돈나」밤이주는꿈, 우리가얽는꿈, 사람이안고궁구는목숨의꿈이다르
지안흐니,
　아, 어린애가슴처럼歲月모르는나의寢室로가자, 아름답고오랜거기로.

　「마돈나」별들의웃음도흐려지려하고, 어둔밤물결도자자지려는도다,
　아, 안개가살아지기전으로, 네가와야지, 나의아씨여, 너를부른다.

― <나의 寢室로> 10~12연11)

　<나의 寢室로>는 이상화의 낭만적 상상력이 극한적으로 형상화된 유미주

---

10) 『白潮』3호, 1923.9.
11) 『白潮』3호, 1923.9.

의적 작품이다. 이 시에는 퇴폐와 관능의 모습으로 '마돈나'를 찾으며 침실로만 몰입하려는 화자의 혼돈한 몸부림이 나타난다. 화자는 마돈나와 함께 현실의 고통에서 벗어나 아름답고 오랜 곳인 침실로 도피하고 싶은 심정을 노래한다. 왜냐하면 그 침실은 부활의 동굴이며 나의 온갖 고통을 해소해 주는 상징적 공간이기 때문이다. 그러나 이 소망은 현실에서 이루어지지 않는다. 오직 아름답고 오랜 것은 彼岸에만 있기에 '나'는 '나의 아씨'를 데리고 침실로 도피하려는 안타깝고 초조한 꿈을 꾸고 있는 것이다. 이처럼 <나의 寢室로>는 화자가 탐미적인 사랑의 완성을 위하여 죽음의 세계일 수도 있는 침실로 달려가는 시적 체험을 형상화하고 있다.

> 흐름(流)우에
> 보곰자리(巢)친
> 오 ― 흐름우에
> 보곰자리친
> 나의魂……
>
> 바다업는곳에서
> 바다를戀慕하는남어지에
> 눈을감고마음속에
> 바다를그려보다
> 가만히안저서째를닐코 ―
>
> ―(중략)―
>
> 茫茫한푸른海原 ―
> 마음눈에펴서열리는째에
> 안개가튼바다의香氣
> 코에서리도다.
>
> ― <放浪의 마음> 1 · 2 · 5연[12)

오상순의 <放浪의 마음>에는 바다를 통하여 방랑을 노래하는 명상적 자세가 드러난다. 이 시에서 바다는 폐쇄에서 개방으로, 유한에서 무한으로, 속박에서 자유에로 등의 상징적 이미지로 해석된다. 마음의 '放浪'은 '茫茫한 푸른 海原'에서 일렁이고 있다. 무한한 공간에서 영원한 시간을 향유하며 무념무상의 선적인 체험의 세계를 浮動하는 역설적 인식이 비치는 것이다. 이 작품은 바다를 동경하는 방랑인의 선적 체험의 세계를 그린 것으로 파악된다. 동시에 이 시에서 화자는 현실에서 뿌리를 내리고 설 땅이 없는 유랑의 신세로도 비친다. 들 넘어 산 넘어 보일 듯 말 듯한 바다가 무한한 자유를 누릴 수 있는 상징적 동경의 세계가 되기 때문이다.

3. 情恨의 서정과 민요시의 정취

3·1 운동 이후 민족적 비애와 절망감이 심화되던 상황에서 민요의 율조에 情恨이 묻어나는 우리 가락 특유의 자유시들이 등장한다. 김억, 주요한, 김소월, 김동환 등의 민요시가 그것이다. 이들의 시는 뿌리 깊은 한국의 전통 운율을 재생하여 민요조의 서정시를 창출하였다. 민요의 가락으로 자연과 순수 서정을 우리 민족의 전통적 정서로써 형상화한 것이다.

김억은 한국 근대시 형성을 주도한 시인 중의 한 사람으로, 그가 『泰西文藝新報』 등에 발표한 상징주의 습작시 몇 편을 제외한 작품들과 그의 첫 시집 『해파리의 노래』(조선도서, 1923)에 수록된 시편들은 주요한의 자유시와 더불어 한국 현대시의 흐름에 획기적인 변화를 보여주었다. 그것은 이전의 육당 최남선과 춘원 이광수의 시에서 표출되었던 정형적 율격과 봉건의 비판, 계몽주의적 태도 등과는 다르게 자유시형에 내재율을 구사하면서 개인의 상실감과 애상을 표현한 것에서 드러난다.13)

---

12) 『東明』 18호, 1923.1.

밤이 도다
봄이다.

밤만도 애닯은데
봄만도 생각인데.

날은 쌔르다
봄은 간다.

깁흔생각은아득이는데
저 ─ 바람에 새가 슯히 운다.

검은내 쩌돈다
종소리 빗긴다.

말도업는 밤의설움
소리업는 봄의가슴.

쏫은 쩔어진다
님은 탄식한다.

─ <봄은 간다> 전문[14]

　　김억의 <봄은 간다>에는 주요한이 <불노리>에서 산문적 내재율로 상징
적 이미지를 시화하였던 현대시적 특성과는 또다른 양상이 새롭게 나타나고
있다. 한 연이 2행으로 이루어진 형태인 <봄은 간다>는 율격에 있어서도

---

13) 북한의 『조선문학개관』에서는 김 억을 최남선과 더불어 '부르죠아 계몽문학'으로 파악하
　　여 거론한다. 김억에 대하여는 프랑스 상징파, 인도의 타고르, 중국의 여류시인 등의 시
　　작품 번역과 민요풍의 서정시 창작을 통하여 자유시의 발생 발전에 기여한 점을 인정하
　　는 한편, 프랑스 상징파의 퇴폐적인 시에 심취했던 부정적 측면 또한 지적하고 있다(정홍
　　교·박종원, 『조선문학개관Ⅰ』, 인동, 1988, 335~338면 참조).
14) 『泰西文藝新報』 9호, 1918.11.

2·3·4의 자수가 변화 있게 사용되면서 간결한 분위기를 자아낸다. 이때 율격은 시조의 율격과 다르며, 신체시와도 다른 자유로운 형태로서 한문투가 배제된 단순한 이미지 처리를 통하여 봄이 가는 속도감을 효과적으로 전달하고 있다.

아직 봄을 맞을 준비가 되어 있지 않은 화자가 깊은 생각에 빠져 있는 동안, 냇물이 제대로 흐르지 못하고 떠돌아 흐르며 종소리가 울려 퍼지지 못하고 비껴 가버린다. 봄꽃이 떨어지는 봄밤의 끝에서, 화자는 봄의 생기를 느끼지도 못한 채 흘러가버리는 봄에 대한 애상을 느낀다. 이는 흘러가는 인생사의 한 단면을 보여준다고도 할 수 있다. 특히 "깁흔생각은아득이는데 / 저 ― 바람에 새가 슯히 운다."라는 표현은 화자의 思念과 새의 울음이 대비되면서 비껴가는 인생의 아이러니를 잘 보여준다.

봄에 느끼는 애상과 상실감, 아픔과 설움의 서정성은 전통 정서를 바탕으로 한 서정에 기초하고 있다. 김억은 그의 시론「詩形의 音律과 呼吸」에서 "詩라는 것은 刹那의 生命을 刹那에 늣기게 하는 藝術이라 하겟슴니다. 하기 때문에 그 刹那에 늣기는 衝動이 서로 사람마다 달를 줄은 짐작합니다만……"15)이라고 한 바 있다. 찰나의 생명을 찰나에 느끼는 충동이라고 이야기한 것은 시의 근본 정신인 낭만성과 창조성을 표현한 것이다. 그리고 그는 "詩는 詩人 自己의 主觀에 맛길 때 비로소 詩歌의 美와 音律이 생기지요."16)라는 말을 통하여 율격의 개성적 創意가 시의 중요한 미적 가치가 된다는 점을 표명한 바 있다. 그의 시는 이와 같은 과정을 거치면서 점점 더 민요풍의 서정시로 본격화되어 간다.

---

15) 김 억,「詩形의 音律과 呼吸」,『泰西文藝新報』14호, 1919.1.
16) 위의 글.

가다오다 길짜서
만난이라고
그저닛고그대로
옐줄아는가.

山에는靑靑
풀입사귀풀으고
海水는重重
힌거품 밀려돈다.

山새는죄죄
제興을노래하고
힌돗은雙雙
녯길을차저든다.

— <가다오다> 전문17)

<가다오다>에는 김억이 <봄은 간다>에서 詩作하였던 한국어의 미감과 개성적 율격이 잘 드러나고 있다. "山에는靑靑 / 풀입사귀풀으고 / 海水는重重 / 힌거품 밀려돈다. // 山새는죄죄 / 제興을노래하고 / 힌돗은雙雙 / 녯길을차저든다."라는 표현은 향토적 분위기의 연출과 함께 우리말의 독특한 운율을 이용하여 대구를 통한 개성적 리듬을 보이고 있다. 화자의 뒤로 산이 둘러 서 있고 앞으로 바다가 펼쳐져 있는 풍경은 한국의 산천 어디를 가든지 쉽게 볼 수 있다. 우리 산천의 아름다운 향토미를 '가다오다'라는 제목으로 시화한 것이다. 김억은 <無心>에서 "얄밉다 말을 할까 / 하니 그립고 / 그립다 생각하니 다시 그리워 / 生時랴 꿈에서랴 잊을 길 없어 / 억울한 이 心思에 내가 웁니다."라는 애수의 정한을 표현하였다.

김억의 민요시 개발과 그 순수의 세계는 김소월로 이어지면서 큰 흐름을 유지하게 된다.

---

17) 『朝鮮詩壇』 창간호, 1929.11.

잔듸,
잔듸,
금잔듸,
深深山川에 붓는불은
가신님 무덤까엣 금잔듸.
봄이 왓네, 봄빗치 왓네.
버드나무씃터도실가지에.
봄빗치 왓네, 봄날이 왓네,
深深山川에도 금잔듸에.

— <金잔듸> 전문[18]

접동
접동
아우래비접동

津頭江가람까에 살든누나는
津頭江압마을에
와서웁니다.

—(중략)—

아옵이나 남아되든 오랩동생을
죽어서도 못니저 참아못니저
夜三更 남다자는 밤이깁프면
이山 저山 올마가며 슬퍼웁니다

— <접동새> 1・2・5연[19]

김소월은 전통적 정서를 민요적 리듬으로 재구성하여 민중적 정감을 불러

---

18) 김소월, 『진달내꼿』, 매문사, 1925.
19) 위의 시집.

일으키는 데 성공하였다. 특히 김소월은 고전 시가와 민요, 설화 등에서 동기 부여된 소재를 향토적 색채와 전통적 정한의 세계로 고양시켰다. <金잔듸>는 민요 '도라지 타령'에서 그 제재를 구하여 재창조된 자유시이다. 표면상 이 시는 봄이 온 기쁨을 노래하고 있다. 그러나 심층적으로 들여다보면 버드나무 실가지에 움돋는 새싹이 봄볕과 함께 화사하면 할수록 '가신님'에 대한 그리움이 심화되어 사무치는 심정이 시화된 것이 <金잔듸>이다. <접동새> 또한 우리 주변에서 흔히 들어 왔던 옛날 이야기를 소재로 접동새에 얽힌 비극적인 정서를 불러일으킨다. 우리말을 변형시켜 '아우래비'라는 독특한 화음을 창출한 것도 아름다운 우리말을 리듬감 있게 처리하여 시적 효과를 더하고 있다.

> 먼훗날 당신이 차즈시면
> 그째에 내말이 「니젓노라」
>
> 당신이 속으로 나무리면
> 「뭇척그리다가 니젓노라」
>
> 그래도 당신이 나무리면
> 「밋기지안아서 니젓노라」
>
> 오늘도어제도 아니닛고
> 먼훗날 그째에 「니젓노라」
>
> — <먼後日> 전문[20]

> 山에는 꼿픠네
> 꼿치픠네
> 갈 봄 녀름업시
> 꼿치픠네

---

20) 위의 시집.

山에
山에
피는쏫츤
저만치 혼자서 픠여잇네

- <山有花> 1·2연[21]

<먼後日>은 '니젓노라'라는 직접 화법의 반복과 미래 가정 시제에 의해 영원히 잊을 수 없는 운명적 존재인 당신에 대한 사무치는 사랑이 심화되는 아이러니를 보여주고 있다. <山有花>에는 깊은 산 속에서 고독하게 피어 있는 꽃과 산이 좋아 산에서 사는 새의 모습이 서경적으로 묘사되어 있다. 그러나 그 이면에는 세속을 벗어나 허세도 없이 그저 조촐한 세계인 자연과 동화되려는 김소월의 내면적 비상이 형상화되어 있다. 김소월의 시에서 볼 수 있는 전통 정서와 민요의 정감은 그 감상적 태도로 인하여 비판의 대상이 될 수도 있다. 그러나 김소월이 정한의 정서를 우리의 가락으로 계승하여 민족의 공감을 획득한 것은 한국 현대시의 전통지향성의 한 틀을 군건히 했다는 점에서 큰 의의를 지닌다고 하겠다.[22]

---

21) 위의 시집.
22) 연변 문학사에서 김소월은 현실의 암담한 일면을 비극적으로 체험한 비판적 사실주의 시인이지만, 무산계급 시인으로는 발전하지 못했다고 평가된다. 이 문학사에서는 <바라건대는 우리에게우리의 보섭대일쌍이 잇섯더면>, <招魂>, <山有花>, <접동새> 등을 일제의 조선 강점에 압박 착취당하는 비극상이 노래되어 조국애가 발휘된 작품이라고 보았다. 그리고 민요풍 서정시는 조선 민족의 민족적 특색을 가진 예술적 형상이며 그 서정적 주인공은 민족적 성격이 농후하여 짙은 향토색으로 일제 식민제도를 폭로 비판하면서 애국심과 민족성을 고취시켰다고 평가하였다(박충록, 『한국 민중문학사』, 열사람, 1988, 246~251면 참조). 북한 문학사에서도 김소월을 비판적 사실주의 시인으로 높이 평가하였다. 특히 <招魂>은 인민들의 민족적 비애와 울분을 노래한 작품으로 높이 평가하고 있다(정홍교·박종원, 앞의 책, 359~362면 참조). 이러한 사실을 토대로 할 때 남한과 북한의 문학사에서 김소월은 민요조의 서정시를 통하여 민족적 정감을 드러내어 대중적 공감을 불러일으켰다는 점에 합치된다. 이 점은 남북한 통일 문학사의 시각으로 볼 때 열려 있는 부분이다.

4. 淸澄한 이미지즘의 실험

1920년대의 시단에는 감각적인 시어를 淸澄한 심상으로 표현하여 현대적 감수성의 세련미를 드러낸 일군의 시들이 있다. 남궁 벽의 <별의 아픔>, 이장희의 <봄은 고양이로다>, 정지용의 <카폐 쯔란스> 등이 그것이다. 이 시들은 당시 동인이나 유파 중심의 일반적인 활동과 무관한 작품이라는 특성을 갖는다. 한국문학사에서 이들 작품들과 유사한 경향이 대거 등장하는 시기는 당대가 아닌 1930년대의 모더니즘 시풍이 형성된 때이다. 이러한 사실은 1920년대의 시적 경향을 초기의 감상적 낭만주의, 중기의 카프로 대변되는 프로시 등으로 일반화할 수 없는 특성을 보여준다. 이들의 시에서 보이는 선험적 이미지즘의 성향은 습작의 수준으로 폄하할 수 없는 신선한 이미지와 문명사회의 한 단면을 드러내고 있다.

> 님이시여, 나의님이시여, 당신은,
> 어린兒孩가 딩구를째에,
> 感應的으로 깜짝놀라신일이 업스심니가.
>
> 님이시여, 나의님이시여, 당신은,
> 世上사람들이,
> 地上의곳을 비트러썩글째에,
> 天上의별(星)들이 아파한다고는 생각지안으심니가.
>
> — <별의 아픔> 전문[23]

남궁 벽의 <별의 아픔>은 作詩의 관계 설정에 있어서 성공적인 면모를 보여준다. 1920년대 초기의 시에서 보이던 감상적 낭만성과는 달리 우주 만상의 교감과 인간 생명의 근본을 인식하려는 체험을 담았기 때문이다. 1연에

---

23) 『新生活』 8호, 1922.8.

서는 아이를 마주하여 본능 또는 현상에 의해 느끼는 놀람이 표현되고 있는데, 이것은 현실적 이해의 관계가 아닌 개인의 이타적 세계의 체험을 이야기한 것이다. 2연에서는 별들과 꽃들의 조응을 통해 아픔을 노래하고 있는데, 꽃을 꺾을 때 별들이 아파한다는 것은 인간이 가진 심성의 본원과 인식을 표현한 것이다. 이처럼 <별의 아픔>에는 자연과 인생의 관계를 조응하여 우주와 생명의 교감이라는 단면이 형상화되어 있다.

> 곳가루와가티 부드러운 고양이의털에
> 고흔봄의 香氣가 어리우도다.
>
> 금방울과가티 호동그란 고양이의눈에
> 밋친봄의 불길이 흐르도다.
>
> 고요히 다물은 고양이의입술에
> 폭은한 봄졸음이 써돌아라.
>
> 날카롭게 쭉써든 고양이의수염에
> 푸른봄의 生氣가 쒸놀아라.
>
> — <봄은 고양이로다> 전문[24]

이장희의 <봄은 고양이로다>는 감상적 낭만적 태도를 억제하고 감각적인 언어의 냉정한 조탁으로 이미지의 제시를 꾀하고 있다. 봄을 고양이라고 본 이미지 제시 자체가 매우 이질적인 것으로 다가온다. 흔히 봄의 이미지는 꽃이나 새 등의 식물 심상으로 제시되고 <봄은 간다>에서 보았던 것처럼 눈물과 슬픔을 동반하는 경우가 일반적이었다. 그런데 이 시는 봄의 생기가 약동하는 것을 고양이의 형상을 통해 즉물적으로 담아내어 신선감을 던져준다. 고양이의 털에 어리는 향기, 눈에 흐르는 불길, 입술에 떠도는 죽음, 수염에

---

24) 『金星』 3호, 1924.5.

뛰노는 생기 등의 공감각적 표현은 졸음에 겨운 고양이를 통하여 봄의 생명
감을 첨예하게 이미지화한 것이다. <봄은 고양이로다>에는 인생과 사회에
대한 고통의 체험이나 인식이 전혀 들어 있지 않다. 오로지 봄의 향기에 취
해 졸고 있는 고양이의 수염 끝에서 봄이 주는 부드러운 충격을 날카롭게
묘사해 놓고 있다. 감정을 억제한 이 날카로운 표현력과 형상을 붙든 감각적
이미지 처리는 1920년대에 이미지즘의 한 前兆와 개성을 보여준다.

옮겨다 심은 棕櫚나무 밑에
빗두루 슨 장명등,
카페 프란스에 가쟈.

이놈은 루바쉬카
또 한놈은 보헤미안 넥타이
뻣적 마른 놈이 앞장을 섰다.

밤비는 뱀눈 처럼 가는데
페이브멘트에 흐늙이는 불빛
카페 프란스에 가쟈.

이 놈의 머리는 빗두른 능금
또 한놈의 心臟은 벌레 먹은 薔薇
제비 처럼 젖은 놈이 뛰여 간다.

『오오 패롵(鸚鵡) 서방! 꾿 이브닝!』

『꾿 이브닝!』(이 친구 어떠하시오?)

鬱金香 아가씨는 이밤에도
更紗 커-틴 밑에서 조시는구료!

나는 子爵의 아들도 아모것도 아니란다.
남달리 손이 히여서 슬프구나!

나는 나라도 집도 없단다
大理石 테이블에 닷는 내뺌이 슬프구나!

― <카뻬 쯔란스> 1~9연[25]

정지용의 <카뻬 쯔란스>는 예리한 감각과 이미지를 형상화하면서도 그것이 언어 유희에 머물지 않는 심각한 사회성을 함축하고 있다. 이 시에는 '카뻬 쯔란스, 루바쉬카, 넥타이, 보헤미안, 페이브멘트, 커튼, 패롵, 자작, 대리석' 등 서구적인 용어가 새롭게 등장한다. 이식된 종려나무 밑에 비뚤게 서 있는 장명등이 장식된 '쯔란스'라는 카페는 이국 취미를 느끼게 하지만, 이 역시 적국의 수도에 와서 유학을 하고 있는 화자와 같이 모순적 존재라는 점에서 공감을 불러일으킨다. '루바쉬카', '보헤미안 넥타이'는 당시 사회주의 사상에 경도되어 있었던 진보적 지식 청년들의 풍모를 나타낸다. '밤비는 뱀눈처럼 가는데'라는 이미지 처리는 감시의 눈초리가 날카로운 뱀눈과 같았던 강박적인 시대 상황을 보여주기도 한다. 그래서 청년들은 '빗두른 능금' 또는 '벌레 먹은 薔薇'처럼 절망적인 심정으로 술집 프란스에 가는 것이다. 앞 부분이 술집에 가기 전 청년들의 존재의 고뇌를 감각적으로 묘사한 것이라면, 뒷 부분은 술집 안에서 벌어지는 청년들의 작태가 펼쳐지고 있다. 화려하게 장식된 술집에 자주 드나들면서 "남달리 손이 히여서 슬프구나!"라는 탄식을 늘어놓을 뿐이다. 이것은 김기진의 <白手의 嘆息>을 연상하게도 하는 아이러니를 표출하고 있다. 결국 이 시는 "나는 나라도 집도 없단다"라고 망국민의 비애와 울분을 터뜨리며 자조적인 탄식으로 끝난다.

<카뻬 쯔란스>는 정지용의 첫 발표작으로, 낯설고 이국적인 근대 사회를 경험하는 화자의 모순적 존재감과 그가 처해 있는 강박적인 시대 상황이 잘

---

25) 『學潮』 창간호, 1926.6.

표출되어 있다. 이 시에서 보이는 이미지즘의 기법은 단순한 이미지 제시로 그치는 것이 아니라 시적 자아의 내면 공간에서의 상실감과 사회적 인식을 잘 그려내고 있는 것이다. 정지용의 <琉璃窓 1>, <바다 1>, <말 2> 등의 작품에도 공감각적인 비유와 새로운 이미지가 제시되고 있다. 이러한 면은 1920년대의 우리 시가 淸澄한 심상을 통해 재기 발랄한 이미지즘의 실험을 선험적으로 벌이고 있었던 단면을 드러낸 것이라고 볼 수 있다.

5. 프로시의 목청과 저항의 실상

한국의 경향시26)가 형성 전개되기 시작한 것은 1920년대 초두부터이다. 3·1 운동 이후에 일제 강점에 대한 민족의 좌절 심화되면서 사회주의 사상이 유입되었다. 프로시 형성의 계기를 이룬 문학 집단은 焰群社(1922)와 PASKYULA (1923)이다.

PASKYULA 동인 중에서 주목할 만한 시인은 김기진, 박영희, 김형원 등이다. 박영희는 카프의 핵심 인사로 활동하게 되면서 시보다는 비평 활동에 주력하게 되었다. 김기진은 『白潮』에 반항적인 울분을 토로하는 신경향파의 색채를 띤 작품을 발표하기 시작하였다. <한 개의 불빗>27)에서 그는 "―계집과 씨안고情死한사내 / ―눈보라치는어느날밤에 빠져어죽은불상한거지, / ―主人에게쫓기어난젊은이, 그러구는 스트라익크가禍가되어서 집업시된사람들의눈물, / ―主權者에게反抗한勇士의부르지즘, / ―그러구는나가튼밥벌러지의 古今을생각하고내뱃는한숨―" 등의 표현을 통하여 감상적인 색채를 띠면서도 현실의 불행과 고통, 비참함의 단면들을 저항적인 목소리로 드러내고 있다.

---

26) 본 연구에서 '경향시'는 '프로시'와 같은 맥락에서 현실의 모순을 타파하고 사회를 변혁하는 구심점으로서 사회주의 이데올로기라는 계급의식을 바닥에 깔고 작품을 발표한 시인들의 시를 가리킨다.
27) 『白潮』 3호, 1923.9.

카페椅子에걸터안저서
희고흰팔을뽐내여가며
우·나로-드!라고 써들고잇는
六十年前의露西亞靑年이눈압헤잇다·········

Cafe Chair Revolutionist,
너희들의손이너머도희고나!

－(중략)－

아아 六十年前의넷날,
露西亞靑年의「白手의嘆息」은
味覺을죽이고서네려가서고자하든
全力을다하든 全力을다하든嘆息이엿다

Ah! Cafe Chair Revolutionist,
너희들의손이너머도희여!

－ <白手의 嘆息> 1・4연[28]

김기진의 <白手의 嘆息>은 계급 투쟁의 전면에 앞장서서 활동해야 하는 지식 청년들이 공허한 논리만을 일삼고 있는 흰 손의 아이러니를 풍자한 작품이다. 이 시에는 '白手'인 청년들이 삶의 현장과는 정 반대인 카페 의자에 걸터앉아 소극적 태도로 공리공론만을 떠들어대며 흰 팔을 뽐내고 있는 모습들이 표현되어 있다. 러시아의 인텔리겐차가 일으킨 브나로드 운동의 슬로건인 "우·나로-드!"라고 외치고 있지만 농촌 계몽과 사회 개혁 운동에 참다운 주체가 되지 못하는 귀족과 같은 청년들이 풍자되고 있는 것이다. 말로만 혁명을 떠드는 헛된 탄식만이 반복되는 일상 속에서 그들은 농민들에게는 사치스럽기만 한 味覺을 찾고 있다. 이러한 탄식의 원인은 외부적인 통제

---

28) 『開闢』 제48호, 1924.6.

와 탄압으로부터 오는 것이 아니라 그들 자신의 무력함에 있는 것이다. "너
희들의손이너머도희여!"라는 표현은 입으로만 민중 운동을 외치는 인텔리의
소극적이고 나약한 태도를 풍자하는 결정적인 아이러니이다. 김기진의 <白
手의 嘆息>은 프로시의 단점으로 지적되는 관념적 경직성, 이데올로기에의
편향성 등이 잘 걸러지면서 실제 행동을 수반하지 않은 채 탄식만 일삼는
지식인들의 일면을 아이러니의 반복에 의한 의미의 심화를 보여주고 있다.
석송 김형원의 <숨쉬이는 木乃伊>에서도 '木乃伊'라는 상징어가 암시하듯이
시대가 주는 암담함과 본성으로 살 수 없는 사회의 제약이 그려지고 있다.
숨을 쉬고 있지만 생명력이 상실된 미라와 같은 인간 존재의 모습이 아이러
니컬하게 제시되어 있는 것이다.

　1925년 염군사와 PASKYULA를 형식상 통합하여 KAPF가 결성되면서 한
국의 경향시는 자연발생적인 계급 문학운동을 지양 극복하고, 목적의식론에
입각한 문학 운동을 시도하였다.[29] 1920년대 말부터 KAPF에서 주도권을 잡
고 활동한 임화는 <曇-1927>, <네街里의 順伊>, <우리 옵바와 *火爐*>, <어
머니>, <雨傘밧은 요꼬하마의 埠頭> 등의 시를 발표하였다. 그의 시에 있어
서 가장 쟁점이 된 작품은 김기진이 '단편서사시'라고 명명했던 <우리 옵바
와 *火爐*>이다.

　　　　사랑하는 우리옵빠 어적게 그만그럿케 위하시든옵바의거북紋이 질火
　　爐가 깨여졌서요
　　　　언제나 옵바가 우리들의 '피오니르' 조그만 旗手라부르는 永男이가
　　　　地球에해가비친 하로의모-든時間을 담배의毒氣속에다
　　　　어린몸을잠그고 사온 그거북紋이 火爐가 깨여졌서요

29) 북한 문학사에서는 1920년대 전반기의 문학에서 '프롤레타리아 문학'을 핵심적인 것으로
　　보고, 김창술, 박세영, 박팔양, 유완희, 이상화 등을 대표적 시인으로 들고 있다. 1926년
　　이후부터는 당대 문학의 최정점에 항일 혁명 문학을 핵으로 놓고, 대체로 김창술, 유완
　　희, 박세영, 권 환, 박아지, 이 찬, 송순일, 안용만, 박팔양 등의 시인들을 공통적으로 다
　　루고 있다. 이들은 카프의 맹원이었거나 그 주변에서 카프의 활동에 찬동한 시인들이다
　　(사회과학원 문학연구소, 『조선문학통사』, 인동, 1988, 71~89면 참조).

그리하야 지금은 火적가락만이 불상한 永男이하구 저하구처럼
똑 우리사랑하는 옵바를일흔 男妹와갓치 외롭게壁에가 나란히걸렸어요

옵바……
저는요 저는요 잘알엇어요
왜― 그날 옵바가 우리두동생을떠나 그리로드러가신그날밤에
연겁허 말는卷煙을세개식이나 피우고게섯는지
저는요 잘아럿세요 옵바
언제나 철업는제가 옵바가 工場에서 도라와서 고단한저녁을 잡수실때
옵바몸에서 新聞紙냄새가 난다고하면
옵바는 파란얼골에 피곤한우슴을 우스시며 ……네 몸에선 누에똥냄
새가 나지안니―하시든世上에偉大하고 勇敢한우리옵바가 왜그날만
말한마디업시 담배煙氣로 房속을미워버리시는 우리 우리 용감한옵바
의 마음을 저는 잘알엇세요
天井을向하야 기여올라가든 외줄기담배연기속에서옵바의鋼鐵가슴속
에 백힌 偉大한決定과聖스러운覺悟를 저는 分明히보앗세요
그리하야 제가永男이에 버선한아도 채못기웠을동안에
門지방을때리는쇠ㅅ소리 바루르밟는거치른구두소리와함께― 가버리
지안으셧어요
그러면서도 사랑하는우리偉大한옵바는 불상한저의男妹근심을 담배煙
氣에싸두고 가지안으셧어요
옵바― 그래서 저도 永男이도
옵바와 또가장위대한용감한 옵바친고들의 이야기가 세상을 뒤줍을때
저는 複絲機를떠나서 百장의─錢짜리 封筒에 손톱을뚜러뜨리고
永男이도 담배냄새구령을내쫓겨 封筒꽁문이를뭄니다
只今― 萬國地圖갓흔 누덕이밋헤서 코를고을고잇습니다

옵바― 그러나 염려는마세요
저는 勇敢한이나라靑年인 우리옵바와 핏줄갓치한 계집애이고
永男이도 옵바도 늘 칭찬하든 쇠갓흔 거북紋이火爐를 사온 동생이 아
니에요

그리로 참 옵바 악가 그젊은남어지옵바의친구들이왓다갓습니다
눈물나는 우리옵바동모의消息을 傳해주고갓세요
사랑스런용감한靑年들이엇습니다
世上에 가장偉大한 靑年들이엇습니다
火爐는 깨어져도 火적갈은 旗ㅅ대처럼 남지안엇세요
우리옵바는 가섯서도 貴여운 '피오니르' 永男이가잇고
그러고 모-든 어린 '피오니르'의 따뜻한 누이품 제가슴이 아즉도 더웁
습니다

그리고 옵바……
저뿐이 사랑하는옵바를일코 永男이뿐이굿세인兄님을 보낸것이겟습니가
슬지도 안코 외롭지도 안습니다
세상에 고마운靑年 옵바의無限한偉大한 친구가잇고 옵바와 兄님을 일
흔 數업는계집아희와동생 저희들의 貴한동모가잇습니다

그리하야 그다음일은 只今심심한 憤한事件을안고잇는 우리동무손에
서 싸워질것입니다

옵바 오늘밤을새여二萬장을붓치면 사흘뒤엔 새솜옷이 옵바의떨니는
몸에 입혀질것입니다.
이럿케 世上의 누이동생과아오는 健康히 오늘날마다를 싸홈에서 보냅
니다

永男이는 엿해잡니다 밤이느젓세요─누이동생
─ <우리 옵바와 火爐> 전문30)

이 시의 주인공은 인쇄공장 노동자로 노조 운동을 하는 오빠가 경찰에 잡
혀 가고, 연초 공장에 다니는 남동생 영남이와 함께 춥고 어려운 극한적 처
지를 근근히 견뎌 나가야 하는 여직공 '순이'이다. 제목에서 보이듯이 화자

---

30) 『朝鮮之光』 83호, 1929.2.

는 오빠와 화로를 하나의 상징으로 연결시키면서 거북무늬 화로가 깨어졌다
는 것으로 오빠와 주변 상황을 설정하고 있다. 시가 지녀야 하는 함축의 묘
미라든가 시어와 운율의 탄력성, 계급 투쟁의 사상성 등이 살아 움직이는 면
을 발견하기 힘들다. <우리 옵바와 火爐>는 시의 소재로 도입된 사건 때문
에 단편서사시로 불리기도 했으나,31) 이 시는 우리 민족의 운명적 사건을 다
룬 것으로 볼 수 없고 발라드적 근원성을 발견하기 어렵다. 시어가 설명적이
고 관념적이며 항일 투쟁과 프롤레타리아 혁명 운동의 함축성 있는 묘사도
구체화되어 있지 않다. 오히려 경직된 구호시 또는 이념적 투쟁시로서의 면
모보다는 거북무늬가 깨어졌지만 화젓가락과 그 불씨가 아직 남아 있으니
순이와 영남이의 가녀린 손으로 불씨를 지키겠다는 낭만적 태도가 이 시를
읽히게 만든다. 즉, 화자인 여성이 빈궁한 현실의 암담함을 하소연하듯이 감
상적으로 시화하고 있는 것이 이 시의 호소력을 높이고 있는 것이다. 임화는
<우리 옵바와 火爐> 외에 <네街里의 順伊>, <雨傘밧은 요꼬하마의 埠頭>
에서도 ‘네街里’와 ‘雨傘’ 등이 상징성을 획득하면서 생경한 구호나 선전선
동성에만 빠지지 않는 면모를 보여주고 있다.

6. ‘님’의 상징성과 역설의 심층

한용운은 그의 시적 상상력과 시세계가 지극히 개성적이면서 深遠 高雅하
여 이 시인의 시작품만으로도 한 시대의 시사적 의의가 높이 평가될 만하다.
한용운의 『님의 沈默』에 나타나는 ‘님’의 상징적 의미는 형이상학적 다양성

---

31) 김기진은 이 시의 사건이 현실적 실재적이며 오빠를 부르는 누이동생의 감정이 객관적
　　구체적으로 묘사되었고, 생생한 소설적 사건을 통일된 정서로 전파하고 있기 때문에 단
　　편서사시라고 평가하였다(김기진, 「短篇敍事詩의 길로」, 『朝鮮文藝』 창간호, 1929.5 참조).
　　이러한 김기진의 평가는 객관적으로 납득이 될 만한 합리적 근거를 뒷받침하지 못하고
　　있다. 그리고 프로시의 대중화를 위하여 단편서사시가 필요하다고 역설한 것도 당대의
　　시단에서는 스쳐 지나가는 해프닝으로 끝나고 말았다.

과 신비적 색조를 띠고 있으며, 한용운은 명상적이요 철학적인 久遠에 대한 시상을 노래[32]하였다고 높이 평가되어 왔다. 그런데 이러한 평가는 그가 승려 시인이고 불교의 空 사상을 역설적으로 시화하였다는 관점에서 이루어진 것이다. 물론 한용운에 대한 시사적 의의와 작품의 특성을 이해하기 위해서는 그가 실천적인 불교사상가라든가 독립운동가라는 면모를 함께 고찰할 필요가 있다. 그러나 이를 바탕으로 한용운 시 이해에 집착하다 보면 불교적 모티프와 변증법, 시대 사회에 대한 저항성 등에 치우쳐 시작품 자체가 가지고 있는 상징적 포괄성을 놓칠 수 있다. 이 점에서 그의 시 전편에 등장하는 '님'의 상징성과 시적 상상력에 대한 해명이 필요하다.

> 바람도업는공중에 垂直의波紋을내이며 고요히쩌러지는 오동닙은 누구의발자최임닛가
> 지리한장마끗헤 서풍에몰녀가는 무서은검은구름의 터진틈으로 언뜻언뜻보이는 푸른하늘은 누구의얼골임닛가
> 꼿도업는 깁흔나무에 푸른이끼를거처서 옛塔위의 고요한하늘을 슬치는 알ㅅ수업는향긔는 누구의입김임닛가
> 근원은 알지도못할곳에서나서 돍색리를울니고 가늘게흐르는 적은시내는 구븨구븨 누구의노래임닛가
> 련꼿가튼발꿈치로 갓이업는바다를밟고 옥가튼손으로 꼿업는하늘을만지면서 쩌러지는날을 곱게단장하는 저녁놀은 누구의詩임닛가
> 타고남은재가 다시기름이됨니다 그칠줄을모르고타는 나의가슴은 누구의밤을 지키는 약한등ㅅ불임닛가
>
> — <알ㅅ수업서요> 전문[33]

> 秘密임닛가 秘密이라니요 나에게 무슨秘密 이잇것슴닛가
> 나는 당신에게대하야 秘密을지키랴고 하얏슴니다마는 秘密은 야속히도 지켜지지 아니하얏슴니다

---

32) 백 철, 앞의 책, 339면 참조.
33) 한용운, 『님의 沈默』, 회동서관, 1926.

> 나의 秘密은 눈물을것처서 당신의視覺으로 드러갓슴니다
> 나의秘密은 한숨을것처서 당신의聽覺으로 드러갓슴니다
> 나의秘密은 썰니는가슴을것처서 당신의觸覺으로 드러갓슴니다
> 그밧긔秘密은 한쏘각붉은마음이 되야서 당신의꿈으로 드러갓슴니다
> 그러고 마즈막秘密은 하나잇슴니다 그러나 그秘密은 소리업는 매아리
> 와 가터서 表現할수가 업슴니다
>
> — <秘密> 전문34)

<알ㅅ수업서요>와 <秘密>은 한용운의 시가 지니고 있는 상상력의 극한을 잘 보여준다. <알ㅅ수업서요>는 매 행에 '알ㅅ수업서요'라는 제목이 생략된 표현을 통하여 이 시가 형상화하고 있는 알 수 없는 '님'에 대한 상상력이 심화되는 역설적 인식을 느낄 수 있다. 이 시의 시간적 배경은 아침에서 낮을 지나 저녁노을을 거쳐 밤으로 이행하고 있다. 이 시간적 흐름에 따라 오동잎과 발자취, 하늘과 얼굴, 향기와 입김 등의 육화된 비유적 이미지가 합쳐지고, 시내와 노래, 저녁노을과 시의 감동이 더해진다. 그리고 모든 것이 타고 남은 '재'가 다시 '기름'이 되어 밤을 밝히는 불빛이 된다. 이 불빛은 無를 통한 역설적 인식으로 밝혀진 것이다. 이처럼 빛나는 불빛이란 종교적 사유를 넘어서는 힘을 지니고 있다. 왜냐하면 불빛의 이미지는 우리에게 모든 世事와 번뇌를 극복하는 정신의 힘으로 작용하기 때문이다.

<秘密>도 <알ㅅ수업서요>와 같은 역설적 인식을 느끼게 해준다. 나의 비밀은 표현할 수 없는 메아리와 같아서 '나'는 '당신'에게 시각·청각·촉각 등의 감각을 통하여 이야기한다. 그러나 이것으로는 나의 비밀을 다 드러낼 수 없으므로 '당신의 꿈'으로 들어가보기도 한다. 여기서 나의 '붉은마음'은 당신에 대한 지고지순한 사랑으로 해석할 수 있다. 그러나 이 시에서 나의 '비밀'은 인간사의 일반적인 사랑을 초월하는 진실에 호소하는 역설의 표현으로, 그 정신적 깊이를 심화시키고 있다.

---

34) 위의 시집.

님은 갓슴니다 아아 사랑하는나의님은 갓슴니다

푸른산빗을깨치고 단풍나무숩을향하야난 적은길을 거러서 참어썰치
고 갓슴니다

黃金의 꼿가티 굿고빗나든 옛盟誓는 차듸찬띄끌이되야서 한숨의微風
에 나러갓슴니다

날카로은 첫「키쓰」의追憶은 나의運命의指針을 돌너노코 뒤ㅅ거름처
서 사러젓슴니다

나는 향긔로은 님의말소리에 귀먹고 꼿다은 님의얼골에 눈머럿슴니다

사랑도 사람의일이라 맛날째에 미리 써날것을 염녀하고경계하지 아니
한것은아니지만 리별은 뜻밧긔일이되고 놀난가슴은 새로은슯음에 터짐
니다

그러나 리별을 쓸데업는 눈물의源泉을만들고 마는 것은 스스로 사랑
을깨치는것인줄 아는까닭에 것잡을수업는 슯음의힘을 옴겨서 새希望의
정수박이에 드러부엇슴니다

우리는 맛날째에 써날것을염녀하는것과가티 써날째에 다시맛날것을
밋슴니다

아아 님은갓지마는 나는 님을보내지 아니하얏슴니다

제곡조를못이기는 사랑의노래는 님의沈默을 휩싸고돔니다

— <님의 沈默> 전문35)

<님의 沈默>에는 한용운의 시에서 드러나는 '님'의 상징성과 존재론적
역설이 함축적으로 형상화되어 있다. 제1행에서는 '님'과 이별한 슬픔이 관
념적으로 표출된다. 1행만을 본다면 '님'과의 이별을 직설적으로 설명하고
있어서 이 시의 상징적 함축성을 발견하기 힘들다. 그러나 2·3행에 가면
'님'과 사랑하고 이별했던 장면들이 현상적으로 묘사되어 있다. 봄의 신록처
럼 푸르고 무성했던 사랑이 가을의 단풍나무처럼 빛이 바랬고, 영원히 변하
지 않는 황금과 같이 굳게 다짐했던 사랑의 맹세는 한 줌의 티끌이 되어 허
무하게 사라졌다. 제4행에서는 '날카로운 첫키스의 追憶'이라는 파격적인 표

---

35) 위의 시집.

현을 통해 '님'과의 이별을 통해 운명적인 사랑을 확인한 시적 자아의 무상함을 노래하고 있다. 5행에서 향기로운 '님'의 말소리에 귀먹고 꽃 같은 님의 얼굴에 눈멀었다는 공감각적 표현은 '님'의 부재를 더욱 슬프게 만들고 있다. 그러나 시적 자아는 이 슬픔을 수락하고 주저앉지 않는다. 7행에서 그가 겪고 있던 고통의 체험을 극복하고 새 생명으로 소생해야겠다는 정신의 힘을 세우는 것이다. 사랑과 이별의 체험은 그 나름대로 소중하다. 그러나 그 슬픔에만 빠져서 삶을 포기한다면 소중했던 '님'과의 사랑마저 깨뜨리는 것이 된다. 그래서 슬픔을 정신의 힘으로 극복하고 새 희망을 다져보는 것이다. 현실에서는 부재하는 '님'이지만 시적 자아는 사랑의 역설로써 '님'과 만난다. 영혼의 세계에서 '님'과 만나 희열의 합창을 부르는 것이다.

한용운의 『님의 침묵』 소재 시편들은 대부분 '님'을 상징화하여 비극적인 사랑 체험의 극한성을 보여주고 있다. 이 점과 더불어 '님'의 의미가 다양한 상징성을 획득하는 점은 한용운의 시가 대중적 정감을 획득하는 데 밑바탕이 된다. 그의 시는 사랑의 슬픔과 고통을 극복하고 참사랑의 믿음으로 거듭나는 정신의 힘을 역설적으로 표출하고 있다. 여기서 정신의 힘이란 불교적 해탈의 경지나 禪으로의 회귀, 저항적 충정 등으로 한정할 수 없다. 그것은 '님'의 상징이 시간·공간을 초월하여 내면적 상징의 세계로 환원되는 순수성을 획득하기 때문이다. 이 점이 1920년대 시사에서 한용운의 시가 차지하는 매우 개성적이며 독보적인 의의라고 하겠다.[36]

---

36) 북한 문학사에서는 한용운의 『님의 沈默』이 나라 잃은 슬픔과 자유와 독립에 대한 지향을 가신 님에 대한 이별의 서러움과 다시 만나리라는 믿음으로 노래한 '반일애국문학'이라고 논평하였다. 그러나 애상적인 색조와 불교적인 요소가 한계라고 지적하고 있다(정홍교·박종원, 앞의 책, 340~342면 참조). 한용운의 시에 드러나는 '님'을 조국으로 설정하여 『님의 沈默』을 조국에 대한 그리움과 사랑, 자유와 독립에 대한 열망을 노래한 것에 의의를 둔 것은 우리의 문학사 서술과 부분적으로 부합되는 부분이다.

7. 민족 저항시의 高節한 感慨

　1920년대의 시사에서 주목되는 시풍의 하나는 일제 강점 하에서 독립을 열망하며 민족의 공동체 의식을 생동감 있게 표출한 민족적 저항시를 들 수 있다. 이때 민족적 저항시라 하면 민족 현실의 고통과 비참함을 고발한 프로시와 표층적으로 비슷한 색채를 보여주는 경우도 있다. 그러나 프롤레타리아 세계주의라는 최종의 목표 아래 항일 혁명 투쟁으로 사회적 이데올로기를 실천하려 했던 프로시와 우리의 민족의식을 바탕으로 역사적 현실의 문제를 형상화한 저항시는 그 근본적인 시정신을 달리한다고 볼 수 있다. 이 성향을 대표하는 작품으로는 이상화의 <빼앗긴들에도 봄은오는가>, 김동환의 <國境의 밤>, 심훈의 <그날이 오면> 등을 들 수 있다.

지금은 남의땅 – 빼앗긴들에도 봄은오는가?

나는 온몸에 해살을 밧고
푸른한울 푸른들이 맛부튼 곳으로
가름아가튼 논길을짜라 꿈속을가듯 거러만간다.

입슐을 다문 한울아 들아
내맘에는 내혼자온것 갓지를 안쿠나
네가끌엇느냐 누가부르드냐 답답워라 말을해다오.

바람은 내귀에 속삭이며
한자욱도 섯지마라 옷자락을 흔들고
종조리는 울타리님의 아씨가티 구름뒤에서 반갑다웃네.

고맙게 잘자란 보리밧아
간밤 자정이넘어 나리든 곱운비로
너는 삼단가튼머리를 깜앗구나 내머리조차 갑븐하다.

혼자라도 갓부게나 가자
마른논을 안고도는 착한도랑이
젓먹이 달래는 노래를하고 제혼자 엇게춤만 추고가네.

나비 제비야 쌉치지마라
맨드램이 들마꽃에도 인사를해야지
아주까리 기름을바른이가 지심매든 그들이라 다보고십다.

내손에 호미를 쥐여다오
살찐 젓가슴과가튼 부드러운 이흙을
발목이 시도록 밟어도보고 조흔쌈조차 흘리고십다.

강가에 나온 아해와가티
쌈도모르고 끗도업시 닷는 내혼아
무엇을찻느냐 어데로가느냐 웃어웁다 답을하려무나.

나는 온몸에 풋내를 씌고
푸른웃슴 푸른설음이 어우러진사이로
다리를절며 하로를것는다 아마도 봄신령이 접혓나보다.

그러나 지금은 - 들을쌔앗겨 봄조차 쌔앗기것네
　　　　　　　 - <쌔앗긴들에도 봄은오는가> 전문[37]

　　이상화의 <쌔앗긴들에도 봄은오는가>는 일제 강점하의 민족 현실을 냉엄
하고 치열한 저항 의식과 낭만적 시풍으로 형상화한 작품이다.[38] 이 시는 제

---

37) 『開闢』 제70호, 1926.6.
38) 연변 문학사에서는 이상화의 <쌔앗긴들에도 봄은오는가>를 일제 강점의 불합리한 현실
　　에 반항하여 조국애를 노래한 사상예술성이 높은 작품으로 평가하였다(박충록, 앞의 책,
　　229~234면 참조). 북한 문학사에서도 <쌔앗긴들에도 봄은오는가>가 풍부한 예술적 형
　　상 수법과 세련된 시어, 아름다운 운율을 다양하고 적중하게 구사하여 땅을 빼앗겨 봄마
　　저 빼앗긴 조선 농민들의 비통한 심정과 애국적 지향을 시적으로 일반화한 우수한 작품
　　으로 평가하였다(정홍교·박종원, 앞의 책, 369~371면 참조). 이와 같이 당대 사회 현실

목에서부터 '빼앗긴들'을 인식하고 그것을 회복해야겠다는 화자의 의지를 엿보게 한다. 봄바람이 옷자락을 흔들고 새가 지저귀며 무성하게 자란 보리밭이 삼단 같은 머리털과 같이 자라고 있다. 어머니의 푸근하고 넉넉한 가슴에 안긴 것 같은 시적 자아의 모습은 우리 땅에 대한 가치와 동질감의 정서를 확보해주고 있다. "살찐 젓가슴과가튼 부드러운 이흙을 / 발목이 시도록 밟어도보고 조흔쌈조차 흘리고십다."라는 미래 가정의 표현은 행복하게 보이는 자연과는 상반된 현실의 상황을 구체적으로 그려주고 있다. 모든 만물이 소생하는 봄에 대한 환희와는 반대로 "강가에 나온 아해와가티 / 쌈도모르고 끗도업시 닷는 내혼아 / 무엇을찾느냐 어데로가느냐 웃어웁다 답을하려무나."라고 외치며 어긋나 있는 현실의 실상을 토로하고 있다. "푸른웃슴 푸른설음이 어우러진사이로 / 다리를절며 하로를것는다 아마도 봄신령이 접혓나보다."라는 구절은 봄이 온 기쁨과 빼앗긴 들 사이에서 다리를 절면서도 쉬지 않고 걸어가는 시적 자아의 낭만적 비애가 극적 아이러니의 방법론에 의해 잘 표현되어 있다.

〈빼앗긴들에도 봄은오는가〉에는 빼앗긴 들을 회복해야겠다는 저항과 극복의 의지가 낭만적으로 형상화되어 있다. 그리고 이 시에는 역사적 현실의 모순과 부조리를 비판하고 저항하여 개선하려는 민족문학의 실천 문제뿐만 아니라 주체적인 삶의 문제를 성찰하게 하는 정신의 깊이를 함축하고 있다.

> (아아, 무사히 건넜을까.
> 이 한 밤에 남편은
> 豆滿江을 탈 없이 건넜을까.
> 지리 國境江岸을 경비하는
> 外套 쓴 검은 巡警이

에 대한 비판과 항거 정신이 세련되고 완미한 형식과 조화를 이루어 사상예술성을 획득했다는 평가는—이데올로기의 잣대는 다르지만—우리의 문학사 평가와 일치하는 면이 있다. 이는 남한과 북한의 문학을 함께 아우르는 데 공통분모가 되는 문학 정신은 민족문학적 관점이어야 한다는 점을 확인하게 되는 부분이다.

왔다 갔다

오르며 내리며 분주히 하는데

발각도 안되고 무사히 건넜을까?)

소금실이 密輸出馬車를 띄워놓고

밤 새 가며 속 태우는 젊은 아낙네,

물레 젓던 손도 脈이 풀려서

파아 하고 붙는 魚油 등잔만 바로 본다.

北國의 겨울밤은 차차 깊어 가는데

—(중략)—

여인은 하들 하들 떠는 손으로 가리워진 헌겁을 벗겼다.

거기에는 선지피가 얼어 붙은 송장이 업혀 있었다.

「앗!」하고 여인은 그만 쓸어진다.

「불행히, 胡賊에게 射殺되었오, 되땅에서」

하면서 車夫도 주먹으로 눈물을 씻는다.

白金 같은 달빛이 三十壯南인

胡賊에게 총 맞은 順伊 남편의 송장을 비쳤다.

천지는 모두 죽은듯 고요하였다.

— <國境의 밤> 제1 · 61절[39]

　　김동환의 <國境의 밤>은 1920년대 우리 민족의 역사적 현실과 고통스러운 삶의 현장을 잘 묘파해 낸 서사시이다.[40] 이 시는 가장 궁벽하고 소외되

---

39) 김동환,『國境의 밤』, 한성도서주식회사, 1925.
　　1962년 숭문사에서 어구 및 표기를 수정해서 간행하였음. 인용은 숭문사의 것으로 하였음.
40) 한국문학사에서 <國境의 밤>의 문학성은 이념 및 사조 면에서 다양하게 언급되어 왔다. 이 작품에 대하여 경향시편으로 규정짓는 의견도 있는데, 이것은 그가 카프에 문학인으로 참가하였던 활동을 많이 고려한 것으로 보인다. (박팔양,「朝鮮新詩運動槪觀」,『朝鮮日報』, 1929.1.1~2.7 / 백 철, 앞의 책, 6면 / 김윤식,『한국근대문예비평사연구』, 한얼문고, 1973, 209면 / 김용직,『한국경향시해석 비판』, 느티나무, 1991, 12면 참조). 그러나 <國境의 밤>의 구조와 내용을 검토해 보면 사회주의 이데올로기를 표방한 경향시로 볼 수 있는 근거는 희박하다. 이 작품은 역사적 사회적 대응력을 지닌 서사시로 보는 것이 타당하다고 판단된다.

어 있었던 북극의 국경 지방과 추위와 어둠을 표상하는 겨울밤이 시간적·
공간적 배경으로 설정되어 있다. 주인공 순이와 남편 병남은 여진족 재가승
의 후예로서 두만강 지역의 국경 지방에서 겨울철에 밀수출을 하며 근근이
살아가는 소외의 표상이다. 남편이 국경을 넘어 밀수를 하러 떠난 밤에 순이
가 소녀 시절 사랑했던 청년이 마을로 찾아온다. 여진족 이외의 피를 지닌
사람에게 시집 갈 수 없다는 인습과 계율에 묶여 그들의 사랑은 이루어지지
못했다. 그러나 순이는 도시 문명에 병든 행색으로 찾아와 순이에게 사랑을
호소하는 청년을 냉정하게 거절하고 만다. 순이는 남편이 떠난 긴 겨울밤에
암울하고 참담했던 과거를 회상한다. 그러나 다음날 남편은 마적의 총에 맞
아 죽은 시체로 돌아온다. 이 작품은 수난의 민족사와 고통 받는 민중의 비
극을 서사적 구조로 탄탄하게 형상화하였다는 점에서 중요한 의미를 지닌다.

<國境의 밤>은 한국의 인습 속에서 불행한 결말을 맞았던 순이와 청년의
사랑 이야기와 일제 강점기에 소외의 표상으로 죽음을 당했던 남편과 순이
의 비극을 극적으로 형상화하였다. 또한 이 시는 우리 민족의 역사적 운명적
사건과 비극적 현실을 무겁고 어두운 북방의 이미지와 결합시켜 민족적 서
사시의 지평을 열어 주었으며, 민족의 수난과 소외의 문제를 구체적으로 표
출하여 리얼리티를 확보하고 있다.

> 그날이 오면 그날이 오면은
> 三角山이 일어나 더덩실 춤이라도 추고
> 漢江물이 뒤집혀 용솟음칠 그날이
> 이목숨이 끊지기 전에 와주기만 하량이면,
> 나는 밤하늘에 날으는 까마귀와 같이
> 鐘路의 人磬을 머리로 드리받아 울리오리다.
> 頭蓋骨은 깨어져 散散조각이 나도
> 기뻐서 죽사오매 오히려 무슨 恨이 남으오리까.
>
> — <그날이 오면> 1연[41]

---

41) 심 훈, 『그날이 오면』, 한성도서주식회사, 1949.

투쟁적인 민족의식과 저항 정신이 용솟음치는 심훈의 <그날이 오면>은 '그날'이 상징하는 민족 해방의 날을 그리는 절실한 소망이 마치 환상과 꿈처럼 표현되어 있다. 머리로 종로의 인경을 들이받아 울리고 뱃가죽을 칼로 벗겨서 북을 만들어 울리겠다는 시적 상상력은 당대 민족의 수난이 얼마나 깊고 고통스러운 것이었으며, 독립에 대한 열망이 얼마나 절실하였는지 가늠케 한다. C. M. 바우라는 『시와 정치』에서 <그날이 오면>이 한국의 해방이라는 감격적인 미래를 환기하는 강렬한 환상으로 격렬한 환희와 황홀의 순간을 표현한 저항시의 한 표본이라고 평설한 바 있다.[42] 이처럼 <그날이 오면>에는 민족 해방의 기쁨을 육체의 파괴마저 황홀한 환상으로 승화시키는 심훈의 민족의식과 저항성이 육화되어 있다.

8. 맺음말

본 연구는 1920년대 한국 현대시에 드러나는 시정신과 표현성에 초점을 맞추어 "원형 회귀의 암울한 애매성 — 상징의 편린", "情恨의 서정과 민요시의 정취", "淸澄한 이미지즘의 실험", "프로시의 목청과 저항의 실상", "'님'의 상징성과 역설의 심층", "민족 저항시의 高節한 感慨" 등으로 유형을 분류하여 작품론 중심의 고찰을 시도하였다.

"원형 회귀의 암울한 애매성 — 상징의 편린" 항목에서는 <불노리>, <碧毛의 猫>, <月光으로 짠 病室>, <死의 禮讚>, <나는 王이로소이다>, <나의 寢室로>, <放浪의 마음> 등의 시를 살펴보았다. 이 시들은 1910년대의 계몽적 교훈적 관념성에서 벗어나 상징적 이미지와 암울한 정서가 일종의 원형

심훈은 1933년 시집 『그날이 오면』을 간행하려 했으나 총독부의 검열로 퇴출당하고 말았다. 1949년 유고시집으로 출판된 시집 『그날이 오면』에 이 시의 탈고 날자가 1930년 3월 1일로 되어 있어 본 연구에서 다룬다.

42) C. M. Bowra, 김남일 역, 『시와 정치』, 전예원, 1983, 155~156면 참조.

회귀로 수렴되는 새로운 모습을 보여주었다. "情恨의 서정과 민요시의 정취" 항목에서는 민요의 가락과 전통 정서가 새로운 자유시로 형상화된 민요조의 서정시를 집중적으로 분석하였다. <가다오다>, <金잔듸>, <접동새>, <먼 後日>, <山有花> 등과 이 부류의 많은 시들은 전통적 정한의 세계를 민요의 리듬으로 재구성하여 민중적 정감을 환기시키고 있다. "淸澄한 이미지즘의 실험" 항목에서는 1920년대에 신선한 이미지를 통해 현대적 감수성의 세련미를 드러낸 시들을 조명해보았다. <별의 아픔>, <봄은 고양이로다>, <카페 쯔란스> 등의 시에서 1920년대에 이미 모더니즘의 한 단면이 실험적으로 詩作되고 있었던 사실이 도출되었다. "프로시의 목청과 저항의 실상" 항목에서는 사회주의 이데올로기라는 계급의식을 바탕으로 당대의 불행한 현실과 고통의 단면들을 저항과 풍자로 표출한 시들을 살펴보았다. 이중 <白手의 嘆息>, <우리 옵바와 火爐> 등은 프로시의 단점으로 일반화되는 관념적 경직성, 이데올로기에의 편향성 등이 잘 걸러지면서 아이러니나 상징에 의해 의미가 심화되고 있음을 보여주었다. "'님'의 상징성과 역설의 심층" 항목에서는 한용운 시의 핵심적 요체가 되는 '님'의 상징성과 시적 상상력의 심도를 천착해 보았다. 한용운의 시집『님의 沈默』소재 시편들은 대부분 비극적인 사랑 체험의 극한을 모티프로 하여 대중적 정감을 획득하고 있다. 또한 그의 '님'은 통상적 세간의 사랑을 초월하여 진실에 호소하는 정신의 깊이와 역설의 심층을 함축하고 있음을 발견할 수 있었다. "민족 저항시의 高節한 感慨" 항목에서는 민족의식을 바탕으로 역사적 현실의 문제를 형상화한 저항시를 분석해보았다. <빼앗긴들에도 봄은오는가>, <國境의 밤>, <그날이 오면> 등은 민족의 수난과 소외의 문제, 민족의식과 저항성 등이 극적으로 표출되어 민족 저항시의 리얼리티와 동질감의 정서를 확보하고 있는 것으로 판단되었다.

　1920년대의 시는 이상에서 살펴본 바와 같이 시정신과 표현성에 있어서 다양한 면모를 드러내고 있다. 상징적 이미지를 통한 원형 회귀, 전통 정서를 바탕으로 한 민요시의 개발, 실험적 이미지즘, 프로시의 이데올로기, '님'

의 상징과 역설의 심층, 민족의식을 바탕으로 한 저항시 또는 서사시의 전개 등의 성향이 그것을 말해준다. 한편 본 연구에서 이 시기의 시문학을 북한 및 연변 문학사와 대비 고찰하여 각주 처리한 부분에서는 장차 통일문학사를 위한 연구와 서술에 긍정적인 소지가 있음을 인지할 수 있었다. 이는 1920년대의 시 작품들이 전통성을 견지한 민족문학적 특성을 바탕으로 다양하고 자율적인 형태의 시로 형상화된 것과 관계가 있다. 이러한 면모는 한국 문학사에서 1920년대의 시문학이 포괄적으로 현대시의 새로운 전환기를 이루는 문학사적 의의를 지닌다고 할 수 있으며, 또한 시적 특성과 시정신의 심도에 있어서도 선구적인 성과를 이루었다고 평가된다.

& (『한국말글학』18집, 한국말글학회, 2001.8), 改稿

임화 시의 낭만성 시의식에 관하여

1. 머리말

시인 林和는 일제 강점기의 투쟁적인 프로문학 운동가이자 문학비평가로서 폭넓은 문학 활동을 전개한 인물이다. 특히 임화의 시 <우리 옵바와 火爐>를 위시한 몇몇 시편들은 이른바 '단편서사시'라는 유형으로 성격 지워지면서 한국 프로시사에서 서사시의 형식을 보여주었다고 논평된 바 있다.[1] 그런데 김기진이 프로문학의 대중화 문제와 관련하여 단편서사시로 명명한 <우리 옵바와 火爐>는 실제 임화가 서사시라는 장르를 인식하고 지은 것이 아니었다. 그리고 이 작품에 대하여 동경지부 소장파들은 감상성과 낭만성을 이유로 극렬한 비판을 가했고, 임화도 당시 볼셰비키화를 주도하던 입장에서 자신의 감상성을 비판적으로 自省한 바 있다.

임화의 시에 대한 기존 연구들은 프로문학파들의 이론적 쟁점을 주축으로 하여 그의 시를 재단하거나, 정치 또는 운동사적인 관점에서 고찰한 것이 주류를 이루고 있었다.[2] 그러나 임화는 카프의 볼셰비키화를 주도하던 이론적

---

1) 감태준, 「근대시 전개의 세 흐름」, 김윤식 외, 『한국현대문학사』, 현대문학, 1994, 132면.
2) 김윤식, 『임화연구』, 문학사상사, 1989.
   김재홍, 『카프시인비평』, 서울대학교출판부, 1990.
   김용직, 『임화문학연구』, 세계사, 1991.

지도자였음에도 불구하고 시에서는 이념투쟁적인 면모가 뚜렷이 보이지 않으며, 실제 그가 썼던 시론들은 시인으로서 임화가 지향했던 시정신을 잘 드러내고 있다. 특히 1930년대 후반에 쓰인 임화의 시론들은 시의 보편적 원리와 시의 기본 정신에 대하여 심각하게 숙고하고 있었던 면모를 보여준다. 그러므로 임화의 시론을 점검하고 이를 바탕으로 그의 시를 일제 강점기의 민족 수난이 어떻게 프로문학적인 체험으로 형상화되었는가 하는 관점에서 분석 고찰하는 일은 임화 시의 특성을 밝히는 데 긴요한 작업이 될 것으로 생각된다.3) 이와 더불어 임화의 시를 텍스트 단위의 시 분석을 통하여 시적 체험과 상징적 의미를 해석하여 임화 시의 독자적인 존재 의의와 가치를 밝혀보는 작업을 수행하고자 한다.

2. 카프의 대중화론과 <우리 옵바와 火爐>의 낭만성

임화의 시에 있어서 가장 쟁점이 되었던 작품은 당대에 단편서사시라고 평가되었던 <우리 옵바와 火爐>이다. 이 작품 외에 <네街里의 順伊>, <어머니>, <雨傘밧은 요꼬하마의 埠頭>, <오늘밤 아버지는 퍼렁이불을 덥고> 등의 작품이 단편서사시라는 장르적 규정을 받아 연구되어 왔다.4) 이는 김기진이 「短篇敍事詩의 길로」라는 평론에서 임화의 시를 극찬하며 단편서사시라고 명명한 것에 그 근거를 둔 것들이었다. 김기진은 이 글에서 임화의 <우리 옵바와 火爐> 한 편만을 구체적으로 다루면서, 프롤레타리아 시가 소설과 마찬가지로 실재적·구체적 사건을 제시하여 암시의 방향으로 나아가는 단편서사시의 형식을 취함으로써 대중에게 접근해야 한다는 논리를 개진

---

3) 본 연구는 임화의 시론과 시를 중점적으로 대비 고찰하는 데 주력할 것이기 때문에 소설과 관련된 문학 비평은 논의에서 제외한다.
4) 최두석, 「단편서사시론에 대하여」, 『리얼리즘의 시정신』, 실천문학사, 1992.
   김정훈, 『임화 시 연구』, 한양대대학원 박사학위논문, 1996.

하였다.[5] 김기진은 다른 평론 「프로詩歌의 大衆化」에서도 그 당시의 의식 있는 노동자들도 아리랑, 육자배기, 새타령, 수심가, 춘향가, 심청가, 소상팔경 등 항간에 전파되었던 노래와 잡가들을 그들의 계급적 노래로 불러 온 것을 지적하였다.[6] 이처럼 학력이 없는 대중에게 어떻게 하면 보다 쉽게 흥미를 느낄 수 있는 프로시를 전파할 수 있을까 하는 고심에서 나온 것이 김기진의 단편서사시론이었다. 그러나 그가 제시한 단편서사시론은 소설과 시의 장르적 특성을 무시한 채 疏拙하게 그가 지향하는 변증법적 사실주의와 연결시킨 것이었다.

임화 시에 대한 김기진의 단편서사시론은 카프 소장파였던 金斗鎔, 安漠, 權煥 등에게 비판[7]의 표적이 된다. 이들은 모두 대중을 선전 선동하고 극단적 이념 투쟁을 시에 투입한 소위 '뼈다귀 시'를 써야 한다는 입장에서 임화의 <네街里의 順伊>, <우리 옵바와 火爐> 등에서 보이는 감상성과 낭만성을 집중적으로 비판하였다.

그들의 비판은 당시 정세와 더불어 프로문학의 볼셰비키적 대중화의 문제와 맞물린 것이었다. 그런데 볼셰비키화를 주도하던 임화는 아이러니컬하게도 단편서사시라고 호평되었던 자신의 시에 대하여 한마디도 언급하지 않았다. 단지 그는 김기진이 말한 변증적 사실주의에 대하여 현실추수적인 발언이라고 비판[8]을 가했다. 그리고 김기진의 논평 「短篇敍事詩의 길로」에 대하여 임화는 그 장르에 대한 정당성 혹은 비판이 없이 "詩人이여! 一步前進하자!"라는 구호 아래 자신의 시에 대하여 자기 비판의 태도를 취했다.

---

5) 김기진, 「短篇敍事詩의 길로」, 『朝鮮文藝』 창간호, 1929.5.
6) 김기진, 「프로詩歌의 大衆化」, 『文藝公論』 제2호, 1929.6.
7) 김두용, 「우리는 어떻게 싸울 것인가?」, 『無産者』 3권 3호, 1929.7.
   안 막, 「푸로詩歌의 形式問題」, 『朝鮮之光』, 1930.3.
   권 환, 「詩評과 詩論」, 『大潮』 4호, 1930.3.
8) 임 화, 「濁流에 抗하야」, 『朝鮮之光』, 1929.8.

다만 興奮된感情으로 ××을노래하야보고 工場이나 新聞의三面記事에
다 눈물을쏘다본적박게도업섯다. 누구나 한번으로 푸로의몸으로 그感情
의行動을노래하여보았으며………盟誓하여보앗는가.
　잇섯스리라 그러나 不幸이도 우리는조희우에서興奮하엿스며 머리속
에서 勞動者를만들고 鐵筆을쥐고××의心理를分析하엿슬쑨이다.
　비가와도 五月의太陽만부르고 누이동생과戀人을싸닭업시×××를만들
어서 自己中心의慾望에飽和되어 나잡버젓다. 네街里에서順伊를불으고 꽂
求景 다니며 同志를생각했다.
　이러한푸로레타리아가 事實로잇슬수가잇는가?[9]

이 글은 임화가 시의 장르 문제를 제기한 것이 아니라 내용, 즉 프롤레타
리아의 생활과 감정을 표현해야 한다는 입장에서 자신이 쓴 <네街里의 順
伊>와 <우리 옵바와 火爐>를 비판한 것이다. "朝鮮에잇서서푸로레타리아의
詩의出生은 藝術運動의歷史와 함께가장오래인데속한다."라고 과대 선전하며
임화는 그의 시에 미미하나마 '리아릭크'한 현상이 나타났지만 낭만성으로
흘러 노동자나 농민에게는 소원한 것이었다고 자성하면서, 리얼리즘적인 성
격의 시를 써야 한다고 강조하고 있다. 그리고 임화는 시민적 감수성에 대한
소장파들의 비판을 수용하여 프롤레타리아의 생활과 감정을 문제삼고 소시
민 계급의 진보성 상실을 말하고 있다.[10] 그러나 어떤 것으로 소시민의 진보
성이 확보될 수 있는지 의문이며, 사실적으로 표현하는 것이 시의 대중화에
기여한다는 논리가 구체적으로 어떤 내용인지 뚜렷한 이론적 근거를 제시하
지 않고 있다. 이처럼 임화는 시의 대중화 문제에는 고심하였으나 단편서사
시란 장르에 대한 인식은 보여주지 않고 있다.

어떤 견해는 단편서사시를 서사와 서정의 중간이고 배역시로서의 속성을
지니는 것으로 특징 지워 프로시의 모색 과정에서 나타난 역사적 양식[11]으
로 보기도 한다. 그러나 김기진이 제시한 단편서사시는 소재가 사건적 소설

---

9) 임 화, 「詩人이여! 一步前進하자!」, 『朝鮮之光』, 1930.6.
10) 위의 글.
11) 최두석, 앞의 글, 214면 참조.

적이며 문장을 심하게 연마 조각하여 깊이 아로새길 필요가 없으며 노동자들의 낭독에 편하도록 호흡을 조절해야 한다[12]는 소박한 논리로 이루어진 것이었다. 김기진의 이론은 시에서 발라드를 種으로 하여 서사시와 類를 같이 하는 이야기시(narrative poetry)나, persona의 시적 장치가 수사적 목적에 기여한다고 보는 단편서사시 등의 개념인 서구시의 장르적 인식에서 비롯된 것이 아니었다.

임화는 본격적인 프로시를 발표하기 이전 서구취향적인 감상적 면모의 다다이즘적 시를 습작했다. 당시 시인이나 작가가 서구 문예사조와 그 작품의 섭렵에 열중했던 것은 흔히 있었던 경험의 한 부분으로, 이 같은 체험이 임화에게만 특이한 것은 아니었다. 임화가 서구 문화의 여러 경향을 편력했던 것은 「어떤 靑年의 懺悔」[13]에서도 그 일단을 볼 수 있다. 프로시를 쓰기 전에 발표된 <地球와 박테리아> 등은 다다이즘적 성향을 보인다. 다다이즘이 내면의식에 따라 시 형태와 운율 등이 무시되고 작품의 시제나 표현이 일관성을 지니지 않은 채 혼란스러운 면모를 지니는 점을 감안한다면, 이어서 쓰인 <네街里의 順伊>, <우리 옵바와 火爐> 등에서 그가 긴 호흡으로 다듬어지지 않은 시구를 나열하고 있는 것은 다다이즘적 시풍을 편력하였던 그 감각이 다소 이어진 것으로 보인다.

사랑하는 우리옵빠 어적게 그만그럿케 위하시든옵바의거북紋이 질火
爐가 깨여졌서요
언제나 옵바가 우리들의 '피오니르' 조그만 旗手라부르는 永男이가
地球에해가비친 하로의모-든時間을 담배의毒氣속에다
어린몸을잠그고 사온 그거북紋이 火爐가 깨여졌서요.

그리하야 지금은 火적가락만이 불상한 永男이하구 저하구처럼
똑 우리사랑하는 옵바를일흔 男妹와갓치 외롭게壁에가 나란히걸렸서요

12) 김기진, 「短篇敍事詩의 길로」, 『朝鮮文藝』 창간호, 1929.5.
13) 임 화, 「어떤 靑年의 懺悔」, 『文章』, 1940.2.

옵바……

저는요 저는요 잘알엇서요

왜— 그날 옵바가 우리두동생을떠나 그리로드러가신그날밤에

연겁허 말는卷煙을세개식이나 피우고게섯는지

저는요 잘아럿세요 옵바

언제나 철업는제가 옵바가 工場에서 도라와서 고단한저녁을 잡수실때 옵바몸에서 新聞紙냄새가 난다고하면

옵바는 파란얼골에 피곤한우슴을 우스시며 ……네 몸에선 누에똥냄새가 나지안니— 하시든世上에偉大하고 勇敢한우리옵바가 왜그날만

말한마디업시 담배煙氣로 房속을미워버리시는 우리 우리 용감한옵바의 마음을 저는 잘알엇세요

天井을向하야 기여올라가든 외줄기담배연기속에서옵바의鋼鐵가슴속에 백힌 偉大한決定과聖스러운覺悟를 저는 分明히보앗세요

그리하야 제가永男이에 버선한아도 채못기웠을동안에

門지방을때리는쇠ㅅ소리 마루를밟는거치른구두소리와함께— 가버리지안으셧서요

그러면서도 사랑하는우리偉大한옵바는 불상한저의男妹근심을 담배煙氣에싸두고 가지안으셧서요

옵바— 그래서 저도 永男이도

옵바와 또가장위대한용감한 옵바친고들의 이야기가 세상을 뒤줍을때

저는 複絲機를떠나서 百장의一錢짜리 封筒에 손톱을뚜러뜨리고

永男이도 담배냄새구령을내쫓겨 封筒꽁문이를뭅니다

只今— 萬國地圖갓흔 누덕이밋헤서 코를고을고잇습니다

옵바— 그러나 염려는마세요

저는 勇敢한이나라靑年인 우리옵바와 핏줄갓치한 계집애이고

永男이도 옵바도 늘 칭찬하든 쇠갓흔 거북紋이火爐를 사온 동생이 아니에요

그리로 참 옵바 악가 그젊은남어지옵바의친구들이왓다갓습니다

눈물나는 우리옵바동모의消息을 傳해주고갓세요

사랑스런용감한靑年들이엇습니다

世上에 가장偉大한 靑年들이엇습니다
火爐는 깨어져도 火적갈은 旗ㅅ대처럼 남지안엇세요
우리옵바는 가섯서도 貴여운 '피오니르' 永男이가잇고
그러고 모-든 어린 '피오니르'의 따뜻한 누이품 제가슴이 아즉도 더웁
습니다

그리고 옵바……
저뿐이 사랑하는옵바를일코 永男이뿐이굿세인兄님을 보낸것이겟습니가
슬지도 안코 외롭지도 안습니다
세상에 고마운靑年 옵바의無限한偉大한 친구가잇고 옵바와 兄님을 일
흔 數업는계집아희와동생 저희들의 貴한동모가잇습니다

그리하야 그다음일은 只今심심한 憤한事件을안고잇는 우리동무손에
서 싸워질것입니다

옵바 오늘밤을새여二萬장을붓치면 사흘뒤엔 새솜옷이 옵바의떨니는
몸에 입혀질것입니다.
이럿케 世上의 누이동생과아오는 健康히 오늘날마다를 싸홈에서 보
냅니다

永男이는 엿해잡니다 밤이느것세요─누이동생
─〈우리 옵바와 *火爐*〉 전문[14]

이 시의 주인공은 인쇄공장 노동자로 노조 운동을 하던 오빠가 경찰에 잡
혀 가고, 연초공장에 다니는 남동생 永南이와 춥고 어두운 상황을 근근이 견
뎌 나가는 여직공 소녀 '순이'이다. 제목에 설정되어 있는 것처럼 화자는 오
빠와 화로를 상징적으로 연결하면서 거북무늬 화로가 깨어졌다는 상황을 통
하여 오빠와 순이의 비극성을 연출하고 있다. 이 시는 길이가 길지만 내용이
복잡하거나 계급 투쟁의 구호가 분위기를 장황하게 경색시키기보다는 감상

14) 『朝鮮之光』 83호, 1929.2.

의 면모가 전반에 흐르고 있다. 또한 응축의 묘미, 운율적 운행, 의식의 선명성 등이 높은 격조를 드러내고 있다고 판정하기 어렵다. 한편, 이 시에 드러난 몇몇 사건에 주목하여 이런 요소를 단편서사시의 요소로 보는 견해가 있다. 그 근거는 오빠가 담배를 피우며 고민을 하던 장면과 오빠와 누이동생의 대화, 오빠가 "門지방을때리는쇠ㅅ소리 마루를밟는거치른구두소리와함께" 끌려가고, 오빠를 위해 남매가 봉투를 붙이며 내일에의 결의를 다짐하는 등 군데군데 서술된 몇 장면이다. 그런데 이 사건들은 화자가 편지를 쓰면서 과거의 상황과 기억들을 회상하는 극적인 효과를 주는 것으로 보이지만 서사시적 요소는 갖추지 못하고 있다고 판단된다.

서사시는 일반적으로 한 민족 집단의 운명적 사건을 다루며 희곡적 성격을 띠고 발라드적 근원성을 지닌다. 단편서사시가 이런 서사시의 요소를 갖추면서 짧은 길이로 이루어진 것이라면 <우리 옵바와 火爐>는 서사시가 아니라 서정시가 장형화된 것으로 보인다. 이에 몇 개의 관념적인 화소를 지닌 이야기시로 보는 것이 타당할 것이다. 이 시는 사건 구조가 일관성 있게 펼쳐지지 않으며 우리 민족의 운명적 사건을 다룬 것으로도 파악할 수 없다. 중간에 보이는 극적인 묘사의 경우도 비참한 상황을 부각시키려는 화자의 관념적인 토로로 모아진다. 순이가 다짐하는 투쟁이 부각되기보다는 오히려 경찰에 끌려가는 오빠의 절박한 상황과 가냘픈 누이동생의 애끓는 토로가 심정적으로 다가온다. 편지글의 형식을 갖추고 있는 이 작품은 시어에 있어서 설명적이고 관념적인 경향을 보여준다. '그리하야', '그리고', '그러고' 등의 접속사가 지나치게 많이 사용되어 함축성을 떨어뜨리고 있다. '偉大한', '勇敢한' 등의 어휘 또한 중복 과장되고 있는데, 이 표현은 프롤레타리아 혁명운동, 노조운동 혹은 항일투쟁을 하고 있는 오빠와 그의 동무들을 부각시키려는 의도였겠으나 구체적으로 어떠한 일들을 도모하고 이를 위해 투쟁하였는지 설득력 있는 사건이나 운동이 묘사적으로 제시되지 않고 있다. 또한 오빠의 참담한 상황을 거북무늬 화로가 깨어진 것으로 代喩하고 있는데, 여기서 구사된 상징적 표출 양식은 그다지 참신하지 않다. 어린 동생 永男이를

‘피오니르’로 반복해서 부르는 것도 오늘의 어린 소년이 내일의 개척자가 된다는 도식적인 은유를 보인다.

김기진은 <우리 옵바와 火爐>를 읽고 감동하여 눈물을 흘렸다고 했다.[15] 프로문학을 수행하는 입장에서 눈물은 절대적으로 금해야 하는 것인데, 김기진이 이와 같은 문학적 감동성을 논평한 것은 시사하는 바가 크다. 임화 시의 낭만성과 감상성을 간접적으로 지적하면서 시정신이 다른 여타 장르와 다르다는 것을 보여주기 때문이다.

한편, 임화의 <우리 옵바와 火爐>가 당시 독서계에 비상한 관심을 불러 일으켰다[16]는 논의가 있다. 이는 김남천의 논평[17]에 근거한 것이다. 이 견해는 일반 대중을 포함한 독서계를 이야기한 것이 아니라 당시 일부 극소수의 문인을 고려한 것이다. 프로시의 목적이 그들 프롤레타리아 이데올로기를 민중에게 전파하는 것이라면 수용미학적 입장에서 과연 그의 시가 많이 읽혔다고 볼 수 있는 증거할 만한 객관적 자료가 제시되어야 할 것이다.

朴完植은 김기진이 제시한 단편서사시가 대중화에 있어서 효과적인 면이 있을지 모르나 대중의 지적 교양과 취미에 부합하지 못하여 그들에게 섭취되지 못했다는 논평을 가한 바 있다.[18] 임화의 시가 대중의 지적 수준에 비추어 볼 때 비대중적인 경향을 보였다는 견해는 당시의 독자층에 대한 객관적인 판단이었던 것으로 보인다. 박완식이 김동환의 견해에 따라 문예적 교양이 없는 민중에게 민요를 전파하여 계승 발전시켜야 한다는 주장을 편 것은, 프로시의 대중화를 위하여 민요가 적합한 시 양식이 아니었나 추론하게 한다.

<우리 옵바와 火爐>에 대하여 “旣往한 權煥 등의 ‘뻑다귀의 포엠’을 소탕시키는데 있어서는 둘도 없는 참피온의 역할”[19]을 했다든가, “푸로시가 ‘선전삐라’니 ‘슬로간’이니 하는 비난을 받고 있든 그 당시에도 그의 詩만은 모

---

15) 김기진, 「短篇敍事詩의 길로」, 『朝鮮文藝』 창간호, 1929.5.
16) 최두석, 앞의 글, 220면 참조.
17) 김남천, 「林和에 關하야」, 『朝鮮日報』, 1933.22~23.
18) 박완식, 「프로레타리아 詩歌의 大衆化 問題 小考」, 『東亞日報』, 1930.1.7~10.
19) 윤곤강, 「林和論」, 『風林』 5집, 1937.4.

든 이런 조소를 퇴각시킬 수 있는 무언의 반박을 내포하고 있었다.”[20]는 논평 등은 임화 시의 예술적 면모를 찬사한 것이다. 소설가 李東珪가 <우리 옵바와 火爐>를 주인공 오빠의 모양과 거북무늬 화로의 환상을 일으켜 그 시적 충격이 진했다[21]고 한 것은 임화의 시에 배어 있는 낭만성과 시적 정서의 탁월함을 밝힌 것이다.

임화가 「詩人이여! 一步前進하자!」에서 자기 비판했던 것은 그가 카프 소장파의 주동 인물로서 프로문학의 볼세비키화를 고무시켜야 했던 입장을 감안할 때 당연한 태도를 보인 것이다. 그러나 이러한 자기비판에도 불구하고 이후 임화의 시는 그가 주장했던 경직된 구호시 또는 이념적 투쟁시로서의 면모를 보이지 않는다.

카프가 해산된 후 발표한 『玄海灘』에 이르러 임화는 오히려 낭만적 경향이 더욱 두드러지는 성향을 보인다. 이 점은 시인 임화가 지녔던 낭만주의 정신에 대한 동경을 드러내고 있다고 볼 수 있다. 임화는 사실주의와 낭만주의를 문예사조의 진실하고 원리적인 양대적 조류[22]라고 밝힌 바 있다. 그리고 낭만적인 것은 문학에서 시인의 주관에 의해 표현하는 것인데, 그 현현하는 의미가 바로 낭만적 정신이라고 이야기하였다.[23]

> 진실한 꿈은 미래에의 지향, 창조만을 體現한다. 그러므로 회상에는 비애와 감상이 따르고 몽상에는 즐거움과 용기가 相件한다. 그러나 꿈과 현실은 모순하는 것이다. 몽상하는 表象이란 현실과 일치하지 않으므로 그것은 꿈이다. 그러면 문학은 몽상과 현실 가운데의 모순과 부조화로 분열되어 있어야 하는 것일까? 이곳에 문학의 존재 이유, 즉 창조의 體現 者로서 문학이 성립하는 것이다.[24]

---

20) 이동규, 「林和」, 『風林』 6집, 1937.5.
21) 위의 글.
22) 임 화, 「浪漫的 精神의 現實的 構造」, 『文學의 論理』, 학예사, 1940. 본 연구에서 『文學의 論理』 인용은 서음출판사(1989)의 것으로 한다.
23) 위의 글.
24) 임 화, 「偉大한 浪漫的 精神」(1936.1), 『文學의 論理』.

이처럼 임화는 현실의 모순과 부조화를 떠난 꿈과 이상의 세계를 추구하는 낭만주의의 아이러니를 이야기하고 있으나, 그가 위대하게 여겼던 낭만적 정신이란 특정한 문예사조의 의미가 아니라 시의 보편적 특성을 일반화한 낭만주의를 지칭한 것으로 볼 수 있다.

실제로 임화 자신이 '단편서사시'라는 시 양식에 대해 고심을 하고 시 창작을 시도했는지 객관적으로 제시된 글은 없다. 이 점이 김기진에 대한 카프 소장파들의 반론에 의해서 그의 시에 드러난 소시민적 진보성 상실의 면모를 자기비판하는 것에 그쳤던 것인지 그의 심중을 확인할 길이 없으나, 그는 시론에서 낭만적 정신을 열렬히 제창하고 있다. 이 점은 임화의 <우리 옵바와 火爐>에 드러난 낭만성과 감상성이 이념을 구호로 격렬하게 나열한 여타의 프로시보다 호소력 짙게 그 위상을 높여주고 있는 것과 맥락을 같이한다.

3. <玄海灘>의 낭만성과 단순성의 리얼리티

카프 해체 후 임화는 「詩人이여! 一步前進하자!」에서 보였던 이데올로기의 문제를 직접적으로 제기하지 않고 김기림 등의 시론과 시를 비판하였다. 이는 1930년대 후반으로 가면서 일본이 군국주의 체제 아래 일체의 이념적 활동을 불법화하였던 시대적 상황과 무관하지 않은 것으로 보인다. 1930년대 중반에 일어난 소위 기교주의 논쟁은 김기림의 평론 「詩에 잇서서의 技巧主義의 反省과 發展」[25]에 대한 김기림의 반론에서 비롯되었다. 이 임화의 반론에 반기를 들고 나선 이는 김기림이 아닌 시문학파의 박용철이었다. 박용철은 임화와 김기림을 정면 비판[26]하였는데, 김기림이 이에 대해 뚜렷한 반박이나 응답을 보내지 않았으므로 이 논쟁은 더 이상 전개되지 않았다.[27]

---

25) 김기림, 「詩에 잇서서의 技巧主義의 反省과 發展」, 『朝鮮日報』, 1935.2.10~14.
26) 박용철, 「技巧主義說의 虛妄」, 『東亞日報』』, 1936.3.18~25.
27) 본 연구에서는 '기교주의 논쟁'에 대한 그간의 연구들이 상호 비판적으로 고찰하는 데

임화는 「技巧派와 朝鮮詩壇」에서 내용 우위의 무기교성을 비판했던 김기림에 대하여 그가 제시한 전체시를 비판적으로 수용하려는 입장을 보인다. 김기림의 시가 '內容과 技巧를 統一한 全體로서의 詩'이지만 통일과 전체의 변증법적 이해가 없는 '守舊的 技巧主義'라고 비판한 것이 그것이다. 임화의 눈에 있어서 기교주의는 현대시의 진보적인 생명을 짧게 만들었다. 이에 앞선 백조파의 시인 홍사용, 박영희, 박종화, 김억, 이상화 등의 테카당스 시풍이 오히려 김기림 등의 기교주의 시인보다 솔직하며 적극적이었다고 이야기한다. 이는 백조파가 '力의 詩', '力의 藝術'을 갈망하여 독특한 낭만주의의 방법으로 시작하였다는 것에서 그 근거를 찾고 있다. 그러면서도 경향시가 내용 편중의 공식주의 가운데 있었다는 김기림의 지적을 수긍하고 이를 지양적으로 완성해 나가야 한다는 논지를 전개해 나간다.[28]

> 技巧主義 詩는 마치 10年代의 '新詩'가 중세적 時調나 漢詩에 대하여, 또 傾向詩가 '新詩'에 대하여 혁명적이었던 것과 같이, 그들 이전에 모든 詩歌에 대하여 新時代를 體現하는 시적 반항자인 것과 같은 관념적 환상을 조직하는 것이다. 그러나 이것은 故意의 논리적인 기교이거나, 그렇지 않으면 지식계급의 완전한 주관적 환상이다.
> 　戰後의 詩壇, 美術界를 장식한 입체파, 표현적 미래파, '따따' 등등의 주관적 환상을 상기하라![29]

1937년의 시단을 점검한 이 글에는 어떤 문학 장르, 유파는 다른 혁명, 즉 새로운 유파나 운동에 의해 구세대가 된다는 역사적 진실을 비유적으로 이야기하고 있다. 그리고 급진적 정열로 관념화되거나 주관적인 환상에 빠질 위험을 경계하고 있다. 또한 그는 김기림의 <氣象圖>가 비행동성의 산물이

주력했기 때문에 임화와 김기림, 박용철의 논쟁에 중점을 두지 않고, 당시의 시단과 시인들을 비판적 안목으로 바라본 임화의 시론을 점검하여 그의 시정신의 한 본질을 고찰해 보는 데 초점을 맞추고자 한다.

28) 임　화, 「技巧派와 朝鮮詩壇」, 『中央』 28호, 1936.2.
29) 임　화, 「曇天下의 詩壇一年」, 『新東亞』, 1937.12.

며 정지용은 가톨릭 신앙으로 靜觀化하여 시적 정열을 찾아볼 수 없다면서, 이들이 감정과 정서에의 기피자였다고 비판한다. 임화는 자신을 포함하여 李燦, 梁雨廷, 李貞求, 安龍灣 등의 시가 시대적 중압을 명확히 반영하고 있으며 암흑과 절망 가운데서 죽음과 패배의 슬픔을 노래하는 예술의 전통 위에 있다고 극찬한다. 그러나 임화는 자신을 포함하여 그들 자신이 빠지기 쉬운 위험성 또한 성찰하고 있다.

> 우리들의 詩의 대부분이 개인적, 내성적인 자기 추구로만 향하고 있는 것은 의심할 수 없는 하나의 위험이다. 이것은 곧 歎息과 詠嘆에로 통하기 쉬운 것이며, 또 一方 이러한 가운데서도 역시 전진하고 있는 객관적 과정을 과소평가하기 쉬우며, 또 개성을 사회적 전체 위에서 노래하는 우리 詩의 최대의 전통으로부터 離脫키 쉬운 것이다.[30]

이 글은 임화가 자신의 시가 내성화된 것을 지적하고 경계한 것이지만 한편으로 그가 시에 있어서 낭만주의 정신을 근본으로 삼고 있었던 것을 보여준다. 그는 진실한 시는 민족성을 드러내며 소년의 슬픔이 진실한 민족의 감정을 표현해주는데, 낭만주의야말로 진정한 시정신이라고 이야기한다. "의심할 것도 없이 이 시대적 暗雲이 우리들의 마음에 찍은 지울 수 없는 감정으로 언어의 기념비를 세우는 것만이 정말 詩人의 명예이다. 그것을 위하여는 詩人은 최대한으로 사랑하고 또한 미워할 줄을 알아야 한다."라는 이 글의 마지막 구절은 시인 임화의 내면의 순수와 시적 정열을 엿볼 수 있게 한다.

또한 시의 형상화에 있어서 임화는 감정에 의해서만 노래할 것이 아니라 인간에게만 고유한 사유와 지성의 표현인 理智로 독자에게 호소하는 것이 보다 합리적인 방법이라고 판단하고, 감정과 이지를 갖춘 '언어'에 대하여 깊은 관심을 드러낸다. 임화는 언어가 단순한 음성의 조직이 아니라 일정한 현실적 내용을 바탕으로 조직화된 음성으로, 인간의 사회적 발전의 역사를

---

30) 위의 글.

반영하는 현실적 의의를 갖는다고 보았다. 그러므로 사유의 수단으로서의 언어는 예술적 인식과 표현의 수단으로서의 의의를 지닌다는 것이다. 임화는 언어의 예술성과 표현성을 인식하면서 인간의 체험과 사상이 다양해질수록 언어 또한 다양하게 표현되며 그 현실을 반영해 왔다는 논리를 펴고 있다.

> 만일 '바람'이란 한 말을 가지고 어찌 시시각각으로 변하고 또 수없이 많은 종류의 바람을 표현할 수 있느냐 하면 그것은 재능이 부족한 작가의 말이다.
> '봄바람' '가을바람' '겨울바람' '여름바람'으로 벌써 바람의 계절이 표시되고, '東風' '西風' '南風' '北風' '季節風'으로 이보다 구체적인 방향 등이 설명되며, '휘오리바람' '선들바람' '빗바람' '눈바람' '미친바람' '무더운바람' '시원한바람' 등은 上記한 바람의 種別 외에 한층 세밀한 陰影까지를 설명할 수 있다.
> 그 위에 '건듯 봄바람이 부러'라든가 '비바람이 모라처와'라든가 '후덥지근한 맛파람이 불더니' 등은 바람에 대하여 우리들의 피부나 感官이 느낄 수 있는 변화의 미묘한 세부까지를 알아낼 수 있고 표현할 수 있음을 이야기한다. 즉 한개의 말은 기분, 정서 등 우리가 항용 형용할 수 있다는 모든 과정을 認知하고 표출하는 유일의 수단이다. 대외적 감각으로부터 주관적 표현에 이르기까지 思惟가 수행하는 모든 기능은 언어의 형식으로써만 가능한 것이다.[31]

언어에 있어서 미묘한 어감과 표현의 다양성을 이야기하고 있는 이 글은 임화가 시적 사유를 표현하기 위해 언어의 형식에 대하여 숙고하며 시어의 조탁에 있어서도 힘썼던 자취를 보여준다.

> 작품들이 유리알처럼 맑은 것은 이 때문이다. 나는 詩人에게 있는 이 心魂의 순결을 사랑하고 싶다. 실로 詩人에게만 이 순결은 保有되는 것이다.

---

31) 임 화, 「藝術的 認識과 표현수단으로서의 言語」(1937.12), 『文學의 論理』.

그 대신 모든 언어가 전부 素服을 입는다. 풍경에서 색채의 豊多性이
소실된다. 바꿔 말하면 여러가지 회화가 한 색깔로 칠해지는 것이다. 이
한 색 이 詩人의 마음의 색채다. 오직 詩精神은 이 한 색깔을 고르는 데
표현될 따름이다.[32)

心魂의 순결을 素服을 입은 언어에 비유하고 있는 위의 글은 시인 임화의
시정신의 한 단면을 잘 드러내고 있다.

우리의 詩가 19세기의 소박성으로 돌아간다는 것은 원치 않는 일이나,
서정시의 심오한 단순성으로 회귀한다는 것은 결정적으로 중요한 일이다.
단순성! 그것이야말로 금일의 詩가 상실하고 있는 최대의 재산이요,
이것이야말로 또한 抒情性의 불변한 생명이다.
사치의 시에서 단순의 詩에로의 회귀, 詩의 이러한 현대적 르네상스
를 위하여는 素朴의 정신은 그 關門의 하나다.
언어의 리크레이션으로부터 詩의 해방을 위하여 실로 오늘날 우리는
일체의 방법을 考究할 필요가 있기 때문이다.[33)

임화는 이처럼 서정시가 심오한 단순성을 지향해야 한다고 역설한다. 시
에 있어서 단순하고 소박한 정신이야말로 관념의 유희나 여가를 즐기는 道
樂을 넘어서 심오한 생명력을 지닌다는 것이다. 임화의 이러한 시정신이 단
적으로 형상화된 것이 <玄海灘>이다.

이 바다 물결은
예부터 높다
그렇지만 우리 靑年들은
두려움보다 勇氣가 앞섰다
山불이

<hr>

32) 임 화, 「詩壇의 新世代」(1939.9), 『文學의 論理』.
33) 위의 글.

어린 사슴들을
거친 들로 내몰은게다

對馬島를 지내면
한가닥 水平線 밖엔 티끌 한점 안 보인다
이곳에 太平洋바다 거센 물결과
南進해온 北風이 마주친다

몬푸랑보다 더 높은 파도
비와 바람과 안개와 구름과 번개와
亞細亞의 하늘엔 별빛마저 흐리고
가끔 半島엔 붉은 信號燈이 내어걸린다

아무러기로 青年들이
平安이나 幸福을 求하여
이 바다 險한 물결 위에 올랐겠는가?

첫 번 航路에 담배를 배우고
둘잿번 航路에 戀愛를 배우고
그 다음 航路에 돈맛을 익힌 것은
하나도 우리 青年이 아니었다

青年들은 늘
希望을 안고 건너가
결의를 가지고 돌아왔다
그들은 느티나무 아래 傳說과
그윽한 시골냇가 자장가 속에
장다리오르듯 자라났다
그러나 인제
낯선 물과 바람과 빗발에
흰 얼굴은 찌들고

무거운 任務는
고든 잔등을 농군처럼 굽혔다

나는 이 바다 위
꽃잎처럼 흩어진
몇사람의 가여운 이름을 안다
어떤 사람은 건너간채 돌아오지 않았다
어떤 사람은 돌아오자 죽어갔다
어떤 사람은 永永 生死도 모른다
어떤 사람은 아픈 敗北에 울었다
그중엔 희망과 결의와 자랑을 욕되게도 내어판이가 있다면
나는 그것을 지금 기억코싶지는 않다

오로지
바다보다도 모진
大陸의 삭풍 가운데
한결같이 사내다웁던
모든 靑年들의 名譽와 더불어
이 바다를 노래하고 싶다

비록 靑年의 즐거움과 希望을
모두다 땅속 깊이 파묻는
悲痛한 埋葬의 날일지라도
한번 玄海灘은 靑年들의 눈앞에, 검은 喪帳을 내린 일은 없었다

오늘도 또한 나젊은 靑年들은
부지런한 아이들처럼
끊임없이 이 바다를 건너가고, 돌아오고
來日도 또한
玄海灘은 靑年들의 海峽이리라

永遠히 玄海灘은 우리들의 海峽이다

三等船室 밑 깊은 속
찌든 寢室에도 어머니들 눈물이 배었고
흐린 불빛에도 아버지들 한숨이 어리었다
어버이를 잃은 어린 아이들의
아프고 쓰린 울음에
대체 어떤 罪가 있었는가?
나는 울음소리를 무찌른
외방말을 歷歷히 기억하고 있다

오오!
玄海灘은, 玄海灘은
우리들의 運命과 더불어
永久히 잊을 수 없는 바다이다

靑年들아!
그대들은 조약돌보다 가볍게
玄海의 큰 물결을 걷어찼다
그러나 관문해협 저쪽
이른 봄바람은
果然 半島의 北風보다 따스로웠는가?
情다운 釜山埠頭 위
大陸의 물결은
정녕 玄海灘보다 얕았는가?

오오! 어느날
먼먼 앞의 어느날
우리들의 괴로운 歷史와 더불어
그대들의 不幸한 生涯와 숨은 이름이
커다랗게 記錄될것을 나는 안다

一八九0年代의
一九二0年代의
一九三0年代의
一九四0年代의
一九××年代의……
모든 것이 過去로돌아간
廢墟의 거칠고 큰 碑石 위
새벽별이 그대들의 이름을 비칠 때
玄海灘의 물결은
우리들이 어려서
고기떼를 쫓던 실내처럼
그들의 一生을
아름다운 傳說가운데 속삭이리라

그러나 우리는 아직도
이 바다 높은 물결 위에 있다

— <玄海灘> 전문

1938년에 발간된 시집 『현해탄』의 표제시인 이 작품은 임화가 카프에서 활동하던 때의 시와는 많은 변화를 보여주고 있다. <네街里의 順伊>, <雨傘 밧은 요꼬하마의 埠頭>, <우리 옵바와 火爐> 등의 시에서 '네街里, 雨傘, 깨어진 火爐' 등의 심상이 폐쇄된 상황에 처해 있는 화자의 우울한 정조를 드러냈던 반면, <玄海灘>은 현해탄의 심오한 상징성을 내적 성찰을 통해 드러내고 있다.

주인공이 패기 있고 늠름한 기상을 가진 청년으로 제시되어 있는 것도 주목할 만하다. 그러나 이 젊은이는 계급의식을 직접적으로 표출하고 있지는 않다. 또한 고향의 산천과 정다움을 하나의 추억으로 연결시키기도 하고, 농민들의 고달픈 생활상을 직접적인 묘사가 아닌 함축적인 비유를 통해 묘사하고 있다. 화자는 氣象을 비유적으로 사용하여 당시의 시대상과 현실을 그리고 있다. 한국의 현실은 별빛마저 흐리고 붉은 신호등이 깜빡거리는 상황인데 청년들은 미래를 짊어지고 갈 용기를 가지고 현해탄을 건너간다. 현해탄을 들고나는 사람들의 괴로운 모습들도 압축적인 표현으로 형상화되어 있다. 이 시의 앞부분을 보면 현해탄이 현실의 고통을 해결해주는 거대한 세계의 상징으로 비쳐질 수 있으나 이 시에서 핵심적인 부분은 "永遠히 玄海灘은 우리들의 海峽이다"라고 선언된 13연이다. 현해탄을 건너간 청년들은 "어떤 사람은 건너간채 돌아오지 않았다 / 어떤 사람은 돌아오자 죽어갔다 / 어떤 사람은 永永 生死도 모른다 / 어떤 사람은 아픈 敗北에 울었다"라는 시구에서 볼 수 있듯이 쓰린 체험을 하고 돌아온다. 우리의 역사와 당시 현실을 말없이 바라보고 있는 것이 현해탄이며, 이 바다는 우리들의 운명을 지켜보고 있다. 그래서 아주 오랜 세월이 흘러 아름다운 전설처럼 말할 수 있을 때 민족의 역사와 체험을 간직한 현해탄은 모든 것을 기억할 것이다. 시의 연은 길어졌지만 짧은 호흡으로 당대의 민족 현실을 객관적으로 그리고 있는 이 작품은 임화가 그의 시론에서 추구한 서정시의 심오한 낭만성과 단순성을 그리려고 애쓴 것을 볼 수 있다. 이 시는 일제 강점기 당시 대부분의 우리 민족이 하층 계급인 노동자, 농민이었고, 이들이 빈궁의 참상을 겪어야 했으며, 서구 문명을 좇아 현해탄을 건너가 참담한 체험으로 돌아오던 단면들을 포괄적으로 제시하고 있다. 일본과 한국을 잇고 있는 현해탄을 시적 소재로 하여 민족의 현실과 슬픔이 객관적 사실들로 시화된 〈玄海灘〉은 서정시의 심오한 낭만성과 나이브한 리얼리즘을 시의 진실성으로 삼았던 임화의 시정신이 잘 드러나 있다.

> 회상하는 심정의 슬픔도 아니요, 飛揚하려는 의지의 비통도 아니요, 오직 순조로히 현대를 살 수 있다면 행복하였을지도 모르는 순결한 마음의 조그만 비극이 만들어 내는 울음은 한결 더 처참한 것이다.
>
> 이것은 현대에 生을 향유한 것 자체가 비극의 '알파'요 '오메가'인 心情, 바꿔 말하면 生이 그냥 슬픔인 현대 서정시의 중요한 측면의 표현이다.[34]

임화는 현대시가 현대와 밀착하고 그것과의 집요한 拮抗 가운데서 건설된다고 하였다. 순결한 비극을 함유한 것이 서정시라고 이야기하고 있는 위의 글은 임화가 지닌 낭만주의의 시정신을 단적으로 보여준다. 그는 내면적 심화와 지적 순화라는 계단을 거쳐 시가 완성된다고 보았다. <玄海灘>은 '玄海灘'이라는 객관적 현실적 소재를 통하여 임화가 지향했던 내면적 심화와 지적 순화를 잘 드러낸 작품이다.

4. 맺음말

본 연구는 '프로문학 운동가 임화'라는 일반론에 편승하지 않고 한국시사에서 임화의 시가 차지하는 한 단면을 밝혀보려는 목적으로 그의 시론과 시를 분석 고찰하였다.

임화의 문제작 <우리 옵바와 火爐>에 대한 '단편서사시' 논평은 김기진에 의해 거론된 것으로, 해금 이후 임화의 시에 대한 집중적 논의에서 이에 준거한 견해로 수다히 거론되었다. 그러나 본 연구에서는 이 시를 서정시가 장형화된 것으로 취급하여 분석하는 것이 객관적으로 타당성이 있다고 고찰하였다. 임화 스스로도 단편서사시에 대한 장르적 입장 표명을 밝힌 바 없으며, 카프문학의 대중화 문제와 투쟁성을 역설하는 한편 자신의 시에 드러난 감상성을 비판하였다. 카프의 볼셰비키화를 제창하던 시기, 임화는 투쟁적 문학운동을 주장했으나 그의 <우리 옵바와 火爐>에는 그런 투쟁의 면모가 별로 보이지 않는다. 단순한 선전 선동의 구호보다 화자인 여성이 빈궁과 현실의 참담함을 하소연하듯이 감상적으로 시화하고 있는 것이 이 시의 호소력을 높이고 있는 것으로 보인다. 그러나 이러한 면모를 문학 이론과 실제 작품에서 괴리를 지녔던 것으로 판단할 수는 없다. 카프가 해산된 이후 임화

---

34) 임 화, 「詩壇의 新世代」(1939.9), 『文學의 論理』.

는 낭만적 시정신을 절창하고 있다. 임화의 낭만성은 기교주의를 비판하던 시론 등에서 구체적으로 드러나며, 감정과 이지를 갖춘 언어로 시를 써야 한다고 주장한 글에서도 확인되었다. 그리고 민족의 아픔을 젊은 청년의 눈으로 진실되게 그려야 한다는 관점 아래 임화는 心魂에서 우러나오는 심오하고 단순화한 서정시로 지향하는 것이 참다운 시의 전통이 될 것이라는 논지를 전개하였다. 이러한 그의 견해가 집약되어 드러난 작품이 <玄海灘>으로, 이 시는 <우리 옵바와 火爐>와 상당히 대조되는 시풍을 보여준다. 형상화에 있어서 단순하면서도 낭만적이지만 감상으로 빠지지 않는 건강성을 보이고 있다. 이 '玄海灘'은 문학사의 과제이자 혁명사적 과제인 '현해탄 콤플렉스'35)로 부각되거나, '역사적 삶의 모순 공간'36)으로 인식되기도 하였다. <玄海灘>의 "永遠히 玄海灘은 우리들의 海峽이다", "그러나 우리는 아직도 바다 높은 물결 위에 있다"라는 시구는 심오한 단순성과 낭만성을 지니면서도 이 현해탄의 현재적 의미가 심화되는 리얼리티를 느끼게 해준다.

임화는 일련의 시론에서 민족문학의 정체성을 확보하기 위하여 고심하였던 흔적을 보이고 있다. 그리고 문학비평에서 프로문학의 역사적 필연성을 주장하지만, 한편으로 낭만적 시정신으로 회귀하려는 견해를 펴고 있다. 이 부분은 그가 문학과 예술에의 본원적인 정열을 지녔던 것을 짐작하게 한다. 임화는 문학론에서 투쟁적으로 이론을 전개하고 있었지만, 시를 통한 내면에 있어서는 낭만성을 견지한 서정시의 형상화를 위해 고심하였다. 임화의 이러한 시정신이 작품의 예술성을 살려준 것으로 평가된다.

✿ (『聖心語文論集』24집, 성심어문학회, 2002.2), 改稿

---

35) 김윤식, 앞의 책, 13면.
36) 김재홍, 앞의 책, 40면.

김기림의 <쥬피타 追放>

− 초현실주의적 문명 비판의 리얼리티 −

<쥬피타 追放>
− 李箱의 靈前에 바침 −

芭蕉 잎파리처럼 축 느러진 中折帽 아래서
빼여 문 파이프가 자조 거룩지 못한 圓光을 그려 올린다.
거리를 달려가는 밤의 暴行을 엿듣는
치켜 올린 어깨가 이걸상 저걸상에서 으쓱거린다.
住民들은 벌서 바다의 유혹도 말다툴 흥미도 잃어버렸다.

깐다라 壁畵를 숭내낸 아롱진 盞에서
쥬피타는 中華民國의 여린 피를 드리켜고 꼴을 찡그린다.
「쥬피타 술은 무엇을 드릴가요?」
「응 그 다락에 언저둔 登錄한 思想을랑 그만둬.
빚은지 하도 오라서 김이 다 빠졌을걸.
오늘밤 신선한 내 식탁에는 제발
구린 냄새는 피지 말어.」

쥬피타의 얼굴에 絶望한 우슴이 장미처럼 히다.
쥬피타는 지금 씰크햇트를 쓴 英蘭銀行 노오만 氏가

글세 大英帝國 아츰거리가 없어서
장에 게란을 팔러 나온 것을 만났다나.
그래도 게란 속에서는
빅토리아 女王 直屬의 樂隊가 軍樂만 치드라나.

쥬피타는 록펠라 氏의 庭園에 만발한
곰팽이 낀 節操들을 도모지 칭찬하지 않는다.
별처럼 무성한 온갖 思想의 花草들.
기름진 장미를 빨아 먹고 오만하게 머리추어든 恥辱들.

쥬피타는 구름을 믿지 않는다. 장미도 별도……
쥬피타의 품안에 자빠진 비둘기 같은 天使들의 屍體.
거문 피 엉크린 날개가 輕氣球처럼 쓰러졌다.
딱한 愛人은 오늘도 쥬피타다려 정열을 말하라고 졸르나
쥬피타의 얼굴에 장미 같은 우슴이 눈보다 차다.
땅을 밟고 하는 사랑은 언제고 흙이 묻었다.

아모리 따려보아야 스트라빈스키의 어느 拙作보다도
이뿌지 못한 도, 레, 미, 파……인생의 一週日.
은단과 조개껍질과 金貨와 아가씨와
佛蘭西 人形과 몇 개 부스러진 꿈쪼각과……
쥬피타의 노름감은 하나도 자미가 없다.

몰려오는 안개가 겹겹이 둘러싼 네거리에서는
交通巡査 로오랑 氏 로오즈벨트 氏 기타 제씨가
저마다 그리스도 몸짓을 숭내내나
함부로 돌아가는 붉은 불 푸른 불이 곳곳에서 事故만 이르킨다
그중에서도 푸랑코 氏의 直立不動의 자세에 더군다나 현기ㅅ증이 났다.

쥬피타 너는 世紀의 아푼 상처였다.
쥬피타는 병상을 차면서 소리쳤다

「누덕이불로라도 신문지로라도 좋으니
저 太陽을 가려다고.
눈먼 팔레스타인의 殺戮을 키질하는 이 건장한
大英帝國의 태양을 보지 말게해다고」

쥬피타는 어느날 아침 초라한 걸레쪼각처럼 때묻고 해여진
수놓는 비단 形而上學과 체면과 거짓을 쓰레기통에 벗어 팽개쳤다.
실수 많은 인생을 탐내는 썩은 體重을 풀어 버리고
파르테논으로 파르테논으로 날어갔다.

그러나 쥬피타는 아마도 오늘 세라시에 陛下처럼
해여진 망또를 둘르고
문허진 神話가 파무낀 폼페이 海岸을
바람을 데불고 혼자서 소요하리라.

쥬피타 昇天하는 날 禮儀없는 사막에는
마리아의 찬양대도 분향도 없었다.
길잃은 별들이 遊牧民처럼
허망한 바람을 숨쉬며 떠 댕겼다.
허나 노아의 홍수보다 더 진한 밤도
어둠을 뚫고 타는 두 눈동자를 끝내 감기지 못했다.

1. 머리말

김기림의 시 〈쥬피타 追放〉은 그의 시집 『바다와 나비』[1])에 실려 있다.

---

1) 『바다와 나비』(신문화연구소, 1946)는 『氣象圖』(창문사, 1936), 『太陽의 風俗』(학예사, 1939)
에 이은 김기림의 제3시집이다. 여기 수록된 시편들의 제작 연대는 1935년부터 해방 이후
의 정치적 선풍 속에서 쓴 작품까지 분산되어 있다. 총 5장으로 편성되어 있는 이 시집 중
〈쥬피타 追放〉은 제Ⅳ장에 단독으로 실린 작품이다.

김기림은 이 시에 '李箱의 靈前에 바침'이라는 부제를 달아 놓았고, 시집에서도 이 시를 '황홀한 天才 李箱의 追悼詩'[2]라고 밝힌 바 있다. 그런데 이 작품을 읽어보면 다만 동시대의 한 동료 시인을 추모하는 의례적인 永訣辭로 지어진 것만은 아니라는 점에서 깊은 관심을 갖게 한다. 그러나 그간의 연구들은 <쥬피타 追放>에 대한 논평을 거의 생략하고 있다. 그 이유는 김기림의 이상에 대한 개인적 주관적인 추도문이라고 손쉽게 판단하고 소위 김기림류로 주지되어 온 모더니즘의 범주에서 벗어나는, 말하자면 권외의 자투리로 간주된 것이 아닌가 생각된다.[3] 그러나 이 시는 당시 김기림의 내면 세계의 한 모습이 다소 이질적인 모더니즘적 기법과 시적 기교에 의해 매우 심층적으로 형상화되어 있다는 점에서 고찰의 대상이 될 만하다.[4]

김기림에 대한 기존 연구들의 대부분은 당대의 시운동과 연결 지어 그의 시론에 대한 비판 또는 찬반양론 등을 펼치거나, 서구 문예사조와의 대비 고찰에 의한 모더니즘의 성격을 규명하는 작업에 집중되어, 시 작품 자체의 내면적 문학성에 관한 연구는 거의 관심 밖에 놓여 있었다. 이에 본 연구는 주지적 모더니스트 김기림이라는 일반적 논의에서 벗어나 그의 시 <쥬피타 追放>을 작품론에 입각하여 분석 고찰하고자 한다. 따라서 본 연구는 김기림

---

2) 김기림, '머리말', 『바다와 나비』, 신문화연구소, 1946.

3) 이 작품에 대한 구체적인 논의로는 김윤식의 「<쥬피타 추방>에 대한 6개의 주석—李箱과 金起林—」(『한국현대모더니즘비평선집』, 서울대학교출판부, 1991)이 있다. 이 글에서는 <쥬피타 追放>에 시화된 내용을 이상의 모더니티를 심층적으로 해석하기 위한 하나의 주석쯤으로 처리하여 논의하면서 작품이 지닌 내재적 상징성에 대한 논의는 하지 않고 있다.

4) 본래 모더니즘은 그 본고장인 서구에서 어떤 특정 유파를 지칭하는 것은 아니었던 것으로, 주지주의·이미지즘 등의 영미 계통과 쉬르레알리슴·다다이즘 등의 프랑스 중심 계열로 대별되는 이 두 조류가 비록 모더니즘이라는 이름으로 범칭되어 왔으나 실은 극단적으로 상치되는 특성을 갖고 있다. 단적으로 전자는 전통 지향적이고 후자는 이것을 부정하고 파괴하는 데에 열중했다는 점으로도 그러하다. 한편, 한국의 모더니즘은 비록 서구의 경우와 같은 전통성 논의를 그대로 적용시킬 수 없다 하더라도, 일단 전자에는 金起林類, 후자에는 李箱類로 구별할 수 있다. 그러나 이들에 의하여 형성된 한국의 모더니즘은 서구와 같이 체험적 이데아가 확연히 구획 지어지지는 않는 것으로 생각된다. 가령 이들이 九人會의 동인으로 활동했다든지, 김기림의 경우 그는 이상에게 동질의식을 품고 있었다든지, 그리고 그의 시론에서도 그가 추구한 영미 계통의 시론과는 성질이 매우 다른 쉬르레알리슴에 대한 각별한 관심을 드러내고 있다든지 하는 점들이 있기 때문이다.

의 직접 간접의 체험 내용과 그의 정신 속에 수용된 시의식이 이 작품에 어떻게 복합적으로 형상화되어 리얼리티를 획득하고 있는지를 구명하는 데에 중점을 두게 될 것이다.

11연으로 이루어진 <쥬피타 追放>은 크게 두 단락으로 나눌 수 있다. 제1연~제7연에는 이상의 생애를 삶의 行狀으로 素描하고, 제8연~제11연에서는 이상의 죽음과 그의 영혼의 세계를 慰撫하고 있다. 첫 단락 일곱 연은 초저녁에서 깊은 밤 또는 이른 새벽으로 이어지는 시간의 흐름에 소묘의 속성인 '원근법'과 '밖에서 안으로의 이행'이라는 두 기법이 구사되고 있다. 즉, 제1연의 '느러진 中折帽', '빼여 문 파이프', '치껴 올린 어깨' 등은 살롱에서 익히 보아 온 먼발치의 李箱의 풍모이고, 제2연 '아롱진 盞'의 '여린 피를 드리켜고 꼴을 찡그린' 모습은 자리를 함께 한 근거리이며, 제3연에서 '絶望한 우슴이 장미처럼 히다'고 한 것은 서로 이마가 맞닿을 만큼 마주한 분위기이다. 그리고 제1연부터 제7연까지의 내용이 점층적으로 심도를 더해 감을 볼 수 있다. 제1연의 '밤의 暴行'과 주민들의 실의, 제2연의 등록된 김빠지고 구린내 나는 사상에 대한 거부, 제3연의 대영제국의 몰락과 허세, 제4연의 오만하고 치욕스러운 사상들에 대한 비판, 제5연의 낭만을 불신하고 정열을 잃은 사랑, 제6연의 俗情에 식상한 삶, 그리고 제7연의 살롱을 나서면서 부딪치는 혼란스럽고 경직된 현실 등의 추이가 그것이다. 둘째 단락 네 연은 제8연의 임종, 제9연의 운명, 제10연의 魂歸, 그리고 제11연의 慰靈의 순서를 밟고 있다. 이 둘째 단락도 역시 내용상으로는 亡人에 대한 추모의 정을 점층적으로 심화시키고 있다.

이처럼 <쥬피타 追放>의 단락 구조는 추도시의 형태를 표방하고 있으며, 각 연에 담긴 내용은 모두 이상을 추모하는 것으로 되어 있다. 그러나 이 시 전편의 행간을 메우고 있는 언어들은 이상의 行狀과 그 정신에 대한 '直接 追慕'라기보다는 이상을 추앙한 김기림의 안목이라 할 수 있다. 즉, 이 시는 이상에 대한 김기림의 해석이며 그 자신의 내면세계를 표출한 상징성을 내포하고 있는 것이다. 그러므로 우리는 이 시를 통하여 이상에 접근되어 있는 김기림의 시문학 중 그 중요한 한 단면을 해독하고 감상할 기회를 갖게 된다. 이 점은 본 연구가 <쥬피타 追放>을 통하여 김기림의 시문학을 고찰하고자 한 요체가 된다.

2. '주피터'의 상징과 문명 비판의 리얼리티

이 작품이 지어진 시기는 이상이 사망한 1937년 4월 17일 이후이겠으나 시집 『바다와 나비』(1946)에 실리기 전에 발표된 흔적은 보이지 않는다. 김기림과 이상은 九人會의 회원이기도 했지만 김기림이 영문학을 공부할 당시 동경에 있던 이상과는 서로 여러 차례의 서신을 주고받는 절친한 사이였다. 김기림에게 있어 이상은 '황홀한 天才'였고, 제목에서도 알 수 있듯이 그리스 신화 최고의 신 제우스와 동일시되는 로마의 수호신 주피터와 같은 존재이다.5)

하늘의 제왕 제우스는 라틴어로 주피터이다. <쥬피타 追放>에는 천상의 존재인 주피터가 이 땅에 이상으로 화하여 쫓겨 와 세파에 시달리고, 결국은

---

5) 그리스 신화에서 우주의 지배자, 질서의 감시자인 제우스는 탁월한 정치 감각과 술책으로 모든 시련을 이겨내고 신들과 인간들의 아버지로서 우주를 다스리는 권좌에 오른다. 권력 앞에서 제우스는 지극히 냉철한 현실주의자였지만, 인간적인 신으로 지혜와 윤리적인 측면에서도 완벽한 승리를 이룬다. 하늘의 지배자 독수리는 제우스를 상징하는 새이다. 제우스는 구름, 비, 서리, 눈, 우박을 비롯한 모든 기후 변화를 주관하며 풍요를 선물하는 신이다. 특히 비는 제우스의 물이라고 불렀다. 천둥과 번개로 자신의 분노를 표현하는 제우스는 예언의 신이기도 하다. 무지개와 유성을 통해 자신의 뜻을 전하기도 하고 핏빛 비를 내려 인간의 오만을 경고하기도 한다. 꿈속에 헤르메스를 보내 인간에게 운명을 알려주고 새를 날려 보내 징조를 보여준다. 제우스는 타락한 인간을 처벌하기 위해 네 차례나 홍수를 보내 지상에서 사람의 자취를 없애버리기도 한다. 또한 제우스는 천체를 다스리는 신이다. 제우스에게 불경을 저지른 자들은 하나같이 벼락에 맞아 죽는다. 제우스는 천하의 바람둥이로 수많은 여신들과 요정, 심지어는 유부녀와 사랑을 즐겨 수많은 자식을 낳는다. 제우스의 사랑 이야기, 다시 말하면 애정 행각은 제우스의 윤리성에 상처를 입혔고, 연애 설화는 세월이 흘러 제우스 몰락의 원인이 되었다. 우주의 지배자 제우스도 운명의 기구함을 피할 수 없게 된 것이다(유재원, 『그리스 신화의 세계』, 현대문학, 1998, 93~122면 참조).

골고다의 예수처럼 처참한 운명을 맞이하는 긴박한 시상 전개가 이루어지고 있다. 당시의 시대적 정치적 상황 속의 이상을 골고다의 예수의 모습으로 겹쳐 놓고 이를 다시 그리스 신화의 세계로 끌어들여 추방되는 주피터로 시화하고 있는 <쥬피타 追放>은 당시 김기림이 지녔던 사회적·문화적 통찰력과 그 표출이 매우 뛰어난 것임을 느끼게 한다.

芭蕉 잎파리처럼 축 느러진 中折帽 아래서
빼여 문 파이프가 자조 거룩지 못한 圓光을 그려 올린다.
거리를 달려가는 밤의 暴行을 엿듣는
치껴 올린 어깨가 이걸상 저걸상에서 으쓱거린다.
住民들은 벌서 바다의 유혹도 말다툴 흥미도 잃어버렸다.　　(제1연)

깐다라 壁畵를 숭내낸 아롱진 盞에서
쥬피타는 中華民國의 여린 피를 드리켜고 꼴을 찡그린다.
「쥬피타 술은 무엇을 드릴가요?」
「응 그 다락에 언저둔 登錄한 思想을랑 그만둬.
빚은지 하도 오라서 김이 다 빠졌을걸.
오늘밤 신선한 내 식탁에는 제발
구린 냄새는 피지 말어.」　　　　　　　　　　　　　　　(제2연)

　이 시는 제1연에서 전지전능한 주피터가 근대화의 상징인 중절모를 쓰고 파이프를 문 초라한 모습으로 허술한 살롱에 들어서면서 '거룩지 못한 圓光'을 내뿜고 있는 장면으로 시작되고 있다. '밤의 暴行'이 亂舞하는 시대적 상황에서 당대를 살아가는 군상들은 희망의 상념을 떠올리게 하는 '바다의 유혹'에 대한 관심이나 이 상황을 타개해 나갈 이념적 모색을 위한 의욕마저 상실해버렸다.

　2연에서는 중국에서 발달한 아름다운 문화·예술이 '깐다라 壁畵'에서 번성되어 나온 것이라고 이야기한다. 이 대목은 그리스에서 발원하여 오랫동안 서양 문명의 창조적 원천이자 창작의 기본 원리가 되었던 헬레니즘 문화,

인도에서 발원하여 아시아의 동반부를 하나의 정신적 이상 아래 통일하였던 불교, 이 두 전통이 만나 경이로운 역사적 사건을 탄생시킨 간다라 미술에 대한 이해를 바탕으로 한 김기림의 지적 수사를 볼 수 있게 한다. 그리고 한편, 과거 찬란히 꽃피었던 중국의 전통적 역사와 문화는 당시 떠돌았던 프롤레타리아 혁명의 눈으로 보았을 때 한 모금으로 마셔지는 '여린 피'와 같이 섬약하고 하잘것없는 것이라는 사유를 보이고 있다. 이것은 그의 시 <아프리카 狂想曲>에서 강대국들이 아프리카를 강점하고 나서 축배로 드는 샴페인이 마치 '麒麟의 피'와 같다고 한 시구를 연상하게 한다. 약소국의 전통, 역사, 문화가 하루아침에 훼손되고 부정되는 아이러니를 보여준다. 주피터는 과거에 우리가 중국의 영향을 받았던 사상을 무화시키면서 기존 사상과 관념에 대하여 부정을 하고 있다. 그리고 이처럼 진부하고 염증 나는 사상들을 뒤엎을 새로운 모더니티를 찾고 있다.

> 쥬피타의 얼굴에 絶望한 우슴이 장미처럼 히다.
> 쥬피타는 지금 씰크햇트를 쓴 英蘭銀行 노오만 氏가
> 글세 大英帝國 아츰거리가 없어서
> 장에 게란을 팔러 나온 것을 만났다나.
> 그래도 게란 속에서는
> 빅토리아 女王 直屬의 樂隊가 軍樂만 치드라나.   (제3연)

> 쥬피타는 록펠라 氏의 庭園에 만발한
> 곰팽이 낀 節操들을 도모지 칭찬하지 않는다.
> 별처럼 무성한 온갖 思想의 花草들.
> 기름진 장미를 빨아 먹고 오만하게 머리추어든 恥辱들.   (제4연)

3연에서는 중세기 이래 制海權을 장악하며 무역, 공업, 영토 등에서 세계에 군림하고 있었던 대영제국의 몰락을 비꼬고 있다. 제국주의 정책에 의한 식민지 통치의 황금시대를 이룩하여 세계 대제국으로 부상했던 영국을 잘 그려주고 있다. 해가 지지 않는 나라, 세계 최강의 나라였던 영국이 지금에 와선 아침거리가 없어서 계란을 팔러 나온 것이다. 그러나 계란 파는 것에도 빅토리아 시대의 전통적인 군악대 연주가 행해지는 권위적 의식의 허례를 주피터를 통해 아이러니컬하게 표출하고 있다.

4연에서 화자는 세계적으로 난립하고 있었던 정세—소련과 독일의 조인, 이에 대항하기 위한 미국·영국·중국 등의 반파시즘 민주연합—를 '별처럼 무성한 온갖 思想의 花草들', '곰팽이 낀 節操들'로 비웃는다. 미국의 공업왕이라 불리는 J. D. 록펠라를 등장시켜서 자유 민주주의를 표방한 미국 또한 '기름진 장미를 빨아먹고 오만하게 머리추어든 恥辱들'이라고 신랄하게 비판하고 있는 것도 당대 정세에 대한 고도의 비판적 안목을 보여주고 있다.

> 쥬피타는 구름을 믿지 않는다. 장미도 별도……
> 쥬피타의 품안에 자빠진 비둘기 같은 天使들의 屍體.
> 거문 피 엉크린 날개가 輕氣球처럼 쓰러졌다.
> 딱한 愛人은 오늘도 쥬피타다려 정열을 말하라고 졸르나
> 쥬피타의 얼굴에 장미 같은 우슴이 눈보다 차다.
> 땅을 밟고 하는 사랑은 언제고 흙이 묻었다.　　　　　(제5연)

5연에서 주피터는 정열을 조르는 애인에게 장미 같은 웃음이 눈보다 찬 시선을 던지면서 철저하게 냉소적이며 절망에 빠져 있다. 그의 품에서 바람 빠진 풍선처럼 힘 없이 추락하여 검은 피로 쓰러지는 '天使들의 屍體'들을, 지상에 유배되어 있는 주피터의 권능으로는 어쩔 도리가 없다. 세상의 아름다움과 희망을 상징하는 장미와 별, 하늘의 구름도 땅을 밟고 몸부림치는 주피터에게는 정열을 불태울 수 없게 만든다. 인간들의 아버지인 주피터가 이 땅에 쫓겨 와 흙을 붙안고 허무의 늪에 빠져 있는 모습은 이 세상에 대한 지독한 아이러니와 쓸쓸함을 던져준다. "땅을 밟고 하는 사랑은 언제고 흙이 묻었다."라는 시구는 인간적인 사랑을 체험하고 그 고통을 겪는 주피터의 운명을 잘 드러내주고 있다.

이것은 이상이 "암만 해도 나는 十九世紀와 二十世紀 틈바구니에 끼여 卒倒하려 드는 無賴漢인 모양이오. 完全히 二十世紀 사람이 되기에는 내 血管에는 너무도 많은 十九世紀의 嚴肅한 道德性의 피가 威脅하듯이 흐르고 있소그려."[6], "二十世紀를 生活하는 데 十九世紀의 道德性밖에는 없으니 나는 永遠한 절름발이로다."[7]라고 고백한 바 있듯이 모더니티를 찾으면서도 이상과 현실의 상치·괴리로 인해 불구적 존재로 살다 간 이상의 비극이 형상화된 장면을 연상하게도 해준다.

> 아모리 따려보아야 스트라빈스키의 어느 拙作보다도
> 이뿌지 못한 도, 레, 미, 파……인생의 一週日.
> 은단과 조개껍질과 金貨와 아가씨와
> 佛蘭西 人形과 몇 개 부스러진 꿈쪼각과……
> 쥬피타의 노름감은 하나도 자미가 없다.   (제6연)

> 몰려오는 안개가 겹겹이 둘러싼 네거리에서는
> 交通巡査 로오랑 氏 로오즈벨트 氏 기타 제씨가
> 저마다 그리스도 몸짓을 숭내내나
> 함부로 돌아가는 붉은 불 푸른 불이 곳곳에서 事故만 이르킨다
> 그중에서도 푸랑코 氏의 直立不動의 자세에 더군다나 현기ㅅ증이 났다.
>   (제7연)

6연에서 제1·2차 세계대전 사이에 혁명적 음악가의 상징으로 유럽 음악의 선도적 역할을 했던 소련의 작곡가 스트라빈스키의 '拙作'과 인생의 일주일을 대비시킨 것도 절묘한 효과를 거두고 있다. 우리의 인생은 스트라빈스키의 음악보다 아름답지 못한 틀에 박힌 졸작과 같다. 한때 열렬히 유행을 따랐던 서구의 예술 전통은 '佛蘭西 人形'처럼 이식되어 꾸며진 상품에 지나

---

6) 이 상, 『李箱隨筆全作集』, 갑인출판사, 1977, 221면.
7) 이 상, 『李箱小說全作集』(1), 갑인출판사, 1977, 83면.

지 않는 부스러진 꿈 조각과 같고, 그래서 '쥬피타의 노름감은 하나도 자미가 없다'.

7연에서는 소련을 주축으로 한 사회 민주주의 진영과 독일, 이탈리아 등의 파시즘, 일본의 군국주의, 그리고 영국·미국·프랑스 등을 주축으로 한 자유 민주주의 연합 전선의 각축 등이 어지럽게 세계 곳곳에서 사건과 사고만 일으키던 당시의 정치적 정세들을 주피터의 눈으로 펼쳐 놓고 있다. 제2차 세계대전 당시 연합군을 지휘하며 세계평화를 외치던 루스벨트, 에스파냐 제2공화국의 인민전선 정부가 수립되자 반정부 군사반란을 일으킨 프랑코 등에 대한 객관적 정세가 약축되어 묘사된 것도 시의 묘미를 살려준다. 그런데 주피터는 이렇게 경직된 역사의 소용돌이 속에서 현기증을 느낄 뿐 철저히 냉소의 눈으로 지켜보기만 할 뿐이다.

제1연부터 제7연까지는 위에서 살펴본 바와 같이 김기림이 이상의 삶 속에 자신의 사유를 불어넣어 그와의 동질성을 시적으로 환기시켜주고 있는 것을 볼 수 있다.

쥬피타 너는 世紀의 아푼 상처였다.
惡한 氣流가 스칠적마다 오슬거렸다.
쥬피타는 병상을 차면서 소리쳤다
「누덕이불로라도 신문지로라도 좋으니
저 太陽을 가려다고.
눈먼 팔레스타인의 殺戮을 키질하는 이 건장한
大英帝國의 태양을 보지 말게해다고」   (제8연)

쥬피타는 어느날 아침 초라한 걸레쪼각처럼 때묻고 해여진
수놓는 비단 形而上學과 체면과 거짓을 쓰레기통에 벗어 팽개쳤다.
실수 많은 인생을 탐내는 썩은 體重을 풀어 버리고
파르테논으로 파르테논으로 날어갔다.   (제9연)

8연에는 임종에 직면한 주피터의 모습이 극적으로 형상화되어 있다. 주피터를 못 견디게 만드는 것은 문화와 예술에 있어 영향력을 가장 크게 행사한 대영제국의 태양이다. 옛날에 가나안이라고 불렀던 팔레스타인을 시상에 떠올려 세계사에서의 고통의 단면을 제시한 것은 김기림의 예각적 비판정신을 잘 보여주는 대목이다. 또한 생명 근원의 상징인 태양[8]이 팔레스타인의 殺戮을 키질한다는 표현도 이중의 아이러니를 함축하고 있다. 제1차 세계대전 이후 영국의 위임통치령이 된 팔레스타인의 운명은 일제 강점기 한국의 상황을 간접적으로 반영한 것이기도 하다. 또한 팔레스타인은 유대교·그리스도교·이슬람교의 성지가 함께 있는 복잡한 종교적 숙명을 안고 있는 곳이다. 이 시에서 '팔레스타인의 殺戮'이 상징하는 바가 21세기인 현재에도 끊임없이 殺戮이 자행되고 있고 희망의 빛을 찾기 힘든 상황이라는 점에서 실존의 리얼리티를 드러내고 있다고 볼 수 있다.

9연에서 주피터는 그를 얽매고 있던 '수놓는 비단 形而上學과 체면과 거짓'을 모두 팽개치고 이승의 삶을 마치고 있다. 이 땅을 팽개치고 제우스의 신전인 파르테논으로 돌아간 것이다.

箱은 필시 죽음에게 진것은 아니리라. 箱은 제 肉體의 마지막쪼각 까지라도 손수갈아서 없애고살아진것이리라. 箱은 오늘의 環境과 種族과 無知속에 두기에는 너무나 아까운 天才였다. 箱은 한번도 「잉크」로 詩를 쓴일은없다. 箱의詩에는 언제든지 箱의피가 淋漓하다. 그는 스스로 제 血管을짜서 「時代의血書」를 쓴것이다. 그는 現代라는 커—다란 破船에서 떨어저 漂浪하든 너무나 悽慘한 船體쪼각이였다. —(중략)—

箱이우는것을 나는 본일이없다. 그는 世俗에 反抗하는 한 惡한(?) 精靈이었다. 惡魔다려 울줄을 몰은다고해서 비웃지마러라. 그는 울다울다 못

---

8) 태양은 일반적으로 영웅적이고 용감한 힘, 창조적·인도적인 것을 상징한다. 주피터도 태양신의 하나이다. C. G. 융은 태양이 생명 근원의 상징이고 인간의 궁극적인 총체성의 상징이라고 지적하였다. 태양은 영웅적 이미지, 신의 눈, 삶과 활력의 능동적인 힘과 기원 등과 관련된 용어를 형성하는 기반이 되었다 (J. E. Cirlot, *A Dictionary of Symbols*, London : Routledge & Kegan Paul, 1971. 317~320면 참조).

해서 인제는 淚腺이 말러버려서 더울지 못하는것이다. 箱이 所屬한 二十
世紀의 惡魔의 種族들은 그러므로 繁榮하는 僞善의 文明에向해서 메마른
찬 우슴을 吐할뿐이다.

　흐르고 어지럽고 겨으른 詩壇의 낡은風流에 極度의 憎惡를품고 破壞
와 否定에서 始作한 그의詩는 드디여 時代의깊은 傷處에 부대처서 慘憺
한呻吟소리를 吐했다. 그도또한 世紀의 暗夜속에서 불타다가 꺼지고만
한줄기 尖銳한 良心이었다. 그는 그러한 不安動搖속에서「動하는精神」을
再建하려고 해서 새出發을 計劃한것이다. 이 尨大한 設計의 於口에서 그
는 그만不幸히 자빠젓다. 箱의죽음은 한個人의 生理의 悲劇이아니다. 縮
刷된 한時代의 悲劇이다.　—(중략)—

　箱의宿所는 九段아래 꼬부라진 뒤꼴목 二層골방이었다. 이「날개」돗
인 詩人과 더브려 東京거리를 漫步하면 얼마나 유쾌하랴하고 그리든 온
갓꿈과는 딴판으로 箱은「날개」가 아주 부러저서 起居도바로못하고 이
불을 둘러쓰고 앉어있었다. 電燈불에가로 비췬 그의얼골은 象牙보다도
더蒼白하고 검은수염이 코밑과턱에 참혹하게 茂盛하다. 그를 바라보는
내얼골의 어두운表情이 가뜩이나 病들어 弱해진벗의마음을 傷해울가 보
아서 나는애써 明朗을 꾸미면서

　『여보 당신얼골이 아주 피디아쓰의 제우쓰神像 같구려.』

　하고 웃엇드니 箱이 例의 情熱빠진 우슴을 껄껄 우섯다. 事實은 나는
「듀비에」의「골고다」의「예수」의 얼골을 聯想했든것이다. 오늘와서 생
각하면 箱은 實로 現代라는 커—다란 謀諂에빠저서 十字架를 걸머지고
간「골고다」의 詩人이었다.[9]

　이상에 대한 김기림의 추억을 이야기한 이 글을 보면 이상은 손끝으로 시
를 지은 것이 아니라 항상 제 생명을 담보로 20세기 위선의 문명에 대항하
고 있었음을 알 수 있다. 이상이 죽기 전 모습은 골고다의 예수의 형상과 같
다. 그래서 주피터가 승천하는 모습은 골고다의 언덕으로 십자가를 지고 올
라가던 예수의 모습과 오버랩되고 있다. 주피터는 부귀영화와 허례허식과
고루한 사상들을 버리고 가볍게 육체를 벗고 파르테논 신전으로 날아간다.

---

9) 김기림,「故 李箱의 追憶」,『朝光』, 1937. 6, 312~313면.

이는 그리스 신화에서 많이 볼 수 있는 영웅의 비극적 죽음을 연상하게도 한다. 이 대목은 김기림이 주피터로 형상화한 이상의 영혼 위에 자신의 像을 하나의 동질성으로 떠올리고 있는 것으로 보아야 될 것이다.

> 그러나 쥬피타는 아마도 오늘 세라시에 陛下처럼
> 해여진 망또를 둘르고
> 문허진 神話가 파무낀 폼페이 海岸을
> 바람을 데불고 혼자서 소요하리라.　　　　　　　(제10연)

> 쥬피타 昇天하는 날 禮儀없는 사막에는
> 마리아의 찬양대도 분향도 없었다.
> 길잃은 별들이 遊牧民처럼
> 허망한 바람을 숨쉬며 떠 댕겼다.
> 허나 노아의 홍수보다 더 진한 밤도
> 어둠을 뚫고 타는 두 눈동자를 끝내 감기지 못했다.　　(제11연)

10·11연에서는 주피터의 사후세계가 신화적으로 펼쳐지고 있다. 이는 김기림의 독특한 시적 상상의 세계를 보여주는 대목이다. 죽은 이상은 '세라시에 陛下'처럼 누더기를 걸치고 폼페이 해안을 방황하고 있다. 번영과 쾌락의 땅이었던 폼페이는 약 2천년 전 한순간에 화산재 속으로 파묻힌 도시이다. 번성의 절정기에 멸망한 폼페이 해안에서 '바람을 데불고' 소요하고 있는 주피터의 고독한 모습은 이 시의 아이러니를 더하고 있다.

그리스 신화에서 제우스는 타락한 인류를 멸하기 위해 네 번이나 홍수를 일으켰다. 황금의 인간, 은의 인간, 청동의 인간, 철의 인간은 모두 제우스가 보낸 홍수에 휩쓸려 차례차례 멸망했다. 전쟁과 殺戮, 음모와 모함으로 세월을 보내는 영웅시대의 인간들의 꼴이 보기 싫어 제우스는 전쟁을 일으키기도 한다.[10] 자연의 섭리를 깨는 타락한 인간을 멸하기 위해 벌을 내리는 천

---

10) 유재원, 앞의 책, 106~107면 참조.

상의 존재 제우스가 그 어느 곳에도 안주하지 못하고 천형의 어둠 속으로 휩쓸려가는 모습은 구원의 희망을 찾을 수 없는 지독한 절망감을 안겨준다. 주피터는 무엇 때문에 모든 것이 사라진 폐허를 방황하고 있는가. 천상의 세계로 돌아가지 못해 떠돌고 있는가, 아니면 폐허가 된 이 땅을 다시 일으켜 세우기 위하여 안주하지 못하고 영혼으로 떠돌고 있는 것인가. 참으로 절망적인 실존의 상황이 아닐 수 없다.

마지막 연에서는 주피터가 승천하는 순간이 다시 극적으로 제시되고 있다. 그곳에는 마리아의 찬양대도, 분향도, 십자가마저도 없이 다만 길 잃은 별들과 바람만이 휘몰아칠 뿐이다. 주피터의 죽음에 모든 자연의 질서가 뒤흔들리고 노아의 홍수보다 깊은 어둠 속에 있는 그는 끝내 눈을 감지 못한 채 추방당하고 말았던 것이다.

숨막히는 毒瓦斯에 썪은 띠끌이 쓸려간 뒤에
聖都의 아츰에 王朝의 歷史는 간 데 없고
어느새 로-마의 風俗을 단장한 酋長의 따님의
숭내내는 國歌의 서투른 곡조가 웬일이냐

급한 발길을 행여 막으려 다투어 던지는
眞紅빛 薔薇의 언덕을 박차며
熱沙를 뿜으며 몰려오는
검은 쇠바퀴…… 검은 말발굽 소리……

테-불에 쏟아지는 샴펜의 瀑布.
「소생하는 로-마야 마셔라 麒麟의 피를……
正義도 象牙도 文明도 石油도 우리 것이다」
法王의 鐘들과 라디오가 마을 마을에 요란하다.

다-샨火山에 불이 꺼진 날
새로 엮인 페-지에 세기의 犯行이 淋漓하고나.

> 입담은 證人인 靑나일이 혼자
> 哀史를 중얼거리며 埃及으로 흘으더라.
>
> — <아프리카 狂想曲> 1~4연[11]

김기림의 <아프리카 狂想曲>에는 암흑 대륙인 아프리카가 유럽의 식민지로 분할되어 핍박과 문화의 발달을 저해당하고 있는 모습들이 형상화되어 있다. 樂式上 일정한 규칙이 없이 자유로운 변화가 많은 '狂想曲'을 이 시의 제목으로 끌어들인 것은 아프리카를 짓밟는 '검은 쇠바퀴', '검은 말발굽'의 소리를 발상으로 하여 쓴 것으로 보인다. 음악의 특정한 형식보다는 한자어 '狂想'이 이 시의 시상을 잘 드러내주고 있다. 조용한 아프리카 대륙에 로마의 전통을 흉내 내는 야만인들의 서투른 곡조가 울려퍼진다. 아름다운 자연의 나라에 열강들이 검은 쇠바퀴와 말발굽으로 '眞紅빛 薔薇의 언덕'을 마구 짓밟는다. 아프리카 대륙을 무력으로 빼앗고 난 후 강대국들이 마시는 축하의 샴페인은 아프리카의 상상적 靈獸인 '麒麟의 피'와 같다. '正義, 象牙, 文明, 石油'로 대표되는 아프리카의 역사와 문화, 자연, 천연 자원들은 강대국들에 의해 함부로 훼손되어 버리고, 문명에 때 묻지 않았던 마을 마을에는 라디오 소리로 요란하다. '世紀의 犯行'이 저질러지는 가운데 힘없는 아프리카인들은 어찌할 수 없이 '哀史'를 중얼거릴 뿐이다. 마지막 연의 "三色旗의 行進을 축복하는 / 沙漠의 太陽"이라는 시구는 영국, 프랑스 등 유럽의 식민지로 분할되어 피폐해지고 있었던 아프리카의 모습들이 아이러니컬하게 그려지고 있다.

크고 강하고 센 쇠바퀴 말발굽에 짓밟혀 강대국의 이익에 희생당하고 있던 아프리카의 모습을 표현한 이 시는 <쥬피타 追放>과 같은 아이러니의 수법이 객관적으로 사용되고 있다. 아프리카를 뒤흔들고 있던 요란한 움직임과 고통이 표출된 <아프리카 狂想曲>에는 또 다른 암흑 세계였던 당시 한국의 현실을 간접적으로 제시하는 시대 풍자를 볼 수 있다.

---

11) 김기림, 『바다와 나비』, 신문화연구소, 1946.

一九三九年 第二次世界大戰의 勃發은 벌써 避할 수 없는 「近代」 그것
의 破産의 豫告로 들렸으며 이 危機에선 「近代」의 超克이라는 말하자면
世界史的 煩悶에 우리들 젊은 詩人들은 마조치고 말었던 것이다. 이러한
일들이 日本帝國主義의 朝鮮에 대한 점점 高潮로 향하는 政治的 文化的
侵略의 急한 「템포」와 集中射擊과 함께 다닥쳤으며 따라서 生活의 體驗
을 통해서 實感되어 왔던 것은 勿論이다. 一九四五年 八月 十五日까지 約
五六年 동안의 中斷과 沈默은 다름아닌 우리 詩壇의 世界와 自身에 대한
二重의 커다란 苦悶을 품은 沈痛한 表情이었다.[12]

시집 『바다와 나비』의 머리말을 보면 김기림은 1939년 제2차 세계대전의
발발이 근대의 파산을 예고하는 것으로 보고, 이러한 근대를 극복하려는 세
계사적 번민에 휩싸인 자신의 내면세계를 드러내 보이고 있다. 그리고 일본
군국주의의 정치적 문화적 침탈이 극도로 자행되어감에 따라 그는 '世界와
自身에 대한 二重의 커다란 苦悶을 품은 沈痛한 表情'을 시화할 수밖에 없었
던 심중을 토로하고 있다.

　　<바다와 나비>는 '나비'와 '바다'의 대비를 통하여 시적 자아 '나비' 앞에
거대하게 출렁거리고 있는 '바다'의 이미지가 시화된 작품이다. 이 시에서도
김기림은 세계에 대한 자아의 비극적 체험 양상을 드러내면서 역사와 삶에
대한 의식의 내면을 보이고 있다. 이 시에 대하여 어떤 평자는 현해탄의 수
심을 몰랐던 나비 이상에 대한 김기림의 조사라고 논평한 바 있다.[13] 이 견
해는 이상의 모더니티 부정을 심층적으로 본 반면, 작품을 통하여 드러난 김
기림의 모더니티 감각은 풍속도의 수준, 즉 표층적인 의미로 본 것이다.[14]
그러나 김기림이 <바다와 나비>나 <쥬피타 追放>을 통하여 드러내고자 했
던 것이 단순히 이상을 조명·진단하기 위한 것이었다고 볼 수는 없다. 이
점에서 장시 <氣象圖>에 대하여 관념의 유희도, 심상과 감각의 유희도 아닌

---

12) 김기림, 「머리말」, 『바다와 나비』, 신문화연구소, 1946.
13) 김윤식, 앞의 글, 281면 참조.
14) 위의 글, 277~278면 참조.

진지한 시적 의도로 1930년대의 시대적 고통을 압축하여 한 풍경도 또는 조망도로 제작된 작품이라고 한 논평[15]은 시사하는 바가 크다.

<쥬피타 追放>에서 김기림이 주피터의 눈으로 이상이라는 조명체를 통하여 내면세계를 표현하고 있음은 앞서 말한 바와 같다. 김기림에게 있어 이상이란 존재는 그의 영혼의 한 부분을 차지하고 있는 상징적 존재일 수도 있을 것이나, 김기림은 그 나름대로 20세기를 조감하며 철저히 분석·비판하는 냉소적 시각을 드러내고 있다. 그에게 있어서 중국에 의해 지배되었던 과거의 역사, 서구를 통해서 이루어진 일본의 현대사와 그 일본을 통해 받아들인 한국의 제도, 문물 등은 모두 욕스럽고 부정의 대상이 될 뿐이다. 이상의 의식 속에 자리잡고 있던 자아의 부정, 기존 관념, 근대화의 부정 등은 김기림에게 있어서도 동질의식으로 자리잡고 있었던 것을 알 수 있다. 김기림은 <쥬피타 追放>에서 당대 사회 현실을 직시하면서 그 나름의 비극성을 신화적 상상력으로 형상화하였다. 이런 점에서 이 시는 김기림의 세계에 대한 체험과 그에 따른 내면의식을 심도 있게 표출한 작품으로 평가될 만하다.

3. <쥬피타 追放>의 초현실주의적 飛行

김기림은 그의 시론에서 현대시의 혁명적 방법론으로 쉬르레알리슴을 논하고 있다. 쉬르레알리슴은 세계대전 중의 혼돈한 유럽 정신의 소산인 다다이즘의 파괴적이고 부정적인 허무의 사상과 궤를 같이하는 사조이다. 그는 쉬르레알리슴이 유럽의 戰後 정신계의 불안상을 질서에의 의욕을 가지고 표현한 주관적 시의 최후 단계요 극치라고 생각하였다.[16] 쉬르레알리슴은 '꿈' 속에서 한줄기 血路를 찾았고, 사람들은 꿈을 통해서 자유로워지고 예술의

---

15) 신동욱, 『詩想과 목소리』, 민음사, 1991, 177면.
16) 김기림, 「상아탑의 비밀」, 『金起林 全集』2, 심설당, 1988, 315~316면 참조.

권리를 누린다. 그러나 쉬르리얼리스트는 로맨티시즘이 추구했던 아름다운 꿈만을 찾지는 않았다. 꿈속에 파묻히는 것이 아니고 꿈의 본질까지 사정없이 분석하여 꿈의 리얼리티를 탐구하려고 했다는 것이다. "꿈의 美가 아니고 꿈의 眞이다."[17]라는 김기림의 선언은 쉬르레알리슴이 아름다운 꿈을 붙잡으려 한 것이 아니라 참다운 꿈을 붙잡으려 한다는 것을 잘 설명해준다. 그리고 의식적 활동과 꿈의 활동이라는 두 가지 모순된 활동을 초월하고 해결짓는 종합의 세계로서 '초현실'의 세계를 가설로 내세웠다. 이 '초현실'은 實在와 꿈의 상태를 통일하는 절대적 실재이다. 이 세계를 형상화하기 위하여 고안된 것이 '自動記述'이며, 그는 이 방법에 의하여 인간 정신의 복잡하고 미묘한 활동의 과정인 꿈의 메커니즘을 가장 정확하고 심오하게 포착하고 탐구할 수 있다고 보았다. 그리고 그는 현대시가 난해성을 띠는 내면적 이유도 초현실주의가 지니는 전위적 체계에 의한 것이라고 하였다.[18]

　의미에서 해방된 시, 그것은 시에서 정신까지를 거부한다. 그것은 사람의 관념적 활동의 가장 순수한 단면을 나타내고, 가장 인공적이며 아무런 혼탁이 없는 지적인 정신활동을 담고 있다. 또한 그 정신활동이야말로 지극히 주관적인 것이다. 꿈을 추구하는 쉬르리얼리스트의 시작에 있어서 기호로서의 언어 구사란 인습적인 법칙이나 약속의 참여도 허락지 않는 작자 자신의 주관적이며 독창적인 것이다.

> 「포플라」의 마른 가지에 가마귀 한 마리
> 검은 묵바울가튼 검은 가마귀
> 「웨스트민스타」의 寺院의 종이
> 大英帝國의 黃昏을 느껴 (껴, 껴, 껴) 우는 소리 ―
> 가마귀는 거문 「징키쓰시칸」의 後裔올시다
> 하나 지금은 營養不足으로 卒倒의 症勢까지 보입니다
> 紳士는 아니외다

17) 김기림, 「現代詩의 發展」, 『金起林 全集』 2, 324면.
18) 김기림, 「시의 난해성」, 『金起林 全集』 2, 115면 참조.

　　葬式의 行列에 끌려가는 「알폰소」廢皇陛下의 帽子는 四十五度로 기우
러저 잇습니다
　　「사모라」의 키보다 큽니다
　　「칼멘」아 노래 불러라
　　서반아의 피를 마시면서 －

－ <서반아의 노래>19)

　　김기림은 「현대시의 발전」이라는 글에서 자신의 시 <서반아의 노래>를
예로 들면서 이 시가 몰락의 전야를 맞은 세계의 비극을 시화하기 위하여
활자의 직선적 橫列, 음향의 斷續 등의 외적 방법과 이미지의 비약에 의한
내적 방법을 시험해보았다고 하였다. 이미지는 다른 이미지를, 그 이미지는
또 다른 이미지를 불러온다. 이것을 김기림은 '연상의 飛行'이라고 불렀다.
이 시에서 寺院의 종소리, 불길한 까마귀, 廢皇 등은 모두 비극을 강조하기
위한 소재이고, '느껴'의 '껴'자 음을 까마귀의 울음소리와 목 메인 종소리에
붙여서 '껴, 껴, 껴'하고 연속함으로써 擬音의 직접적인 효과를 나타내려고
했다. '營養不足의 가마귀'는 대영제국의 말발굽 아래 깔려 있는 동방의 제
민족의 메타포로, 이 시는 현대문명의 폭음을 기도하고 그것에 대한 비판을
시화한 것이다.20) 김기림은 그의 시 <슈-르레알리스트>21)에서도 초현실주
의자를 남들이 모르는 수상한 노래에 맞춰 혼자 춤을 추는 가여운 절름발이
로 비유하고 있다.

　　<쥬피타 追放>에는 쉬르레알리슴적 기법이 효과적으로 사용되었다. 주피
터의 내면의식에 따라 시간과 공간, 시점이 이동하고 역사의 흥망성쇠를 초
월하여 신화의 공간으로 이동하는 자동기술법이 효과적으로 조직되어 있다.
그리고 그 가운데에서 반드시 이상이 아닐 수도 있는 김기림의 의식이 복합
적으로 작용하고 있다. 그가 시론에서 이야기한 聯想의 飛行이 다층적으로

---

19) 김기림, 「현대시의 발전」, 『金起林 全集』 2.
20) 위의 글, 333~334 참조.
21) 김기림, <슈-르레알리스트>, 『朝鮮日報』, 1930.9.30.

형상화되어 있는 것이다.

주피터 이상은 육신을 벗고 가볍게 날 수 있기를 갈망하지만 끝내 눈을 감지 못한 채 떠돌고 있다. 이 시에서 이상의 죽음과 비극이 일본의 군국주의에 연유한 것인지 아니면 모더니티를 지향하면서도 그것을 지향했던 자아와 기존 관념에 대한 부정에서 온 것인지를 규명하는 일은 그리 중요하지 않다. <쥬피타 追放>에서 모티프로 작용하는 이상의 정신적 방황과 죽음이 현재에도 실존적 리얼리티를 느끼게 해주고 큰 공감을 불러일으키기 때문이다.

이 시가 한 비극적 시인에 대한 통상적 의례적인 추도문이라기보다 당대 삶을 살아가던 김기림의 내면세계와 영혼의 몸부림이 극히 서정적인 시적 기교로써 표출된 작품임은 전술한 바와 같다. 이런 면에서 <쥬피타 追放>은 1930년대 후반 김기림의 시의식의 한 단면을 드러내준 문제작이라 할 만하다. 이 시에서 김기림은 기존 모더니티에 대한 부정과 이를 극복하기 위해 신화의 세계를 동경하고 있었다. 그러나 이것은 원시적인 과거의 세계로의 도피가 아니라 상상의 세계를 통하여 미래에의 비전을 제시하려 한 김기림 나름의 모더니티로 볼 수 있다.

> 六千年 메마른 思想의 沙漠에서는 오늘밤도
> 히미한 神話의 불낄들이
> 음산한 懷疑의 바람에 불려 깜박어립니다.
>
> 그러나 四月이 오면 나도 이 추근추근한 季節과도 작별해야 하겠읍니다.
> 濕地에 자란 검은 생각의 雜草들을 불살워 버리고
> 太陽이 있는 바다까로 나려가겠읍니다.
> 거기서 벌거벗은 神들과 健康한 英雄들을 맞나겠읍니다.
> — <겨울의 노래> 5 · 6연

1939년 『文章』지에 실렸던 <겨울의 노래>는 그 기법과 자아의 내면세계를 형상화하는 데 있어서 <쥬피타 追放>과 비슷한 성향을 드러내고 있다.

암울한 상황인 겨울이라는 시간과 메마른 사막의 공간을 통하여 화자는 지난 날 자신이 편력한 '旅行'과 '러브씬' 등은 모두 서투른 것이었다고 고백한다. 이 시에서 '추근추근한 濕地', '醫師는 處方을 斷念', '벌거벗은 허수아비', '薔薇가 피지 않는 한울', '絶望', '새벽을 믿지 않는 頑固한 窓', '六千年 메마른 思想의 沙漠' 등은 당시의 절망적인 상황과 기존 관념·사상에 대한 부정, 시적 자아 자신에 대한 성찰이 담긴 시어들이다. <겨울의 노래>에서도 화자는 <쥬피타 追放>에서처럼 신화의 세계로 회귀하고 있음을 볼 수 있다. 신화를 문학적 상징으로 채용하는 것이 인간 상황을 무시간적으로 관찰하고 연속감과 인류 일반과의 일체감을 우리에게 전달하기 위해서[22]라면 <쥬피타 追放>에서 시적 자아가 꿈꾸는 신화의 세계는 자아와 세계의 평화로운 조화를 통찰하려는 시도로 보인다.

4. 맺음말

김기림의 <쥬피타 追放>은 '李箱의 靈前에 바침'이라는 부제가 달린 이상에 대한 追悼詩이다. 이 작품은 김기림의 시문학에 대한 그간의 연구에서 거의 논의되지 않았다. 그 이유는 이 시가 追悼辭를 대신한 儀禮的인 것이라는 통념이 작용한 때문이었던 것으로 생각된다. 그러나 이 시는 1930년대 김기림의 내면세계가 초현실주의적 기법과 이에 수반된 상징적 내용으로 형상화된 매우 특이한 작품이다. 김기림은 이 시에서 1930년대의 세계적 정세와 고통의 단면들을 풍자적으로 조감하면서 인생과 세계를 깊이 있게 성찰하고 있다. 본 고는 이 점에 착안하여 이 작품을 분석 고찰하였다.

<쥬피타 追放>은 이상의 삶을 하늘의 제왕 주피터로 치환하여 소묘하고, 그를 골고다의 예수처럼 처참한 죽음을 맞이하는 존재로 표상하고 있다. 김

---

22) Hans Meyerhoff, 김준오 역, 『文學과 時間現象學』, 심상사, 1979, 121면 참조

기림은 그가 진단한 당대 사회 현실의 비극성을 주피터 상징이라는 신화적 상상력을 통하여 형상화해 놓았다. 그리고 당대 세계 정세에 대한 탁월한 식견을 보여주고 있다. 세계사에서 자행되고 있던 고통의 단면들을 매우 현란하게 제시하고 있는 것이 돋보인다. 특히 생명 근원의 상징인 태양이 팔레스타인의 殺戮을 키질한다는 아이러니는 21세기인 현재에도 진행중인 세계 문제를 예각적으로 이슈화했다는 점에서 리얼리티를 확보한다고 평가된다.

한국시사에서 김기림은 일반적으로 주지적 모더니즘을 선도한 시인으로 부각되어 왔다. 그러나 김기림이 썼던 일련의 시론에서는 초현실주의에 대한 명확한 이해를 바탕으로 당대의 한국 시를 분석하고 진단하는 분석력을 보여주고 있다. 현대시의 혁명적 방법론으로서 초현실주의 정신을 예리하게 해부하고 자동기술법의 메커니즘을 탐구한 그는 이러한 측면을 이미지의 비약에 의한 '聯想의 飛行'이라는 논제로 제시하고 있다. <쥬피타 追放>은 김기림이 초현실주의 시론에서 효과적 방법론으로 제시했던 聯想의 飛行을 다층적으로 표출하고 있는 작품으로 판단된다.

김기림은 <쥬피타 追放>에서 자아와 세계를 둘러싼 문명사적 고통과 번민을 신화의 세계로 상징화하는 시적 기교와 상상력을 보여주었다. 또한 <쥬피타 追放>의 상징적 모티프인 주피터의 정신적 방황과 절망, 그 죽음은 실존적 리얼리티를 느끼게 한다는 점에서 큰 공감을 불러일으킨다. 폐허가 된 이 땅에 주피터는 무엇을 구하기 위해 승천하지 못하고 영혼으로 떠돌고 있는가. 이러한 주피터의 운명은 시간과 공간을 초월하여 인간 존재의 현재적 상황을 상징화해 준다고 할 것이다.

(『한국현대문학연구』10집, 한국현대문학회, 2001.12), 改稿

조지훈 시의 시의식과 원질성

1. 머리말

본 연구는 芝薰 趙東卓(1920~1968)의 시를 작품론으로 집중 고찰하여 그의 시에 일관하고 있는 시정신과 특성을 밝히는 데 목적이 있다. 조지훈에 관한 그간의 연구 실적들은 대개 그의 시편 및 시집이 발표·간행된 순차에 따라 연대순·분기별로 각각 다른 조지훈 시인과 그의 시 유형이 존재하는 것으로 분할 연구되거나, 인물 평전 성격의 산발적 논총으로 이루어져 온 것이 일반적인 경향이었다. 이러한 고찰 가운데서 가장 두드러진 논평은 조지훈이 한국 현대시사에서 전통지향적 시풍을 대변하는 시인으로 거론되어 온 것으로서, 이 또한 조지훈의 전 생애 중 어떤 특정 시기가 의도적으로 선별된 바에 기인한 것이었다. 한편, 시 외적인 평설에 의한 '선비 정신'류의 인상적 평가가 그의 '인간'을 말하여 주고 있으나, 이것이 그의 시 텍스트 전편을 통하여 도출될 수 있는 시인 조지훈상을 대변할 수는 없을 것이다. 이 점에서 조지훈은 그의 詩作 생애에 의한 하나의 일관된 성격으로 규명되어야 할 것이며, 또 그럴 만한 의의가 충분한 시인으로 생각된다.

조지훈에 관한 연구는 시인의 생애와 시의식의 변환에 따른 시세계의 특성 및 변모 양상에 관한 연구,[1] 조지훈 시의 언어, 형태, 운율, 이미지, 상징등 시의 구조적 미적 가치에 대한 연구,2) 조지훈의 시론 및 문학론 등 학문에 관한 연구,3) 조지훈에 대한 전기적 사실을 그의 생애와 인품, 역사적 상황에 비추어 논한 인간론4) 등으로 대별된다.

1) 김동리, 「趙芝薰의 禪感覺」 / 김해성, 「禪的 詩觀考」 / 김용태, 「趙芝薰의 禪觀과 詩」 / 김종길, 「芝薰詩의 系譜」 / 문덕수, 「民族詩의 方向과 主體的 美學의 定立」 / 신동욱, 「趙芝薰의 詩에 나타난 抵抗意識」 / 이기서, 「芝薰詩가 지닌 狀況의 意志化」 / 이동환, 「芝薰詩에 있어서의 漢詩傳統」 / 한승옥, 「芝薰詩의 屈折과 美的 效果」(김종길 외, 『趙芝薰研究』, 고려대학교출판부, 1978).
   김용직, 「現代詩와 傳統의 繼承」, 『心象』제12호, 1973.11.
   김용직, 「靑鹿派의 初期詩」, 『正名의 美學』, 지학사, 1986.
   김우창, 「韓國詩와 形而上」, 『궁핍한 시대의 詩人』, 민음사, 1977.
   김운학, 「韓國現代詩에 나타난 佛敎思想」, 『現代文學』, 1964.10.
   김윤식, 「心情의 閉鎖와 擴散의 破綻 ―趙芝薰論―」, 『韓國近代作家論攷』, 일지사, 1974.
   김재홍, 「芝薰 趙東卓」, 『韓國現代詩人研究』, 일지사, 1986.
   김종균, 『韓國近代詩人意識 研究』, 고려대학교 대학원 박사학위논문, 1980.
   김종균, 「趙芝薰漢詩研究」, 『韓國外國語大學校論文集』, 제17집, 1984.7.
   박경혜, 『조지훈 문학 연구』, 연세대학교 대학원 박사학위논문, 1992.
   박두진, 「趙芝薰의 詩世界」, 『思想界』제183호, 1968.7.
   박철석, 「趙芝薰論」, 『韓國現代詩人論』, 학문사, 1986.
   박호영, 『趙芝薰 文學研究』, 서울대학교 대학원 박사학위논문, 1988.
   송재영, 「趙芝薰論」, 『創作과 批評』제22호, 1971, 가을호.
   양왕용, 「趙芝薰의 詩」, 『現代詩學』제47호, 1973.2.
   양혜경, 『정지용과 조지훈 詩의 전통지향성 연구』, 동아대학교 대학원 박사학위논문, 1997.
   장문평, 「芝薰의 挫折」, 『現代文學』제211호, 1972.7.
   정태용, 「趙芝薰詩」, 『現代文學』제183호, 1970.3.
   조석구, 『조지훈 문학 연구』, 세종대학교 대학원 박사학위논문, 1994.
2) 권도현, 「趙芝薰 試攷」, 『詩文學』제8호, 1972.3.
   김춘수, 「芝薰詩의 形態」, 『青鹿集 其他』, 현암사, 1968.
   김홍규, 「趙芝薰의 詩世界」, 『心象』제41호, 1977.2.
   서익환, 『조지훈 시 연구』, 우리문학사, 1991.
   오탁번, 「芝薰詩의 意味와 理解」, 김종길 외, 『趙芝薰研究』.
   이숭원, 「조지훈 시의 내면구조」, 『한국 현대 시인론』, 개문사, 1993.
   최병준, 『조지훈 시 연구』, 국민대학교 대학원 박사학위논문, 1993.
3) 강만길, 「芝薰과 <韓國民族運動史>」, 김종길 외, 『趙芝薰研究』.
   김종균, 「趙芝薰의 文學批評」, 『우리文學研究』제1집, 1976.1.
   박노준, 「趙芝薰의 ≪新羅研究≫ 解義」, 김종길 외, 『趙芝薰研究』.
   박호영, 「조지훈의 시론 연구 -유기체시론을 중심으로-」, 『한국현대시론사』, 모음사, 1992.
   신일철, 「한 詩人의 韓國精神史觀」, 김종길 외, 『趙芝薰研究』.
   이숭원, 「趙芝薰의 詩論에 대하여」, 『李應百博士回甲記念論文集』, 보진재, 1983.
   인권환, 「傳統文化와 民俗學의 研究」, 김종길 외, 『趙芝薰研究』.
4) 김종길 외, 『趙芝薰研究』 '人間論' 참조.

  그런데 조지훈 시에 관한 연구의 대부분은 그의 인생 편력과 시 작품을 관련지어 각 시기의 분할에 따라 그의 시가 변모를 보인 것으로 초점을 맞추거나, '靑鹿派'라는 유파적 성격을 강조하여 이 안에서 그의 시를 전통적 소재의 시, 禪的 감각의 시, 그리고 해방 이후의 현실 참여적인 시 등으로 분류하고 이들을 선별적으로 高評하거나 비판하는 극단론에 치우쳐 왔다.

  또한 이들 일련의 연구 가운데 조지훈이 『文章』지에 추천을 받던 시기에 『白紙』동인으로 詩作했던 상징적 탐미주의, 초현실주의적 모더니즘 등 서구풍의 시편들은 서구지향성에 기운 일시적인 것으로 취급되어 큰 의미를 갖지 못하는 것으로 논평되었다. 이는 조지훈의 시가 세칭 청록파의 유파적 성격으로 경도된 관심에 따라 그의 시세계를 불교적 관조의 禪趣 내지 한국시사에서 전통지향성의 한 축이 되는 대상 등으로 집중 재단하는 편향적 시각에 의하여, 이들과는 성격을 달리하는 시편들이 경시된 현상이라 할 수 있다.

  조지훈은 "文學은 人間을 통해 나타나는 自然總體의 結晶이요 自然을 통해 나타나는 人間精神의 究竟的 具現"[5]이라고 하였다. 그가 말하는 자연이란 한낱 '고전적인 풍물'[6]로 서경적 풍취를 玩賞하는 대상이 아니라 그의 형이상학적 체험의 등가물이라고 할 수 있다. 1920년대 김소월이나 한용운 시의 중심 상징이었던 '님'이 戀歌風으로 노래되었던 것과는 달리, 조지훈의 경우는 그 시적 상상력의 대전제가 인간 생명의 유한성과 삶의 고독, 실존적 고뇌를 초월하여 영원으로 나아가려는 시적 체험으로 볼 수 있기 때문이다.

  조지훈은 현실에 참여하면서 항상 그 상극과 혼탁을 초극하는 청순한 수맥을 지키려 했고, 시의 변환으로써 인생을 편력하고 시의 편력을 통하여 그의 정신을 형성하는 과정에서 변하지 않는 자신을 찾으려 했다고 한 바 있다[7]. 그는 詩作의 초기부터 비극적인 자아를 인식하면서도 인간 존재를 탐구하는 역설적인 시정신을 순수한 영혼에의 그리움으로 추구하고 있었다.

---

5) 조지훈, 「自然과 文學」, 『趙芝薰全集』 3, 文學論, 일지사, 1973, 313면.
6) 김우창, 앞의 글, 57면.
7) 조지훈, 「나의 詩의 遍歷」, 『靑鹿集 以後』, 현암사, 1968, 348~361면 참조.

조지훈은 흔히 선천적 풍모의 '志操詩人'으로 거론되나, 그의 시편을 면밀히 검토해 보면 인간의 실존적 고뇌로 끊임없이 흔들리면서 그 자신의 인간 존재를 영원의 세계로 지향하는 양면성을 드러냄으로써 시적 진실성을 획득하고 있다. 본 논문은 이러한 전제 아래, 해방 이전 조지훈의 시를 대상으로 하여 이러한 이율배반적 이원성이 어떠한 구조적인 상상력의 역설을 통하여 상징적인 초월의 세계로 승화되는가를 집중 고찰하여 조지훈 시의 原質性을 해명해 보고자 한다.

2. 서구 충격과 전통 의식의 공존

조지훈의 초기 시는 일반적으로 1939년『文章』지를 통해 발표된 <古風衣裳>, <僧舞>, <鳳凰愁> 등이 당시를 대표하는 것으로 거론되었고, 이 작품들은 그의 전 詩作 생애를 통하여 가장 걸출한 것으로 평설되어 왔다. 그의 초기 시에 대한 이러한 일반적 평가는 고전적 소재로 전통적 정서와 향수를 시화한 작품과 성격을 달리하는 서구 취향적 시편들을 습작기의 실험작 수준으로 제쳐놓는 상대적 평가 현상을 낳았다.

그러나『文章』에 추천을 받던 당시 조지훈이 동인지『白紙』에 발표한 <計算表>, <鬼哭誌>, <雨淋鈴> 등과 1939년 이전에 쓰인 <月光曲>, <鐘소리>, <印刷工場>, <華戀記>, <孔雀 Ⅱ> 등 일련의 모더니즘적 서구 취향의 작품들은 당시는 물론, 오늘의 안목으로도 '습작기의 詩作'으로 가볍게 간과할 수 없는 짜임새와 깊이를 간직하고 있다.

『文章』에 실린 <古風衣裳>, <僧舞>, <鳳凰愁> 등은 그 당시 정황으로만 보면 추천자 정지용의 영향으로 인한 조지훈의 비자각적 작품이었다. 전통적 소재를 활용하여 그는 세칭 '청록파'라는 유파로 특성화되었으나, 전통지향적 또는 민족적 서정시만이 조지훈 초기 시의 본령이었다고 보는 것은 편협한 시각으로 판단된다. 『文章』지의 시편들이 걸출하다는 평을 얻은 만큼 『白紙』를 중심으로 한 일련의 작품들도 조지훈의 시의식이 심도 있게 내재되어 있는 것으로 신중히 다루어져야 할 것이다.

(1) 모더니즘 취향의 서구 수용

조지훈이 문학 활동을 시작한 1930년 전후는 프로문학이 문단을 장악했던 때로, 그는 당시 그러한 문학적 경향에 대해 '嫌惡와 懷疑'를 느끼면서도 다른 한편으로는 사회과학 서적을 탐독하고 少年會에 가담하여 활동하는 등 사춘기의 방황을 겪었다. 그리고 그는 청년기에 접어들면서 사회과학서 대신 민족문화에 대한 학술서를 읽는 데 열중했고, 그 당시 문학 청년들이 흔히 경험했던 것처럼 서구 문예사조와 작품의 섭렵에 열중하였다.8) 조지훈의 이 서구 취향적인 면모는 모더니즘적 성향으로 특성화될 수 있는데, 이 성향은 주지주의·이미지즘 등의 영미 계통과 쉬르레알리슴·다다이즘 등의 프랑스 중심 계열로 대별되는 조류를 포괄하고 있다. 조지훈은 일군의 모더니즘 시인들과 같이 뚜렷한 태도를 지속적으로 보여주지는 않았으나 모더니즘에 대한 관심을 가지고 당대에 이것을 그의 詩作에 반영시키고 있다.

1938년에 쓰여진 <月光曲>은 제목에서부터 환상적인 이미지를 환기시키고 있다. 아름다운 곡조 '月光' 소나타를 연상하게 하는 이 작품에는 달과 소녀의 교감이 시화되어 있다.

> 작은 나이프가 달빛을 빨아드린다. 달빛은 사과 익는 향기가 난다. 나이프로 사과를 쪼갠다. 사과 속에서도 달이 솟아 오른다.

> 달빛이 묻은 사과를 빤다. 少女가 사랑을 생각한다. 흰 寢衣를 갈아 입는다. 少女의 가슴에 달빛이 내려 앉는다.

---

8) 조지훈, 「나의 歷程」, 『趙芝薰全集』 4, 隨想, 160~161면 참조.

少女는 두손을 모은다. 달빛이 간즈럽다. 머리맡의 詩集을 뽑아 젖가슴을 덮는다. 사과를 먹고나서 <이브>는 부끄러운 곳을 가리웠다는데······ 詩集속에서 사과 익는 향기가 풍겨 온다.
　달이 창을 열고 나간다.

　時計가 두時를 친다. 聖堂 지붕 위 十字架에 달이 걸려서 處刑된다. 落葉소리가 멀어진다. 少女의 눈이 감긴다.

　달은 虛空에 떠오르는 久遠한 圓光 그리고 사람의 모습이 달이 되어 復活한다. 부끄러운 곳을 가리지 못하도록 두팔을 잘리운 <미로의 비너쓰>를 생각한다. 머리칼 하나 만지지 않고 떠나간 옛사람을 생각한다.

　少女의 꿈속에 달빛이 스며든다. 少女의 心臟이 달을 孕胎한다. 少女의 잠든 肉體에서 달빛이 퍼져 나간다. 少女는 꿈속에서도 祈禱한다.
― <月光曲> 전문9)

"작은 나이프가 달빛을 빨아드린다."라는 1연의 첫 구절은 주인공인 소녀가 등장하고 있지는 않지만 사과를 깎는 소녀의 행동을 단도직입적으로 표현하여 시의 묘미를 얻고 있다. "달빛은 사과 익는 향기가 난다."라는 구절도 滿月의 달빛이 사과 향기와 같다는 공감각적 표현을 보여준다. 일견 서구적인 감각인 듯하나, 보름달의 한국적인 의미가 새 생명의 잉태, 축제의 밤 등을 상징하는 것을 볼 때 동양적인 상상력에서 이 시가 발상된 것으로 보인다. 나이프와 사과는 달빛에 의해 하나가 되고, 사과 속으로 달의 靈氣가 배어든다. 2연에서는 주인공인 소녀가 사과를 먹는다. "달빛이 묻은 사과를 빨다."라는 표현은 다분히 남성 상징과 여성 상징의 비유로도 볼 수 있지만 그 표현은 조금도 외설적이지 않다. 오히려 동화의 한 대목과 같이 청순한 분위기이다. 사과를 먹다가 소녀는 사랑을 생각한다. 이 '사랑'이란 분명 에로스적인 것은 아니다. 5연에 나오는 '머리칼 하나 만지지 않고 떠나간 옛사

---

9) 조지훈, '地獄記', 『趙芝薰詩選』, 정음사, 1956.

람'일 수도 있다. 달빛을 받으며 소녀는 흰 寢衣로 갈아입고 눕는다. 이윽고 달의 靈氣가 소녀에게 비춰진다. 3연에서 소녀는 달빛의 간지러움에 수줍음을 느끼고 시집을 뽑아 가슴을 가린다. 달빛이 소녀에게 '愛撫'를 하는 것처럼 표현된 것도 그 느낌이 신선하다. 여기서 '시집'이란 동심을 간직한 소녀의 정신적 순수함의 상징이다. 잘 익은 사과를 먹고 이브와 같은 체험을 하는 소녀의 모습에는 환상적 낭만성이 있다.

이러한 시상은 4연에 이르러 전환이 온다. 달이 창을 열고 나가 있는 곳은 성당 지붕 위 십자가 끝이었다. 새벽이 되도록 잠을 이루지 못하고 있는 소녀는 달이 예수처럼 십자가에 처형되는 것으로 느낀다. 마치 페이드아웃이 연출되듯이 소녀는 낙엽 소리를 들으면서 잠이 든다. 여기서 소녀의 잠은 새로운 소생을 위한 죽음을 상징하기도 할 것이다. 5연에는 소녀의 꿈속에서 처형되었던 그리운 사람이 달로 부활하고 있다. 두 팔을 잘린 '미로의 비너스'는 달빛에 매료되어 있는 소녀일 것이나, 소녀는 여전히 그리운 옛사람을 생각하고 있다. 동경해 왔던 그 사람이 6연에선 소녀의 꿈속에서 달빛이 되어 소녀에게로 스며든다. 이윽고 소녀의 심장은 달을 잉태한다. 이 잉태의 의미는 소녀에서 성숙한 여인으로 가는 과정을 상징적으로 그린 것이겠지만, 소녀는 여전히 정신의 순수를 지향하는 '기도'를 하고 있다.

소녀들이 겪는 통과의례의 과정을 달빛이라는 매개를 통하여 감각적으로 그리고 있는 〈月光曲〉은 18세의 나이에 성숙의 과정을 겪는 조지훈의 유미적 감수성을 잘 드러내고 있다. 月光을 보고 시적 영감을 받은 것은 참신하지만 달빛을 받은 소녀의 모습은 蠱惑的이라기보다는 다분히 고전적이고 정적이다. 소녀에게 흡입되듯 다가가는 '달빛', 이는 전통지향적인 시에서 드러나듯 더 이상 완상의 대상이 아니다. 이 시에서 달빛은 주인공의 의식을 뒤흔들어 놓는 바람과 같다. 이 유미적 靜謐感 속에서 이브의 육체와 기도하는 순수의 양면성이 끊임없이 상충의 과정을 겪는다. 소녀는 이브의 육체를 가진 여인이 되었으나 여전히 정신적 순수를 꿈꾸고 있는 것이다.

〈鐘소리〉는 〈月光曲〉과 같이 그 제재는 서정적이지만 내용은 서구풍의 퇴폐적 분위기에 인간 존재의 원죄적 비극 체험을 충동적으로 그리고 있다.

바람 속에서 鐘이 운다. 아니 머리 속에서 누가 징을 친다.

落葉이 흣날린다. 꽃조개가 모래밭에 딩군다 사람과 새짐승과 푸나무
가 서로 목숨을 바꾸는 저자가 선다.

사나히가 배꼽을 내놓고 앉아 칼 자루에 무슨 꿈을 彫刻한다. 계집의
징그러운 裸體가 나무가지를 기어 오른다. 혓바닥이 날름거린다. 꽃같이
웃는다.

劇場도 觀衆도 없는데 頭蓋骨안에는 悽慘한 悲劇이 無時로 上演된다.
붉은 慾情이 겨룬다 검은 殺戮이 찌른다. 노오란 運命이 덮는다. 천둥 霹
靂이 친다.
　　아 ――.

그 原始의 悲劇의 幕을 올리라고 숨어 앉아 몰래 징을 올리는 자는
대체 누구냐.

울지 말아라 울리지 말아라 깊은 밤에 구슬픈 징소리. 아니 白晝 대낮
에 눈먼 鐘소리.

― <鐘소리> 전문10)

바람이 불면서 종이 울리고, 이 종의 울림으로 <鐘소리>의 화자는 시의
상상의 세계로 들어간다. 무대는 '사람과 새짐승과 푸나무'가 서로 목숨을
바꿀 수 있는 '저자'이다. 인간과 동물, 식물의 차별이 필요 없는 혼돈 속에
서 화자는 '悽慘한 悲劇이 無時로 上演'되는 것을 투시하고 있다.
　배꼽을 내놓고 앉아 칼자루에 꿈을 조각하는 사나이에게 꽃같이 관능적인

---

10) 위의 시집.

계집이 뱀처럼 유혹한다. '칼 자루', '나무가지' 등은 남성 상징으로 해석되지만, 화자는 서정주의 <花蛇>에서처럼 원죄의 모순과 비극을 극복하여 인간의 운명과 생명을 탐구하려는 데까지 그리고 있지는 않다. 육체적 욕망과 쾌락에 탐닉하는 면이 그려질 뿐이다. 두개골 안에서 펼쳐지는 '붉은 欲情', '검은 殺戮', '노오란 運命', '천둥 霹靂' 등은 색채의 안배와 함께 우리 인간 운명의 복잡다단한 질곡의 상징이다. 인간의 욕망과 운명의 비극성이 시화된 이 시에는 원시에로까지 거슬러 올라가 우리 인류의 생존이 절망만이 남아 있을 것이라는 사유가 자리잡고 있다.

첫 연에 울리던 종소리는 마지막 연에 이르러 구슬픈 징소리로 그 음향의 질을 바꾸고 있다. 종을 치는 것은 흔히 새벽을 알리는 것, 잡념을 떨어내는 정화, 축복 등을 의미하는 경우가 많다. 그런데 난데없이 대낮의 복잡한 시장 거리에 울리는 종소리는 아무 소용없이 현실의 혼돈만을 가중시킬 뿐이다. 그래서 '눈먼 鐘소리'라는 관념적 표현이 행해진다.

<鐘소리>에는 종소리의 울림을 통하여 현실적 욕망의 세계가 처참한 비극으로 형상화되어 있다. 저자 거리의 참담한 광경이 한갓 비극으로 연출된 연극에 그치는 것이 아니라, 이것을 인간의 욕망에서 비롯된 현실의 상황으로 전이시켜 그 속에 점철된 운명적 인간을 역설하고 있는 것이다.

<古風衣裳>, <僧舞>, <月光曲> 등과 더불어 심미주의적 정신의 소산이라고 했던 <華戀記>에는 조지훈의 말처럼 '현실에 대한 반발과 頹廢와 한'[11])이 자조적으로 배어 있다.

> 白孔雀이 파르르 날개를 떤다, 파란 電燈이 켜진다, 白蠟 같은 손가락을 빤다, 빠알간 피가 솟는다. 피는 孔雀夫人 가슴에 얼굴을 묻고 눈물도 아픈 즐거움에 즐거움은 가슴을 쪼다. 아 흰 꽃이 피는 빈 창밖으로 호로 馬車가 하나 은빛 어둠을 헤치고 北으로 갔다. 나어린 少女에게 義로운 피를 잃고 이름도 모를 屈辱에 값싼 웃음을 파는 賣春婦, 나는 貴族令

---

11) 조지훈, 「나의 詩의 遍歷」, 『靑鹿集 以後』, 352면.

孃의 淫樂의 奴隷란다. 하이안 電燈을 부수고 하늘빛 구슬을 빨자. 알콜
을 빨면 푸른 靜脈이 動脈이 된다. 바다가 된 陸地다. 破船된 寢室이다.
情熱이 過剩되면 生活은 모자라 슬픈 刺戟은 한밤의 戀劇을 낳는다. 나
는 대체 죽었느니라.

— <華戀記> 전문12)

"白孔雀이 파르르 날개를 떤다"라고 시작되는 첫 행부터 이 시에는 퇴폐
적인 관능의 행위가 진술된다. "白蠟 같은 손가락을 빤다", "빠알간 피가 솟
는다", "즐거움은 가슴을 쪼다" 등이 상징하는 것은 분명히 관능적 행위의
표출이다. 그러나 화자는 관능으로 얼룩진 속에서도 "흰 꽃이 피는 빈 창밖
으로 호로 馬車가 하나 은빛 어둠을 헤치고 北으로" 가는 것을 본다. 창 밖
에 홀로 피어 있는 흰 꽃은 '白孔雀', '白蠟 같은 손가락'과 대조되는 상징적
인 꽃이다. 정신적으로는 여전히 순결한 삶을 원하는 것이다. 그러나 현실
속에서 질퍽거리고 있는 화자는 창 밖에 있는 마차에 올라 타지 못하고 빈
마차만을 북으로 보낸다. 여기서 북의 의미는 시대적·사회적 정황을 감안
할 때 현실을 타파하려는 의지의 표상일 수도 있고, 아름다운 세계를 상징할
수도 있다. 그러나 현실에 패배당한 화자는 '義로운 피를 잃고', '貴族令孃의
淫樂의 奴隷'로 전락하고 만다. 이 대목도 이중의 아이러니를 내포하고 있다.
고고한 '貴族令孃'이 '淫樂'을 채우기 위해 義로운 피를 지닌 화자를 노예로
삼았다는 것, 이것은 순수한 사랑의 감정에서 결과되는 관능적 사랑이 아니
다. 인간 대 인간의 관계가 아닌 '淫樂의 奴隷'로서, 자아의 존재감마저 상실
한 모습이다. 그래서 화자는 더욱 노예로서의 사명을 다하기 위해 '하늘빛
구슬'을 빠는 것이다. 마침내 육지는 바다에 뒤덮이고 관능의 현장인 침실은
破船된다. "나는 대체 죽었느니라."라는 진술 속에는 화자가 파선된 침실에
갇혀 죽었다는 표층적 의미가 있으나, 자아의 존재감을 상실한 자조와 괴리
감이 표출되어 있다.

---

12) 조지훈, 『趙芝薰全集』 2, 詩 Ⅱ.

‘華戀’이라는 제목에서도 냉소적 아이러니는 드러난다. 정열의 과잉으로 밝은 생활을 영위할 수 없어 한밤중에 슬픈 자극으로 연애를 일삼는다는 사연이 담겨 있는 것이다. 이처럼 <華戀記>에는 퇴폐적인 관능에 빠져들어 있는 세기말적 탐미 의식과 아울러 현실에 대한 반발과 인간에 대한 회의와 절망이 드러나 있다.

> 六十七分의勞動代價一金五錢也. 마껄리一盃一金五錢也. 마껄리一盃快飮所要時間一分三秒. 六十七分과一分三秒의나의定價는五錢. 五錢에괴롭고五錢에즐거우니 六十七分에괴롭고一分三秒에즐거웁다. 이술이들어가면二十四時間後에 五臟六腑에서刺戟을攝取하고꿈을먹고남은뒤 모든것에濾過當하야排出되리니 아 ── 六十七分의勞動代價. 아니一分三秒즐거움의代價.

─ <計算表> 전문13)

<計算表>에는 현실 상황에 대한 풍자가 띄어쓰기를 무시한 긴박한 호흡과 더불어 객관적으로 그려져 있다. 이 시에서 1시간의 노동의 대가가 막걸리 1잔과 같다는 표현은 <華戀記>와 같은 아이러니를 보여준다. ‘六十七分’ 노동의 대가가 막걸리 한 잔을 마시는 데 소요되는 ‘一分三秒’와 같다. 노동의 대가인 막걸리 한 잔 값 ‘五錢’ 때문에 화자는 즐겁기도 하고 괴롭기도 하다. 노동의 대가인 ‘五錢’어치의 술이 체내에 들어가 섭취되고 잠이 들어 달콤한 꿈을 꾸고, 이내 소변으로 배설되는 아이러니를 통해 악순환의 연속인 삶이 내비쳐지고 있는 것이다.

‘五錢’으로 삶의 즐거움과 괴로움을 느끼는 화자는 당대 현실을 살아가던 조지훈의 현실 인식이 투영된 인물로, 인간 존재로서의 본원적인 삶과 그것의 참 의미가 무엇인지를 생각하게 한다. <影像>과 <裁斷室>에서도 자아를 해체하여 탐구하는 시인의 모더니즘적 성향이 드러난다.

---

13) 『白紙』 1집, 1939.7.

이 어둔 밤을 나의 창가에 가만히 붙어 서서
방안을 드려다 보고 있는 사람은 누군가.

아무 말이 없이 다만 가슴을 찌르는 두 눈초리만으로
나를 지키는 사람은 누군가.

— <影像> 1·2연[14]

어느 것이 眞實로 나인가
단 혼자 다가서는 나 앞에 있는 <나>
여럿이 숨어 있어도 볼 수 없는 <나> 뒤에 있는 <나>
나를 찾아 맴돌면 나는 없어지고 만다.

나 같은 나를 對面하는 날 나는 슬프리.
나 아닌 나를 나는 사랑한다.

— <裁斷室> 3·4연[15]

<影像>과 <裁斷室>에서 현실의 '나'이자 사회적 자아인 '나'는 자의식의 주체인 '거울 속의 나'와 이질적인 존재감을 느끼며 절대적인 거리를 두고 있다. 조지훈은 이처럼 자아에 대한 인간적 모순과 비극적 인식을 자아 탐구와 자아 분열적인 것으로 시도하고 있다. 일상적인 '나'와 자의식의 주체인 '나'를 교묘하게 극화시킨 이 시편들은 이상과 같이 자의식에 대한 치열한 추적과 자기 해체에까지 이르고 있지는 못하지만, 인간적 모순을 극복하기 위해 또 다른 모순들을 감지하는 내적 갈등의 진지성을 보여주고 있다.

이처럼 조지훈의 초기 작품들에서는 보들레르의 상징주의적 성격, 세기말적 탐미주의 또는 초현실주의 경향, 그리고 지적 풍자성과 이미지 표출을 통한 주지주의 및 이미지즘의 시풍 등이 복합적으로 나타나고 있다.

---

14) 조지훈, '地獄記', 『趙芝薰詩選』.
15) 조지훈, 『趙芝薰全集』 2, 詩 II.

(2) 민족 정서와 悲感의 표출

조지훈은 1939년 4월 『文章』지에 <古風衣裳>과 <華戀記>를 동시에 투고하여 <古風衣裳>을 『文章』제3호 추천 시로 첫 추천을 받았다. 이후에도 그는 <華戀記>와 같은 서구 취향의 심미주의적 경향의 시편들을 계속 투고했으나 낙선되었고, "당신의 詩的彷徨은 매우 慘憺하시외다. 當分間 明鏡止水에 一抹白雲이 거닐듯이 閑雅한 休養이 必要할가 합니다."16)라는 選者 정지용의 논평을 받았다. 그래서 조지훈은 민족 정서를 노래하는 작품을 쓰기 위해 고심하였고, 전통에의 향수를 회고적 이미지로써 추구하기 위해 매우 힘든 작업에 힘을 기울였다. <古風衣裳>, <僧舞>, <鳳凰愁> 등의 작품은 모두 이런 과정에서 전면 '非自覺的 共通性'으로 이루어진 것이었다고 술회한 바 있다.17) "<古風衣裳>은 西歐詩를 模倣하던 그 때까지의 나의 쬡作을 脫却하고 自身의 詩를 定立하려고 한 첫 作品이었으나 실상은 講義時間에 落書삼아 쓴 것을 그대로 우체통에 넣은 것이 뽑힌 것이었다."18)라는 조지훈의 회고는 전통적인 것과 서구적인 것 사이에서 방황하던 詩作의 초기, 그의 심적 정황을 솔직하게 드러낸 것이라고 볼 수 있다.

조지훈은 『文章』지 추천을 받던 시기에 정지용의 영향을 받았다. 그리고 이 시기의 작품들 중 전통에 대한 향수와 사라져가는 민족 문화에 대한 애수를 노래한 것이 그의 대표작인 것으로 거론되어 왔다. 그런데 당시 조지훈의 시 전체를 망라해 볼 때, 초기 시인 『靑鹿集』의 시편들이 대단한 성공작으로 부각되는 과정에서 이 시기 다른 부류의 작품들이 의도적으로 논외의 대상이 된 것이 아닌가 한다. 이와 같은 현상은 이른바 추천작들이 보다 폭넓은 평가를 받도록 하기 위해서도 바람직하지 않은 것으로 생각된다. 즉 조지훈의 초기 시에 있어서 이들 추천된 시편들을 그 본령이라고 보기보다는 이들과 대비되는 다른 작품군과의 상관관계를 고려하면서 객관적이고 포괄

---

16) 정지용, 「詩選後」, 『文章』 제1권 제8호, 1939.9, 12면.
17) 조지훈, 「나의 詩의 遍歷」, 『靑鹿集 以後』, 352~354면 참조.
18) 조지훈, 「나의 歷程」, 『趙芝薰全集』 4, 隨想, 162면.

적인 안목으로 검토 평가되었어야 할 것이다.

조지훈의 대표작으로 거론되는 <僧舞>는『文章』제11호에 제2회 추천작으로 발표되었다. 그런데 이 작품은 첫 추천작인 <古風衣裳>보다 훨씬 먼저 구상되어 상당한 推敲를 거친 것으로 알려져 있다. 조지훈은「詩의 原理」에서 <僧舞>의 作詩 체험을 말함으로써 시의 비밀을 토로하고 있는데, 그는 이 <僧舞>로 그의 시세계의 처녀지를 개척하려고 무척 고심했음을 말하고 있다.[19]

얇은 紗 하이얀 고깔은 고이 접어서 나빌네라

파르라니 깎은 머리 薄紗 고깔에 감추오고
두볼에 흐르는 빛이 정작으로 고와서 서러워라

빈 臺에 黃燭불이 말 없이 녹는 밤에
오동잎 잎새마다 달이 지는데

소매는 길어서 하늘은 넓고
돌아설듯 날아가며 사뿐이 접어올린 외씨보선이여

까만 눈동자 살포시 들어
먼 하늘 한개 별빛에 모도우고

복사꽃 고운 뺨에 아롱질듯 두방울이야
세사에 시달려도 煩惱는 별빛이라

휘여져 감기우고 다시 접어 뻗는 손이
깊은 마음 속 거룩한 合掌인양 하고

---

19) 조지훈,「詩의 原理」,『趙芝薰全集』3, 文學論, 100～103면 참조.

이밤사 귀또리도 지새우는 三更인데
얇은 紗 하이얀 고깔은 고이 접어서 나빌네라

─ <僧舞> 전문20)

민속 무용 탈춤의 한 형식인 '僧舞'는 破戒僧의 고뇌를 그 상징으로 하고
있다. '僧舞'를 제재로 조지훈이 시를 완성하기까지는 엄청난 고뇌와 심혈을
기울인 흔적을 볼 수 있는데, <僧舞>를 이해하기 위해서는 그가 이 시를 이
루기까지 배려했던 제작 과정을 참고할 필요가 있다.

먼저, 草稿에 있는 序頭의 舞臺描寫를 뒤로 미루고 직접적으로 춤추려
는 찰나의 모습을 그릴 것,
그 다음, 舞臺를 약간 보이고 다시 이어서 휘도는 춤의 曲折로 들어갈 것,
그 다음, 움직이는 듯 靜止하는 찰나의 瞑想의 정서를 그릴 것, 관능
의 샘 솟는 노출을 淨化시킬 것,
그 다음, 悠長한 吹打에 따르는 衣裳의 線을 그리고 마지막으로 춤과
音樂이 그친 뒤 皎皎한 달빛과 동터 오는 빛으로써 끝막을 것.21)

이러한 詩作 구상은 <僧舞>라는 시를 완결된 결정체로 만드는 데 커다란
역할을 하였다. <僧舞>가 소재면에서 <古風衣裳>이나 <鳳凰愁>와 다른 점
은 춤 동작 자체를 소재로 했다는 점이다. 그리고 이 시가 시적 완결성을 이
루는 가장 결정적인 것은 시간적·공간적 배경이 되는 무대 묘사를 뒤로 미루
고 직접적으로 춤을 추려는 찰나의 모습을 시각적 이미지로 묘사한 데 있다.
첫 연에서 화자의 시선은 尼僧이 쓴 고깔 끝에 가서 멈춰 있다. 無我의 정
적 속에서 합장을 한 舞僧의 모습이 나래를 잡은 나비의 형상으로 표현된
'하이얀 고깔'은 움직이기 직전 停止態로 긴장감이 휘돈다. 2연에서는 한순
간의 움직임으로 박사 고깔 끝에 떨림이 온다. 2연에서 尼僧은 고개를 들며

---

20) 조지훈, '古風衣裳', 『趙芝薰詩選』.
21) 조지훈, 「詩의 原理」, 『趙芝薰全集』 3, 文學論, 101면.

춤 동작을 시작한다. 尼僧의 아름다운 자태가 고깔→머리→두 볼로 이어지는 1·2연에서 겉으로 드러난 것은 비구니의 동작에서 느껴지는 외형적인 아름다움이다. 그러나 그 이면에는 젊은 여인이 지니고 있는 靜的인 容姿와 번뇌가 시적 복선으로 깔려 있다. 3연은 일반적으로 이 시의 시간적·공간적 배경이 되는 연이라고 분석되었다. 그러나 여기에서도 '僧舞'의 율동은 계속된다. 1·2연에서 尼僧의 춤 동작이 완만하고 부드럽게 이어졌다면, 3연에서 尼僧은 黃燭불을 스쳐 지나가며 山寺의 오동잎이 있는 공간에서 율동을 계속한다. 4연에서는 長衫의 소매 깃이 밤하늘에 빙빙 휘돌려져 춤 동작이 극대화되고 있다. 즉 휘도는 춤 동작의 곡선미를 유장하면서도 급박한 율동미로 살리고 있는 것이다. 급박했던 춤은 가사 끝의 '외씨보선'으로 집중된다. 여기에서는 종교적 색채가 드러났다고는 보이지 않을 만큼 세속의 관능적인 아름다움마저 느끼게 한다.

4연에서 극대화되었던 관능적인 율동은 5연에 와서 불도로 승화된 僧舞가 된다. '까만 눈동자'가 밤하늘의 '별빛'과 만나면서 尼僧의 영혼 세계로 맑고 깨끗한 영혼이 들어오는 것이다. 6연에서는 자기 불심에의 희열로 정서의 카타르시스가 일어난다. 번뇌에서 해탈하고 정화된 세계로 몰입하는 것이 그것이다. "세사에 시달려도 煩惱는 별빛이라"라는 대목은 번뇌하는 중생이 해탈하려는 의지를 별빛의 이미지로 표상한 것이라고 볼 수 있다. 이어서 7연에서는 '僧舞'를 마무리하기 위해서 유장한 춤의 동작이 차분하게 진행된다. '깊은 마음 속 거룩한 合掌'이라는 표현도 고뇌에서 해탈하려는 시인의 구도적 자세를 내면적으로 표현한 것이다. 이어서 8연에는 깊은 밤 절정에 와 있는 시간적 배경이 제시되며 고깔 끝이 완전히 멈추면서 僧舞가 끝나고 있다. 수미쌍관을 이루고 있지만 이 시에서 1연과 마지막 연은 시간의 흐름과 어울린 僧舞의 상징적 曲折로 인하여 새로운 의미를 갖는다.

이상의 분석을 통하여 보면 〈僧舞〉는 두 부분으로 대별될 수 있다. 앞부분은 1연에서 4연까지로 비구니의 외형적인 아름다움이 무용으로 형상화되어 있다. 유연하면서도 율동적인 僧舞의 동작은 山寺의 깊은 밤이 풍겨주는 정적미와 조화되어 세속적인 관능미까지 풍겨주고 있다. 뒷부분인 5연에서 8연까지는 육체적 번뇌와 갈등이 종교적으로 승화되는 것을 보여준다. 즉 앞부분에서 춤의 외양이 제시되었다면, 뒷부분에는 춤의 내면적인 의미가 밝혀진다. 이는 육체와 정신, 현실과 미래, 번뇌와 해탈이라는 불교적인 자기구도의 의미는 물론, 현실적인 고뇌로부터 초월의 세계로 옮겨 가려는 자기해탈을 꿈꾼 것이기에 그 시적 감동이 깊다고 생각된다.

조지훈은 <僧舞>를 통하여 내용과 형식, 정신과 육체, 무용과 회화 등의 양면성을 극복해내려고 했다.22) 그의 의도대로 <僧舞>에는 춤의 묘사와 詩魂이 잘 융화되어 禪的 내면세계가 審美性과 조화를 이루는 경지가 잘 나타나 있다.

<僧舞>에서 조지훈은 생활과 예술, 현실과 환상, 세속과 탈속, 고뇌와 해탈이라는 二元的 세계에 처한 자신의 영혼과 정신을 탈속한 한 인간으로 형상화하여 시의 상징적 세계에 도달하려는 번민을 하였다. 이것은 '煩惱'와 '별빛'이라는 시어에서 상징적으로 드러난다. 인간적인 번뇌는 불교적 초월의 세계에로가 아니더라도 하나의 별빛으로 승화될 수 있다. 즉 이 시의 귀결이 불교적 해탈의 경지이든, 禪으로의 회귀이든 그것은 그다지 중요하지 않다. 중요한 점은 자기 해탈의 경지로 초월하려는 조지훈의 세속적인 번뇌가 시간·공간을 초월하여 내면적 상징의 세계로 환원되어 순수성을 획득하는 데 있다.

조지훈이 스스로 "韻文的 가락을 산문의 형태로 歪形縮略한 그 調格과 에스프리"23)라고 표현한 <鳳凰愁>는 연 구분이 없이 산문체로 이루어진 서정시이다.

　　벌레 먹은 두리기둥 빛 낡은 丹靑 풍경소리 날러간 추녀 끝에는 산새
　　도 비들기도 둥주리를 마구 쳤다. 큰 나라 섬기다 거미줄 친 玉座위엔

---

22) 위의 글, 100～101면 참조.
23) 조지훈, 「나의 詩의 遍歷」, 『靑鹿集 以後』, 353면.

如意珠 희롱하는 雙龍 대신에 두마리 봉황새를 틀어 올렸다. 어느땐들
봉황이 울었으랴만 푸르른 하늘 밑 甃石을 밟고 가는 나의 그림자. 佩玉
소리도 없었다 品石 옆에서 正一品 從九品 어느 줄에도 나의 몸둘 곳은
바이 없었다. 눈물이 속된줄을 모르량이면 봉황새야 九天에 呼哭하리라.

— <鳳凰愁> 전문24)

<鳳凰愁>에는 퇴락한 옛 왕조의 자취에서 한국의 역사를 인식하는 悲感
이 '鳳凰의 시름'으로 그려져 있다. 이 시는 古宮의 殿閣이 점층적 이미지의
파동에 의해서 3부분으로 구성되어 있다. 앞부분은 전각의 전체적인 외현,
중간은 전각 내부의 모양, 뒷부분은 전각 앞 品石 주위의 묘사이다.

이 시에서 화자는 역사적인 유적을 바라보며 현재와 과거 사이에 내재하
는 현격한 시간적 괴리를 대조적으로 인식한다. '벌레 먹은 두리기둥', '빛
낡은 丹靑', '풍경소리 날러간 추녀', '거미줄 친 玉座' 등은 시선의 움직임에
따라 고궁 궁전의 한 모서리를 묘사한 것이다. '벌레 먹은 두리기둥', '빛 낡
은 丹靑'은 廢家古屋의 풍경을 시각적으로 드러내고, '풍경소리 날러간 추녀'
라는 표현은 청각적인 섬세한 감성을 통하여 퇴색해버린 옛 궁전의 모습이
신비로운 공간으로 제시되어 있다. 과거 임금의 威容은 간 데 없고 하찮은
산새와 비둘기만이 지붕의 한 모서리를 차지하고 있는 모습은 시적 풍자와
함께 무상감을 자아낸다. "큰 나라 섬기다 거미줄 친 玉座위엔 如意珠 희롱
하는 雙龍 대신에 두마리 봉황새를 틀어 올렸다."라는 구절도 民族的 悲運과
頹落을 서글픈 감회로 엮어낸 것이다. 과거 행해졌던 사대주의적 모화사상은
자주적 입장에서 수치감마저 느끼게 하는 것이었는데도 불구하고 지금은 玉
座마저 초라한 모습으로 비어 있다는 표현이 시인의 시름과 심적 허탈감을
아이러니컬하게 드러내준다. '如意珠 희롱하는 雙龍'은 자유자제로 위엄을
부리고 천하를 管掌하는 씩씩한 기상과 힘을 상징하는가 하면, 용 대신 봉황
을 틀어올린 데서 큰 나라 섬기다 망한 과거의 悲運 또한 함축되고 있다. 여

---

24) 조지훈, '古風衣裳', 『趙芝薰詩選』.

기서 '雙龍'이나 '鳳凰'은 모두 전설적 동물로 임금을 상징한다. 그러나 봉황은 전설적 이미지가 갖는 무한한 시간 사이에 내재하는 신비감과 함께 太平盛世를 기원하는 화자의 심정도 함께 표출하고 있다.

화자는 전각 앞 整石을 밟는다. 이때 비치는 '나의 그림자'는 민족의 허망한 그림자의 표출이며, 시인의 우수와 민족의 고통을 시각적으로 이미지화한 것이다. 그리고 화려했던 옛 궁궐에 대한 상상이 '佩玉 소리'로 표현된다. 과거 주권을 행사하던 관직의 표지였던 '品石'도 회고적인 역사의식과 비애의 심정을 드러내고 있다. "눈물이 속된줄을 모르량이면 봉황새야 九天에 呼哭하리라."라는 마지막 구절은 시대의 고민과 민족의 한 맺힌 시름을 泣訴하는 절규이다. 이는 구국을 위한 시인의 비애를 표출한 것이나, 지나치게 영탄적으로 흘렀다. 마치 고려 왕조 유신들이 지었던 시조의 종장을 읊는 듯한 느낌이다. 그러나 과거와 현재의 시간적 차이에 의해 야기되는 세월의 무상감과 과거의 역사적 비운, 그리고 현재 화자의 비탄이 시각적으로 결합되어 있어 진부함에서 벗어나고 있다.

조지훈은 「鳳凰의 시름」이라는 글에서 "나는 아직 낡은 것, 벌레먹은 것까지라도 우리 民族의 主體精神을 刺戟하는 것이라면 무엇이나 노래해야 할 것이라고 믿는다."[25]라고 그의 민족의식을 드러낸 바 있다. 이는 좌익 비평가 清凉山人이 <鳳凰愁>에 대하여 독단적 비평을 가한 것에 반박한 글로서, 그의 민족문학적인 자세를 강조한 것이다. 잊혀져 가는 민족의 문화를 소재로 하여 암울한 현실과 민족이 처한 절망적 상황이 '鳳凰愁'로 상징화된 것은 단순히 사라져 가는 고전과 전통을 시화한 것을 넘어서 민족의식을 역설적으로 드러냈다는 데 강한 서정성과 역사성을 느끼게 해준다. '鳳凰의 시름'은 시인 자신의 고독과 우수이고, 이는 곧 민족의 아픔과 시름이다. <鳳凰愁>에 스며 있는 이러한 민족적인 정조가 그의 초기 시를 심미성뿐만 아니라 역사적 상징성을 부여받게 하는 것이다.

---

25) 조지훈, 「鳳凰의 시름」, 『趙芝薫全集』 3, 文學論, 121면.

〈鬼哭誌〉는 조지훈의 이력을 엿볼 수 있는 작품이다. 조지훈의 가문과 마을에서의 習俗들을 토속적으로 그리고 있는 이 시는 향토적인 옛날이야기를 '鬼哭誌'라는 전설적 제목으로 상징화하여 그의 심적 상황을 토로하고 있다.

애비없는 아들보담도 애비의 자식됨이 더욱서럽다 하래비의 아들보담 遺産은 작아 슬픈 族譜를 뒤저보는 마음이여! 지나간 時節에는 그래도 名門의後裔 신수좋은 얼골에 수염을 쓰다듬으면 大廳 사랑방 놋재떠리 소리가 요란했다. 소슬대문 개와집이 오막사리로 찌글어지든날 뒷山밑 허물어진 사당에선 눈가이 짓물은 神主우는 소리가 낫단다. 아들이나면 하얀백설기에 미역국 끄리고 삼신할머니앞에 福을 빌었다건만 염소수염 을 쓰다듬고 노루기침을 하면 양반된 悲劇에 하얀 발바당이 서러윗다.
　　　　　　　　　　　　　　　　　　　　　　　－〈鬼哭誌〉 전문26)

'三不借'를 家訓으로 삼았던 조지훈의 가문과 혈통이 간접적으로 제시되어 있는 이 시는 옛 관습들과 토속적 신앙의 風說들을 무속적으로 이끌어가고 있다. "소슬대문 개와집이 오막사리로 찌글어지든날 뒷山밑 허물어진 사당에선 눈가이 짓물은 神主우는 소리가 낫단다."라는 대목이 조지훈 특유의 시적 발상을 보여준다. 눈가가 짓무른 귀신이 괴기스러우면서도 정답게 느껴지는 것은 우리의 토속적 감수성에 의한 것이다. 조지훈은 〈鄕語〉에서도 '傳說 같은 山村마실'인 고향의 풍물과 정황들을 담담하게 이야기하고 있다.

麝香 울타릿길 너머로 흐르는 건 하얀 달이요. 조상이 가리켜 준 다못 奢侈가 처녀를 부르는 휘파람이었소. 창 밖에는 보얀 눈이 폭폭 나려쌓이는 밤 화롯불 우에 도토리묵이 보글보글 끓어오르고 매케한 몬지 냄새에 막걸리를 마시면 마을사람은 모두 옛날옛날 잘 살던 얘기로 주름잡힌 눈알에 이슬을 맺히고 고개를 들어 멍하니 葉草를 태우는 것이었소. 傳說 같은 山村마실에 貨物車가 돌던 날 順伊는 靑樓로 팔려 가고 지

---

26) 『白紙』 1집, 1939.7.

게품팔이 수돌이네가 이웃고을에서 죽었다는 소문이 돌았는데 새파란
젊은 面書記는 늙은이 때리길 좋아했고 조상의 무덤을 바라며 울던 것은
金參奉만이 아니었다고 하오. 조상의 남긴 遺産은 빚으로 갚고 애놈은
자라면 麝香울타릿길 호이호이 처녀 부르는 마을. 順伊 같은 처녀를 사
랑한 머슴애는 논밭을 곧잘 팔아 靑樓로 가는 것이었소. 버들피리 소리
만 들리면 마을 색시가 봇짐을 잘 싼다는 마실. 볼기 잘 치던 양반 양반
들만 산다는 마실 양반은 상놈에게 사돈을 하고 밥을 얻어먹는다는 마
실. 양반 사돈을 하고 族譜를 꾸미면 곧잘 슬픈 눈물만 남기는 兩班뻑다
귀 六曹判書 參判 大司憲 大司諫이 수두룩이 조상이 된다는 마실. 參奉
벼슬이 하나 하래비가 되는 데는 술 한 동이 닭 한 마리를 주면 땟물이
흐르는 묵은 양반은 낡은 草筆을 들고 곧잘 양반을 맨들어 주는 것이었
소. 새 양반 永世不忘碑가 洞里 어귀마다 들어서면 鄕校에는 享祀를 추
는데 官奴의 아들 세 양반이 祭官이 되는 것이었소. 애비 하래비의 볼기
를 치던 양반은 滿洲로 移民을 가고 새 양반은 양반 되는 것이 기뻐서
거츤 구레나룻을 만지는 것이었소. 麝香 울타릿길엔 밤마다 처녀 부르는
휘파람이 날려오고 보리밭골 옥수수밭 달이 휘영청 밝은 밤엔 처녀를
부르는 머슴애는 밀양(密陽)아리랑을 잘도 부르는 것이었소. 밤에 갔다온
애비가 잠들고 술동이 여나르던 애미가 잠들면 처녀는 뒷문을 열고 나
서서 옥수수밭을 쳐다보는 것이었소. 양반은 상놈이 되고 상놈은 양반이
되고 언제나 양반 상놈이 있다는 마슬 아아 이 太古쩍 傳說 같은 마슬.
이 마슬에는 처녀와 총각은 정다웠다는데 四時 골고로 처녀 총각이 없지
않다는 마슬. 마슬 같은 얘기는 도토리묵 냄새가 나는 것이오.

— <鄕語> 전문27)

‘麝香 울타릿길’, ‘하얀 달’, ‘보얀 눈’, ‘화롯불’, ‘도토리묵’, ‘막걸리’, ‘버
들피리’, ‘옥수수밭’ 등의 시어는 이 시의 토속적인 시상을 자연스럽게 이끌
어준다. 시의 배경도 항상 하얀 달이 떠 있거나 눈이 오는 추운 밤이다.

‘山村 마실’에 근대화의 한 상징인 화물차가 다니면서 마을의 풍경 또한
조금씩 이상하게 변해 간다. 順伊는 靑樓라는 술집으로 팔려 가고, 순이를

---

27) 조지훈,『趙芝薰全集』2, 詩Ⅱ.

사랑했던 지게품팔이 수돌이는 자살한다. 가치의 전도로 젊은 면서기는 어른을 공경할 줄 모르고, 젊은이한테 매를 맞는 마을 어른들은 옛적 평화롭던 시절에 대한 상념에 젖어든다. 조상으로부터 물려받은 유산은 가난 때문에 빚으로 갚아버리고, '男女七歲不同席'은 옛말이 되어 버렸다. 버들피리 불어대든 머슴애를 따라 마을 색시가 봇짐을 싼다. 양반과 상놈의 구별도 더 이상 가문의 귀천일 수는 없다. 옛날 양반이 상놈에게 족보를 팔아 밥을 얻어먹거나, 생활고에 시달리다 만주로 이민을 떠난다. 양반은 상놈이 되고 상놈이 양반이 되어버리는 아이러니를 토로하면서도 조지훈은 고향의 슬프고도 아름다웠던 이야기를 '도토리묵 냄새'라는 추억으로 마무리를 하고 있다. 그는 <嶺>에서도 고향을 등지고 서울로 떠나갔던 애환을 담담하게 그려내고 있다.

　<鄕語>에서 배경이 된 고향의 마을은 아름다운 추억만이 있는 동화의 세계가 아니다. 조지훈은 가난과 고통, 핍박으로 점철되었던 우리 고향의 단면들을 그 특유의 단순 소박한 회상의 기법으로 오래된 흑백 사진과 같이 노래하고 있다.

　조지훈의 자전적 이야기가 전통적 소재로 시화된 <鬼哭誌>와 <鄕語>는 조지훈 나름대로의 현실에 대한 풍자적 비판과 향토적 애수를 보여주고 있다. 이처럼 조지훈은 詩作의 초기에 서구 시의 충격을 받으면서 인생의 고뇌와 현실 비판의 시적 체험을 표출하는 한편, 전통 정서와 민족의 悲感을 시화하는 二元的 양면성을 지니고 있었다.

3. 禪 審美와 시대적 상황 체험의 교차

　조지훈은 1941년 혜화전문학교를 마치고 나서, 일제의 시대적 탄압에 직면하여 오대산 월정사 불교강원의 外典 강사로 입산하였다. 월정사에 은거한 조지훈은 詩禪一如의 경지를 표방하면서 일체의 정서와 주관을 배제하고 자연을 있는 그대로 직관하고 관조하는 서경의 小曲調를 읊었다고 회고한 바 있다.28) 평자들은 이러한 그의 술회를 바탕으로, 이른바 암흑기에 그의 시가 서구 시의 편력을 정리하고 자연을 관조하는 禪的인 세계로 승화되었다고 논평한다. 당대 대부분의 문인들이 붓을 꺾거나 친일적 색채의 작품 활동을 하였기 때문에 조지훈의 禪 세계로의 탐닉은 현실 도피적인 자연귀의였음을 부정할 수 없으며, 한편으로는 당대의 민족적 불행에 비추어 볼 때 조지훈 나름의 최선의 방편이었던 것으로 판단되기도 한다.

그러나 시와 禪이 근본적으로 동일하다는 '詩禪一味'의 시관에 대하여 후대의 논평에서는 시에 형상화되어 있는 禪의 묘한 이치를 강조할 뿐 그 경지에서 시화된 세계가 어떠한 것이었는지에 대하여는 구체적인 진술이 거의 없다. 이는 시론과 작품 사이의 괴리를 드러낸 것이기도 하며, 禪과 시를 동일시하여 자칫하면 작품이 도식적인 기교로 귀결될 수 있는 가능성을 상정하게도 한다. 그러므로 禪的 審美를 드러낸 시에서 '禪'이란 시를 해석하는 데 방법론적인 측면에서 검토·고찰되어야 할 것으로 생각된다.

禪的 체험을 바탕으로 한 시는 漢詩의 영향을 배제할 수 없지만, 이미지즘적 요소 또한 주요 기법으로 작용하고 있는 것을 간과할 수 없다. 그리고 불교적 禪의 세계가 시화된 작품에서도 동양적 諦觀과 무신론적 허무주의의 경향이 엿보이는 것을 볼 수 있다. 이것은 조지훈이 지녔던 二元的인 시의식의 면모를 밝힐 수 있는 단서가 될 수 있다.

한편, 조지훈은 이 시기에 자연에의 귀의로 시대 상황에 무관한 듯 '敍景의 小曲調'만을 쓰지는 않았다. <動物園의 午後>, <岩穴의 노래>, <鼻血記> 등에서 그는 역사에 대면한 정신적 저항을 우울한 내면 의식으로 표출하기도 하였다. 이 사실은 조지훈이 禪 세계에서 美感을 형상화하면서도 다른 한편으로 시대적 상황 체험을 내면적으로 심화시키는 두 측면의 교차 현상이 있었던 것을 보여준다.

---

28) 조지훈, 「나의 詩의 遍歷」, 『靑鹿集 以後』, 355면.

(1) 禪 세계의 천착과 美感의 형상화

조지훈의 작품 <落花>, <芭蕉雨>, <玩花衫> 등은 禪詩로서의 면모를 지닌 秀作으로 논평되어 왔다. 이는 조지훈이 「詩禪一味」, 「亦一禪談」, 「大道無門」, 「現代詩와 禪의 美學」 등 禪에 관한 글들을 통하여 禪詩에 대한 진지한 관심을 표명한 바에 의거한 것이었다.

> 詩와 禪, 勿論 一味요(道離多理卽一也니까). 그러나, 兩立하는 矛盾이 잘도 融合하는 道의 境地에서 보면 이는 한 웃음거리에 지나지 않을 것이오. 그러니 事實은 詩와 禪은 아무 關係가 없소. 그러나, 일찌기 卽과 一의 思想을 滿喫한 芝薰은 計較니 分別이니 妄想이니 하는 것이 또한 싫증이 났소. 그렇게 말할 必要도 없는 것이니까. 다만 靑山도 절로절로 綠水도 절로절로할 따름이오. 먼저 같지 않음이 없다는 것을 깨달은 다음 다시 같음이 없는 것도 알아야 하지 않겠소. 다 같다는 건 다 같지 않다는 말이니까 그 다 같지 않은 곳에서 共通된 詩와 禪을 찾아냄이 무에 그리 우습겠소. 西田과 니이체에서 共通點을 發見하고 感激하는 兄이나 詩禪一味를 새삼스레 부르짖는 나나 다 어린 일이지만 釋迦도 그랬거든 하물며 凡夫랴. 釋迦도 凡夫니 이것이 곧 살아 있는 재미로다.[29]

‘禪詩一味’를 이야기하는 조지훈의 이 글은 이 무렵 그의 시를 禪의 논리로 풀 수 있음을 함축하고 있다. 禪이 "形式적 儀禮를 빼버린 宗敎, 論理적 思惟를 뛰어넘은 哲學, 表現의 技巧를 拒否하는 藝術"[30]이라는 조지훈의 진술은 그의 시에서 禪이 지닌 순수성을 역설의 논리로 풀어 나가야 함을 보여준다. 그리고 그는 일체의 분석과 합리주의를 거부하고 절대의 직관과 생명적 체득, 또는 발랄한 꿈이 드러나는 禪의 방법론이 미학적으로 서구의 쉬르레알리슴이나 다다이즘과 상통하는 바가 있다고 하였다. 이 또한 禪感覺이 자유로운 정신에로 가려는 체험 양상만 다를 뿐 서구의 모더니즘과 아이러

---

29) 조지훈, 「光一兄에게」, 『趙芝薰全集』 4, 隨想, 369~370면.
30) 조지훈, 「亦一禪談」, 『趙芝薰全集』 4, 隨想, 128면.

니 등의 방법론이 유사함을 인식한 것으로, 조지훈의 시의식의 폭이 넓었음을 알 수 있다.

<落花 1>은 조지훈이 '일체의 정서와 주관을 배제하고 자연을 있는 그대로 直觀하고 관조하는 敍景의 小曲調'라고 표현한 이른바 自然詩 중의 하나이다. 그런데 이 시를 시간의 추이와 화자의 시각에 따라 그 초점을 맞추어 보면, 시각적 이미지가 중요한 모티프로 작용하고 있는 것을 볼 수 있다.

꽃이 지기로소니
바람을 탓하랴

주렴 밖에 성긴 별이
하나 둘 스러지고

귀촉도 울음 뒤에
머언 산이 닥아서다.

촛불을 꺼야하리
꽃이 지는데

꽃 지는 그림자
뜰에 어리어

하이얀 미닫이가
우련 붉어라.

묻혀서 사는 이의
고운 마음을

아는 이 있을까
저허하노니

꽃이 지는 아침은
울고 싶어라.

— <落花 1> 전문31)

이 시에서 화자는 '묻혀서 사는 이'로 주렴을 통하여 외부의 세계를 바라보고 있다. 그러므로 이 시를 이해하기 위해서는 깊은 밤 촛불을 켜고 앉아 미닫이를 열어 놓고 주렴 사이로 방 밖의 풍경을 내다보는 상황적 상상이 필요하다. 그리고 산과 집, 꽃, 바람, 별, 귀촉도 울음 등 시각과 청각이 어울린 한 폭의 동양화를 연상해야 한다.

<落花 1>의 화자는 囚人과 같이 방 안에 숨어 앉아 주렴 사이로 내다보이는 바깥 세계를 볼 수밖에 없는 존재이다. 이 화자의 눈에 비친 것이 '꽃'이며, 이 꽃은 자연의 생명력을 상징하기도 하고, 그의 영혼을 비춰주는 상징물이 되기도 한다. 꽃잎을 흔들리게 하는 바람은 화자의 영혼을 뒤흔드는 번뇌, 인간고 등의 표상이라고 볼 수 있다. "꽃이 지기로소니 / 바람을 탓하랴"라는 설의적 표현에서 '落花'를 통해 인간의 삶을 투시하는 조지훈의 심미적 시관과 역설적 달관을 볼 수 있다.

밤이 깊어지면서 별은 하나 둘 스러지고 먼 산의 귀촉도 울음은 더욱 가깝게 들린다. 꽃과 별, 귀촉도 등은 생명의 본체를 이루는 우주 삼라만상의 상징물이다. "촛불을 꺼야하리 / 꽃이 지는데"라는 표현은 생명이 지는 것에 대한 弔文의 의미인가 하면, '落花'에 동화되어 이것을 경건하게 瞑目하려는 화자의 심정을 표상한다. 주렴 밖으로 꽃이 지는 모양이 '그림자'로 비치는 것은 어두운 밤 달빛을 받고 떨어지는 꽃잎을 인상적으로 그린 것이다. 그러면서 落花의 현상에 시인은 점차 동화된다. "하이얀 미닫이가 / 우런 붉어라"라는 표현을 통해 꽃에 동화되는 화자의 영혼을 내면화시키고 있는 것이다. '묻혀서 사는 이의 고운 마음'은 隱者인 화자의 심정이 폐쇄되고 어두운 것이 아니라 오히려 마음을 비우고 자연의 조락을 향수하는 순수 정서를 지니

---

31) 조지훈, '山雨集', 『趙芝薰詩選』.

고 있음을 뜻한다. 그래서 8연에서는 "아는 이 있을까 / 저허하노니"라는 顯者로서의 삶을 거부하는 아이러니를 보여준다. "꽃이 지는 아침은 / 울고 싶어라."라는 감상적 정서의 표출은 그것이 우는 행위로 비춰지는 것이 아니라 자연에서 찾은 생명의 본체를 득도한 것으로 해석된다. 이 마지막 연을 현상적으로 파악하여 '無常感과 孤獨感에서 오는 悲哀美'[32]를 토로한 것으로 볼 수도 있겠으나 꽃이 지기 때문에 운다는 진술을 그대로 해석하면 <落花 1>이 너무나 일원적이고 속된 것이 된다. 은자로서의 심정을 화자는 우는 것이 아니라 '울고 싶어라'라는 표현으로 끝맺고 있다. 꽃이 지는 것을 보고 우는 것은 塵世인 현실에서는 말로 설명될 수 없는 순수한 禪的 체험이기 때문이다.

<玩花衫>은 조지훈이 자신의 七言律詩 <旅懷>의 '酒熟江村暖夕暉', '多恨多情仍爲病' 구절을 해석한 작품으로 알려져 있다. 이는 조지훈의 한시집인 『流水集』의 시편들과 『趙芝薰詩選』의 '달밤', '山雨集'편에 실려 있는 작품들과의 대비 연구에서 밝혀진 바 있다. 이 시편들은 조지훈이 오대산 월정사에 입산했던 1941년부터 경주 순례 이후 낙향했던 1943년까지 지어진 것이다. 조지훈의 시 중에서 이른바 自然詩 또는 自然觀照詩라고 하는 시편들은 『流水集』과 필연적인 관계를 맺고 있다. 조지훈이 한시와 시조 등의 영향을 받은 것은 유교적인 한문 교육을 받았던 그의 생애를 고려해볼 때 부정할 수 없다. 그러나 <玩花衫>, <芭蕉雨>, <落花 1>, <山房>, <雪朝> 등의 시편들을 한시적 발상과 연관 지어 대비 고찰하는 데 주력한다면 조지훈 시에 스며 있는 개성적인 측면을 발견하기 어렵다. 자연을 소재로 한 시편들을 고찰하는 데 초점을 두어야 할 것은 이 시편들이 한시와는 다르게 어떻게 현대시적 면모로 변용되었는가 하는 점이다. 이 점에 대한 고찰이 없으면 그의 시를 복고적 전통성에서 벗어나 시적 개성을 지닌 것으로 발견하기 힘들기 때문이다.

---

32) 박호영, 앞의 논문, 85면.

차운 산 바위 우에
하늘은 멀어
산새가 구슬피
우름 운다

구름 흘러가는
물길은 七百里

나그네 긴 소매
꽃잎에 젖어

술 익는 강마을의
저녁 노을이여

이 밤 자면 저 마을에
꽃은 지리라

다정하고 한 많음도
병인양하여
달빛 아래 고요히
흔들리며 가노니…

― <玩花衫> 전문33)

<玩花衫>은 박목월에게 보낸 시로서, 박목월은 이에 대한 和答으로 <나그네>를 지은 바 있다. 박목월의 <나그네>가 향토적이며 간결하여 객관적 묘사가 승한 데 비해 <玩花衫>이 풍류적이고 유려하며 주관적 서정이 개입되었다는 지적34)은 조지훈과 박목월의 시적 개성을 잘 나타낸 논평이라고 볼 수 있다.

---

33) 조지훈, '山雨集', 『趙芝薰詩選』.
34) 정한모, 「初期作品의 詩世界」, 김종길 외, 『趙芝薰研究』, 23면 참조.

<玩花衫>에는 자연과 조화를 이루는 나그네의 풍취가 잘 나타나 있다. 조지훈이 '多情多恨의 하염 없는 애수의 정조, 雲水心性의 떠도는 그림자를 읊은 영탄조의 가락'이라고 회고한 글은 <玩花衫>에 대한 적절한 해석을 돕고 있다. 1·2연의 높은 하늘과 구름, 차가운 산, 구슬픈 산새의 울음은 이 시를 동양적 정조로 불러들이는 데 충분한 시적 공간을 마련해준다. "구름 흘러가는 / 물길은 七百里"라는 표현도 덧없는 시간의 흐름을 물길에 비유하여 조화시켜 놓았다. 차갑고 구슬프고 덧없는 이 시의 분위기는 3연에 등장하는 나그네의 유려한 풍류와 상반된다. "이 밤 자면 저 마을에 / 꽃은 지리라"에서 꽃이 지는 의미를 시대적 상황과 연관 지어 민족의 고유성에 대한 상실감이나 부모 형제를 잃은 시인의 개인적 정황으로 해석한다면 다분히 의도적 오류일 가능성이 크다. 그래서 "다정하고 한 많음도 / 병인양하여 / 달빛 아래 고요히 / 흔들리며 가노니"라는 마지막 구절도 감상에 젖어 있으나 그것이 비애와 허탈감으로 느껴지지 않는 것이다. 이 시에서 중요한 것은 술 익는 강 마을의 저녁 노을에 한 나그네가 긴 소매를 꽃잎으로 물들이며 여유 있게 걸어가는 모습, 즉 시적 흥취의 무르익음을 玩賞하는 것이다.

<玩花衫>에서 자연의 모습들은 <落花 1>에서처럼 고유한 생명을 지닌 우주 만상의 상징물이다. 나그네의 흰 소매자락이 꽃잎의 붉은 빛에 젖는 것은 자연의 영원한 흐름에 동화되어 인간도 신선도 아닌 아득하고 덧없는 古雅한 仙境의 경지로 표출된다. 이러한 황홀경이 <玩花衫>에 감동적으로 무르녹아 있다.

<芭蕉雨>는 <落花 1>, <玩花衫>에서 보인 자연 관조의 자세와는 달리 세계와 대면한 자아의 심중한 고뇌를 표출하고 있다. 이러한 해석의 근거는 "창 열고 푸른 산과 / 마조 앉어라"에서 찾을 수 있다.

    외로이 흘러간
    한송이 구름

　　　이 밤을 어디메서
　　　쉬리라던고

　　　성긴 빗방울
　　　파촛잎에 후두기는 저녁 어스름
　　　창 열고 푸른 산과
　　　마조 앉어라

　　　들어도 싫지 않은
　　　물 소리기에
　　　날마다 바라도
　　　그리운 산아

　　　온 아츰 나의 꿈을
　　　스쳐간 구름
　　　이밤을 어디메서
　　　쉬리라던고

— <芭蕉雨> 전문35)

　　조지훈이 다른 자연시에서 시적 대상인 자연과 일정한 거리를 두고 자연 관조를 통해 심미적 아름다움 또는 삶에 대한 달관을 역설했다면, <芭蕉雨> 에서는 자연이 하나의 대상이 아니라 시인 자신을 자연의 한 속성으로 삼아 자기 체험을 하고 있다. 이 시에서 화자의 시적 발상은 푸른 산과 마주앉아 자연의 세계로 이끌려 들어가는 것에서 시작된다.

　　<芭蕉雨>에서 시인은 '구름'처럼 방랑으로 떠돌고 있다. 빗방울이 되어 파 초잎을 두들기고, 산을 스쳐 지나가고, 물소리를 따라 흐른다. 이 시에서 '나 의 꿈'이 무엇인가를 해명하는 것은 그리 중요치 않다. 그것은 나의 꿈이 구 름처럼 나그네처럼 산을 넘고 물을 건너면서 부단히 자기 체험과 성찰을 하

---

35) 조지훈, '山雨集', 『趙芝薰詩選』.

는, 그러면서도 영원히 안주하지 못하는 시적 변용의 조화가 있기 때문이다.

> 木漁를 두드리다
> 졸음에 겨워
>
> 고오운 상좌 아이도
> 잠이 들었다.
>
> 부처님은 말이 없이
> 웃으시는데
>
> 西域 萬里ㅅ길
> 눈 부신 노을 아래
>
> 모란이 진다.

─ <古寺 1> 전문36)

<古寺 1>은 일반적으로 한시의 발상을 단순화시켜 자연에의 관조를 형상화한 작품으로 평가된다. 이 작품은 보는 시각에 따라 자연 관조의 시 또는 禪詩로 파악될 수 있다. 그것은 이 시가 서경적인 면과 더불어 내면적인 상념을 하고 있는 시상이 전개되기 때문이다.

<古寺 1>은 '西域 萬里ㅅ길'의 변화된 연을 제외하면 漢詩 絶句의 기승전결에 7·5조의 정형률로 읊어진 정석적인 짜임새를 이루고 있다. 이 시에서 화자는 '古寺'의 풍경을 서경적으로 묘사한다. 木魚를 두드리다 졸음에 겨워 잠이 드는 '상좌 아이'를 부처님은 잔잔한 미소로 굽어보고 있다. 현세적인 눈으로 바라보았을 때 이러한 신비스러운 분위기와 시적 상상력은 나오지 않는다. 그러므로 <古寺 1>에서 주인공은 '부처님'으로 화자 자신일 수 있

---

36) 조지훈, '달밤', 『趙芝薰詩選』.

다. 이런 면에서 이 시는 한 편의 동양화가 이미지로 연출된 서경시이면서 자연 관조로써 佛法의 開眼이 이루어지는 三昧境을 그린 서정시의 면모를 지닌다. 상좌 아이가 잠든 '古寺'와 '西域 萬里' 사이의 거리 — 이것은 현세적으로는 영원히 가 닿을 수 없는 곳이다. 그래서 마지막 구절에서 노을 아래 모란이 지는 모습이 찬란한 슬픔으로 느껴진다. 상좌 아이가 졸음에 겨워 깜박이는 그 순간에 佛道의 三昧境에 드는 刹那의 역설이 들어 있다. 그러므로 "눈부신 노을 아래 모란이 진다."라는 표현은 노을 아래 꽃이 지는 화려한 모습을 감상으로 물들임과 동시에 禪의 경지를 역설한 것이 된다.

'졸음', '잠', '웃음' 등의 시어들은 서술적인 표현이면서 동시에 달관의 경역에 든 상좌 아이를 상징적으로 드러낸다. 조지훈은 <古寺 1>을 시간과 공간, 대상과 주체, 논리와 감정이 비약한 禪詩라고 하였다.[37] 이러한 그의 진술도 이 시를 단순한 자연 관조의 시보다 깊은 의미를 지닌 것으로 파악하게 한다. <古寺 1>에서 화자가 꿈꾸는 것은 불도에의 귀의로 開眼하려는 달관의 경지일 수 있다. 그러나 "눈부신 노을 아래 모란이 진다."라는 심미적 표현으로 <古寺 1>의 시적 감동이 보편성을 획득하는 것이다.

조지훈은 자연을 소재로 하여 불교적 禪의 세계를 순수한 미감으로 표출하였다. 그의 禪詩에는 得道의 달관적 체험이 시화되어 있는 한편, 이미지즘 또는 주지적 요소가 수반되어 시적 자아의 내적 번민과 갈등, 그리고 초월을 지향하는 시정신이 함축되어 있다.

(2) 현실 상황에 대한 저항의 내면

조지훈은 해방 이후 그간의 은둔과 폐쇄, 회의와 방황의 詩心에서 일변하여 조선문학가동맹에 대항한 우익계의 조선청년문학가협회를 주도하면서 사회 참여의 시를 창작한 것으로 논급되어 왔다. 그런데 해방 이전과 이후의 이러한 급변을 조지훈이 시대적 상황과 맞물려 과감하게 변신한 것으로 보

---

37) 조지훈, 「詩의 原理」, 『趙芝薰全集』 3, 文學論, 54면.

기는 힘들다. 조지훈은 해방 직전 자연 관조의 시를 형상화하면서도 비록 은거하면서나마 당시의 암담한 시대상과 관련된 우울한 내면세계를 시화하였다. 오대산 월정사에서 쓰인 이 시편들은 발표할 수 없었던 탓에 해방 이후 『歷史 앞에서』의 「岩穴의 노래」편에 실렸다.

<動物園의 午後>는 국어 국문의 사용이 전면 금지되었던 일제 말기에 쓰인 작품이다. 조지훈이 『歷史 앞에서』의 서문에서도 밝혔듯이 「岩穴의 노래」편에 실린 일련의 시편들은 친일 작품을 쓰지 않으려면 붓을 꺾어야 했던 이른바 일제 강점의 암흑기에 쓰인 작품들이다.

마음 후줄근히 시름에 젖는 날은
動物園으로 간다.

사람으로 더불어 말할 수 없는 슬픔을
짐승에게라도 하소해야지.

난 너를 구경오진 않았다
뺨을 부비며 울고 싶은 마음.
혼자서 숨어앉아 詩를 써도
읽어줄 사람이 있어야지

쇠창살 앞을 걸어가며
정성스리 써서 모은 詩集을 읽는다.

鐵柵 안에 갇힌 것은 나였다
문득 돌아다 보면
四方에서 창살틈으로
異邦의 짐승들이 들여다 본다.
<여기 나라 없는 詩人이 있다>고
속삭이는 소리……

無人한 動物園의 午後 顚倒된 位置에
痛哭과도 같은 落照가 물들고 있었다.

— <動物園의 午後> 전문38)

<動物園의 午後>는 『文章』지 폐간 이후, 그가 은둔하던 시기에 민족의 비극을 사람이 아닌 짐승에게라도 호소해야 했던 시인의 비애를 보여준다. 화자 '나'는 '異邦의 짐승들'을 '너'로 동격화시킨다. 그리고 그 앞에서 혼자서 숨어 쓴 시를 읽는다. 이것은 당대 현실 상황에서 취할 수 있는 소극적 저항의 하나였다. 쇠창살 우리를 두리번거리며 화자는 문득 자신이 짐승들에 둘러싸여 철책 안에 갇힌 것으로 인식한다. 이방의 짐승들이 화자를 '나라 없는 詩人'으로 속삭이는 아이러니는 아무런 꿈도 희망도 찾을 수 없었던 암울한 현실 속 지식인의 표상을 생생하게 전달해준다. 이 시에서 화자는 공간의 전도로 이방의 짐승들에 의해 철책 안에 갇혀 통곡하는 분노와 항거의 눈빛을 띠고 있다. 그의 시 <눈 오는 날에>에서도 화자는 "悲哀로 하여 내 혼이 야위기에는 / 絶望이란 오히려 / 나리는 눈처럼 포근하고나"라는 아이러니를 통하여 현실 인식이 드러난 시인의 비애와 절망을 표출하고 있다.

<岩穴의 노래>는 <動物園의 午後>에서 드러난 감상적인 울분이 배제되면서도 심미적인 표현과 함께 당대 사회에 대한 저항 의식이 형상화되어 있다.

야위면 야윌수록
살찌는 魂

별과 달이 부서진
샘물을 마신다.
젊음이 내게 준
서릿발 칼을 맞고

---

38) 조지훈, '岩穴의 노래', 『歷史 앞에서』, 신구문화사, 1959.

創痍를 어루만지며
내 홀로 쫓겨 왔으나

세상에 남은 보람이
오히려 크기에

풀을 뜯으며
나는 우노라.

꿈이여 오늘도
曠野를 달리거라

깊은 산골에
잎이 진다.

— 〈岩穴의 노래〉 전문39)

이 시에서 시적 자아는 청춘의 고뇌와 현실적 고통에 쫓겨 깊은 산골 '岩穴'에 와 있다. '야위면 야윌수록 살찌는 魂'의 토로는 인생의 고독과 시련이 강하면 강할수록 그 혼은 오히려 풍요로워지고 인생의 깊이를 의미 있게 관조한다는 역설이다. 그는 별과 달이 부서진 샘물로 목숨을 영위하였고, 젊음이 준 '서릿발 칼' 즉 패기와 용기로 자신을 지켰다. 고통이 깊을수록 하늘의 별과 달은 밝게 빛나고, 그 별과 달을 마주하여 그것이 부서진 샘물로 고통을 씻는 감수성은 이 작품을 높은 품격의 시로 만들어준다. 어쩔 수 없는 비극적 현실에 쫓겨 岩穴에 와 있으나, '세상에 남은 보람이 오히려 크기에' 좌절하지 않는 저항의 의지 또한 보여준다. 풀을 뜯으며 우는 나는 과거 시련들을 눈물에 씻어버리고 현실에의 극복 의지를 소생시키려는 안간힘을 쓰고 있다. 비록 '岩穴'에 숨어 있으나 그의 꿈은 '曠野'를 달린다. 이러한 시인의 역사의식은 이육사의 〈曠野〉에서와 같이 시대적 압력이 혹독하면 할수

---

39) 위의 시집.

록 저항 의지와 극복에의 신념이 강하게 내재되어 있는 것을 보여준다.

이처럼 <岩穴의 노래>에서 화자는 별과 달이 부서진 샘물로 육신을 키우고 서릿발 같은 칼을 맞으며 정신을 단련하는 詩心을 단적으로 형상화하고 있다. 비록 岩穴의 현실에 처해 있으나 그 꿈은 광야를 달리며 민족적 재생에의 의지와 희망을 표출하고 있는 것이다.

> 峨峨한 山脈이 보름달을 消化한 뒤 검은 베일 뒤에 귀또리 울음만이 떨고 있다. 램프는 肺를 앓는 것이고 찌그러진 책상에는 키르케꼴이 밤내 흐느껴 우는 것이다. 이런 슬픈 舞臺에서 나는 火酒 몇 잔에 貞操를 팔고 불쌍한 俳優가 되어 있다. 俗惡한 興行師 二十世紀는 램프와 함께 나를 絶命하라지만 나는 죽지 않는다 죽을수가 없다. 내가 나를 反逆하는 길은 아무리 짓밟혀도 살아 있다는 存在 그것뿐 — 침을 뱉어라 침을 뱉을 이가 누구냐. 돌을 던져라 돌을 던질 사람이 하나도 없다는 것이 서러웁구나. 神이여! 항상 저희를 살려두시고 괴롭히시는 당신의 悲劇精神을 저희는 尊重하옵니다. 죽어서 비웃음 받을 슬픔보다는 살아서 울수도 없는 悔恨을 주십시오. 눈물을 잊어버린 사나이에게 어쩌자구 한 잔 술을 권하는 사람들만 이리도 많은가 꼭같은 恨이 있어 같이 울자구 이 술잔 이 同情을 내게 주는가. 술을 마시고 피를 뽑아주마. 더운 피를 아낌 없이 너를 위해 뽑아주마. 어둔 밤에 어둔 밤에 瀟湘江 물소리처럼 흐르는 코피 손수건도 걸레쪽도 빛이 변했다. 그리운 옛날의 어느 마을 앞 굽이치는 강물에 복사꽃 지는 철이 이러했었다. 淋漓한 핏방울에 옷을 적시고 슬픈 일이 없어서 웃어본다. 이러한 밤에 내가 부르고 싶은 단 하나의 이름이여 − 당신이 논아주신 피를 저는 이렇게 헐값으로 흘리고 있읍니다.
>
> — <鼻血記> 전문[40]

<鼻血記>는 조지훈이 이 시기에 어떤 상황에서 비극적 실존을 체험하고 있었던가를 극명하게 드러내보이는 작품이다. 이 시는 무운의 산문시로 지

---

40) 위의 시집.

어져, 단숨에 긴 호흡의 절규를 퍼붓는 독법으로 격정을 분출시키고 있다. 또한 문체가 영탄조 기도문인 데다가 그 내용이 시적 자아의 실존적 당위를 역설로 直逼하고 있어, 죽음을 대신하고 있는 삶의 정신적 고통이 시로 표현되기에는 좀 벅찬 것이 아닌가 생각하게 한다.

그러나 이 시는 <岩穴의 노래>에서 시적 자아가 '岩穴'과 '曠野'의 양 극을 체험하고 있던 상상력이 변형되어 '峨峨한 山脈' 한 구석 '슬픈 舞臺'에 배우로 등장하는 독특한 발상을 보여준다. 보름달도 넘어간 어둠 속에서 "火酒 몇 잔에 貞操를 팔고 불쌍한 俳優가 되어 있다."는 진술은 시적 자아가 완전히 절망적인 상황에 놓여 관객과 대면한 몸짓으로 강한 아이러니를 표출한다. 이는 "내가 나를 反逆하는 길은 아무리 짓밟혀도 살아 있다는 存在 그것뿐 — 침을 뱉어라 침을 뱉을 이가 누구냐. 돌을 던져라 돌을 던질 사람이 하나도 없다는 것이 서러웁구나."라는 시구에서 극명하게 드러난다. 이 화자는 존재가 가치에 선행한다는 실존주의적 상황론으로 풀지 않더라도 시대와 대면한 비탄과 올곧음을 토로하면서 비극적 상황에서 철저하게 고독한 내면을 표출하고 있는 것이다.

코피를 흘리는 시인은 그것을 마을의 강가에 떨어지는 복사꽃잎으로 치환시킨다. 여기서 피는 원형적으로 죽음·비극·고통들을 상징하기도 하지만, 예수 그리스도의 성스러운 피[41]가 상징하는 희생과 구원의 의미를 뜻하는 양면성을 지니고 있다. 이 시에서 표현된 '神'은 기독교적 사유에 의한 것이지만, 그를 둘러싸고 있는 자연과 사회, 역사를 포괄한 대자적 세계를 함축하고 있다. 시적 자아는 정조를 파는 배우가 되어 짓밟히고 唾罵를 받을지언정 이 시대를 저버리고 죽음을 택하는 나약함을 보이지는 않고 있다. 삶과 역사에 대면하여 산천에 복사꽃이 어울려 피는 찬란한 봄을 고대하는 화자는 피로 상징된 죽음에 직면한 절망적 상황에서도 극복에의 의지를 잃지 않는 강인한 정신력을 표출하고 있다.

---

41) 아지자·올리비에리·스크트릭 공저, 장영수 옮김, 『문학의 상징·주제 사전』, 청하, 1989, 298~299면 참조.

<岩穴의 노래>, <바램의 노래>, <鼻血記>, <動物園의 午後> 등에 대하여 조지훈은 『文章』지 폐간호를 받고 울면서 '먼곳의 임과 불빛을 기다리는 마음의 祈願'[42]을 담아낸 시라고 회고한 바 있다. 이처럼 조지훈은 그 내면에 비극적 실존과 대면한 정신의 저항을 시적 체험으로 달랠 수 있었기에 암흑기에도 끝까지 훼절하지 않고 역사성을 잃지 않는 애련과 열정의 끈기를 간직할 수 있었던 것이다.

4. 맺음말

한 시인의 생애가 그의 격렬하고 심각한 시적 체험을 통하여 절실하게 변신하는 모습을 각 단위별로 구명해내는 것은 뜻있는 작업이다. 그러나 그 시인이 같은 강도의 여러 체험을 겪으면서도 어떤 일관된 특성을 유지하여 나간 줄기를 찾아 이를 하나의 흐름으로 해명해내는 통합적 연구는 더욱 큰 의의를 지닐 수 있다.

조지훈은 '靑鹿派'의 일원으로서 자연을 소재로 하여 불교적 禪의 세계를 시화한 시인으로, 해방 이후 민족의 수난기에 순수 문학을 옹호하며 민족문학 건립을 주창한 현실 참여의 志士詩人으로 통념화되는 경우가 많았다. 이때 전자의 경우는 귀족 취미의 퇴영적인 현실 도피로, 후자의 경우는 역사적 사명감을 격렬하게 분출하여 예술적 형상화를 이루어내지 못한 것으로 평가되었다.

조지훈의 시에 대한 기존 연구들의 이러한 편향적 시각은 조지훈이 詩作의 초기부터 다양한 시적 역량을 보인 사실을 총체적으로 이해하기보다는 변모 양상으로 분할 파악한 데에 기인한다. 그러나 조지훈은 초기 시에부터 모더니즘의 심미성, 현실에 대한 풍자적 비판, 인생에 대한 고뇌, 전통적 시

---

42) 조지훈, 「나의 詩의 遍歷」, 『靑鹿集 以後』, 356면.

정신을 바탕으로 한 향토적 애수 등의 면모를 견지하면서 이를 상징적인 세계로 승화시키고자 하는 과정을 보여주고 있다.

조지훈은 "放浪하는 詩精神 그것은 彷徨이 아니다."43)라고 그의 역설적 시정신을 피력한 바 있다. 이러한 시정신으로 그는 시의 저류를 형성하고 있는 기본 정조인 이율배반적 이원성을 초기 시에서부터 끊임없이 변주하면서 인간과 세계에 존재하는 진실을 통합적으로 표출해주었다. 현실의 고통과 비애가 가중될수록 더욱 절실하게 생과 영혼의 실존적 본질을 관조하는 상징의 넓이와 깊이를 확보해 나아갔기 때문에 그의 시적 순수성은 하나의 일관된 특수성으로 남았던 것이다.

조지훈의 시적 생애가 이와 같은 하나의 흐름을 유지할 수 있었던 것은 그의 시에 대한 총체적 순수성이다. 조지훈의 이 시정신은 한국 현대시문학사에서 거의 독보적인 것으로 판단된다. 그것은 한국시사에 남은 몇몇 훌륭한 시인들의 시적 상징이 '님' 또는 '조국' 등으로 설정된 데 비하여 조지훈의 경우는 이러한 것들을 두루 수용할 수 있는 시적 상상의 세계에서 현실에 밀착하여 삶의 본질을 천착하고자 했기 때문이다. 이처럼 조지훈이 실존적 고뇌와 무상성을 시적 상상력으로 초극하여 건강하고 투명한 영혼의 세계로 나아간 것은 해방 이전의 한국 현대시에 있어서 시의식의 폭과 깊이를 넓혀준 시사적 의의를 갖는 것으로 평가된다.

※ (『작가의 이상과 현실』, 태학사, 1999), 改稿

---

43) 조지훈, 「西窓集」, 『趙芝薰全集』 4, 隨想, 140면.

1950년대 김규동 시의 시정신

1. 머리말

1950년대의 한국 시에 있어서 한국전쟁은 당대 시정신의 기저가 된다. 1950년대의 이러한 시사적 흐름에서 金奎東[1]은 전쟁의 비극과 실존의 문제를 개성적으로 형상화한 시인이라고 할 수 있다. 그런데 기존의 한국시사에서 김규동은 주로 1950년대 모더니즘 시운동을 주도한 시인으로 일컬어져 왔다.[2] 이와 관련된 김규동의 시적 출발에 대하여는 그가 1950년대의 '후반기' 동인을 중심으로 행해졌던 모더니즘의 한 경향을 실험하였으나 관념에 갇히는 한계에 머물렀다는 부정적인 평가를 받은 바 있다.[3] 기존의 문학사

[1] 김규동은 1925년 함경북도 경성에서 출생하여 延邊醫大에서 수학하였다. 1948년 『藝術朝鮮』을 통하여 등단한 이래 1951~53년 '후반기' 동인으로 활동하였다. 시집으로 『나비와 廣場』(산호장, 1955), 『現代의 神話』(덕련문화사, 1958), 『죽음 속의 英雄』(근역서재, 1977), 『오늘밤 기러기떼는』(동광출판사, 1989) 등이 있으며, 시선집 『깨끗한 희망』(창작과 비평사, 1985), 『하나의 세상』(자유문학사, 1987), 『길은 멀어도』(미래사, 1991) 등을 간행하였다. 시론집과 평론집은 『새로운 詩論』(산호장, 1959), 『知性과 孤獨의 文學』(한일출판사, 1962), 『文學講話』(한일출판사, 1969), 『現代詩의 研究』(한일출판사, 1972), 『어두운 時代의 마지막 言語』(백미사, 1979) 등이 있다.
[2] 최동호, 「1950년대의 시적 흐름과 정신사적 의의」, 김윤식 외, 『한국현대문학사』, 현대문학사, 1989, 318면 참조.
[3] 이경수, 「불안과 충돌의 시학 – 김규동 시 연구」, 송하춘·이남호 편, 『1950년대의 시인들』, 나남출판, 1994, 157~177면 참조.

에서도 김규동이 거론되는 경우 항상 '후반기'라는 유파[4]에 묶여 모더니즘
적 성향으로 그 성격이 고정되어 왔다.

한편, 김규동의 이러한 모더니즘은 1970년대 민족문학론이 주창되던 시대
를 거치면서 리얼리즘의 시로 그 변모를 보였다고 논평되는 것이 일반적이
었다.[5] 이 견해들은 대부분 1970년대 민족문학 운동으로 일어났던 리얼리즘
론에 의하여 김규동의 모더니즘이 그 반대 급부적 대상으로 극복되었다고
보는 관점에서 이루어진 것이었다. 이러한 논평들은 김규동 스스로가 1970
년대 시선집『깨끗한 희망』을 엮으면서 1950년대에 경도되었던 모더니즘 문
학 운동이 민족 현실을 절실하게 노래하지 못했다고 회고[6]한 것과 직접적인
관련이 있다. 김규동의 시에 대한 이와 같은 일련의 연구들은 리얼리즘 정신
으로 민중의식을 드러낸 1970년대 전후의 작품에 집중되어 있다.[7]

---

4) '후반기'는 1951년부터 1954년까지 피난지 부산에서 朴寅煥・金璟麟・金奎東・金次榮・李
奉來・趙鄕 등과 이들의 이념에 동조하고 인간관계를 형성한 시인들이 모더니즘을 표방하
여 문학 활동을 전개한 시인 집단이지만, 실제 동인지는 내지 못한 단체이다(오세영,「後
半期 同人의 詩史的 位置」,『文學思想』99호, 1981.1, 329~340면 참조).
김규동은 '후반기' 동인들이 현실의 적극적인 반영 내지는 비평을 새로운 내적 방법에 의
해서 시도하며 불안에 싸인 문명의 인상과 인간의 내면의식을 현대적인 언어로 쓰려는 시
도로 모더니즘 시운동을 펼쳤다고 회고한 바 있다(김규동,「解放 30年의 詩와 詩精神」,『心
象』23호, 1975.8, 74~80면 참조).
5) 김재홍,「김규동, 통일 지향시의 한 표정」,『한국현대시인비판』, 시와시학사, 1994, 125~
135면 참조.
윤여탁,「1950년대 모더니스트의 자기 모색 - 김규동의 경우 -」,『先淸語文』25집, 1997.
12, 127~147면 참조.
이동순,「흰 나비와 자기부정의 시학」, 김규동,『길은 멀어도』, 미래사, 1991, 141~148면
참조.
임헌영,「한 모더니스트의 역사인식 - 김규동론」,『우리 시대의 詩 읽기』, 공동체, 1993,
104~112면 참조.
장사선,「金奎東論 - 모더니즘에서 리얼리즘으로」, 김용직 외,『韓國現代詩研究』, 민음사,
1989, 258~271면 참조.
6) 김규동,「自序」,『깨끗한 희망』, 창작과 비평사, 1985.
7) 박진환,「詩的 自覺과 民衆意識 - 詩集 ≪깨끗한 희망≫을 통해 본 金奎東論」,『詩文學』168
호, 1985.7, 100~109면 참조.
염무웅,「민족현실의 문학적 형상화」, 김규동,『깨끗한 희망』, 창작과 비평사, 1985, 170~
175면 참조.
최동호,「현실적인인 시와 진실한 시」,『불확정시대의 문학』, 문학과 지성사, 1987, 178~
184면 참조.

그러나 1950년대에 쓰였던 김규동의 시편들에는 피상적인 모더니즘의 실험성만으로 그 가치를 재단할 수 없는 시정신의 치열함과 문명에 대한 비판적 안목이 나타나 있어 이에 대한 사려 깊은 통찰이 요망된다. 따라서 본 연구는 '모더니스트 김규동'이라는 일반론에 편승하지 않고 당대 그의 시정신이 잘 드러나는 시와 시론을 면밀히 분석하여 1950년대 한국문학사에서 김규동의 시가 차지하는 시사적 의의를 밝혀보고자 한다.

1950년대 김규동의 시에는 분명히 모더니즘의 문명 비판적 의식이 들어 있다. 그러나 그의 모더니즘적 태도는 청록파 등의 감상적 낭만주의를 비판하면서 객관적 주지적 태도를 견지한 것이었으며, 전통 자체에 대한 거부나 비판은 아니었다.[8] 詩作의 초기부터 실제로 그의 시에는 감상적 낭만주의, 침통한 사회성과 역사성, 순수시적 동경, 쉬르레알리슴적 색채 등이 混淆되어 나타난다. 그리고 그의 모더니즘적 경향은 사조적 바탕으로서가 아니라 형상화의 기법으로 작용하고 있다고 볼 수 있다. 이 점에서 통상적 의미의 모더니즘, 다시 말하면 현대적 감수성에 바탕을 둔 '모더니즘'으로 1950년대 김규동 시의 특성을 규정하기에는 그 개성의 깊이와 폭이 훨씬 깊고 넓다고 판단된다.

이와 관련하여, '리얼리즘/모더니즘'의 창안된 정체성을 떠나 작품의 실상으로 直逼하면, 리얼리즘의 最良의 작품들이 통상적 리얼리즘을 넘어서는 순간 산출되었으며, 모더니즘의 最良의 작품들도 통상적인 모더니즘을 飛越하는 찰나에 생산되었다는 비평[9]은 김규동의 시를 고찰하려는 본 연구를 위해

---

8) 김규동, 「戰爭과 詩人 — 六・二五動亂과 우리 詩壇」, 『새로운 詩論』, 산호장, 1959, 142~158면 참조.

9) 최원식, 「'리얼리즘'과 '모더니즘'의 會通 — 작품으로의 귀환」, 유종호 외, 『현대 한국문학 100년』, 민음사, 1999, 634면 참조.
    이 논문에서 필자는 '리얼리즘'을 모사론적 방법으로 근대 극복의 전망을 탐구하는 문학 경향으로, '모더니즘'을 비모사론적 방법으로 근대 비판을 실험하는 문학 경향으로 정의 내렸다. 그런데 最良의 리얼리즘과 最良의 모더니즘에서 이처럼 순진한 차이는 순식간에 사라진다. 다시 말하면 최고의 작품들이 생산되는 장소에서는 이미 '리얼리즘'과 '모더니즘'이 會通의 경지에 이르게 된다고 필자는 설파하고 있다.

시사하는 바가 크다.

1950년대에 간행된 김규동의 시집『나비와 廣場』과『現代의 神話』는 표제에서부터 모더니즘의 이미지와 실험성의 한 측면을 표출하면서 실존주의적 批評眼으로 새로운 세계를 전망해 보는 상징성을 보여주고 있다. 이에 '리얼리즘' 대 '모더니즘'이라는 논쟁의 틀에서 벗어나 김규동의 위 두 시집에 수록된 작품들10)을 분석 고찰하고, 당대의 역사적·사회적 상황이 잘 표출되면서 시의식의 내면이 탁월하게 형상화된 작품을 선별하여, 이들을 중심으로 1950년대 김규동 시정신의 시사적 의의를 규명해보고자 한다.

2. 『나비와 廣場』과『現代의 神話』에 부치는 시론

『나비와 廣場』은 김규동의 첫 시집이다. 여기 게재되어 있는「詩集『나비와 廣場』에 부치는 試論」은 1950년대 김규동의 시의식이 잘 드러나는데, 그는 이 글에서 당대의 새로운 시가 나아가야 할 바를 시사하고 있다. 그 요지는 대략 다음의 ㉮~㉣로 발췌될 수 있다.

> ㉮ 너무나 茂盛한 獨斷과 아슬 아슬한 神經衰弱症狀과 번잡스러운 多辯과 견디기 어려운 混沌으로 가득찬 이 密林地帶는 바야흐로 失望과 懷疑와 慨歎의 보잘것 없는 特殊地域이 아니고 또 무엇이랴.

> ㉯ 그러나 나는 如前히 우리 詩壇을 支配해온 낡은「쎈티멘탈·로맨티시즘」의 奔流와 象徵主義의 頑固한 殘滓的 要素에 抵抗하여 全力을 다한

---

10) 詩集『나비와 廣場』은 모두 5부로 구성되어 있다. 이중 제1·2부는 한국전쟁의 최후의 교두보였던 항도 부산에서, 제3·5부는 주로 9·28 수복을 전후하여 1955년까지, 제4부는 "6·25 이전의 낡은 서정의 詩帖에서 추린 것"이라고 김규동은 시집에서 밝혀 놓았다. 제4부에 수록되어 있는 시 <눈나리는 밤의 詩>, <故鄕>, <가을과 少女>, <海邊斷章>, <날지 못하는 새>, <少年>, <斷章> 등은 한국전쟁 이전에 쓰인 작품이므로 본 연구의 논의에서 제외한다.

싸움을 敢行할 수밖에 없는 悲痛한 運命속에 있었던 지난날을 追憶하여 기쁨과 그리움의 微笑를 禁치못하는 心情속에 있음을 率直히 告白하련다.

㉯ 이러한 氣流속에서 우리들은 世界와 歷史, 또는 現實과 生活과의 關聯에 항상 바른 洞察과 統一을 뜻하며 나아가서는 자신의 人生態度를 決定짓는일에 全力을 다함으로서 現代文明의 情況에 대한 正當한 批判을 計劃했어야만 옳았던 것이다.

㉰ 淸風明月만을 노래하는 너무나 主觀的인 態度와 東洋的인 靜寂에의 歸依는 그러므로 混亂激動의 새世代에 對한 禮儀가 아니었으며 새時代가 던지는 文明의 印象과 끊임없이 變貌해가는 社會現象의 옳은 把握이야 말로 詩人의 「캬메라」에 賦與된 高貴한 素材가 아닐수 없었다.[11]

㉮에서 김규동은 당시 그가 처했던 시적 체험의 배경에 대하여 이야기하고 있다. 그는 해방과 전쟁의 소용돌이에서 피해 의식과 위기 의식이 난무하는 가운데 정치적 이데올로기로 대립하거나, 몰사회적 의식으로 사회 현실을 해부하려는 내용 부재의 언어 유희적 논리가 현실성 없이 떠돌았음을 지적하고 있다. 이러한 상황을 부정하면서도 해방의 기쁨보다는 한국전쟁의 비극적 상황을 감당하기 어려워 감상적 낭만적 태도로 방향 감각을 잃은 채 미로를 헤매는 '특수지역'이 바로 1950년대였다는 것이다. 이러한 특수 지역으로서의 시적 공간이 잘 드러난 것이 김규동의 '廣場' 이미지라고 볼 수 있다.

㉯에서 김규동은 현실 인식이 결여된 감상적 낭만성과 사회에 대한 강한 저항성이 결여된 상징주의를 거부하면서 당대의 현실을 원죄적 비극으로 상징화하려는 시도를 토로하고 있다.

이와 관련하여 ㉰에서 그는 시적 자아의 체험을 세계와 역사, 현실과 생활과의 관련 속에서 통찰하고 통일시켜보려는 비판정신의 시적 태도를 강조하고 있다.

---

11) 김규동, 「詩集 『나비와 廣場』에 부치는 試論」, 『나비와 廣場』, 5~6면(㉮, ㉯, ㉰, ㉱ 처리 : 필자).

그러므로 ㉣에서 문명의 인상과 사회 현실적 비평정신을 그의 詩道로 삼으려는 현실적 적극성과 능동적인 의욕은 타당성을 견지하고 있다고 볼 수 있다.

한편, 시집 『現代의 神話』는 『나비와 廣場』 이후의 詩作 가운데서 그의 詩道에 하나의 標識가 될 만한 작품을 뽑아 펴낸 것이다. 이 시집에도 '詩論'이 첨부되어 있다.

> 끝없는 矛盾과 無秩序 ― 그런 것들의 混頓 속에서 우리가 붓안은 한 줄기의 精神은 날로 增加하여 가는 이 世紀의 恐怖와 壓迫 속에서 갈대처럼 떨렸다. 世界와 民族을 향하여 詩人이 피력하는 現代의 神話는 너무나 초라하고 보잘 것 없는 목소리였다고 생각 할적에 이 苦惱에 찬 不毛의 地平에 서서 새삼스럽게 외로움을 견디어야 하는 것이다.[12]

여기서도 김규동은 『나비와 廣場』에서 보여주었던 비극적 세계인식으로, 시인은 불모의 지평이라고 볼 수 있는 이 세기의 공포와 압박 속에서 세계와 민족을 향한 절박한 비평안으로 현대의 신화를 열어가야 한다고 강조하고 있다.

김규동의 시집에 실린 이 시론들은 그의 작품을 이해하는 데 큰 도움이 될 뿐만 아니라 그의 시정신이 집약되어 있는 선언문이라고 판단된다. 본 연구는 이 宣言性 시론들에서 그가 주장하고 있는 세계인식이 그의 시 속에서 어떤 체험을 통하여 시정신의 상징적 세계를 드러내고 있는가, 그리고 그 의의는 과연 무엇일 수 있는가를 밝혀보고자 한다.

3. 시적 자아의 체험적 세계인식 ― <나비와 廣場>을 중심으로

<나비와 廣場>은 1950년대 戰後의 현실적 상황을 황폐한 '廣場'으로, 이 현실적 고통 앞에서 영혼의 무게를 지탱하고자 하는 시적 자아를 '나비'로

---

12) 김규동, 「詩集 『現代의 神話』에 부치는 詩論」, 『現代의 神話』, 132~133면.

형상화하고 있다. 김규동은 그의 시론에서 역사와 현실과 인생에 대한 깊은 이해를 가질 때 수난의 꽃을 가꿀 수 있다고 하였다. 시는 상상의 힘에 의해 통일과 질서의 조직체로 창조되는 것인데, 이러한 일련의 과정을 통하여 문학이 개성과 독자성을 확보해야 한다. 그는 이러한 개성과 독자성을 탐구하기 위해서는 자아를 새로운 방법으로 현실과 연결시켜 보아야 한다고 하였다.[13]

<나비와 廣場>에서 '나비와 廣場'은 '자아와 현실'의 유기적 연관성을 능동적으로 찾아낸 개성적이고 독자적인 시적 이미지라고 할 수 있다. 당대 非情한 공간의 한 단면인 광장과, 그 고통의 바다 위를 날고 있는 나비의 상징적 조응이 이루어진 것이다. 이 나비는 실존의 무게를 다 짐 지지 못하여 날아가고픈 영혼이며 어떤 새로운 신화적 세계를 꿈꾸는 영혼이기도 하다. 절묘한 이미지의 배치라고 할 수 있다.

김규동은 시집 『나비와 廣場』에서 전쟁이 빚어내는 비참한 현실을 신즉물주의적 방법으로 형상화하려 하였다.[14] 작품 <나비와 廣場>은 이러한 의식으로 1950년대 김규동의 실존주의적 서정성이 극점을 이룬 작품이라 할 수 있다.

> 眩氣症나는 滑走路의
> 最後의 絶頂에서 흰 나비는
> 突進의 方向을 잊어버리고
> 피묻은 肉體의 破片들을 굽어 본다.
> 機械처럼 灼熱한 작은 心臟을 추길
> 한목음 샘물도 없는 虛妄한 廣場에서
> 어린 나비의 眼膜을 遮斷하는건
> 透明한 光線의 바다뿐이었기에—

<hr>

13) 김규동, 「現代意識과 現實」, 「個性과 獨自性」, 『새로운 詩論』, 19〜27면 참조.
14) 김규동, 「詩集 『나비와 廣場』에 부치는 試論」, 『나비와 廣場』, 7면 참조.

眞空의 海岸에서 처럼 寡默한 墓地 사이 사이

숨가쁜 Z機의 白線과 移動하는 季節속―
불길처럼 일어나는 燐光의 潮水에 밀려
이제 흰 나비는 말없이 이즈러진 날개를 파다거린다.
하―얀 未來의 어느 地点에
아름다운 領土는 기다리고 있는 것인가
푸르른 滑走路의 어느 地標에
華麗한 希望은 피고 있는 것일까.

神도 奇蹟도 이미
昇天하여 버린지 오랜 流域―
그 어느 마지막 終点을 向하여 흰 나비는
또한번 스스로의 神話와 더부러 對決하여 본다.
― <나비와 廣場> 전문

   '흰 나비'는 현기증 나는 활주로의 절정인 광장 위를 날고 있다. 돌진의 방향을 잊어버리고 피 묻은 육체의 파편들 위에 떠 있는 나비는 너무나 생경한 이미지이면서도 1950년대 전후 한국의 한 단면과 인간상을 잘 묘파해 주고 있다.

   현기증 나는 광장에는 피 묻은 육체의 파편들이 가득 차 있다. 나비의 심장은 기계처럼 작열하고 있지만 심장을 축일 샘물 한 방울 없는 허망한 공간에 떠 있다. 이때 나비의 眼膜에는 제트기의 폭음과 白線만이 가득할 뿐이고 전쟁의 불길은 마치 바다의 폭풍과 같이 휘몰아치고 있다. 이 시에서 '푸르른 滑走路'는 '眞空의 海岸'으로 묘사되어 있다. 광장이 바다로 동일시되는 아이러니를 보여준다. 신도 기적도 승천하여 버린 지 오랜 流域인 이 비극의 땅에 스스로의 신화를 만들어 지금 처해 있는 광장의 세계와 대결하여 극복해보려는 나비의 집념이 처절하면서도 절실하게 그려지고 있는 것이다.

實로 조그마한 不注意로 大海 깊숙히 彈丸처럼 落下하여 버릴수도 있
고 또 구름에 휘감긴 드높은 山脈에 부딪쳐서 散散히 흩어져 한줌 가루
가 되어 버릴수도 있는 宿命의 機體를 조종하여 푸른 하늘의 大海를 疾
走하는 「제ㅅ트」飛行士의 모습을 그릴때 나는 藝術의 神秘한 興趣속에
잠겨 恍惚한 作業에 餘念이 없는 한사람의 詩人이나 畵家를 聯想하는 것
이다.15)

　이 글은 현대 문명의 한 상징이라고 할 수 있는 제트기에 대한 김규동의
글이다. 푸른 하늘에 탄환과 같이 날아가는 제트기가 비상 자체로는 무한히
아름다운 비밀을 감추고 있는 것 같다. 그러나 하늘을 날고 싶은 동경은 그
'不安의 速度'로 현대 문명의 비극적 성격을 예감하고 있다.

　　凸렌즈를
　　쓰고
　　내가 거리를 간다.

　　活字 처럼 닥아와
　　나의 이마에
　　나의 가슴에
　　나의 關節에
　　나의 瞳子 안에
　　正面衝突 하는
　　重量. 重量. 重量.

　　<絶望과 恐怖 아 끝없는 喀血이라오.>

　　만나면 모두
　　細菌學者처럼
　　싸늘한 體溫을

---

15) 김규동, 「現代詩와 Mechanism」, 『새로운 詩論』, 64면.

내 손의 表皮위에 남겨 놓던
選手들을 차라리 피하면서
피하면서 가야 하는
凸렌즈의 運命 속에
오늘도
太陽과 하늘만이
骸骨처럼
骸骨처럼

− <不安의 速度> 전문

<不安의 速度>는 전후의 절망과 공포에 떨면서 '凸렌즈'를 쓰고 '骸骨'처럼 '不安의 速度'를 살아가야 하는 시적 자아의 운명이 즉물적으로 그려져 있다. 그의 작품 <花河의 밤>, <原色의 海岸에 피는 薔薇의 詩>, <幻想街路>, <헤리콥타처럼下降하는POESIE는機關銃陣地를타고> 등에서도 전쟁의 한복판인 도시 상공에 비상하는 제트기가 포물선을 그리며 추락하는 불안한 실존의 상징으로 제시되어 있다. 전쟁터로 날아가는 제트기는 인간의 생존과 직결된 운명의 상징성을 아이러니컬하게 보여주는 부분이다.

김규동의 시에 등장하는 '나비' 이미지는 현대 문명의 메커니즘과 실존의 운명이 상징적으로 표현된 매개체이다. <戰爭과 나비>에는 전쟁의 검은 언덕을 날아가는 어린 나비가, <뉴−스는 눈발처럼 휘날리고>에는 전쟁의 해안에 질식한 비둘기의 울음소리로, <검은 날개>에는 전쟁으로 쇠잔한 태양과 침묵하고 있는 해협의 거대한 검은 날개로, <對位>에는 전쟁의 彈道를 나는 어린 나비들이 對位의 층계를 내려가는 모습으로, <날지 못하는 새>에는 海底와 같은 바다의 공간인 벽에 포위당해 있는 나비의 모습이 그려져 있다.

한마리의 나비가 폐허의 광장을 날아가고 있다. 그 나비를 바라보면서 詩人에게는 여러가지의 幻想과 想念이 떠오른다.
한마리 연약한 나비는 어쩌면 물결치는 환상과 어둡고 슬픈 상념을

지닌 詩人자체의 變身이거나 한 조고마한 肉片과도 같은 것인지도 모를
것이다.

　　眩氣症・突進・破片・眼膜・遮斷・眞空・移動・燐光・地點・地標・
終點・對決등의 言語는 그러나 어린 生命體로서의 나비의 映像을 浮彫시
키는데 무척 부자연스럽고 거칠는지 모른다.16)

　이 글은 김규동이 자신의 시 <나비와 廣場>에 대하여 해설해 놓은 것이
다. 여기에서 그는 현실과 사물을 신즉물주의적 태도로 철저하게 추구해야
한다고 주장하면서 "「나비와 광장」에서 한 마리의 연약한 나비의 안막에 비
치우는 「오늘」이라는 現實의 氣流가 얼마나 험하고 불안한 것인가를 이 작
품을 통하여 느낄 수만 있다면 대체로의 감상은 충분"17)하다고 하였다. 문학
은 시대 현실과 함께 새로워져야 한다는 그의 주장은 1950년대의 문학 연구
에 있어서 매우 긴요한 비평정신이라고 할 수 있다. 이 점에 있어서 '나비'
와 '廣場'은 당대 사회 현실과 인간상을 적절하게 표상한 새로운 이미지라
할 만하다.

　<나비와 廣場>에서 '흰 나비'는 김기림의 <바다와 나비>18)를 연상하게
해준다.19) 김기림의 <바다와 나비>에서 나비가 1930년대 서구 문명의 상징
인 바다에 대한 정열과 그 바다의 '水深'에 대한 無知를 체험하는 나약한 여
인으로 그려졌다면, <나비와 廣場>의 나비는 1950년대 제트기가 난무하는
전쟁터의 한복판인 비극의 광장에 홀로 남겨진 인간으로 그려져 있다. 이
'나비'의 모습은 물론 시적 자아의 영혼을 상징하는 매개체이다.20)

---

16) 김규동, 「現代詩의 難解性」, 『새로운 詩論』, 53면.
17) 위의 글, 54면.
18) 아모도 그에게 水深을 일러 준 일이 없기에 / 흰 나비는 도모지 바다가 무섭지 않다. // 靑
　　무우밭인가 해서 나려 갔다가는 / 어린 날개가 물결에 저러서 / 公主처럼 지쳐서 도라온다.
　　// 三月달 바다가 꽃이 피지 않아서 서거푼 / 나비 허리에 새파란 초생달이 시리다(金起林,
　　<바다와 나비> 전문 참조).
19) 김규동은 경성고보 2학년 때 영어선생인 김기림을 만났다. 그때는 朝鮮日報가 폐간되고 『文
　　章』 등의 잡지가 극심한 탄압을 받게 되었던 일제 강점의 암흑기였다(김규동, 「詩보다 인
　　간을 더 사랑한 시인」, 『文學思想』183호, 1988.1, 121~124면 참조).

　　그런데 <나비와 廣場>의 나비는 세상에서 무거운 육신을 벗고 가볍게 날
수 있기를 갈망하는 시적 자아의 영혼을 표상하지는 않는다. 이 나비가 갈구
하는 것은 광장으로 표상된 이 세계의 고통과 불안과 절망을 붙안고 날아보
려는, 다시 말하면 이 세계의 喜怒哀樂으로 눈물 흘리며 생의 절망과 뜨겁게
부딪쳐 극복하여 비상하려는 의지를 보이는 것이다. 그래서 나비는 나비로
서 가벼운 영혼으로 승천하지 못하고 아이러니컬하게도 전쟁터의 한복판에
서 세상을 鳥瞰하며 떠 있다. 그런 면에서 이 작품은 '나비'로 표상되는 시적
자아가 '廣場'으로 표상되는 세계와 철저하게 대면하면서 삶의 고통과 모순
을 체험하는 리얼리티를 느끼게 한다. 그렇다면 그가 나비 이미지로 꿈꾸는
신화적 세계는 무엇일까? 이는 후속되는 그의 일련의 시편들 속에서 그 내
면을 드러내고 있음을 보게 된다.

4. 전후 상황과 자아 분열의 냉소적 아이러니―<眞空會談>을 중심으로

　　<眞空會談>은 암울한 역사적 상황에 놓인 김규동의 내면세계가 다른 작
품에 비하여 다소 이질적인 모더니즘적 기법으로 형상화된 작품이다. 그런
데 기존 연구에서는 이 작품에 대하여 거의 언급이 되지 않고 있다. 이는 그
간의 연구들에서 1950년대에 지어진 김규동의 시가 메커니즘화된 관념의 지
적 조작을 느끼게 하는 실험적 의식에서 벗어나지 못했다고 논평된 것과 관
련하여 <眞空會談>이 면밀하게 판독되지 못한 채 스쳐지나간 것으로 추정
된다. 그런데 <眞空會談>은 전후의 불안과 비극적 상황을 '眞空'의 상태로

---

20) 나비는 고대에는 영혼의 상징이며 빛을 향한 무의식적 매력의 상징이었고 정화를 뜻하기도
　　하였다. 정신분석학에서는 흔히 재생의 상징으로도 간주된다. 동양의 경우 나비의 이미지는
　　'애벌레―나비'의 비유로서 불교적 재생을 표상하는 경우가 많다. 서양의 경우에도 나비는
　　순수한 영혼을 보여주는 부활의 상징으로 많이 쓰였다(J. E. Cirlot, *A Dictionary of Symbols*,
　　London : Routledge & Kegan Paul, 1971, 35면 참조 / 韓國文化象徵辭典編纂委員會, 『韓國文化
　　상징사전』, 동아출판사, 1994, 142～145면 참조).

설정하여 독설을 퍼붓는 현실인식이 잘 드러나는 작품으로 판단된다.

—무수한 絞首屍體와 移動하는 頭蓋骨과 女子의 푸른 骨盤으로 形成된
壁 속에서 派守兵은 꺼꾸로 서서 馬太福音 三章을 暗誦한다—

푸로이드 博士는 흰 까운에 하얀 마스크를 치고
看護員 큐—리와 함께 層階를 올라오는 것이다.

<體溫은 零度 平溫입니다.>

—처음날은 皇帝의 結婚式에 靈柩車를 타고 參席 했읍니다.
—다음날은 列車의 特等室에서 女子를 강간한 일이 있읍니다.
—다음날엔 愛人 나타—리의 乳房을 권총으로 射擊 했지요.
—그 다음날 나는 커—피 깡통을 삼켜 버렸읍니다.
—그리고 마지막 날 午後엔 大學의 하늘 닿는 高層에서 投身自殺을
企圖 하였읍니다.

<看護員 큐—리! 外科室에서 手術準備를 하십시요. 切斷手術 입니다.>

—絶望입니까? 푸로이드博士……

看護員 큐—리의 뒤를 따라
뚜걱
뚜걱
層階를 밟는
푸로이드博士의 頭上에서는
大理石 圓柱에 부디치는
유리컵 처럼
찬란한 爆笑가 터저 나올 뿐이었다.
　　　　　　　　　　　　　　　　　— <眞空會談> 전문

이 시의 공간적 배경은 무수한 絞首屍體와 부서진 두개골, 骨盤이 쌓인 벽속이다. 이 벽 속에서 이 시체들을 지키는 파수병이 거꾸로 서서 마태복음 3장을 암송하고 있다. 부서진 교수 시체들과 회개의 증거를 행실로 보이고 하느님의 복음을 전하는 파수병의 정황은 가치가 전도된 모순적 상황을 적나라하게 묘파하는 시적 배경이 되고 있다.

정신의학자이며 정신분석학자인 프로이트를 외과의사로 하고 물리학자인 퀴리를 간호사로 호응시킨 것은 매우 아이러니컬한 시적 효과를 낳고 있다. 이 둘의 만남과 등장은 정신과 육체를 현실적으로 치유하기 위한 수단으로 제시된 것으로 볼 수 있다. 이들의 시술을 기다리는 환자는 시체더미 앞에서 복음을 거꾸로 암송하고 있는 '體溫 零度'의 비정한 위선자이다.

복을 비는 파수병에게 프로이트 의사가 퀴리 간호원을 대동하고 등장한다. 간호원 퀴리가 이 파수병의 체온을 재고 '零度 平溫'이라고 말한다. 영도가 평온인 인간이란 한마디로 결핍으로 충만한 비인간화된 인간 자체에 대한 혐오를 잘 드러내준다. 김규동의 시 <1952年의 郊外>에서도 질식이 아로새겨진 커피잔을 들고 冷血動物들과 회화하는 시적 자아의 모습이 한낱 '騷音'의 광경으로 그려져 있다.

영도가 평온인 화자는 프로이트 의사와 퀴리 간호원에게 자신의 증상을 말한다. "처음날은 皇帝의 結婚式에 靈柩車를 타고 參席 했읍니다."라는 증상은 황제의 결혼식으로 상징되는 중세적 가치관과 전통에 대한 부정의식을 드러내고 있다. 황제의 결혼식에 무례하게도 영구차를 타고 참석하였다는 상황은 기존의 가치관과 전통을 無化시키는 아이러니를 보여준다. "다음날은 列車의 特等室에서 女子를 강간한 일이 있읍니다."라는 직설적인 발언은 도시 문명의 한 부산물로 상징되는 열차의 특등실에서 여자를 강간한 패륜적 증상의 표현이다. 기존의 가치와 윤리를 정면으로 부정하고 극단적으로 일탈하는 병적 징후는 계속되고 있다. "다음날엔 愛人 나타―리의 乳房을 권총으로 射擊 했지요."라는 시구는 정열을 조르는 애인을 무참하게 권총으로 사살하는 신경 분열의 증상으로 심화되고 있다. "그 다음날 나는 커―피 깡통을 삼켜 버렸읍니다."라는 대목은 서구 자본주의의 대명사로 볼 수 있는 커피 깡통을 한모금에 삼켜 버리는 이상 징후를 보여준다. 부정, 일탈, 분열을 거듭하던 화자는 결국 어떤 전망도 발견하지 못하고 투신자살을 기도한다. "그리고 마지막 날 午後엔 大學의 하늘 닿는 高層에서 投身自殺을 企圖하였읍니다."라는 증상의 발언은 이 시의 상징적 의미를 심화시키는 데 중요한 열쇠가 된다.

하늘이 닿을 듯한 대학의 고층에서 투신자살을 기도한 행위는 학문의 전당이라고 하는 대학의 지적 진실을 불신하는 자의식의 갈등이라고 할 수 있다. 이 부분은 李箱의 소설 <날개>에서 주인공 '나'가 불현듯 날개가 돋았던 겨드랑이가 가려우면서 희망과 야심의 날개를 펼치며 비상을 절규하는 마지막 대목을 연상하게 한다. 이상의 <날개>에서 '나'가 전도된 질서, 폐쇄된 의식을 자각하고 그것에서 탈출하고 회복하려는 미해결의 극적인 시도를 감행한다면, 김규동의 <眞空會談>에서는 시체로 가득찬 폐쇄된 '眞空'의 벽 속에서 헛된 날갯짓만 하는 화자의 지적 갈등과 죽음에의 몸부림이 시화되어 있다고 볼 수 있다.

환자의 병적 징후를 들은 프로이트 의사는 퀴리 간호원에게 외과실에서 절단수술 준비를 하라고 지시한다. 이에 시적 자아는 "絶望입니까?"라고 의사에게 반문한다. 이 질문에 대하여 의사는 퀴리 간호원의 뒤를 따라가며 대리석에 부딪치는 유리컵처럼 '찬란한 爆笑'를 터뜨릴 뿐이다. 정신병 환자를 외과수술로 절단한다는 정신과 의사의 처방이 또한 공격적인 파괴성을 드러낸다. 고칠 수 없는 정신분열의 병을 고치기 위하여 절단수술을 해야 한다면 무엇을 절단할 것인가? '나'를 지배하는 정신을 절단해야 하는가? 그러면 나의 머리를 절단해야 하는가? 머리를 절단하면 나의 불안과 인간에 대한 혐오와 패륜과 신경 분열의 증상은 사라질 것인가? 참으로 절망적인 실존적 상황이 아이러니컬하게 표현되고 있다.

김규동은 무의식이라는 정신의 깊은 바다를 개척한 프로이트와 현대 과학 발전의 길잡이라고 평가되는 퀴리를 의사와 간호원으로 상징화시켰으나 그들 또한 시대적 조롱의 대상으로 폭소의 세례를 받고 만다. 현대 문명에 대한 비판 정신이 잘 드러나는 대목이다. 말하자면 이 시는 당대의 시대적 병폐를 총합적 구조로 비판하고 있는 것이다. 그는 <BOILER 事件의 眞狀>에서도 전후의 물질문명 속에서 정신과 육체가 황폐해지는 가운데 절망의 음악을 듣는 시적 자아의 시의식을 쉬르레알리슴적 기법으로 형상화하고 있다.

김규동은 <眞空會談>을 통하여 1950년대 한국에 한꺼번에 들이닥친 전후의 불안의식과 기존 전통에 대한 조소, 메커니즘의 팽배로 인한 가치전도의 현상, 자본주의에 대한 혐오, 자아분열적인 병적 징후와 팽배한 죽음에의 충동 등을 실험적으로 보여주고 있다. 이 경우의 실험성은 서구적 모더니즘을 피상적이고 관념적으로 조작하고 있다는 부정적인 의미와는 다른 것이다.

<眞空會談>은 작품을 통하여 사회 현실을 날카롭게 해부하여 비판과 저항성을 가지고 원죄적 비극을 상징화해야 한다[21]고 주장했던 김규동의 통찰력을 보여주는 작품이다. 전후 시체더미로 만들어진 '眞空' 속에서 영도가 평온인 자아 분열의 냉혈한을 앞에 두고 프로이트 정신과 의사와 물리학자 퀴리 간호원의 회담은 고칠 수 없는 절망적 상황으로 끝난다. 정신분열 증상의 환자를 외과 절단수술로 처방하는 이중의 아이러니는 당대 전후의 사회 현실이 얼마나 절망적이었으며, 이를 회복하고자 얼마나 분열적인 몸부림을 체험했어야 했는지 가늠케 한다.

김규동은 현대인의 복잡한 감정적 체험이나 사고의 특수한 형태가 문학의 영역에 들어와서 자리를 잡을 때 난해하게 되지만, 바로 여기에 작품의 본질이 담겨 있다고 이야기한 바 있다.[22] <眞空會談>은 전후의 절망적인 상황에 처했던 김규동의 절박한 지적 체험이 쉬르레알리슴적 기법으로 형상화된 작품이다. 이 작품은 전쟁터의 처참한 殺戮의 장면이 적나라하게 제시되어 있

---

21) 김규동, 「詩集 『나비와 廣場』에 부치는 試論」, 『나비와 廣場』, 5~6면 참조.
22) 김규동, 「現代詩의 難解性」, 『새로운 詩論』, 38~43면 참조.

는 전쟁 現場詩 이상으로 비극적 현장이 제시되어 있으면서도 가치전도적인 인간의 실존적 상황을 아이러니컬하게 제시하고 있는 문제작으로 평가할 수 있다.

5. 焦土의 순화를 갈망하는 순진성 엑스터시―<밤의 神話>를 중심으로

김규동은 『現代의 神話』의 시론에서 시인이 美에 대한 욕망을 가지고 있다면 시를 형성하고 축조하는 창조 행위를 '엑스터시'의 상태와 같은 경지로 끌어올려야 한다고 주장하였다.[23] <밤의 神話>는 <眞空會談>과는 전혀 다른 시적 체험을 보여주는 작품으로, 독창적인 구조를 가진 성공작이라고 할 수 있다. 그런데 기존 연구에서는 거의 언급이 되지 않고 있다. 그 이유는 김규동의 작품에 대하여 통설처럼 인식되어 온 난해한 모더니즘의 색채가 없이 동심으로 돌아간 화자의 시적 상상력이 표출되어 있는 이질성 때문일 것이다.

김규동은 자신의 의식을 초월한 무의식의 세계를 그림으로써 초현실의 세계, 다시 말하면 꿈의 세계를 입체적이며 투명하게 그려야 한다고 논의한 바 있다.[24] <밤의 神話>[25]는 밤으로 상징되는 전후 현실의 절정에서 코끼리 악대의 환상을 체험하는 시적 자아의 체험이 극적 엑스터시를 이루고 있으면서 김규동의 정신세계의 한 단면을 보여주는 작품이다.

---

23) 『現代의 神話』, 133~135면 참조.
　　이때 '시적 엑스터시'는 入神·恍惚·法悅의 경지로 풀이된다. 이 엑스터시의 상태는 사상·정서·감동을 복합적 체험으로 표출하기 위하여 영상과 상상의 상징적 내면을 강조하는 시적 정열을 의미한다고 볼 수 있다(文炳郁, 「詩的 엑스터시의 逆說性에 관한 研究」, 『韓國文學論纂考』, 가톨릭대학교출판부, 1998, 11~12면 참조).
24) 김규동, 「超現實主義와 現代詩」, 『새로운 詩論』, 32~37면 참조.
25) 1985년에 나온 시선집 『깨끗한 희망』에는 '平和'라는 부제가 붙어 있다.

북소리. 나팔소리. 다채로운 행진곡이 울려 오는 소리에 잠을 깬 나는 눈을 비비며 밖으로 나갔다.

텅빈 대낮의 거리를 요란하게 울리며 오는 것은 북을 치며 걸어오는 코끼리와 그 옆에 서서 피리와 나팔을 부는 광대들이었다.

코끼리가 어떻게 저런 음악을 연주하나? 나는 창피한줄 모르고 아이들처럼 서서 당당히 행진해 오는 코끼리를 구경하였다.

내가 입가에 미소를 띄우자 어진 코끼리의 둥그란 눈이 껌벅거리며 웃음을 감추지 못하면서 더욱 신이 나서 또 다른 악기에 떡떡 장단이 들어 맞게 북을 쳐내었다.

이 거창한 행진의 뒤를 따르는 것은 아이들뿐—아이들은 바지가 흘러내린 것도 모르고 어른의 걸음걸이로 또 달달 거리면서 행진의 뒤를 따랐다. 코를 훌적거리는 아이들의 얼굴에는 숨가쁨과 무한한 호기심이 빗기었다.

검은 가로수와 초연 냄새—

나는 어찌된 영문인지를 몰라서 오늘이 무슨 날인가 곰곰히 생각해 보았으나 아무 생각도 나지 않았다.

가족도 동료도 다 어디론가 사라져 버리고 나만 혼자 이 거리에 나와선 지금—그러면 가족은 어찌된 것일까? 사랑하는 아들아! 너는 어디에 있느냐? 네가 좋아하는 코끼리가 나팔을 불면서 오고 있구나!

나는 비로소 오늘이 무슨 날인가를 알게 되었다. 그렇다. 전쟁이 지금 바로 끝난게로구나. 지금까지 나는 잠을 자고 있었나보다. 그러면 나의 혈육들은 어찌 되었을까. 그 수많은 자동차와 사람과 세기의 문명은 어찌된 것일까.

그러자 이해 못할 행진의 배경이라도 장식하는듯 코끼리의 음악대가
걸어오던 저쪽 서편 하늘가에서 푸른 광선이 공중에 번쩍 거렸다. 그것
은 마지막으로 폭발하는 인간의 무기라 하였다. 그것은 바로 전쟁의 종
언을 고하는 신호등이란 것을 순간 나는 깨달았다.

코끼리의 악대가 지나가자 나는 어디로 가야할지를 몰랐다. 남루한
옷을 입은 아이들은 줄곧 코끼리와 광대를 따라 뜨거운 아스팔트 위를
쉬지도 않고 따라 가고 있었는데……．
－ ＜밤의 神話＞ 전문

＜밤의 神話＞는 ‘밤’으로 상징되는 전쟁터의 현장에 평화로운 ‘텅빈 대낮’
을 오버랩하여 신화의 세계를 꿈꾸는 시정신을 드러내는 작품이다. 모두 11
연으로 이루어진 이 시는 6연을 중심으로 시상의 전개가 앞뒤로 大分되어
있다. “검은 가로수와 초연 냄새－”를 중심으로 앞의 1~5연은 잠에서 깨어
난 시적 자아의 환상적 상상의 세계가, 뒤의 7~11연은 전쟁이라는 현실적
상황과 주인공의 내면 의식이 순진성 아이러니[26]의 방법으로 그려져 있다.
이를 위하여 활용된 상징물이 코끼리 악대이다.

북과 나팔 소리가 어우러진 다채로운 행진곡이 울려오는 소리에 시적 자
아는 잠에서 깨어 대낮의 텅빈 거리로 나갔다. 그곳에는 코끼리가 북을 치며
걸어오고 있었고 피리와 나팔을 부는 광대들이 뒤를 따르고 있었다. “코끼리
가 어떻게 저런 음악을 연주하나?”라고 생각하며 ‘나’는 신이 나서 아이들처
럼 행진해 오는 코끼리를 구경한다. “내가 입가에 미소를 띄우자 어진 코끼
리의 둥그란 눈이 껌벅거리며 웃음을 감추지 못하면서 더욱 신이 나서 또
다른 악기에 떡떡 장단이 들어맞게 북을 쳐내었다.”라는 구절은 순진성 아이
러니의 단면을 잘 보여준다. 코끼리의 행진에 아이들은 바지가 흘러내린 것도
모르고 코를 훌쩍거리면서 숨 가쁘게 무한한 호기심을 가득 담고 따라간다.

---

26) Alex Preminger, and T. V. F. Brogan, *The New Princeton Encyclopedia of Poetry and Poetics*,
New Jersey : Princeton University Press, 1993, 407면 참조.

이때 "검은 가로수와 초연 냄새—"라는 돌발적 상황이 이 시의 시상을 뒤집어 놓는다. 검게 그을린 가로수와 화약 연기와 냄새만으로도 전쟁의 실상을 잘 드러내고 있다. 코끼리 악대를 따라가던 '나'는 정신을 차리고 주위를 살펴보았다. 신나게 북을 치던 코끼리 악대는 어디론가 없어지고 거리엔 검은 가로수와 초연 냄새만이 가득하다. 가족과 동료, 사랑하는 아들이 곁에 없다. 홀로 남은 '나'는 아들을 부르며 "네가 좋아하는 코끼리가 나팔을 불면서 오고 있구나!"라고 외쳐본다. 그때 비로소 '오늘'이 무슨 날인지 알게 되었다. "그렇다. 전쟁이 지금 바로 끝난게로구나. 지금까지 나는 잠을 자고 있었나보다."라는 독백은 전쟁의 소용돌이 속에서 화자가 잠을 자고 있었던 것으로 無化시키려는 아이러니와 전쟁의 고통을 잠으로 위안받으려는 심리 기제를 보여주는 대목이다. 그러면서도 한편으로 텅빈 거리를 보며 '수많은 자동차와 사람과 세기의 문명'이 어찌된 것인지 떠올려본다. 그때 코끼리가 걸어오던 '서편 하늘가'에서 푸른 광선이 번쩍거렸다. '마지막으로 폭발하는 인간의 무기'라고 한다. 전쟁의 종언을 고하는 신호등이 켜졌다. 그런데 '나'는 '뜨거운 아스팔트' 위에서 어디로 가야 할 지 모르고 서 있다. 이런 '나'를 스쳐 아이들은 코끼리와 광대를 따라 지나가고 있다. 코끼리 악대를 따라가는 아이들과 혼자 남은 '나'의 모습이 교차하면서 이 시는 끝나고 있다.

슈—샤인 // 哀愁에 젖어 / 소리에 젖어 / 오늘도 나는 이 거리에서 / 도대체 어데로 가는 것인가. // 季節을 잃은 남루를 걸치고 / 숱한 사람들속 사람에 부대끼며 / 수없는 視線에 射殺되면서 / 하늘이 그리운 것이 아니라 // 인제 저 푸른 하늘이 마시고 싶어 / 이렇게 가슴 태우며 / 오늘도 이 거리에서 / 나는 어데로 가는 것이냐. // 看板이 커서 슬픈 거리여 / 빛깔이 짙어서 서글픈 都市여 // 츄—잉감을 씹어 / 鐵絲처럼 / 가느러간 허리들이 / 색깔 검은 아이를 배었다는 이야기는 / 차라리 아무 것도 아닌 것이고 // 방금— / 灰色의 地平을 넘어 / 달려온 / 그 하이야—가 / 초록빛 커—텐이 흘러 나오는 二層집 / 女人들의 허리춤에 / 寶石勳章을 채워줬담도 / 아무 것도 아닌 / 그저 흘려버릴수 있는 所聞이란다. // -중략- // 슈—샤인 / 哀愁

에 젖어 / 音響에 젖어 / 저물어 가는 太陽아래 / 아 나는 어데로 가는 것
인가 / 看板이 커서 기울어진 거리여 / 아아 빛깔이 짙어서 서글픈 都市
여!

— <하늘과 太陽만이 남아있는 都市> 부분

낡은 것과 / 새것을 比較하며 / 예츠가 노래한 心靈의 永遠 / 또는 오늘
을— / 설레이는 潮水속에 / 懷疑하는 / 空間에, / 밤의 靜寂이 / 먼 옛날의
都市와 太陽을 불러본다. / Byzantium의 廻廊 처럼 / 다사로운 빛갈과 王宮
이 잠자고 // 臣下들과 百姓이 모두 / 大國에서와 같이 / 禮法과 大義와 슬
기를 지니고 / 오래인 세월을 태평스레 살아가던 / 先祖들의 작은 都市, /
서울. // 한번도 본일이 없으나 / 窓밑의 전망 처럼 / 先祖의 흰옷과 慧智가
/ 선명해 오는 이런 時刻을 / 感傷을 버려라 / 새 時代는 우리 것이라 / 무
한한 아침이 준비되어 있다하여 / 꾸짖어 볼것인가. // 푸른 물결의 水深
을 모르듯 / 그윽한 어두움, / 멀리서 새벽을 告하는 / 鐘이 울려 오고 있
었다.

— <사라센 幻想> 전문

<하늘과 太陽만이 남아있는 都市>에는 퇴폐적이고 속악한 전후의 도시에
서 방황하는 시적 자아의 모습이 그려져 있다. 그리고 <사라센 幻想>에는
하늘과 태양만이 남아 있는 퇴폐의 도시인 서울을 평화로운 아침의 나라로
노래하는 역설적 상황이 형상화되어 있다.

이처럼 김규동은 <밤의 神話> 등의 작품을 통하여 전쟁의 종언을 맞은
시적 자아가 역설적 상황의식으로 동화적 상상력을 발휘하여 평화로운 세계
를 지향하는 내면의식을 그려 놓았다. 코끼리 악대와 어울려 신나게 노는 아
이들의 모습은 상상만 하여도 축복된 정경이 아닐 수 없다. 더구나 이 코끼
리는 서편 하늘에서 북을 치고 나팔을 불며 걷고 있다. 이처럼 <밤의 神話>
에서 코끼리[27]는 현실의 비극적 세계를 초월하여 자유롭고 평화로운 세계를

---

27) 코끼리는 일반적으로 강함과 리비도의 힘을 상징한다. 신화적인 측면에서 보면 인도의
경우 코끼리는 왕과 왕비의 교군꾼[하인]인 우주의 女像柱를 뜻했다. 그리고 한편으로 코

지향하는 순진성의 상징이라고 할 수 있다.

전쟁이 종식되었는데도 시적 자아는 코끼리 악대를 따라가는 아이들의 모습을 바라보며 안주하지 못하고 아스팔트 위를 헤매고 있다. 이 시적 자아의 모습은 당대 한국인의 모습이기도 하다. 전후의 비극적 상황인 '밤'에 아이들과 코끼리가 춤추는 '신화'를 고대하는 <밤의 神話>는 아름다운 비극성으로 그려져 있다. 이 시에서 '밤'과 '신화'는 땅과 하늘, 지옥과 천국, 전쟁과 평화라는 극한적 상황으로 大分될 수 있다. 김규동은 <밤의 神話>를 통하여 절망적이고 비극적인 이 땅에 서서 하늘을 나는 코끼리의 환상을 꿈꾸며 평화로운 세계를 염원하는 시적 지향을 잘 드러내고 있다.

6. 맺음말

본 연구는 1950년대의 시인 김규동을 '모더니스트 김규동'이라고 지칭해 온 종래의 일반론에 편승하지 않고 그의 시정신이 잘 드러나는 시와 시론을 면밀히 분석하여 1950년대 한국시사에서 김규동의 시가 차지하는 시정신의 새로운 한 단면을 밝혀보고자 하였다.

김규동은 참담하고 절박한 현실의 고통과 이러한 한계 상황에 직면한 영혼의 실존적 본질을 심각하게 성찰하면서 인간과 세계에 존재하는 영혼의 힘을 통합적으로 표출해주었다.

김규동의 시집 『나비와 廣場』과 『現代의 神話』에 수록되어 있는 작품 중에서 특히 <나비와 廣場>, <眞空會談>, <밤의 神話> 등은 각기 독자적 구조가 두드러질 뿐만 아니라 당대의 실존주의적 현실인식과 내면의 정신적 깊이를 잘 드러내주는 작품이다. <나비와 廣場>은 '나비'로 상징화된 시적

끼리의 둥근 형체와 회색 빛깔 때문에 구름의 상징으로도 여겼다. 주술적으로는 코끼리가 구름을 만들어내며 날개가 있었다고 믿었다. 일반적으로 코끼리는 자유, 중용, 영원, 동정 등의 상징으로 쓰였다(J. E. Cirlot, 앞의 책, 96면 참조).

자아가 '廣場'으로 표상된 세계와 대면하여 현실의 고통과 절망을 극복하려는 시정신을 보여주었다. <眞空會談>은 전후의 비극적 상황과 자아 분열이 심화되는 냉소적 아이러니를 쉬르레알리슴적 기법으로 형상화하면서도 치열한 현실인식을 드러내주었다. 그리고 <밤의 神話>는 전쟁으로 황폐화한 땅에 코끼리 악대가 춤추는 동화적 상상력을 불어넣어 평화의 세계를 고대하는 순진성 엑스터시의 세계를 그려주었다.

기존의 논의에서 1950년대에 지어진 김규동의 시작품을 포괄적으로 서구 모더니즘의 피상적 실험성으로 재단하여 온 것과는 달리, 본 연구에서는 위의 작품을 통하여 김규동의 시에 전후 한국의 특수한 체험과 사회 현실에 대한 심도 있는 성찰과 비판이 담겨 있는 것으로 분석되었다. 더욱이 이들 작품에서 드러나는 이러한 김규동의 시세계는 저간에 평설된 통상적인 모더니즘론과는 다른 측면에만 머무는 것이 아니라, 그러한 논의를 비월하는 탁월한 작품성을 가지고 있다는 데에 중요한 의의를 둘 수 있다. 문학의 예술성과 관련하여, 시의 그것은 이질성 속에서 동질성을 찾을 수 있는 감성의 메커니즘을 통하여 보다 풍요롭게 만들어진다는 논의가 있다.[28] 이 말은 김규동의 위의 시들에 적절히 부합될 수 있다. 김규동의 시에는 전쟁이라는 총체적인 시적 소재에 그의 시적 상상력이 합해져서 다양하고 이질적인 경험으로 변형되어 형상화되어 있기 때문이다.

김규동은 한국전쟁을 통하여 한국 시단에서 "戰爭이란 헤어날 수 없는 도랑에 둘러싸인 신음하는 人間의 앓음소리를 들추어내거나 複雜한 現實의 分析整理와 現實의 超克을 거쳐 人間이 爭取한 높은 信念이나 希望을 가장 近代的인 會話로써 표현해내는 詩人의 躍動"[29]을 보게 되었다고 그 수확을 이야기한 바 있다. 이 말은 다름아닌 김규동 자신의 1950년대의 시에 대한 해설이 될 수 있다. 그의 시는 전쟁의 비극적 상황에서 새로운 시대정신과 신화의 세계를 발견하고 추구하려는 예리한 통찰력을 보여주고 있다. 김규동

---

28) 김 훈, 「모더니즘의 시사적 고찰」, 장덕순 외, 『韓國文學史의 爭點』, 집문당, 1986, 660면.
29) 김규동, 「戰爭과 詩人」, 『새로운 詩論』, 148~149면.

은 이러한 시의식으로 모더니즘적 기법의 표현을 구사하기는 하였으나, 이
것이 그의 시정신의 本據는 아니었던 것으로 판단된다. 그는 모더니즘을 초
극하려는 의욕을 가지고 새로운 시대정신을 절창하였기 때문이다. 특히 고
도한 비평정신이 예술의 높은 생명이자 가치라고 강조하는 김규동의 시대정
신과 시세계는 1950년대 한국문학사에서 한 정신사적 의의를 갖는 것으로
평가된다.

(『語文硏究』108호, 한국어문교육연구회, 2000.12), 改稿

고정희의 시에 나타난 죽음의식

1. 머리말

본 연구는 高靜熙의 시에 나타난 죽음의식의 면모와 그 특성을 살피는 데 목적이 있다. 여류시인 고정희는 1948년 전남 해남에서 출생하였다. 본명은 高聖愛이며 박남수 시인의 추천으로 1975년『현대시학』을 통해 등단하였다. 1979년 한국신학대학을 졸업하면서 첫시집『누가 홀로 술틀을 밟고 있는가』를 간행하였고, 이어서 제2시집『실락원 기행』(1981년), 제3시집『초혼제』(1983년), 제4시집『이 時代의 아벨』(1983년), 제5시집『눈물꽃』(1986년), 제6시집『지리산의 봄』(1987년), 제7시집『저 무덤 위에 푸른 잔디』(1989년), 제8시집『광주의 눈물비』(1990년), 제9시집『여성해방 출사표』(1990년), 제10시집『아름다운 사람 하나』(1991년) 등을 발표하였다. 1991년 6월 그는 지리산 뱀사골에서 실족하여 작고하였다. 불의의 사고로 타계한 후『모든 사라지는 것들은 뒤에 여백을 남긴다』(1992년)가 遺稿詩集으로 간행되었다.

고정희의 시는 여류시인 특유의 특성처럼 붙어 다니는 감상성의 면모를 거의 보이지 않는다. 그는 길지 않은 삶을 통하여 기독교적 세계 인식, 민중적 세계 인식, 여성해방적 인식 등을 시에 격렬하게 퍼부으며 불길을 태웠다고 논평되어 왔다.[1] 그런데 그의 이러한 인식의 바탕에 크게 자리잡고 있었던 것은 죽음의식이라고 할 수 있는데, 이것은 그녀 자신의 진술에서도 드러난다.

> 나는 이번 시집의 원고를 마무리하면서 내심 크게 놀란 것 한 가지가 있었다. 그것은 내 내면이 무의식이든 의식이든 '희망'과 '죽음인식'이라는 대립관계 속에 깊이 침잠해 있다는 것이었다. 결국 나는 '죽어 있는 삶'과 '살아있는 죽음'에 대해 많은 콤플렉스를 숨기고 있었는지도 모른다.
>
> 그럼에도 불구하고 나는 내가 너에게 죽음을 선언하고 저주를 선언하는 때에조차도 그 속에서 무럭무럭 솟아나는 신념과 기대를 저버리지 못한다. 그리하여 앞으로도 나는 더욱 더 전폭적으로 인간을 신뢰하고 인간을 사랑하고 인간을 갈망하기를 꿈꾸며 또한 울울창창 우거진 내 나라의 산천과 백두산부터 한라산까지 안익태의 애국가가 울려퍼지는 그날을 기원하는 자세로 오늘을 걸어가고 싶다. 그럴 수만 있다면 촌티를 벗어던진 깊이 있는 정신과 더불어 오늘 여기에만 머물지 않는 광활한 광맥에 이르고 싶다.[2]

이처럼 그의 시를 관통하고 있었던 것은 죽음의식과 그것에 비례적으로 삶에 대한 뜨거운 열망과 희망이었다. 삶에 있어서 궁극적으로 천착해야 할 문제라고 볼 수 있는 죽음의식은 고정희 시의 밑바닥에 깔려 있는 주요 테마이자 그의 시를 해명하기 위한 주요 관건이 된다. 그는 일련의 시를 통하여 실존적 고뇌를 모티프로 삼아 죽음으로 상징되는 비극적 상황을 희망으로 이끌려는 치열하고 정열적인 의지의 노래를 부르고 있다.

---

1) 송현호, 「高靜熙論 — 리얼리즘의 시」, 김용직 외, 『韓國現代詩研究』, 민음사, 1989.
   정영자, 「고정희의 시세계」, 『한국여성시인연구』, 평민사, 1996.
   정효구, 「고정희論 — 살림의 시, 불의 상상력」, 『현대시학』 271호, 1991.10.
2) 고정희, '後記', 『초혼제』, 창작과 비평사, 1983, 175~176면.

2. 기독교적 구원 의식

고정희는 시집 『이 시대의 아벨』에서 그 제목에서처럼 아벨의 죽음으로 표상되는 현실과 역사의 문제들을 형상화하고 있다.

오그덴 10호는
몇 명의 수부들을 바다 속에 처넣고
벼락을 때리며 외쳤읍니다.
오 아벨은 어디로 갔는가
너희 안락한 처마밑에서
함께 살기 원하던 우리들의 아벨,
너희 따뜻한 난롯가에서
함께 몸을 비비던 아벨은 어디로 갔는가
너희 풍성한 산해진미 잔치상에서
주린 배 움켜 쥐던 우리들의 아벨
우물가에서 혹은 태평 성대 동구 밖에서
지친 등 추스리며 한숨짓던 아벨
어둠의 골짜기로 골짜기로 거슬러오르던
너희 아벨은 어디로 갔는가?
믿음의 아들 너 베드로야
땅의 아버지 너 요한아
밤새껏 은총으로 배부른 가버나움아
사시장철 음모뿐인 예루살렘아
음탕한 왕족들로 가득한 소돔과 고모라야
너희 식탁과 아벨을 바꿨느냐
너희 침상과 아벨을 바꿨느냐
너희 교회당과 아벨을 바꿨느냐
독야청청 담벼락과 아벨을 바꿨느냐?
회칠한 무덤들, 이 독사의 무리들아
너희 아벨은 어디에 있느냐

너희 고통을 짊어진 아벨
너희 족보를 짊어진 아벨
너희 탐욕과 음습한 과거를 등에 진 아벨
너희 자유의 멍에로 무거운 아벨
너희 사랑가로 재갈물린 아벨
일흔 일곱 날 떠돌던 아벨을 보았느냐?
아흔 아홉 날 한뎃잠을 청하던 아벨을 보았느냐?
　　　　　　　　　　　　－ <이 시대의 아벨> 2·3연3)

　　창세기 중 인간의 조상 아담과 하와는 첫아들 카인과 둘째 아들 아벨을 낳았다. 아벨은 양 치는 목자가 되었고 카인은 농부가 되었는데, 형 카인은 아벨에 대한 질투 때문에 아우를 들로 꾀어내어 쳐 죽였다. 형제 살육이라는 무서운 범죄가 모티프인 이 시에 대하여 고정희는 "이때 야훼께서 이렇게 꾸짖으셨다. <네 아우의 피가 땅에서 나에게 울부짖고 있다.>"라고 각주에 부연하여 적고 있다. 이때 아벨이 누구인지는 상세한 설명이 없이도 시를 통하여 잘 드러나고 있다. 아벨은 아무 죄 없이 핍박받는 자의 표상이다. 이 아벨의 죽음을 슬퍼하면서 그의 실종을 애달파 하는 고정희는 상징적인 존재인 아벨을 통하여 이 슬픔에 모두가 동참할 것을 강력히 권유한다. 그러나 이것은 생경한 구호가 아니라 인간을 향한 참다운 열정의 상징인 그리스도의 정신을 바탕으로 한 사랑의 노래인 것이다.

지하도에 진열된 일간 신문 일면에
붉은 줄 죽죽 그어진 저녁
늘어지게 하품하는 서울의 등뒤에서
브레즈네프의 부고를 사들고
아우야 무기교로 한 마디 내뱉고 싶구나
<사람은 죽는구나

---

3) 고정희, 『이 時代의 아벨』, 문학과 지성사, 1983.

　　　　반드시 죽는구나>
　　　　그렇다 아우야
　　　　어제는 러시아의 브레즈네프가 죽었다
　　　　자본주의 국가의 고급 승용차를 수집하고
　　　　여가를 해변의 별장에서 즐기며
　　　　불란서 향수를 묻힌 미녀 안마사와
　　　　아침 식탁을 즐긴다는 브레즈네프,
　　　　실크 와이셔츠와 최신 유행 양복을
　　　　뽑아 입는다는 브레즈네프는
　　　　오늘밤 저승의 옥황상제와 만나서도
　　　　평소의 신념대로
　　　　닉슨에게 했던 말을 되풀이했을까?
　　　　<관계가 두터워야 정치가 쉽지요>
　　　　이 한마디로 옥황상제를 녹이고
　　　　연옥의 안방쯤 차지했을까
　　　　아니면 저승의 고급 술집에 앉아
　　　　천국으로 가기 위해 상소문을 적고 있을까
　　　　아니면 그의 부음 글자 호수가 너무 작다고
　　　　긴급 통화를 신청하고 있을까
　　　　　　　　　　－ <서울사랑 －죽음을 위하여> 1연[4]

　이 시는 아벨의 죽음과는 대조적인 '브레즈네프'의 죽음을 모티프로 하고
있다. 고통받고 핍박받는, 가난한 민중들을 위했다는 사회주의자 브레즈네프
의 죽음은 '연옥의 안방', '저승의 고급 술집', '천국으로 가기 위한 상소문'
등을 통하여 풍자되고 있다. '사람은 죽는구나'라는 한마디가 최상의 은유가
되는 <서울 사랑>을 통하여 고정희는 참다운 삶이 무엇이고 어떻게 살아가
는 것이 참다운 것인지를 성찰하고 있다.

---

4) 위의 시집.

> 한 사나이가 언덕을 오르고 있었읍니다. 한 사나이가 언덕을 오르고
> 한 사나이의 이마에 두 줄기 핏방울이 흐르고 있었읍니다.
> 한 사나이가 골고다 언덕을 오르고
> 오르고 오르고 오르다 쓰러지고
> 맨살의 등줄기에 매섭고 긴 채찍이
> 수없이 내리치고 있었읍니다.
> 사나이는 쓰러지고
> 불볕 같은 햇빛 아래 사내는 지쳐 쓰러지고
> 갈릴리 해변은 한없이 적막한 바람에 뒤덮이고 아,
>
> ―(중략)―
>
> 마지막까지 세상 죄 다 짊어지고
> 피 한 방울 남김 없이 다 쏟아 버린
> 그 사내가 성금요일 오후 세시
> 마지막 숨을 거둘 때
> 성당의 휘장이 갈라지고,
> 그를 본 영혼들은 한꺼번에 쩍,
> 금이 가고 있었읍니다.
>
> ― <히브리傳書> 1 · 4연[5]

이 시는 골고다 언덕에서의 예수의 마지막 모습을 극적으로 시화하면서
그리스도의 승화된 정신, 즉 사랑을 실천하는 주체가 되는 인간이 자신의 죄
를 깨닫고 회개하는 정신을 강조하고 있다. 예수의 죽음은 단순한 생의 끝마
침이 아니라 우리 인간들 모두의 죄를 대신하여 희생한 그리스도의 정신을
상징한다.

이처럼 고정희는 기독교적 제재인 아벨로 상징화될 수 있는 이 시대 이
땅의 민중들의 비극과 실상을 시화하고 있다. <이 시대의 아벨>, <히브리傳

---

5) 위의 시집.

畵> 등을 통하여 보이는 것처럼 그는 직설적 진술로 민중의 좌절과 고통을 절절하게 토로하고 있다. 이것은 고정희의 詩心이 현실에 뿌리를 내리고 자유와 사랑에의 의지로 불타올랐기 때문일 것이다. 이처럼 고정희는 현실인식과 함께 인간에게 있어 본질적인 문제인 죽음을 모티프로 하여 내면적인 고통과 기독교적인 구원의 문제를 성찰하고 있다.

3. 본향에의 동경

고정희는 기독교 정신을 바탕으로 현실인식이 표출된 시를 쓰면서도 한편으로는 항상 고향에 대한 동경을 그리는 일련의 시를 지었다. 그리고 고향에 대한 그리움을 토로할 때 빠지지 않고 드러나는 것이 마음의 本鄕인 어머니에 대한 그리움과, 어머니의 죽음에 대한 상념들이다. 그런데 이 상념들은 고정희의 개인적인 체험을 제재로 하고 있지만, 시편에 녹아 흐르고 있는 정서는 전통적인 정서에 그 맥이 닿아 있다.

장시집 『초혼제』, 『저 무덤 위에 푸른 잔디』 등은 억울하게 죽은 혼들을 불러내어 그들의 한을 씻어내고 그 넋을 위로한다는 씻김굿의 성격을 띠고 있다. 이 죽은 혼이란 폭압적인 역사의 흐름 속에서 고통받고 죽어간 사람들뿐만이 아니라 일방적인 세력과 제도적 힘에 의하여 부당하게 억눌려 살아가고 있는 사람들의 상처 입은 영혼까지를 포함하고 있다. 이들의 대표적인 표상이 어머니로, 고정희는 어머니의 죽음을 모티프로 하여 인간의 죽음과 한국인들의 가슴에 맺힌 한의 응어리를 표출하고 있다.

> 할머니께서 운명하셨읍니다
> 　　―(중략)―
> 어머니이…… 비명절규에도 아랑곳없이
> 백발을 나부끼는 저승 돛단배

서천 서역국으로 가고 있었읍니다
되돌릴 수 없는 날을 향해 서 있는
우리 목숨 옷섶에
상형문자처럼,
황홀한 노을이 걸렸읍니다

— <부음> 1 · 2연 부분[6]

논두렁 밭두렁에 비지땀을 쏟으시고
씨앗 여물 때마다 혼을 불어넣으시어
구릿빛 가죽만 남으신 어머니,
바람개비처럼 가벼운 줄 알았더니
어머니 지신 짐이 이리 무겁다니요
날아갈 듯 누우신 오척 단신에
이리 무거운 짐 벗어놓고 떠나시다니요
            —(중략)—
우리 살아 생전 허물과 죄악을
당신 품 속에 슬몃 밀어넣고
베옷 한 벌로 가리워드립니다
그래도 마다 않고 길 뜨시는
어머니……

— <수의를 입히며> 1연 부분[7]

오 하느님,
칼을 쳐서 밥을 만들고
창을 쳐서 떡을 만들던 손
그가 여기 잠들었나이다
우리가 주릴 때 먹을 것을 주고
우리가 목마를 때 마실 것을 주며
우리가 곤궁했을 때 기댈 등을 주던 몸

---

6) 고정희, 『지리산의 봄』, 문학과 지성사, 1987.
7) 위의 시집.

그가 여기 잠들었나이다
하늘문 열으소서
그의 영혼을 손잡으소서

— <하관> 1연 부분8)

순전한 흙에서 태어나

흙과 더불어 흙을 일구고

온전한 흙으로 돌아간 생애

임마누엘!

— <비문> 전문9)

<부음>, <수의를 입히며>, <하관>, <비문> 등의 시편들은 어머니의 죽음과 이에 대한 단상들을 시화하고 있다. 고정희의 시에서 어머니는 한민족의 정서적 공감대를 형성하는 토대이고, 어머니의 죽음에 비춰지는 시인의 체험은 우리 민족 체험의 보편적인 한 단면을 보여준다. 어머니는 흙에서 태어나 시대와 역사를 꿋꿋이 살아낸 수난자요 초월성의 주체이기도 하다. 이 어머니의 모습은 다소 감상적으로 그려지면서 어머니의 뼈아픈 삶에 대하여 시인 자신이 회한에 빠지는 면모를 보이기도 하지만, 이 체험은 우리 민족의 공동체적인 것으로 감수된다.

그리하여 오늘밤 우리 장손들 모여
국경 밖에 유랑하던 자손들 모여
국적 없이 떠돌던 나그네 모여
무너지고 남은 오지랖들 모여

---

8) 위의 시집.
9) 위의 시집.

삼천오백개의 조등에 불 밝히고
합장재배 기원축수 앞앞이 드리오니
지하 명부전 우리 임네
행여나 지체 말고 앞앞이 오사이다
좋기로야 이승놀음 구천에 비기리오
누누이 정신차려 출항 소식 드리오니
꽃피는 춘삼월 시절 좋고 임도 만나
튼튼한 사내들 후손두게 하시고
민주세대 풍년 만나 시름 풀게 하소서
민주세대 임 반기면 한숨놓게 하소서
　　　　　- <우리가 부르다 부르다 죽을 이름이여> 1연10)

이 시는 시집 『초혼제』의 한 부분을 자리잡고 있다. 이 시에는 부당한 제도적 힘에 억눌려 지내온 대표적인 표상인 어머니를 위하여 한을 푸는 듯한 解寃의 마당이 펼쳐지고 있다. 이 작품에는 어머니의 죽음과 이를 위로하는 씻김굿을 통하여 억압 받아왔던 역사를 치유하고 우리 민족을 화해하게 하기 위한 시인의 미래에의 희망이 형상화되어 있다.

하루종일 야산에 도화기 오르고
앞산 젖가슴에 풋물 어지러운 날
그대 사는 강기슭 배 저어 갔다가
즈믄 가람 저편에 눈물비 맞고 있는
튤립 한벌판 만났습니다
불의 강 저편에 눈물비 맞고 있는
튤립 한벌판 아름다웠습니다
축복 있을진저 지상의 눈물이여,
그대 두 눈에서 흘러내린 눈물비
삼라의 어머니로 돌아오고 있었습니다
　　　　　- <물과 꿈의 노래> 전문11)

10) 고정희, 『초혼제』, 창작과 비평사, 1983.

<물과 꿈의 노래>의 시적 공간은 영원불멸을 상징하는 물과 환상의 세계인 꿈이다. 그의 시에서 이와 같은 축복의 아름다운 꽃 벌판이 펼쳐지는 것은 마음의 본향인 어머니와의 해후를 노래하기 때문이다. 고정희는 「물과 꿈」이라는 평론에서 창조적 자아가 정신계와 물질계를 넘나드는 자유로운 자아를 의미하며 제 현상학과 형이상학을 통관하여 흐르는 실존 그 자체라고 이야기한 바 있다. 이 정신계와 물질계를 넘어가는 제3의 자연계가 환상 혹은 몽상으로 대별될 수 있는 꿈의 세계이며, 인간 존재란 환상 혹은 몽상의 궁극을 통하여 영원히 꿈꾼다는 것이다.12) 이 시에는 고정희가 꿈꾸었던 그 실체가 잘 드러난다. 죽음으로 상징된 '그대 사는 강기슭'에 배 저어 갔더니 눈물비로 상징화된 물이 나를 씻어준다. 물이 씻어주는 현상은 초월적인 본향의 세계와의 만남을 의미한다고 볼 수 있다. 이처럼 <물과 꿈의 노래>에는 삼라만상의 어머니가 튤립 한벌판으로 환원되어 눈물비를 뿌려주는 환상이 펼쳐지면서 꿈의 세계를 통하여 마음의 고통을 치유받고 정화하는 고정희의 내면의식이 잘 형상화되어 있다.

4. 원형으로의 회귀

고정희는 평론을 쓰면서 인간이 원형에의 회귀 본능을 향해 전 자아를 실현하고자 하는 주체로 파악된다는 엘리아데의 의견을 소개하곤 했다. 인간이 '원형을 향한 체현'13)을 위하여 부단히 열망한다고 주장했던 고정희는 이 원형에로 돌아가고자 하는 꿈과 정열을 시화하고 있다.

---

11) 고정희, 『아름다운 사람 하나』, 푸른 숲, 1991.
12) 고정희, 「물과 꿈」, 『현대시학』150호, 1981.9, 67면 참조.
13) 고정희, 「原型에의 회귀본능」, 『현대시학』149호, 1981.8, 77면.

솔바람이 되고 싶은 날이 있지요
무한천공 허공에 홀로 떠서
허공의 빛깔로 비산 비야 떠돌다가
협곡의 바위 틈에 잠들기도 하고
들국 위의 햇살에 섞이기도 하고

낙락장송 그늘에서 휘파람을 불다가
시골학교 운동횟날, 만국기 흔드는 선들바람이거나
원귀들 호리는 거문고 가락이 되어
시월 향제 들판에 흘렀으면 하지요

장작불이 되고 싶은 날이 있지요
아득한 길목의 실개천이 되었다가
눈부신 슬픔의 강물도 되었다가
저승 같은 추위가 온 땅에 넘치는 날
얼음장 밑으로 흘러들어가
어둡고 외로운 당신 가슴에
한 삼백 년 꺼지지 않을 불꽃으로 피었다가
사랑의 사리로 죽었으면 하지요

— <오늘 같은 날> 전문14)

고정희의 시에는 <오늘 같은 날>에서 보이는 것처럼 이승과 저승이 자연스럽게 교차되고 있다. 고향의 산천을 시화하면서 삶과 죽음을 초월하여 자유롭게 풀어놓는 애수의 정서는 고정희가 직설적인 톤으로 썼던 일반 시편들과 사뭇 다른 서정적인 정감을 불러일으킨다. 이 시에서 화자는 솔바람, 선들바람이 되어 햇살에 섞여 들판에 떠돌다가, 슬픔의 강물이 되어 얼음장 밑으로 흘러들어가 사랑의 불꽃으로 살아나는 환상의 세계를 역설적으로 그리고 있다. 그리고 화자의 대상인 '당신'은 연인이거나 초월자, 또는 마음의

---

14) 고정희, 『아름다운 사람 하나』.

본향인 어머니로 확대 해석된다. 보이지 않지만 생성을 상징하는 바람처럼 그 영혼은 사라지지 않고 영원으로 회귀하고 있는 것이다.

고정희는 일련의 시를 통하여 끊임없이 그의 꿈을 성취하기를 갈망한다. 그렇지만 시 속에 녹아 있는 현실은 이별과 고통의 상황으로 점철되어 있다. 특히 이별의 아픔은 죽음에 대한 애절함이나 한이 표상화되어 있는 것이 대부분인데, 이 애수의 정서는 사후의 세계를 믿는 종교인이 미래에 새 의미를 부여한 슬픔이다. 고정희는 이러한 슬픔에 좌절하거나 낙심하는 일면도 보여주지만 이를 타개하기 위한 희망에의 의지를 버리지 않고 있다.

> 흘릴 눈물이 있다는 것은 참 고마운 일이다. 시도때도없이 두 눈을 타고 내려와 내 완악한 마음을 다숩게 저미는 눈물, 세상에 남아 있는 것들과 세상 밖으로 사라지는 모습을 보게 하는 눈물, 언제부턴가 눈물은 내 시편들의 밥이 되어버렸고, 나는 그 눈물과 마주하여 지금 아득한 시간 앞에 서 있다.
>
> 불혹의 나이라는 마흔의 고개를 바라보면서 나는 내 인생에서 중요한 의미를 띤 소중한 사람들을 한꺼번에 여의었다. 돌연한 어머님의 타계가 그렇고 스승의 죽음이 그렇고 문단 선배의 죽음이 그렇다. 또 어느때보다도 많은 젊은이들이 가혹하게 민주주의 제단에 바쳐졌다. 나른한 어둠이 나를 덮치려 하고 있다. 멈추지 않고 가는 것이 살아남은 자들의 미래인데도…….[15]

윗글을 보면 초기 시에서 고정희가 죽음을 모티프로 하여 기독교적 세계인식을 표출하고 있었던 것에 비해 죽음이라는 제재가 아주 개인적인 서정성으로 시화되고 있는 것을 볼 수 있다. 미혼의 여자가 마흔을 넘었다는 것에 대한 인간적인 두려움이랄까 아니면 남성적 투쟁성을 표출하는 것에 지친 탓인지 고정희는 깊이 침잠한 내면으로 눈물을 흘려보낸다.

---

15) 고정희, '自序', 『지리산의 봄』.

사십대 문턱에 들어서면
바라볼 시간이 많지 않다는 것을 안다
기다릴 인연이 많지 않다는 것도 안다
아니, 와 있는 연인들을 조심스레 접어 두고
보속의 거울을 닦아야 한다

씨뿌리는 이십대도
가꾸는 삼십대도 아주 빠르게 흘러
거두는 사십대 이랑에 들어서면
가야 할 길이 멀지 않다는 것도 안다
선택할 끈이 길지 않다는 것도 안다
방황하던 시절이나
지루하던 고비도 눈물겹게 그러안고
인생의 지도를 마련해야 한다

— <사십대> 1 · 2연[16]

환절기의 옷장을 정리하듯
애증의 물꼬를 하나 둘 방류하는 밤이면
이제 내게 남아 있는 길,
내가 가야 할 저만치 길에
죽음의 그림자가 어른거린다

크고 넓은 세상에
객사인지 횡사인지 모를 한 독신자의 시신이
기나긴 사연의 흰 시트에 덮이고
내가 잠시도 잊어본 적 없는 사람들이 달려와
지상의 작별을 노래하는 모습 보인다

—(중략)—

---

16) 고정희, 『모든 사라지는 것들은 뒤에 여백을 남긴다』, 창작과 비평사, 1992.

> 뒤늦게 달려온 어머니가
> 내 시신에 염하시며 우신다
> 내 시신에 수의를 입히시며 우신다
> 저 칼날 같은 세상을 걸어오면서
> 몸이 상하지 않았구나, 다행이구나
> 내 두 눈을 감기신다
>
> — <독신자> 1·2·8연[17]

<사십대>라는 시는 인생을 다 산 한 여인이 그 삶을 성찰하고 정리하는 듯한 인상을 주는 시다. "쭉정이든 알곡이든 / 제 몸에서 스스로 추수하는 사십대 / 사십대 들녘에 들어서면 / 땅바닥에 침을 퉤, 뱉아도 / 그것이 외로움이라는 것을 안다 / 다시는 매달리지 않는 날이 와도 / 그것이 슬픔이라는 것을 안다"라는 마지막 구절에서 느낄 수 있는 것처럼 고정희는 사십을 넘기면서 슬픔의 단면들을 내뱉듯이 떨어뜨려 놓는다. 나이가 든다는 것이 누구나 거역할 수 없는 일이고 극복할 수 없는 일임에도 불구하고 이렇듯 슬픔을 토로하는 것은 <독신자>라는 시에 대하여 의도적 오류에 빠뜨리게 하는 해석을 가하게도 한다.

<독신자>는 고정희의 장례 후 그의 유품과 원고들을 정리할 때 책상 한 가운데에 정리되어 있었다고 한다. 이 시를 두고 고정희의 죽음이 예견된 것이라는 추측도 없지 않았다. 환절기의 옷장을 정리하듯 그의 죽음을 정리하고 있는 이 시는 그 자신이 죽음을 준비했거나 또는 우연이건 간에 참으로 행복한 죽음을 맞았다는 생각을 하게 한다. 누구에게나 죽음의 문제는 나름대로 궁극적으로 천착해야 할 구극이 된다. 고정희의 마지막 자리에는 그가 평소 잊지 못하던 어머니가 함께 하고 있다. '칼날 같은 세상'을 힘겹게 걸어오면서 또 무사히 삶을 끝냈다는 위로를 하고 있는 어머니의 말씀들은 고정희가 시적 상상의 세계 속에서 그의 청정한 삶을 완수하고 그가 꿈꾸던

---

17) 위의 시집.

본향으로 회귀하였음을 증언하고 있는 것으로 느껴진다.

5. 맺음말

우리 문학은 우리 민족 나름의 특성이 있기 때문에 우리의 정신을 기초로 하지 않으면 안 된다. 서구지향적인 현대문학 사조의 흐름에서 우리의 전통적인 정서의 본질을 찾는 것은 우리 문학의 뿌리를 찾는 것만큼 소중한 작업일 것이다.

고정희는 그의 창작 생활을 통하여 늘 '극복'과 '비전'의 문제를 제시하고 현 사회 속에서의 인간성 회복의 문제를 집요하게 생각하였다.[18] 이를 작품으로 실현하기 위한 방법으로 마당굿이라는 형식을 도입하여 전통 정서를 되살리는가 하면 여성 해방적 인식으로 소외의 문제를 극복하려 하고 비전을 내세우기도 하였다.

한편, 고정희는 詩作을 통하여 끊임없이 죽음의 문제를 제기하고 성찰하였다. 그 죽음의식은 기독교적 구원 의식, 본향에의 동경, 원형으로의 회귀 등으로 해석된다. 그의 시에 중요한 테마인 자유와 민주, 정의, 사랑, 평등 등은 때때로 고향의 자연이나 마음의 본향인 어머니라는 상징적인 존재를 통하여 나타난다. 마음의 고향인 어머니와의 해후는 이 시인이 가장 원했던 소망이었을지 모른다. 살아서 끝없이 죽음의 문제를 생각하고, 이 죽음의 문제를 기독교적인 세계관으로 극복하려 했던 고정희의 시편들은 현실의 고통들을 이상에의 갈망으로 승화시키는 시적 깊이를 느끼게 해준다.

고정희는 인간이 生死를 초월해서 인간다움으로 돌아가고자 하는 한의 실체라고 이야기한 바 있다. 죽음의 그림자는 불가사의한 세계가 아니라 바로 인간이 현존하는 공간적 사건이며 이 공간은 생존의 아름다움이 아니라 삶

---

18) 고정희, '後記', 『초혼제』, 175면 참조

의 형장이라고 하였다. 삶이 어렵고 고통스러울수록 선산과 고향을 그리워하듯 인간은 지상의 나그네에 불과하고 인간은 영원한 그 무엇으로 남을 수 있기를 갈망한다. 고정희는 시인이 그러한 존재의 고향에 켜지는 불빛을 향해 끊임없이 꿈꾸고 좌절하고 순례하는 원형에 지나지 않는다고 하였다.[19] 이처럼 인간의 구체적이고 능동적인 삶을 바탕으로 한 현실인식과 원형과 환상의 세계가 교차되어 그려진 고정희의 시편들은 한국 시문학사에 독특하고 개성적인 시의 세계를 보여주고 있다.

(『淑明語文論集』4집, 숙명어문학회, 2002.8), 改稿

---

19) 고정희, 「原型에의 회귀본능」, 『현대시학』149호, 1981.8, 78~81면 참조.

제 2 부

한국 현대시의 아이러니와 시적 내면의
심층화에 관한 연구

함형수 시의 아이러니

박두진 시의 순진성 아이러니

한국 현대시의 아이러니와
시적 내면의 심층화에 관한 연구

1. 머리말

시적 표현은 그 상상력으로 시의 내면에 이해의 영역을 벗어나는 어떤 심층을 갖게 한다. 그 심층이 아이러니에 의하여 의도적으로 왜곡 또는 굴절되는 과정을 거친 것일 경우 그 시적 진실은 더욱 극화된 감동을 수반할 수 있다. 한국의 현대시에서 시정신의 심도가 깊고 높은 품격을 지녔다고 생각되는 시편들 중에는 아이러니가 작용한 것들이 압도적으로 많은 것으로 판단된다. 이에 착안하여 본 연구는 아이러니와 관련하여 한국의 주요 시작품을 재해석하고 새롭게 이해해보는 텍스트 중심의 시론에 주안점을 두고자 한다. 이 시도는 아이러니 방법론에 의한 그간의 연구들이 기존의 시론에 제시되어 있는 아이러니의 원리와 종류 등에 입각하여 표층적인 해석으로 일관하거나, 수사적 차원에서 수필적 평설에 그쳤던 한계를 극복하고자 하는 의미도 함께 갖는다.[1]

---

[1] 아이러니의 원리·개념·종류, 아이러니를 바탕으로 한 작품 분석 등에 관한 시론은 다음 자료들이 대표적이다. : A. Preminger and T. V. F. Brogan, *The New Princeton Encyclopedia of Poetry and Poetics*, Princeton University Press, 1993 / C. Brooks, *The Well Wrought Urn,*

I. A. 리처즈는 아이러니를 "상반되는 충동들의 균형"으로 규정하고, 모든 훌륭한 시는 구조적으로 아이러니를 내포한다고 정의하면서 아이러니를 20세기 신비평에서 텍스트 판단의 주요 개념이라고 제시하였다.[2] 아이러니는 단순한 시의 기법이라기보다는 현대의 불안한 정신 풍토 속에서 시의 존재 의의를 확보할 수 있는 방법론이라고 볼 수 있다. 특히 근대정신의 해체와 함께 현재 중요한 정신적 조류의 하나로 발전하고 있고, 그 구조적 특징의 면에서 아이러니 방법론은 현대시의 중심에 있다고 판단된다. 아이러니는 그 자체에 모순 충돌하는 요소를 모두 수용하여 대립하는 정신적 가치를 통찰하는 힘을 갖고 있다. 아이러니는 내용과 형식, 의식과 표현, 주제와 기법을 서로 조응하고 통합을 이루게 하는 통로가 되는 것이다.

N. 프라이는 아이러니를 세속적 양식[3]으로 제시한 바 있다. 본 연구에서는 아이러니를 단순한 양식이 아니라 시적 자아가 대상과의 거리를 인식하는 세계관이자 시적 방법론으로 볼 것이다. 아이러니에 관한 연구를 검토한 결과 D. C. 뮤크가 아이러니의 목적을 인생의 복잡성과 가치의 상대성에 대한 인식의 표현[4]이라고 논평한 것이 본 연구에 적절한 지침이 되었다. 이에 본 연구에서는 아이러니를 "인생의 복잡성과 가치의 상대성 사이에서 발생하는 모순, 충돌, 갈등, 분열의 양상을 인식하고 통합하려는 긴장의 방법론"으로 정의를 내리고 논의를 진행할 것이다.

또한 본 연구에서는 시적 자아가 체험하는 의식의 내면이 심층화되는 국

London : Dennis Dobson, 1968 / C. Brooks and R. P. Warren, *Understanding Poetry*, Holt Rinehart and Winston, 1976 / C. B. Wheeler, *The Design of Poetry*, New York : W. W. Norton, 1966 / D. C. Muecke, *Irony*, London : Methuen, 1970 / I. A. Richards, *Principles of Literary Criticism*, London : Routledge and Kegan Paul, 1955 / M. H. Abrams, *A Glossary of Literary Terms*, New York : Holt Rinehart and Winston, 1981 / N. Frye, *Anatomy of Criticism*, Princeton University Press, 1973 / W. C. Booth, *A Rhetoric of Irony*, Chicago University Press, 1974 / 김영철, 『현대시론』, 건국대학교출판부, 1993 / 김용직, 『현대시원론』, 학연사, 1988 / 김준오, 『시론』, 이우, 1988 / 김학동 외, 『현대시론』, 새문사, 1997 / 이승훈, 『시론』, 고려원, 1979 / 정한모, 『현대시론』, 보성문화사, 1985 등.

2) I. A. Richards, 앞의 책, 249-251면.

3) N. Frye, *Anatomy of Criticism*, 임철규 역, 『비평의 해부』, 한길사, 1982, 61면.

4) D. C. Muecke, *Irony*, 문상득 역, 『아이러니』, 서울대학교출판부, 1980, 44면.

면을 인간 존재의 궁극적인 거점인 자아정체성5)의 관점에서 접근하고자 한다. 이 자아정체성의 문제를 대표하는 이론 배경은 사르트르이겠으나 데카르트의 실존 해명, 하이데거의 존재 이해, 키에르케고르의 불안의식, 까뮈의 부조리 사상 등 실존주의의 행동성이 본 연구의 직접적 모티프가 되었다. 본 연구에서 자아정체성의 문제에 초점을 맞춘 것은 죄의식 또는 심리적 억압을 살펴보거나 이 문제를 사회학적으로 고찰하려는 것이 아니다. 본 논의에서 관건이 되는 자아정체성은 현대의 삶 속에서 충만하고 만족스러운 실존을 영위하기 위해 필요한 성찰적 인식6)을 전제로 한 것이다. 세계의 질서 속에서 자신의 정체성을 반성적으로 확인할 때 인간은 자연적 존재로부터 문화적 존재로 승격된다.7) 인간이 자아로서의 정체성을 상실했다는 위기의식과 상실한 자아를 회복하려는 의지는 인간 존재에 대한 근원적인 구조와 실상을 드러내고 통합의 지평을 이루려는 문학적 실천과 맞닿는 주요 쟁점이다. 자아정체성의 문제는 자기 자신으로부터의 소외에서 출발하여 시적 자아의 앞에 펼쳐져 있는 세계를 인식하고 문제를 자각하고 부딪치며 진실한 가치를 추구하는 경지에까지 다양하게 나타난다. 이러한 자아의 위기의식과 자아를 회복하려는 의지는 아이러니라는 방법론에 의해 더욱 그 시적 내면의 심층을 갖게 한다.

인간 존재의 본질을 자유로 규정할 수 있다면, 이 자유의 문제는 자기 부정과 자기 분열을 통한 자기 통합의 과정이라고 할 수 있다. 참다운 자유는 정체성이 바로 설 때 제대로 누릴 수 있다. 그래서 자아정체성의 상실과 회복의 과정에 따라다니는 소외의 문제는 자기 극복의 필연적인 계기가 된다. "소외는 인간 실존의 핵심적인 모습이며 −(중략)− 소외 없는 일생은 거의 살 보람

---

5) 자아정체성(self-identity)에서 정체성(identity)이란 개념은 '확인하다(identify)'라는 동사의 명사형인 '확인(identification)'의 의미를 갖는 동시에 정체성, 동일성, 본성, 주체성 등의 다양한 뜻을 내포하고 있다. 이 용어의 원어인 '아이덴티티(identity)'를 원어 그대로 사용하는 경우도 있으나 본 논문에서는 '정체성'이라는 용어로 사용하기로 한다.
6) A. Giddens, *Modernity and Self-Identity*, 권기돈 역, 『현대성과 자아정체성』, 새물결, 1997, 48면 참조.
7) 신오현, 『자아의 철학』, 문학과지성사, 1987, 123-145면 참조.

이 없는 것이다."[8]라는 언급은 인생에 끊임없이 반기를 드는 소외의 문제와 이를 통찰할 수 있게 하는 아이러니가 정신의 힘으로 작용하는 것을 보여준다.

한국의 현대시에서 아이러니에 의해 분석할 수 있는 작품은 수없이 많다. 본 연구에서는 자아정체성의 상실과 무의식의 탐색, 자아정체성의 회복과 세계와의 대항이라는 전제 아래 표본 작품을 선정하여 작품론을 수행해보고자 한다. 자아정체성의 관점에서 무의식이라는 정신세계와 불연속적 현실 상황과의 대항이라는 양극단을 살펴보는 것은 아이러니의 양상을 가장 폭넓게 살펴본다는 의미도 담고 있다.[9]

문학작품의 형상은 독자의 적극적인 분석에 의해서 그 가치를 다양하게 평가받을 수 있다. 문학작품의 생명력을 담보하는 이 현재화 과정은 아이러니 방법론에 의하여 그 세계를 더욱 새롭게 파악할 수 있게 하며 이때 아이러니의 시정신은 시적 상상력의 힘으로 작용하게 된다.[10] 현대인의 비극적 초상이 담겨 있는 시편들을 선별하여 온갖 고난을 무릅쓴 자아의 성찰과 존재의 고뇌를 아이러니로 풀어내려는 본 연구가 문학적 리얼리티를 탐구하는 동시에 한국의 시를 정신사적으로 해명해보는 작업이 될 수 있기를 바란다.

2. 자아정체성의 상실과 무의식의 탐색

(1) <碧毛의 猫> - 靈肉의 상호 일탈과 합일에의 갈등

황석우의 <碧毛의 猫>는 사막의 한가운데 누워 낮잠을 청하는 화자에게

---

8) Richard Schacht, *Alienation*, Garden City, New York : Anchor Books, 1971, p. x l v i .

9) 이처럼 본 연구에서는 자아정체성의 상실과 회복, 무의식의 탐색과 세계와의 대항이라는 문제가 아이러니에 의하여 심층화되는 국면을 포괄적으로 지칭하기 위하여 '시적 내면' 이라는 용어를 사용한 것이다.

10) Jonathan Culler, "Rhetoric, Poetics, Poetry", *Literary Theory*, Oxford University Press, 1997, 81-82면 참조.

푸른 털의 고양이가 사랑으로 유혹하는 다소 이질적인 소재를 통하여 부정
적인 현실 인식과 존재론적 고뇌의 갈등이 시화되어 있는 작품이다.

> 어느날내靈魂의
> 午睡場(낮잠터)되는
> 沙漠의우, 수풀그늘로서
> 碧毛(파란털)의
> 고양이가, 내고적한
> 마음을바라다보면서
>   (이애, 네의
>   왼갓懊惱, 運命을
>   나의熱泉(끓는샘)갓흔
>   愛에 살적삶아주마,
>   만일, 네마음이
>   우리들의 世界의
>   太陽이되기만하면,
>   基督이되기만하면).
>
>   － <碧毛의 猫> 전문[11]

    황석우는 1920년대 시단에서 퇴폐적 상징주의[12] 또는 허무적 상징주의[13]
시인으로 평가되었다. 특히 <碧毛의 猫>는 실재와 관념의 이원론을 극복하
여 소一性을 이루고자 하는 관념 상징[14]이 잘 드러난 작품으로 해석되기도
하였다. 그런데 황석우의 시에 대한 논의의 대부분은 사조적 측면에서 벗어
나지 못한 채 피상적으로 이루어져 왔거나, 이른바 '朦朧體是非'와 관련하여

---

11) 『폐허』 창간호, 1920.7.
12) 김재홍·정한모, 『한국 대표시 평설』, 문학세계사, 1988
    신동욱, 『한국현대문학론』, 박영사, 1972
    조연현, 『한국현대문학사』, 성문각, 1985.
13) 조지훈, 「한국현대시사의 관점」, 『조지훈전집』 3, 일지사, 1973.
14) 강우식, 『한국상징주의시연구』, 문화생활사, 1987, 72면.

3·1 운동의 좌절에 의한 암담한 시대적 분위기에 맞추어 우울하고 몽롱한 시적 의미를 부여하는 것이 많은 부분을 차지하고 있었다. 그러나 <碧毛의 猫>는 1920년대의 시에서 보기 드물게 화자와 고양이의 대화라는 개성적인 호흡률에 의거하여 일탈된 영혼과 육체의 갈등이 교묘하게 형상화된 작품이다. 아이러니는 인간의 내면 문제에 깊이 관여하여 대립되는 두 요소의 상반성을 일정한 정서적 거리를 두고 비평적으로 인식한다.[15] 이 시는 아이러니에 의한 시각으로 접근하여야만 정체성을 상실한 영혼과 육체의 분열 양상과 참다운 합일을 모색하는 시적 자아의 갈망을 꿰뚫어볼 수 있게 된다.

이 시에서 화자인 '나'의 영혼은 사변의 메마른 사막 속에서 빈사 상태에 있고, '碧毛의 고양이'[16]는 끓어 넘치는 사랑의 숨결을 주체하지 못하고 있다. 일반적으로 검은 털의 고양이는 어둠과 죽음의 상징으로 많이 쓰였는데, 이 시에 등장하는 푸른 털의 고양이는 매우 낯선 이미지로 등장하고 있다. 황석우가 상징주의의 영향을 받았다는 전제 아래 <碧毛의 猫>가 보들레르의 <고양이> 시편의 발상법과 같다[17]는 지적이 있는데, 이는 표면적인 해석으로 보인다. <碧毛의 猫>의 핵심적 상징은 '푸른 털'의 고양이이다. 특히 사막에서의 푸른색은 생사의 구별을 가리키는 생명력, 풍요 등을 상징한다.[18] 이 시에서 고양이는 일반적으로 '熱泉(끓는샘)갓흔 愛' 속에 오뇌와 운명을 잠기게 하는 관능의 상징으로 풀이되어 왔으나, '푸른 털'의 고양이는 영원히 푸르고 싶은 강렬한 생명력과 욕망을 표상한다.

<碧毛의 猫>는 낮잠을 자는 곳이 적당히 편안하고 잠시라도 쉴 수 있는 공간이라는 일반적인 상식에서 벗어나 있다. 이 시에서 낮잠터로 등장하는

---

15) C. B. Wheeler, 앞의 책, 94-96면 참조 / D. C. Muecke, 앞의 책, 44-80면 참조.

16) 고대 이집트에서 고양이는 신성함, 여성의 정조, 죄의 상징으로 나타난다. 한국에서 고양이는 전통적으로 음성의 동물로 표독하고 앙칼스러운 여인의 기질로 그려지기도 하고, 靈物, 충의의 전범, 악연 등으로 상징화되어 왔다.(J. E. Cirlot, *A Dictionary of Symbols*, Routledge and Kegan Paul, 1971, 39면 참조 / 한국문화상징사전편찬위원회, 『한국문화상징사전』, 동아출판사, 1994, 57-62면 참조)

17) 김학동, 『한국 근대시의 비교문학적 연구』, 일조각, 1981, 107면.

18) 한국문화상징사전편찬위원회, 앞의 책, 609면 참조.

사막의 설정은 심신이 고달픈 화자의 영혼이 평안하게 쉴 수 없는 곳을 상징한다. 그리고 이 낮잠은 상식적인 의미에서의 수면을 뜻하는 것이 아니라 화자의 영혼과 육체가 서로 드나들며 교접하는 상징적 공간이자 시간이다.

오뇌와 운명의 고통으로 가득 차 있는 시적 자아에게 고양이는 수풀 그늘인 오아시스에서 화자의 고적한 마음을 바라보면서 유혹을 한다. '나'의 오뇌와 운명을 시원한 오아시스에서 모두 잊게 해주고 사랑으로 가득 찬 존재가 되게 해주겠다는 것이다. 그런데 대신 조건을 제시한다. '우리들의 세계'의 태양과 기독과 같은 존재가 되어 달라는 제안이 그것이다. 고양이가 '나'를 '이애'라고 친근하게 부르며 달콤하게 유혹한다. '나'는 그 뜨거운 육체의 향연에 뛰어들고 싶다. 그런데 '태양'과 '기독'이 되어 달라는 고양이의 조건은 시적 자아를 갈등하게 한다. 고양이로 상징된 육체적 정열은 인간 생명의 근원에 해당한다고 볼 수 있다. 육체적 열애는 인간의 생명을 건강하고 아름답게 한다. 정신적인 고통에 휩싸여 있는 자에게 이러한 육체적 정열은 삶에 생기를 불어넣어 주고 고뇌로 말라가는 자를 싱싱하게 회복하게 해줄 수 있는 원동력도 될 수 있기 때문이다.

화자는 행동 없는 고뇌에 차 있고, 고양이는 뜨거운 정열로 자신을 지탱하고 있다. 영혼과 육체가 교감하면서 푸른 생명력으로 용틀임할 수 있을 것인가. <碧毛의 猫>에서 우리는 영혼만의 일방적인 자기 방기도 아니고, 육체의 욕정만도 아닌 영혼과 육체의 건강하고 밝은 교감과 사랑을 꿈꾸는 정신을 느낄 수 있다. 영혼의 힘은 자신을 꼿꼿하게 지켜주는 지주와 같지만 자칫 그 자신을 피폐하게 만들기 쉽고, 육체적 정열은 건강한 생명력을 주지만 충동적인 애욕에 함몰하게 만들기도 한다. 이처럼 이 시에는 인간이 겪게 되는 아이러니컬한 운명과 존재론적 갈등이 육화되어 있다. 그런데 이 시에서 영혼과 육체를 자칫 선과 악의 상징으로도 해석할 수 있으나 이는 적절치 않다. 우리들이 꿈꾸는 것은 영혼과 육체의 행복한 합일이지 영혼 또는 육체 그 하나에 함몰되거나 탐닉하는 것이 아니기 때문이다. 이처럼 영혼과 육체의 합일을 갈망하는 자아의 끊임없는 갈등이 교차되는 지점에 <碧毛의

猫>가 지닌 현재적 의미가 있다.

(2) <烏瞰圖-詩第十五號> ― 현실과 꿈의 공격적 해체와 그 파괴적 치유

이상의 <烏瞰圖> 시편 중 <詩第十五號>는 현실과 꿈을 넘나드는 인간의 정신을 포착하여 자아정체성의 상실이라는 문제가 심층적으로 표출된 문제작이다.

1

나는거울업는室內에잇다. 거울속의나는역시外出中이다. 나는至今거울속의나를무서워하며떨고잇다. 거울속의나는어디가서나를어떠케하랴는陰謀를하는中일가.

2

罪를품고식은寢床에서잣다. 確實한내꿈에나는缺席하얏고義足을담은軍用長靴가내꿈의白紙를더럽혀노앗다.

3

나는거울잇는室內로몰래들어간다. 나를거울에서解放하려고. 그러나거울속의나는沈鬱한얼골로同時에꼭들어온다. 거울속의나는내게未安한뜻을傳한다. 내가그때문에囹圄되여잇듯키그도나때문에囹圄되여떨고잇다.

4

내가缺席한나의꿈. 내僞造가登場하지안는내거울. 無能이라도조흔나의孤獨의渴望者다. 나는드듸여거울속의나에게自殺을勸誘하기로決心하얏다. 나는그에게視野도업는들窓을가르치엇다. 그들窓은自殺만을爲한들窓이다. 그러나내가自殺하지아니하면그가自殺할수업슴을그는내게가르친다. 거울속의나는不死鳥에갓갑다.

5

내왼편가슴心臟의位置를防彈金屬으로掩蔽하고나는거울속의내왼편가슴을견우어拳銃을發射하얏다. 彈丸은그의왼편가슴을貫通하얏스나그의心臟은바른편에잇다.

6

模型心臟에서붉은잉크가업즐러젓다. 내가遲刻한내꿈에서나는極刑을바

닷다.　내꿈을支配하는者는내가아니다.　握手할수조차업는두사람을封鎖한

巨大한罪가잇다.

— <烏瞰圖 − 詩第十五號> 전문[19]

　이상의 시 <거울>에서 '거울 속의 나'와 '거울 밖의 나'가 거울을 매개로 하여 접촉하면서도 부재하는 자아가 형상화되었다면, 이 시에서는 거울을 매개로 하여 현실의 자아와 꿈속의 자아를 대치시켜 상호 공격하고 후퇴하는가 하면 다시 도전하고 파괴하는 일련의 전투적 상황이 표출되어 있다. 시적 자아가 일련의 모순과 파괴의 과정을 거치는 것은 아이러니에 의해 접근해야만 가능한 것이다. 이 작품에서 시적 자아를 지배하는 것은 현실의 자아도 꿈속의 자아도 아니다. 두 자아는 서로 끊을 수 없이 상호 구속되면서 파괴되는 만남을 갖고 생사를 구분하기 힘든 분열과 불안의 고통으로 치닫게 된다.

　일반적으로 꿈은 현실에서 불가능한 것을 가능하게 하기 위한 인간의 소망 표현으로, 원시적 사고의 표상이다. 인간은 현실의 소망과 타계책이 꿈을 통해서 실현되기를 바라며 불안과 두려움을 주는 악몽에서는 벗어나려고 한다. 예를 들어 베갯모가 아름답게 장식되는 것은 단순히 아름답게 꾸미려는 문제가 아니라 이러한 꿈의 수용과 방어의 공동체적인 상징성으로 음미될 수 있다.[20] 그런데 <詩第十五號>에서 시적 자아는 자신을 공격하고 파괴하며 불안과 두려움을 조장하는 악몽과 싸우고 있다.[21] 악몽은 현대인의 심리

---

19) 『조선중앙일보』, 1934.8.8.

20) 이재선, 『한국문학주제론』, 서강대학교출판부, 1989, 120면.

21) 이 시에서의 꿈은 발현몽의 형태로 나타난다. 발현몽의 가장 두드러진 특징은 합리성, 논리성, 일관성 등과 무관하게 이루어진다는 것이다. 육체적인 공격이나 폭력은 성적인 열정과 구분할 수 없게 되고, 쾌락이 고통과 더불어 나타나며, 매력과 극도의 불쾌감이 공존하고, 공포감과 매혹, 비난과 인정이 뒤범벅이 되어 나타난다. <詩第十五號>에는 압축과 전치라는 꿈의 기제들에 의해 자아의 불안과 공포가 왜곡되어 표출되어 있다 : Leon Altman, *The Dream in Psychoanalysis*, 유범희 역, 『성·꿈·정신분석』, 민음사, 1995, 13-47

적인 강박 관념 또는 사회적인 병리의 상징으로서 흔히 원용되어 왔다. 꿈속의 자아에게 불안과 공포를 느끼며 공격적으로 해체하고 파괴하려는 시적 자아의 악몽은 탈출의 慾動性을 표현한 것으로 볼 수 있다.

이 시에서 "내꿈을지배하는자는내가아니다."라는 단언은 시적 자아의 불안과 절망, 분열의 양상들이 치유될 수 없는 공격적인 파괴성을 지니고 있음을 보여준다. 자아는 꿈속의 비정상적인 존재를 인식하고, 이러한 인식으로 말미암아 스스로를 긍정하지 못하고 자신을 파괴하는 혼란한 국면에 놓이게 된다. 모순을 극복하기 위해 다시 시도하는 또 하나의 모순. 악수조차 할 수 없이 봉쇄되고 만 두 자아의 참상이 죄로 표현되어 있지만, 시적 자아는 죄의식의 상태에 머물러 있지 않다. 자신의 분열 상태를 객관적으로 진단하고 이 죄의식을 없애기 위해 권총 자살이라는 극도의 공격적인 파괴 명령을 내리기 때문이다. 그리고 이 공격적인 파괴와 이를 치유하기 위한 꿈속으로의 도주는 계속 되풀이된다. '나'를 지배하지 않는 '나'와 합치되기 위하여 '나'를 파괴하는 아이러니 — 이를 통하면 나의 불안과 자기 혐오와 정신분열의 증상은 사라질 것인가? 참으로 절망적인 실존적 상황이 아이러니컬하게 표현되고 있다.

이 시에서 주요 쟁점으로 부각되는 불안은 실존적 문제의 쟁점이 된다. 불안은 단지 특수한 위험이나 위해와 관련된, 상황적으로 특수한 현상이 아니라 개인이 삶을 영위해 나아가는 데 겪게 되는 어떤 일반화된 감정 상태이다. 그래서 불안은 공포와 구분된다. 공포가 특수한 위협에 대한 반응이며 명확한 대상을 가지고 있다면 불안은 인간이 위험의 원천에 맞설 준비를 하기 위한 심리적 기능적 조건으로, 그 자체가 대응하기 어려우며 적절한 행동을 발생시키기보다는 마비시키는 경향이 있다.[22] 이상의 시에는 무의식 깊이 불안이 자유롭게 떠다니는 아이러니가 생생하게 그려져 있다. 이 문제는 키에르케고르가 불안 또는 원초적 전율을 "비존재에 대항한 존재의 투쟁"[23]

면 참조.

22) S. Freud, *Introductory Lectures on Psychoanalysis*, Harmondsworth : Penguin, 1974, 83면 참조.

이라고 분석한 것과 일맥상통한다. 실존의 문제에 따라다니는 불안 증상들은 인간의 삶에 통제력을 박탈하고 존재론적 안전을 뒤흔드는 주요 쟁점이 된다.[24] <詩第十五號>에는 자아의 분열을 치유하기 위하여 자살을 처방하는 아이러니가 극도로 과학적이고 지적인 갈등의 과정을 통하여 전개되고 있다. 거울 속의 나에게 자살을 권유하고 자신의 심장을 방탄금속으로 엄폐하는 자아의 행동은 표면적으로 죽음에의 충동으로 느껴질 수 있지만 실제는 파괴를 통하여 분열의 증상을 회복하고 순수한 삶을 살고자 하는 내면의 고통을 표현한 것이다.

현실에서는 무능하고 고독할지라도 그는 참다운 자아로 하나 되기를 원한다. 나는 현실에 있지만 꿈속에도 있고, 현실에 없으면서 꿈속에도 없다. 이러한 아이러니는 이 작품이 단순히 '이드'의 꿈이라고만 할 수 없고 '자아'의 꿈이라고만 할 수 없으며 '초자아'의 꿈이라고만 할 수 없는 단면을 드러낸다. 왜냐하면 거울 속의 자아를 징벌하는 것이나 자아가 죄의식에 압도당하는 꿈 모티프가 이드와 자아, 초자아의 존재를 왜곡시켜 증명[25]해 보여주는 것이 되기 때문이다. 이처럼 이 시에는 꿈 모티프를 통하여 인간 정신의 복잡 미묘한 활동 과정의 단면이 지극히 과학적으로 드러나 있다. 이 꿈은 아름답거나 신비로운 세계가 아니라 참된 자아를 붙잡기 위해 모순된 모험을 감행하는 심오한 경지이다. 그러나 자아정체성을 찾기 위한 시적 자아의 형이상학적 탐색은 허위의 상태인 미해결의 진행형으로 끝나고 만다. 이에

23) S. Kierkegaard, *The Concept of Dread*, London : Macmillan, 1944, 99면.
24) 한국의 경우 실제 정신질환 실태 역학 조사 자료를 보면, 1960년대 '정신분열병'으로 지칭된 환자의 평생 有病率이 전체 인구의 약 0.2%로 집계되었다. 그런데 2001년도의 통계 조사에서는 정신질환의 평생 유병률이 약 14.5%로 집계되었다. 정신질환의 주요 항목을 보면 불안 장애(강박 장애, 외상 후 스트레스 장애, 공황 장애, 광장 공포증, 사회 공포증, 특정 공포증, 범 불안장애)가 8.8%, 우울성 장애가 4.6%, 정신분열 장애가 1.1%로 나와 있다. 이러한 통계는 21세기 정신병의 상황을 객관적으로 진단해준다. 현대 사회를 살아가는 우리가 얼마나 정신적인 장애 또는 강박 관념을 겪으며 사회적 병리의 상징으로 투사되어 있는지 보여주는 증거가 된다 : 국립서울정신병원, 『정신질환 실태 역학조사 보고서』, 보건복지부 제출 자료, 2001, 1-260면 참조.
25) Leon Altman, 앞의 책, 45면 참조.

끊임없이 의문이 생성되고 다시 탐색으로 이어지는 아이러니가 발생한다.

보들레르는 그의 산문시 <이 세상 밖이라면 어디든지>에서 시적 자아가 부재하는 곳이라면 이 세상 밖 어디든지 가겠다고 끊임없이 그의 영혼과 다투는 인생의 아이러니를 노래하였다. 바슐라르는 미친 몽상이 삶을 이끌어 간다[26]고 하였다. 이상의 <詩第十五號>는 부재하는 자아들의 상호 파괴하는 투쟁이 변형과 왜곡을 통해 정신의 힘으로 작용하는 치열함을 느끼게 한다. 우리 인간의 존재를 이끌어가는 원천은 무엇인가? 부재하는 자아 또는 영혼과의 투쟁이 우리의 삶을 이끌어가는 것일까? 아니면 자신의 정체성을 공격적으로 해체하고 그 파괴를 통하여 자신을 치유하려는 절박하고 미친 꿈이 우리의 삶을 진정 살아갈 수 있게 하는 것일까? <詩第十五號>는 자아 정체성이 분열되고 갈등하며 파괴되는 아이러니를 통하여 인간 실존의 한 단면과 심층을 탐구하고 해명해 나아가려는 집요한 시의식을 담고 있는 작품이다.

3. 자아정체성의 회복과 세계와의 대항

(1) <나비와 廣場> – 새로운 신화를 열망하는 나비의 비상

김규동의 <나비와 廣場>은 '나비'와 '광장'이라는 자아의 세계 인식과 시적 대응이 매우 유기적으로 결합되어 있는 작품이다. 이 작품은 1950년대 전후 현실과 비극적 상황의 단면을 보여주기 위하여 전쟁의 도구로 사용되던 활주로인 광장에 나비를 연결시켜 매우 능동적이고 효과적인 시적 이미지를 창출해내고 있다.

---

26) G. 바슐라르, 김현 역, 『몽상의 시학』, 기린원, 1989, 192면.

眩氣症나는 滑走路의
最後의 絶頂에서 흰 나비는
突進의 方向을 잊어버리고
피문은 肉體의 破片들을 굽어 본다.

機械처럼 灼熱한 작은 心臟을 추길
한목음 샘물도 없는 虛妄한 廣場에서
어린 나비의 眼膜을 遮斷하는건
透明한 光線의 바다뿐이었기에—

眞空의 海岸에서 처럼 寡默한 墓地 사이 사이

숨가쁜 Z機의 白線과 移動하는 季節속—
불길처럼 일어나는 燐光의 潮水에 밀려
이제 흰 나비는 말없이 이즈러진 날개를 파다거린다.

하—얀 未來의 어느 地點에
아름다운 領土는 기다리고 있는 것인가
푸르른 滑走路의 어느 地標에
華麗한 希望은 피고 있는 것일까.

神도 奇蹟도 이미
昇天하여 버린지 오랜 流域—
그 어느 마지막 終點을 向하여 흰 나비는
또한번 스스로의 神話와 더부러 對決하여 본다.
— <나비와 廣場>　전문[27]

　　<나비와 廣場>에는 전쟁의 소용돌이에 휩쓸리지 않기 위해 비정한 공간
인 광장 위에 영혼의 무게로 지탱하며 실존의 고통을 짊어진 채 비상하고

---

27) 김규동, 『나비와 광장』, 산호장, 1955.

있는 나비가 상징적으로 조응을 이루고 있다. 이 작품이 시적 공감보다는 메커니즘화된 관념의 지적 조작을 느끼게 하는 실험적 의식에서 벗어나지 못했다고 평가되기도 한다.[28] 그러나 이 작품은 실존주의적 서정성을 바탕으로 전후 메커니즘적 상황에서 새로운 신화를 세워보려는 시인의 시의식이 치열하게 표출되어 있는 것으로 분석된다.

'흰 나비'는 현기증 나는 활주로의 절정인 광장 위를 날고 있다. 돌진의 방향을 잊어버리고 피 묻은 육체의 파편들 위에 떠 있는 나비는 너무나 생경한 이미지이면서도 1950년대 전후 한국의 한 단면과 인간상을 잘 묘파해주고 있다. 나비의 심장은 기계처럼 작열하고 있지만 그 심장을 축일 샘물 한 방울 없는 허망한 공간에 떠 있다. 이때 나비의 안막에는 제트기의 폭음과 백선만이 가득하고 전쟁의 불길은 마치 바다의 폭풍과 같이 휘몰아치고 있다. '푸르른 활주로'가 '진공의 해안'으로 묘사되어 있는데, 광장이 바다로 동일시되는 아이러니를 보여준다. 신도 기적도 승천하여 버린 지 오랜 유역인 비극의 땅에, 스스로의 신화를 만들어 광장의 세계와 대결하여 극복해보려는 나비의 집념이 처절하면서도 절실하게 그려져 있는 것이다.

전쟁터에 깔려 있는 두개골들은 삶 속에 있는 죽음의 문제를 생생하게 보여주는 매개체이기도 하다. 전쟁터에 흩어져 있는 죽음의 상징물인 시체들은 실존을 위협하는 가장 극명한 상징물이다. 하이데거는 죽음이 현존재의 가장 깊은 곳에 있는 가능성, 스스로를 드러내는 가운데 진정한 삶을 하나의 선택이게 하는 가능성[29]이라고 하였다. 죽음에 직면한 인간이 그 유한성을 인식하면서 죽음에 이르는 존재로서의 시간적 본질을 깨닫게 된다는 것이다. 죽음과 삶의 경계마저 모호한 전쟁터의 불길 한가운데 놓인 나비는 그 상황만으로 인간의 유한성과 진정한 삶을 열망하게 하는 아이러니컬한 존재이다. 그리고 이 나비는 실존의 무게를 짐 지지 못하고 하늘로 날아가고픈 영혼이

---

28) 최동호, 「1950년대의 시적 흐름과 정신사적 의의」, 김윤식 외, 『한국현대문학사』, 현대문학, 2002, 320면.

29) M. Heidegger, *Being and Time*, Oxford : Blackwell, 1962, 143-145면 참조.

며 새로운 신화적 세계를 꿈꾸는 영혼이기도 하다.

이 시에서 광장의 이미지는 현대 사회의 비극적 성격을 예감해서 보여주며, 나비의 이미지는 공포의 전쟁터로 추락하는 불안한 실존의 모습으로 그려져 있다. 세상에 던져진 인간 존재의 단면이 묘파되어 있는 것이다. 전쟁터에 날아가는 제트기는 인간의 생존과 직결된 운명의 상징성을 아이러니컬하게 보여준다. 제트기가 내뿜는 속도감은 현대 문명의 한 단면을 제시하며 현대 문명의 메커니즘을 잘 보여준다. 제트기가 빠른 속도로 비상하는 것은 하늘을 날고 싶은 우리 인간에게 무한히 아름다운 비밀을 감추고 있는 것 같다. 그러나 제트기가 백선을 그리며 날아가는 속도감은 현대 문명의 불안한 속도를 예감하게 해준다. 그리고 활주로를 푸르게 인식하고 그곳에 '화려한 희망'을 심어보는 나비의 무모한 행동은 아이러니컬한 상황을 더욱 극명하게 보여준다. 콘크리트로 포장된 활주로에 희망을 심는 행동은 의미 없는 환상일지 모른다. 그럼에도 불구하고 나비는 현기증을 견디면서 시체가 가득찬 활주로를 향해 날아간다. 여기서 시적 자아의 행동성을 '스스로의 신화'라고 표현한 것은 이미 현실적 사회적으로 가능한 것이 아님을 시사해준다. 그럼에도 불구하고 신화와 같은 세계와 대결해보려는 나비의 정신적인 힘이 절실하게 다가온다.

시는 사회 또는 현실의 변화와 함께 새롭게 표상되어야 한다. 이러한 점에서 '나비'와 '광장'의 대응은 1950년대 한국의 전후 상황과 인간상의 단면을 적절하게 표상한 새로운 이미지이다. 이 나비가 갈구하는 것은 광장으로 표상된 이 세계의 고통과 불안과 절망을 붙들고 날아보려는, 초라하고 보잘것없는 몸짓이지만 불모의 지평과 뜨겁게 부딪쳐 비상하려는 의지이다. 그래서 나비는 영혼으로 승천하지 못하고 아이러니컬하게도 전쟁터의 한복판에서 세상을 조감하며 떠 있다. <나비와 廣場>에서 나비는 현실 세계의 부조리와 절망적 모순에 대응하는 존재이다. 광장은 현대 문명의 조류를 표상하는 단면이다. 이처럼 난폭하고 잔인하며 냉혹한 세계와 맞서 실존적 투쟁을 벌이는 나비의 비상은 현대인의 비극적 초상을 담고 있어 리얼리티를 획득하고 있다.

(2) <巨大한 뿌리> – 사랑의 힘으로 '거대한 뿌리'를 박는 정신의 가벼움

김수영의 <巨大한 뿌리>는 한국의 역사와 민족 현실에 대한 자아의 세계 인식과 대항의 양상이 극명하게 드러나는 작품이다. '거대한 뿌리'로 상징되는 한국의 역사는 화자에게 '놋주발보다도 더 쨍쨍 울리는' 아름다운 추억으로 설정되어 있다. "나는 아직도 앉는 법을 모른다"라는 아이러니로 시작하고 있는 이 시는 한국을 둘러싸고 있는 일본, 영국 등의 외세들을 강력하게 거부하는 자세로 일관하면서 '거대한 뿌리'를 이 땅에 박으려는 반동의 외침과 몸짓을 보여준다.

> 나는 이사벨 버드 비숍女史와 연애하고 있다 그녀는
> 一八九三년에 조선을 처음 방문한 英國王立地學協會會員이다
> 그녀는 인경전의 종소리가 울리면 장안의
> 남자들이 모조리 사라지고 갑자기 부녀자의 세계로
> 화하는 劇的인 서울을 보았다 이 아름다운 시간에는
> 남자로서 거리를 無斷通行할 수 있는 것은 교군꾼,
> 내시, 外國人의 종놈, 官吏들 뿐이었다 그리고
> 深夜에는 여자는 사라지고 남자가 다시 오입을 하러
> 闊步하고 나선다고 이런 奇異한 慣習을 가진 나라를
> 세계 다른곳에서는 본 일이 없다고
> 天下를 호령한 閔妃는 한번도 장안 外出을 하지 못했다고……
>
> 傳統은 아무리 더러운 傳統이라도 좋다 나는 光化門
> 네거리에서 시구문의 진창을 연상하고 寅煥네
> 처갓집 옆의 지금은 埋立한 개울에서 아낙네들이
> 양잿물 솥에 불을 지피며 빨래하던 시절을 생각하고
> 이 우울한 시대를 패러다이스처럼 생각한다

버드 비숍女史를 안 뒤부터는 썩어빠진 대한민국이
괴롭지 않다 오히려 황송하다 歷史는 아무리
더러운 歷史라도 좋다
진창은 아무리 더러운 진창이라도 좋다
나에게 놋주발보다도 더 쨍쨍 울리는 追憶이
있는 한 人間은 영원하고 사랑도 그렇다.

비숍女史와 연애를 하고 있는 동안에는 進步主義者와
社會主義者는 네에미 씹이다 統一도 中立도 개좆이다
隱密도 深奧도 學究도 體面도 因習도 治安局
으로 가라 東洋拓殖會社, 日本領事館, 大韓民國官吏,
아이스크림은 미국놈 좆대강이나 빨아라 그러나
요강, 망건, 장죽, 種苗商, 장전, 구리개 약방, 신전,
피혁점, 곰보, 애꾸, 애 못 낳는 여자, 無識쟁이,
이 모든 無數한 反動이 좋다
이 땅에 발을 붙이기 위해서는
— 第三人道橋의 물 속에 박은 鐵筋기둥도 내가 내 땅에
박는 거대한 뿌리에 비하면 좀벌레의 솜털
내가 내 땅에 박는 거대한 뿌리에 비하면

— <巨大한 뿌리> 2~4연[30]

　이 시에서 '이사벨 버드 비숍여사'[31]와 연애하고 있다는 것은 비숍 여사
가 써놓은 한국의 풍속도를 읽고 있는 화자를 표현한 것이다. 영국인 비숍
여사의 눈에 비친 조선은 천하를 호령하던 민비가 장안 구경 한번 못하고
정치를 하던 신기한 나라이다. 그런데 세계 어느 곳에서도 이처럼 기이한 관
습을 가진 나라가 없다고 이야기하는 비숍 여사의 진술에 시적 자아는 한국
의 당대 현실을 "전통은 아무리 더러운 전통이라도 좋다", "역사는 아무리

---

30) 김수영, 『김수영 전집 I』, 민음사, 1981(이 작품은 1964년 2월 3일 창작되었음).
31) 이사벨 버드 비숍은 영국 왕립지학협회 회원으로 1894년 한국을 방문하고 1898년 『Korea And Her Neighbours』라는 한국 방문기를 출판했다.

더러운 역사라도 좋다", "진창은 아무리 더러운 진창이라도 좋다"라는 아이러니를 통하여 역사적·문화적으로 혼란을 겪고 있었던 한국을 진정한 자신의 것으로 감싸안는 태도를 보이고 있다. 오히려 진창에서 빨래하던 우울한 시절을 파라다이스로 생각하고 추억으로 인식하며 그 힘으로 인간과 사랑에 대한 영원한 힘을 견지하게 된다.

시적 자아는 진보주의, 사회주의, 통일, 중립 등 일련의 정치적·사회적 이슈와 한국을 둘러싸고 있었던 일제 강점과 문화적 침탈 현상, 그 영향 아래 행해졌던 한국의 정치적 상황까지도 거부한다. 그리고 '은밀, 심오, 학구, 체면, 인습' 등에 사로잡혀 있던 당대 주류인 지식인들까지도 강력하게 거부하는 감정을 노출하고 있다. 이 시에서의 작품의 의미를 미제국주의에 빌붙어 사는 비주체적 인간들에 대한 풍자로 설명하기도 하는데,32) 이 시를 풍자로 풀어내면 그 상징적 의미가 축소된다. 풍자는 일반적으로 조소, 비난, 공격을 내포하며 도덕적 판단을 바탕으로 인간이나 사회의 결함, 불합리를 적발하고 교정하려는 목적을 가지고 있다. 아이러니가 작가의 의도를 표면에 나타내지 않고 독자들이 상반된 입장에서 바라볼 수 있는 거리를 두는 데 비해 풍자는 비판의 대상인 사회를 공격적으로 대처한다.33) <巨大한 뿌리>에서 시적 자아는 토착 전통의 쟁쟁한 추억을 힘으로 삼아 낙후한 한국의 현실과 부조리를 파라다이스로 환원하려는 반동의 아이러니를 보이고 있다.

화자는 지나간 추억의 한 자리에 놓여 있던 전통의 산물들을 귀하게 여기고, 우리 전통 사회에서 소외되어 천대받던 '곰보, 애꾸, 애 못 낳는 여자, 무식쟁이' 들을 이 땅의 터전을 다시 세우는 데 중추적인 시민들로 인식한다. "이 무수한 반동이 좋다"라는 아이러니는 인간에 대한 진심 어린 사랑의 표현이다. 화자의 눈에 비친 사회 현실은 부정적인 색채를 진하게 띠고 있지만 여기에 패배하거나 무조건 거부하는 모습을 보이지는 않는다. 부당하고 폐허화된 역사와 적극적으로 대처하여 싸우면서 거대한 뿌리를 박으려는, 아

---

32) 김경복, 「반예술과 패러디」, 김준오 편, 『한국 현대시의 패러디』, 현대미학사, 1996, 113면.
33) 정한모, 앞의 책, 110면.

무도 근접하지 못하는 시꺼면 뿌리를 내리는 모험을 감행하는 것이다. 이러한 이중의 전환, 반동의 아이러니는 자아정체성을 확립한 자아가 비극적 현실을 극복하기 위한 세계관의 표출이라고 볼 수 있다.

전통 사회에서 전통은 유일한 규범으로서 개인의 정체성에 절대적인 영향력을 끼쳤다. 그러나 현대에 오면서 외적 기준 또는 신분 등의 선험적 결정이 사라지고 생활이 다원화되면서 계몽주의적 이성의 근간이 뿌리 채 흔들리게 되었다. 탈전통적 질서 속에 삶을 영위하면서 자아정체성의 문제는 더욱 핵심적인 문제로 떠오르게 된 것이다.34) 김수영의 <巨大한 뿌리>는 탈전통적인 질서가 지배하면서 정체성의 혼란을 겪고 있던 1960년대 한국 사회에 대한 성찰의 기록이라고 볼 수 있다.

그런데 이 시에서 무수한 반동들을 받아들이고 그들과 함께 거대한 뿌리를 내리겠다는 시적 자아의 대결은 오히려 '가벼움'으로 다가온다. 여기서 '가벼움'이란 인생의 무거운 진지성에 압도당하는 것을 거부하고 평정함을 유지하려는 시적 자아의 태도이자 자유로워지려는 정신을 표현한 것이다. 또한 이 가벼움은 인생의 무서운 진지성을 느낄 능력이 없다는 것이 아니라 인생에 압도당하는 것을 거부하는 존재에 대한 인간의 정신력을 뜻한다. 아이러니는 무수한 대립적 요소를 인식하고 그 모순을 한꺼번에 바라보는 주관적 측면과, 이러한 갈등과 충돌의 문제에 지적인 거리를 유지하는 객관적 측면을 결합시켜 평정함을 유지함으로써 작품의 다의성을 유기적으로 조화시키는 기능을 한다.35)

전통이 아무리 병들었어도 이것을 극복할 힘은 바로 그 전통으로부터 나와야 한다. 더러운 역사에 대한 인식과 그것을 뛰어넘는 힘도 바로 그 더러운 역사를 밑바탕에 깔고 있어야 한다. 더러운 전통과 역사, 진창과 함께 뒹굴면서 '거대한 뿌리'를 박겠다는 시인의 의지는 무거운 진지성을 담고 있으면서도 인간에 대한 사랑과 사랑의 영원성을 믿는 정신력의 표상이다. <巨

---

34) A. Giddens, 앞의 책, 18-20면 참조.
35) D. C. Muecke, 앞의 책, 60-61면 참조.

大한 뿌리>에서 인간에 대한 사랑의 힘으로 '거대한 뿌리'를 박으려는 시적
자아의 무거움과 가벼움의 긴장력은 인생과 세계를 새롭게 전망하게 하는
통찰력을 제시해준다.

4. 맺음말

우리 인간이 존재론적으로 안전하다는 것은 무의식과 의식의 차원에서 그
삶이 제기하는 근본적인 문제에 대하여 해답을 가지고 있다는 뜻일 것이다.
그런데 현대의 불연속적 생활방식, 극한적 역동성, 질주하듯 빠른 사회 변동
등으로 우리 인간은 사회적 실천과 행동 양식에 있어서 오히려 소외를 경험
하는 아이러니컬한 상황에 처해 있다. 이에 따라 아이러니는 인간의 실존을
둘러싸고 있는 현대 문명의 혼란과 현실 상황의 불안 의식을 극한적으로 상
징화하여 표출하는 데 적절한 방법론이 된다. 특히 21세기에 오면서 인간의
현실적인 삶은 엇갈리는 모순성과 냉혹한 對極性에 의해 이루어진다는 인식
이 보편적으로 자리잡고 있는 것으로 보인다. 이 점에서 모순 충돌하는 시적
자아의 내면 의식과 체험을 아이러니의 방법론으로 풀어보는 것은 인간의
실존적 투쟁을 상징적으로 해석하고 인생과 세계의 본질을 천착하고 성찰하
는 의미를 갖고 있다.
　본 연구에서는 아이러니의 방법론을 단순한 수사적 장치가 아닌 시적 자
아의 내면 분석의 기재로 설정하여 인간 존재의 궁극적인 거점인 자아정체
성의 관점에서 1920년부터 1960년대까지의 한국의 주요 현대시를 상상력의
확장을 통하여 심층적으로 해석해보았다.
　자아정체성의 상실과 무의식의 탐색의 장에서는 황석우의 <碧毛의 猫>를
"靈肉의 상호 일탈과 합일에의 갈등"으로, 이상의 <烏瞰圖 － 詩第十五號>를
"현실과 꿈의 공격적 해체와 그 파괴적 치유"의 양상으로 분석하였다. 자아

정체성의 회복과 세계와의 대항의 장에서는 김규동의 <나비와 廣場>을 "새로운 신화를 열망하는 나비의 비상"으로, 김수영의 <巨大한 뿌리>를 "사랑의 힘으로 '거대한 뿌리'를 박는 정신의 가벼움"의 양상으로 해석하였다.

　바닥을 모르는 심연, 기슭을 알 수 없는 피안, 그 어딘가에 던져진 것이 인간이라면, 어딘지 알 수 없는 한복판에서 헤엄치고 있는 인간의 상황이 바로 아이러니라고 할 수 있다. 이처럼 본 연구에서는 자유를 갈구하면서도 늘 불안을 느끼는 인간의 상황을 직접적 모티프로 삼았다. 실존적 모순의 상황 속에서 세계와 대면한 인간의 정체성에 대한 존재론적 문제와 이에 대한 탐구가 현대시에 있어서 쟁점이 될 수 있다고 판단했기 때문이다. 아이러니의 심층 구조를 따라 자아정체성을 해명해보려는 본 연구가 문학의 정신사적 측면에서 인간존재론 등의 새로운 영역을 제시하는 데 부응하기를 기대해본다.

⚮ (『한국문학논총』38집, 한국문학회, 2004.12), 改稿

함형수 시의 아이러니

1. 머리말

본 연구는 咸亨洙(1916~1945)의 시를 작품론으로 집중 분석하여 그의 시에 일관하고 있는 시정신의 특성을 고찰하고, 그의 시가 지니는 시사적 의의를 밝히는 데 목적이 있다. 한국 현대시사에서 함형수는 1930년대 후반 『시인부락』 동인의 한 사람이자 대표작 <해바래기의 碑銘>을 쓴 시인이라고 일컬어져 왔다.[1] 그리고 함형수에 관한 그간의 연구 실적들은 그의 비극적 생애와 관련된 인물 평전 성격의 논의가 많은 부분을 차지하고 있었다. 이러한 사정은 대개 함형수의 절친한 친구였던 서정주의 회고를 바탕으로 한 것으로, 서정주의 여러 글들[2]은 주로 '인간 함형수'를 말하기 위한 시 작품 외적인 산발적 평설의 성격을 띤 것이었다. 이와 같은 논의들의 편향성을 그대로

---

1) 김광림, 「반딧불의 燭光」, 咸亨洙 외, 『韓國現代詩文學大系』23, 지식산업사, 1986 참조.
   김시태, 『現代詩와 傳統』, 성문각, 1978, 239~253면 참조.
   김용직, 「「詩人部落」 研究」, 『國文學論集』3집, 단국대학교, 1969. 12 참조.
   오세영, 「生命派 研究」, 『國文學論集』11집, 단국대학교, 1983. 1 참조.
   정한숙, 『現代韓國文學史』, 고려대학교출판부, 1982, 239~240면 참조.
   조동일, 『한국문학통사 5』, 지식산업사, 1988, 404면 참조.
   조연현, 『韓國現代文學史』, 성문각, 1985, 506면 참조.
2) 서정주, 「詩人部落」, 『思想界』 9권 10호, 1960. 2.
   서정주, 「咸亨洙의 追憶」, 『現代文學』 98호, 1963. 2.

받아들인다면, 함형수는 <해바래기의 碑銘>을 지은 시인이라는 촌평을 제외하고는 달리 기억될 만한 시사적 의의를 지니지 못하였다는 논평이 도출될 수 있다. 한편, 함형수의 詩作 생애를 바탕으로 이루어진 몇몇 연구들도 그의 인생 역정과 관련지어 각 시기의 분할에 따라 그의 시가 변모를 보인 것으로 고찰한 것이 일반적이었다.[3] 그리고 문학사의 서술들 역시 함형수가 『시인부락』 동인이었다는 유파적 성격을 강조하면서 그의 시 중에서 특히 <해바래기의 碑銘>을 중심으로 그가 생명파의 양상을 드러낸 것으로 평가하는 데에 치우쳐 왔다.[4] 이는 함형수 시인이 이른바 서정주류의 생명파 『시인부락』에서 그 주변적 인물로 거명되는 데 그쳤던 것을 의미한다.

그러나 함형수는 그의 시편 속에서 그 나름의 또 다른 시적 개성을 드러내고 있다. 함형수의 일련의 시편들에는 화자인 소년의 순진성으로 1930년대의 유폐된 상황이 아이러니컬하게 그려지는 한편, 인간의 삶이 엇갈리는 모순성과 극한 상황에 처한 비극적 세계 인식이 형상화되어 있다.

한 시인의 작품을 그의 격렬하고 심각한 인생 편력을 통하여 변신하는 양상을 각 시기별로 고찰해보는 것은 필요한 작업이다. 그러나 한편으로 한 시인의 다양한 시적 체험 속에서 어떤 일관된 특성과 시정신의 흐름을 파악해내는 작품론적 연구는 그 정신사적 의의를 해명하는 데 반드시 필요한 작업이라고 판단된다. 이에 본 연구는 함형수의 전 작품[5]을 대상으로 그의 시에

---

3) 김선학, 「咸亨洙 詩 硏究」, 『東慶語文論集』 2집, 동국대학교, 1986.
   조규익, 『해방전 만주지역의 우리 시인들과 시문학』, 국학자료원, 1996.
   권택우, 「咸亨洙 詩 硏究—시적 변모과정을 중심으로—」, 『韓國文學論叢』14집, 한국문학회, 1993. 11.
   최현주, 「외상과 성장의 시학 —咸亨洙論—」, 『태릉어문연구』8집, 서울여자대학교, 1999. 7.
4) 정한숙, 앞의 책 참조.
   조동일, 앞의 책 참조.
   조연현, 앞의 책 참조.
5) 함형수의 시작품 목록은 다음과 같다. 본 논문에서는 다음 목록에 제시된 원전 그대로를 인용한다.
   <오늘 생긴 일>(『東光』, 1932.2) / <마음의 斷片>(『東亞日報』, 1935.1.25) / <손구락>(『東亞日報』, 1935.2.5) / <담뇨>(『東亞日報』, 1935.2.5) / <寸鐵集—1.기러기 2.村길 3.담배 4.마도로쓰파이푸 5.어머니 6.三面記事 7.詩>(『東亞日報』, 1935.3.5) / <마음의 초불>(『朝鮮日報』,

내재되어 있는 그 특유의 시정신을 구명해보고자 하는 것이다.

실제로 함형수의 시에는 감상적 낭만성, 경향파적 경향, 순수시적 서정, 그리고 모더니즘적 취향 등이 다양하게 형상화되어 있다. 이러한 성향은 그가 어떤 사조적 유파적 바탕을 가지고 詩作한 것이라기보다는 당대의 절박했던 생활 체험과 순진성을 동경하는 詩心을 개성적으로 표출한 것이라고 볼 수 있다.

함형수의 시를 분석적으로 평설하기 위하여 본 연구는 1930년대 한국문학이 일제 강점의 가장 암울한 현실 상황에 처해 있었던 특수성을 감안하고, 이와 함께 당대의 사회 현실에 연관된 함형수의 내면세계와 시의식을 고려하고자 한다. 이 관점은 비평가가 역사학자로부터 도움을 받을 수 있는 모든 것은 한껏 받아들일 필요가 있다[6]고 한 신비평가 C. 브룩스의 언급이 문학 작품을 총체적으로 파악하려는 입장에서 타당하다고 보았기 때문이다. 특히 함형수의 시에는 인간의 현실적인 삶이 냉혹한 對極性에 의하여 이루어져 있다는 인식이 보편적으로 자리잡고 있다고 할 수 있다. 이 점에서 그의 시는 아이러니를 본원적 특성으로 간직한 것으로 판단된다. 왜냐하면 아이러니는 순진성을 가장하여 인생과 세계에 대한 의미와 진실을 객관적으로 표출하는 모순과 충돌의 시정신을 지니고 있기 때문이다.[7] 이에 따라 그의 시

1935.3.9) / <塑像>(『朝鮮日報』, 1935.4.12) / <車中快走 스켓치>(『朝鮮日報』, 1935.8. 2) / <九月의 詩>(『朝鮮日報』, 1935.9.4) / <해바래기의 碑銘>(『詩人部落』, 1936.11) / <螢火>(『詩人部落』, 1936.11) / <紅桃>(『詩人部落』, 1936.11) / <그애>(『詩人部落』, 1936.11) / <少年行−무서운 밤, 조개비, 骸骨의 追憶, 回想의 房, 幽閉行, 소 있는 그림, 父親後日譚>(『詩人部落』, 1936.12) / <高麗磁器頌>(『三千里』, 1937.1) / <黃昏의 아리나리曲>(『三千里』, 1937.1) / <白衣詞−'爲舞踊'>(『三千里』, 1937.1) / <소년행−星夜, 求花行, 蜃氣樓, 橋上의 少女, 自轉車上의 少年, 어떤 愛史略>(『子午線』, 1937.11) / <New Arabian Night>(『批判』, 1939.9) / <마음>(『東亞日報』, 1940.1.5) / <正午의 모랄>(『滿鮮日報』, 1940.6.30) / <家族>(金朝奎 編, 『在滿朝鮮詩人集』, 1942.10) / <化石의 고개>(『在滿朝鮮詩人集』) / <개아미와 같이>(『在滿朝鮮詩人集』) / <蝴蝶夢>(『在滿朝鮮詩人集』) / <나의 神은>(朴八陽 編, 『滿洲詩人集』, 길림, 제일협화구락부, 1942) / <歸國>(『滿洲詩人集』) / <나는하나의손바닥우에>(『滿洲詩人集』) / <悲哀>(『滿洲詩人集』)

6) Rene Wellek, *Concepts of Criticism*, Yale University Press, 1973, 7면 참조.

7) Cleanth Brooks, and R. P. Warren, *Understanding Poetry*, New York : Holt Rinehart & Winston, 1976, 557면 참조.

적 특성과 정신은 아이러니의 방법론을 통하여 구명되는 것이 최선이며, 함
형수 시인에 대한 시사적 평가도 이에 준거하는 것이 타당할 것으로 생각된
다. 본 연구는 이러한 전제 아래, 함형수의 시가 어떠한 시적 체험을 통하여
그의 시정신의 개성을 드러내고 있는지를 해명해보고자 한다.

2. 상처 입은 영혼의 순진성 아이러니

함형수는 詩作의 초기에서부터 소년으로 돌아간 화자의 시적 상상력을 통
하여 자연에 대한 친화감과 순수와 생명에 대한 동경을 표출하고 있다. 이
유형의 작품에는 2종의 연작시가 있다. 한 종류는 詩題 '少年行'에 별개의 제
목을 각각 단 13편의 시이고, 다른 종류는 '少年行抄'라는 副題가 붙은 3편의
개별 시이다.[8] 이 작품들은 모두 소년의 눈을 통하여 유년 시절의 경험과 절
박한 상황을 묘사하거나 어린 시절의 추억을 시화하고 있다.

> 논두렁에 잠뱅이를 적시고 개울물에 발을 적시고 어두운 잔디밭을 조
> 오그만 가닥손을 취여 든채 少年은 그저 하눌만 처다 보고 달렸다.
> 파아란 반딧불 그것은 움지기는 또다른 별이엿다.
>
> — ＜螢火＞ 전문

> 내만 집 안에 있으면 그애는 배재밖 電信ㅅ대에 기댄채 종시 드러 오
> 질 몰하였다.

D. C. Muecke, *Irony*, London : Methuen & Co Ltd, 1970, 46～48면 참조.

I. A. Richards, *Principles of Literary Criticism*, London : Routledge & Kegan Paul, 1955, 249～
251면 참조.

8) 연작시 '少年行'의 작품 — ＜무서운 밤＞, ＜조개비＞, ＜骸骨의 追憶＞, ＜回想의 房＞, ＜幽閉
　行＞, ＜소 있는 그림＞, ＜父親後日譚＞, ＜星夜＞, ＜求花行＞, ＜蜃氣樓＞, ＜橋上의 少女＞,
　＜自轉車上의 少年＞, ＜어떤 愛史略＞
　副題 '少年行抄'가 붙은 작품 — ＜螢火＞, ＜紅桃＞, ＜그애＞

바삐 바삐 쌔하얀 운동복을 가라닙고 내가 웃방문으로 도망치는 것을 보고야 그애는 우리집에 드러갔다.

인제는 그애가 갔을쯤 할때 내가 가만히 집으로 드러가 얼골을 붉히고 어머니에게 무르면 그애는 어머니가 권하는 고기도 안넣은 시라지 장물에 풋콩 조밥을 마러 맛 있게 먹고 갔다고 한다.

오랫 만에 한번 식 저의 어머니의 신부럼으로 우리 집에 오든 그애는 우리집에 오는 것이 조왔나? 나뺐나?

퉁퉁한 얼골에 말이 없든 애 – 그애의 일홈은 무에 라고 불렀더라?

– <그애> 전문

추억 속에 영상으로 떠오른 유년 시절의 동경과 꿈의 세계가 시화된 <螢火>, <그애>, <조개비와 소 있는 그림>, <蜃氣樓> 등에는 어떠한 관념이나 의식, 비유마저 배제된 순수 이미지가 나타난다. <螢火>에는 파란 반딧불, 즉 꿈과 이상의 세계를 향해 잠방이를 적시고 개울물에 발을 적시는 소년의 순진무구한 모습이 묘사되어 있다. 꿈과 이상의 상징인 '별'을 바라보고 달리는 소년의 모습은 보는 이로 하여금 한없는 그리움과 향수를 느끼게 해준다. 어린 시절 어머니의 심부름으로 집에 오던 '그애'에 대한 수줍은 추억을 꾸밈없이 표현한 <그애>는 퉁퉁한 얼굴에 말이 없던 소녀의 부끄러워하는 모습이 정답게 그려져 있다. 그 당시의 어려운 형편이 고기도 안넣은 장물에 풋콩 조밥을 마러' 맛있게 먹는 소녀의 모습으로 표현되어 있음은 함형수 시의 묘미를 보여준다. 1930년대의 냉혹한 분위기를 소년의 순진무구한 정서로 형상화한 이 시편들은 진실과 순수함을 꿈꾸는 인간의 보편적이고 근원적인 향수를 불러일으킨다.

– 이애들아 鐵路뚝에 白骨이있다.

山아래의몇名의少年이외치는소리에五六名의少年은뛰기도바뿌게山을 나려왔다. 모아선少年들의나무꼬쟁이끝에서노름깜人形보다도값없든頭蓋骨. 그리고두다리면푸석푸석나려앉든棺널. 한名의少年은아직채썩지도안

흔누ㅡ런머리채를꼬쟁이끝에휘감어가지고淺薄한物理까지풀었다.

　　ㅡ 이건 젊은계집의 白骨이겠다.

　　天眞하고도철없는少年들의머리에는記憶도苦惱도남기지안했다. 시껌은
눈섭밑으로늘고개를떠러트리고어두운생각에파무처있든한名의少年을내
여놓고는.　쓸쓸한郊外의停車場앞에서산三錢어치의엿은의좋게난호와들먹
었다.

ㅡ <骸骨의 追憶> 전문

　　<骸骨의 追憶>은 함형수가 지향했던 아이러니의 방법론이 잘 드러나 있
다. 서정주는 함형수와 『시인부락』을 창간하면서 '入棺' 당한 것 같은 당대
의 상황 속에서 세상 영문 모르며 뛰노는 아이들의 모습을 '出獄 直後의 장
발장'과 같은 행색으로 함께 지켜보았던 옛 일을 회상한 바 있다.9) <骸骨의
追憶>은 소년의 모습을 통하여 평화로운 세계를 꿈꾸었던 상처 입은 영혼인
함형수의 시상을 잘 보여주는 한편, 천진난만한 소년들의 모습과는 반대로
현실의 비참한 상황이 대조되어 모순된 현실을 폭로하는 순진성(naiveté) 아이
러니10)가 극적인 묘미를 보여주고 있는 작품이다.

　　이 시에는 아이들이 철로 둑에서 기차에 치여 널브러져 있는 '骸骨'을 발
견하고 마치 '노름깜人形'처럼 가지고 놀다가 시체에서 이것저것을 주워 엿
을 바꾸어 먹었다는 추억이 시화되어 있다. '骸骨'과 '追憶'이 결합된 제목에
서부터 묘한 아이러니가 발생한다. '노름깜人形보다도값없든頭蓋骨'은 동시
대 군상들의 모습을 단적으로 표상한다고 볼 수 있다. 그런데 "天眞하고도철
없는少年들의머리에는記憶도苦惱도남기지안했다."는 것이다. 오히려 아직 채
썩지도 않은 누런 머리채를 꼬쟁이 끝에 휘감으면서 '노름깜人形'으로 대신

---

9) 서정주, 「天地有情 ㅡ내 詩의 遍歷」, 『徐廷柱文學全集』3, 일지사, 1972, 188면.
10) Alex Preminger, *Princeton Encyclopedia of Poetry and Poetics*, New Jersey : Princeton University
　　Press, 1974, 407면.

할 뿐이다. 소년들의 천진난만한 얼굴과 '노름깜人形보다도값없든頭蓋骨'은 당대 한국인의 무가치한 죽음과 사고가 정지된 삶을 영위하는 일그러진 상황이 아이러니컬하게 그려진 것이다. 이러한 순진성 아이러니는 "쓸쓸한郊外의停車場앞에서산三錢어치의엿은의좋게난호와들먹었다."는 마지막 구절에 이르러 그 대조의 효과가 극에 이르게 된다. 이때 '시껌은눈섭밑으로늘고개를떠러트리고어두운생각에파무쳐있든한名의少年'은 시적 자아인 함형수 자신으로 볼 수 있다. 이처럼 <骸骨의 追憶>은 천진난만한 소년의 추억을 통하여 현실의 비애와 일그러진 역사에 대한 비판이 이루어지고 있는 함형수의 개성 있는 작품이다.

고기와 꽃과 보리이삭과 그의 여러 가지 보배를
어머니는 깨여진머리에 이고 거러오셨다.
인제 어머니는 눈을 가슴속에다 박으셨다.
눈물이 기쁨에서 오는눈물이 작고만 흐른다.

휘황한 電燈밑에서 누이는 밤마다
붉은알 푸른알 힌알 노-란알을 굴리느라고 눈길이 異常하여졌다
오늘 누이는 大理石 돌층계에서
競走練習을 한다.
돌층계 밑에 떠러저있는
찢어진 찬송가와 때묻은 「항케치」

風車와 연과 팽이와 그리고 노래와 춤을
동생은 작고 만든다
동생의 사랑은 샤기-르와 그리고 나와
어머니와 누이와 이외에도 기수없다.
동생은 해를 처다보고
웃는다 웃는다.

— <家族> 전문

　이 시는 함형수가 그의 가족을 주 모티프로 하여 당대의 곤궁했던 상황을 시화하고 있다. 고기와 꽃과 보리이삭 등 여러 가지 보배를 깨어진 머리에 이고 오는 어머니는 기쁨의 눈물을 흘린다. 고기와 보리이삭은 생존을, 꽃은 사랑을 상징한다. 이 보배들을 깨어진 머리에 이고 오는 어머니의 모습을 함형수는 <어머니>에서 '영원한 存在'로 상징화하고 있기도 하다. 누이는 근대 사회의 상징이라고 할 수 있는 '휘황한 電燈' 밑에서 밤마다 '붉은알 푸른알 힌알 노-란알'을 굴리는 노동을 하느라 '눈길이 異常'해졌다. 힘든 노동으로 살아가는 누이의 생활이 돌층계에서의 '競走練習'으로 희화화되어 있다. '찢어진 찬송가와 때묻은 항케치'는 누이의 상처 입은 영혼과 더럽혀진 꿈을 제시해주는 객관적 상관물이다. 어린 동생은 風車와 연과 팽이를 끊임없이 만들고 노래를 하고 춤을 추며, 어머니와 누이 그리고 '나'에게 사랑을 나누어주고 있다. "동생은 해를 처다보고 / 웃는다 웃는다."라는 마지막 구절은 어머니와 누이의 슬픈 생존과 대조되어 아이러니컬한 효과를 낳고 있다. 어머니의 깨어진 머리에 흐르는 기쁨의 눈물과, 사랑을 만들며 천진난만하게 웃는 동생의 얼굴은 순진성 아이러니에 의한 비애를 극적으로 표출해준다.

3. 유폐된 상황에서의 절망과 저항의 아이러니

　함형수는 누구보다도 파란만장하고 절박한 상황 속에서 일제 강점기를 보낸 비운의 시인이다. 그가 지어낸 일련의 시편들에는 그의 어두운 기억과 체험들이 녹아 있다. 함형수의 시를 해독하기 위해서 필요한 인생 역정과 이력들은 대부분 서정주의 글에 드러나 있다. 서정주는 함형수의 문학적 초상에 대하여 <詩人 咸亨洙 小傳>이라는 시를 지은 바 있다. 이 작품에는 함형수의 시를 이해하는 데 도움이 될 시적 생애가 잘 그려져 있다.

  (千九百四十一年 正月, 零下三十餘度의 어느날밤 / 滿洲帝國 龍井村의
치운 내 下宿房에 찾어와서 / 나를 끌어안꼬 딩굴며 / "이 새쓰개(미친사람
이란말의 咸鏡道 사투리)야!" 소리치며 / 울음으로 웃고있던 詩人 咸亨洙.
/ 이때 滿洲帝國 圖們小學校의 敎師였던 / 그 咸亨洙의 略傳은 대략 아래
와같다.)

  1935년 4월 / 서울 中央佛敎專門學校 新入生으로 / 곱쓸곱쓸 윤나는 기
인 머리털에 / 역시나 윤나는 우아래 곱쓸수염에, / 오렌지빛 양말이 잘 드
러나는 바지를 입고 / 까치같은 웃음소리를 잘 내는者가 있어서, / 친구하
자고 내가 그뒤를 따라나섰더니, / 城北洞골짜기의 호젓한 그의下宿으로
가는 길 / 그는 그의 호주머니의 하모니카를 꺼내 / 도리고의 세레나데를
신나게 불며 가고 있었다. / 나이를 물어보니 / 그는 나보다 한살 아래인
열아홉살. / 詩는 / 뚜르게네프의 散文詩와 오오마 · 카이dia의 루바이얕, /
에즈라 · 파운드를 좋아하고 / 또 자기껏도 쓰지만, / 지금은 우리 趙澤元
이의 춤을 더 좋아하기 때문에 / 朝鮮日報에 내기로하고 / 그의舞踊評을
한페이지분 쓰고있는중이라고 했다.

  그의房에 들어가서 한참 있다가 / 내가 인삿말로 / "食口들은?"하고 한
마디 물었더니 / 그는 나를 뚫어져라고 한바탕 쏘아보고는 / 그의 校服저
고리의 안호주머니께를 / 내눈에 바짝 가까이 대 보여 주었는데, / 자세히
보니 거기는 / 바늘실로 꽁꽁 잘 꿰매여 / 密封이 되어 있었다. / 그는 말했
다. ― / "咸鏡道의 獄中에서 돌아가신 아버지가 / 내게 남긴 遺書가 이속에
있다. / 허지만 이건 남에겐 보이지 안는다. / 내어머니는 지금 / 豆滿江가
의 南陽에 사시면서 / 다리 건너 滿洲 圖們에 드나들며 / 돼지 순대같은걸
팔어 / 매달 16원씩 내학비를 보내주신다."

  1936년 11월에 / 그는 나와함께 同人誌 詩人部落을 創刊했는데, / 1937
년 내가 서울을떠나 放浪하고 있던 때엔 / 下宿費를 댈길도 끊어져버려서
/ 한끄니 十錢짜리 제일 싼 요기를하며 / 勞働者共同宿泊所에 끼어 새우
잠을 자고 지내다가 / 滿洲帝國 間島省으로 들어가 / 小學校 敎師 시험을
치뤄 合格했다고 한다.

　　그뒤 그는 / 滿洲 떠돌이의 流浪劇團의 / 한 女俳優를 골라 서로 사랑했
고 / 또 헤여지기도 했다고 하는데, / 1941년 龍井에서 우리가 만났을때에
도 / 그 이얘기엔 영 아무 대답도 하지않어서 / 나도 그저 모를뿐이다.

　　들으면 / 1945년 8월 15일 解放이 되자 / 서울로 서울로만 모여들던
그 超滿員의 解放列車의 / 機關車위의 한자리를 겨우 얻어 끼어 타고 /
우리를 만나러 서울로 오다가 / 失足해 미끄러져내려서 박살나 죽었다
고 하는데, / 참 아팠을것이다! / 그래도 까치같이 웃고 죽어 갔느냐 / 亨
洙야!!11)

　　<幽閉行>, <父親後日譚>, <回想의 房> 등에는 암울한 시대 상황과 유폐
된 현실에 처해 절망적인 모순감을 체험했던 시적 상황이 아이러니컬하게
표출되어 있다.

　　집도고향도아모것도잊어버리고少年은그저그저어려운alphabet의우을독
수리눈처럼달렸다.　조―그만쇠ㅅ그믈窓의하눌에도쪼각구름이지나가고.
밤이되면파―란별이뜨고봄이지나가고여름이지나가고가을이지나가고겨
울은지나갔으나.　少年은불상한少年의어머니가그다닥때앉은까아만니불속
에서괴로운목소리로몇번이고몇번이고少年의일홈을마지막부르난것도.　또
하나의푸른囚衣를닙은낮서른少年의아버지가默默히머리를숙여눈물겨운
그의歷史를더듬난것도몰랐다.

― <幽閉行> 전문

　　<幽閉行>에는 깊이 감추어 두었던 소년의 어린 시절의 기억이 시화되어
있다. 쇠그물 창에 갇혀 아무런 저항도 하지 못한 채 소멸되어 가는 삶을 돌
이키며 눈물겨운 과거의 역사를 더듬는 고독한 아버지, 밤과 낮, 계절의 흐
름과는 관계없이 무의미한 시간의 반복 속에서 무의미한 알파벳을 외우고
있는 소년, 이 닫힌 현실 속에서 몸부림치는 어머니의 모습 등은 일제 강점

---

11) 서정주, <詩人 咸亨洙 小傳> 전문, 『시와 시학』5호, 1992. 봄.

기의 절박한 상황에 처해 있었던 한국인의 모습이기도 하다.

이처럼 함형수의 시편 중에서 일제 강점기의 암울한 상황을 표현하고 있는 작품들은 대부분 유폐된 상황을 직접적으로 제시하기 위하여 띄어쓰기를 하지 않고 산문적인 시어를 사용하고 있다. 이것은 암울하고 유폐된 상황의 단면을 제시하기 위하여 관념을 이미지화하려는 특유의 시적 장치라는 점에서 매우 적절한 효과를 보이고 있다.

> 조─그만房안에가친채시껌은눈섶밑으로눈시울을異常하게번뜩이시며 아버지는每日몬테크리스트라는길다─란小設을읽으셨다. 먼─放浪의路程 에서받은것은무서운波勞와깨여진神經과그리고어두운追憶. 갈곧도맞날사 람도인제는없었다.
>
> ─ <父親後日譚> 전문

이 시에는 무거운 피로와 어두운 추억으로 흐트러진 채 또 한 사람의 몬테크리스트가 되어 탈출을 시도하는 아버지의 모습이 회상되고 있다. 먼 방랑의 路程에서 囚人이 되어 있는 아버지는 분노와 항거의 눈빛을 지녔지만 괴로움과 무력감 속에 빠져 헤어나지 못하고 있다. 아무런 희망도 꿈도 찾을 수 없는 암울한 현실에서 가족에게 가학을 일삼던 아버지의 모습은 다른 한 편으로 일제 강점기에 가족을 책임질 수 없게 되어 고통이 파급될 수밖에 없었던 가장의 한 단면을 잘 전달하고 있다. 아버지의 비정상적인 모습을 꾸밈없이 시화하고 있는 함형수의 일련의 시편들은 당대의 시대 상황에 비추어 볼 때 리얼리티를 확보하고 있다.

> 찢어진문풍지로쏘아드러오는차디찬바람에남포ㅅ불은몇번이고으스러 젓다가는다시사러나고. 어두운불빛아래少年은몇번이고눈을감고는蒼白한 過去를그리고暗澹한未來를낫고부시려애썻다. 어지러운四壁은괴롭디괴로 운沈默속에잠기고. 半이나열려진채힘없는숨을쉬는어머니의입술. 少年의 얼골은苦痛으로가득찼었고. 少年의두눈은殺氣를띠고빛났다. 아아하로ㅅ

동안의고달픈勞慟의波勞는그래도어머니에게不自然한熟睡를가저왔으며.
가엾은어머니의간난이는지금은시드러버린어머니의젖꼭지도잊어버리고
귀여운꿈가운데서天眞한그얼골에깃벗든일슬펏든일두나절의光景을쫓고
있었다.

— <回想의 房> 전문

<回想의 房>에서도 비참한 현실을 칙칙하게 채색하면서 이와는 대조적으로 아가의 천진한 얼굴을 묘사하여 시적 효과를 높여주고 있다. 생활고에 시달려 고달픔으로 지쳐 있는 어머니, 그 고통으로 창백한 과거를 기억하고 또다시 암담한 미래를 지우며 殺氣를 띤 눈빛을 머금고 있는 소년, 이와는 아랑곳없이 '天眞한그얼골에깃벗든일슬펏든일두나절의光景을쫓고' 있는 간난이의 모습은 당대의 비참했던 상황을 심각하게 드러내고 있다. 분노 어린 소년의 눈빛과 천진난만하게 꿈속을 헤매고 있는 아가의 얼굴로 그 비애는 한층 더 깊어진다. <蝴蝶夢>에서도 시적 자아는 밤의 유폐된 공간 속에서 퍼덕이는 '피묻은 한 마리의 蝴蝶'으로 형상화되어 있다.

4. 생의 콘트라스트에 직면한 인간 존재의 아이러니

아이러니는 그 자체에 모순 충돌하는 요소를 모두 수용하여 시의 효과를 높인다.[12] 그래서 아이러니는 단순한 시의 기법이라기보다는 현대의 불안한 정신 풍토 속에서 시의 존재 의의를 확보할 수 있는 방법론이라고 볼 수 있다. 함형수의 시에는 현실적 상황과 이를 마주하는 시적 자아의 내면 의식이 모순 충돌하는 체험이 들어 있다. 인생과 세계에 대한 성찰이 아이러니에 의한 방법론으로 시화되어 있는 것이다.

---

12) I. A. Richards, 앞의 책, 250면 참조.

> 나의 무덤 앞에는 그 차거운 碑ㅅ돌을 세우지 말라.
> 나의 무덤 주위에는 그 노오란 해바래기를 심어 달라.
> 그리고 해바래기의 긴 줄거리 사이로 끝 없난 보리 밭을 보여 달라.
> 노오란 해바래기는 늘 太陽 같이 太陽같이 하던 華麗한 나의 사랑 이
> 라고 생각 하라.
> 푸른 보리 밭 사이로 하눌을 쏘는 노고지리가 있거든 아직도 나러 오
> 르는 나의 꿈이 라고 생각 하라.
>
> — 靑年畵家L을爲하야 —
> — <해바래기의 碑銘> 전문

<해바래기의 碑銘>은 『시인부락』 동인으로 적극적으로 활동했던 함형수의 시사적 행적과 더불어 『시인부락』의 선언문과 같은 구실을 한,[13] 다시 말하면 세칭 생명파라는 유파적 특성이 드러난 시로 평가되어 왔다. 그러나 이 시는 인간의 생명과 운명 자체를 탐구한 작품이라기보다는 '무덤'으로 상징화된 현실적 상황을 초월하려는 함형수의 시적 진지성이 발휘된 작품이라고 볼 수 있다.

<해바래기의 碑銘>은 죽은 '靑年畵家L'을 애도하는 시적 자아 '나'의 내면의식이 순수한 열정으로 형상화되어 있다. "나의 무덤 앞에는 그 차거운 碑ㅅ돌을 세우지 말라."로 시작되는 <해바래기의 碑銘>은 생명력 없는 '차거운 碑ㅅ돌'을 강력하게 거부하면서, 생명의 상징인 '노오란 해바래기'를 무덤의 碑銘으로 심어 달라고 촉구하고 있다. 비명을 새긴 비석 자체를 부정함으로써 죽은 이의 영혼의 염원을 읊는 아이러니가 표출되어 있다. 여기서 '생명'이란 인간 존재의 가치를 상징하는, 사랑과 꿈의 세계를 이상적으로 펼칠 수 있는 생동감과 약동의 원천으로 풀이할 수 있다.

向日性을 지닌 해바라기와 수평적으로 넓게 펼쳐진 보리밭, 푸른 보리밭 사이로 하늘을 향해 줄기차게 날아오르는 노고지리 등은 모두가 성성한 생명을 상징한다. 푸른 보리밭의 풍요로움, 하늘로 곧게 뻗어오른 노란 해바라기

---

13) 조동일, 앞의 책, 404~405면 참조.

의 밝음과 따뜻함은 현실에서 구할 수 없었던 함형수의 정열적인 사랑과 꿈을 펼쳐 보인 이상의 세계이다. 이 시에서 '노오란 해바래기'는 태양과 같이 정열적인 사랑을 지닌 시적 자아를 상징하며, 푸른 보리밭 사이로 '하눌을 쏘는 노고지리' 역시 꿈과 이상을 간직한 채 소년적인 정열의 세계를 갈구하고 있는 그 자신이라고 볼 수 있다. "죽음의 끝모를 深淵이 향일하는 밝음과 대조되어 直觀的인 아름다움으로 나타나"[14] 있다고 평가된 바 있는 이 시는 하늘을 향해 날아오르는 노고지리의 강렬한 이상과 꿈을 절실하게 느끼게 해준다.

죽음의 상징인 '차거운 碑ㅅ돌' 앞에서 희망에 대한 의지를 강하게 표출하고 있는 이 작품은 각 행마다 명령형 어미를 사용함으로써 더욱 그 강렬함을 더하고 있다. 이 시에 대하여 현실과 밀착되지 않은 들뜬 희망은 그 반대인 무조건의 절망으로 쉽사리 바뀔 수 있다[15]고 한 논평이 있는데, 이는 시의 기본 정신이라고 할 수 있는 낭만주의의 창조성을 배제한 의견이라 할 수 있다. 현실의 억압과 고통이 가중되면 될수록 이를 이겨내려는 정신의 힘이 더욱 강해지는 것이 바로 시가 지닌 무한한 생성의 힘이기 때문이다. 이와 관련하여 <해바래기의 碑銘>이 생명으로 가득차 있는 사랑과 꿈의 세계를 묘사함으로써 식민지 시대의 문학을 특징짓는 상상의 패러독스라는 차원 높은 기법으로 황폐한 세계의 인간들에게 원천적인 향수를 불러일으켰다[16]는 논평은 이 시의 이해를 돕는 평가라고 판단된다.

> 그少女가뜨거운가슴을가슴을하고저자거리에미처서헤맬때는그少年은
> 무겁디무거운嚴肅을직혓고그女子가나에게孤獨을靜寂을하고깊은山속의사
> 람이되였을때에는
> 　그靑年은불붙는救愛와焦燥에탓다.
>
> 　　　　　　　　　　　　　　　　　　　　　　　　　― <어떤 愛史略> 전문

---

14) 정한숙, 앞의 책, 239면.
15) 조동일, 앞의 책, 405면 참조.
16) 김시태, 「문학사의 미아를 찾아서 ―함형수― 예술적 저항과 좌절」, 『문학과 비평』3호, 1987. 가을, 176면 참조.

이 시는 남녀의 사랑이 묘한 마음의 조화로 서로 만나지 못하고 비껴가는 인간사의 한 단면을 아이러니컬하게 토로하고 있다. 과거에 '少女'가 열정과 분방함으로 '少年'에게 사랑을 호소했을 때 소년은 점잔을 부리며 엄숙을 지킬 뿐이었다. 시간이 흘러서 시적 자아인 '靑年'이 초조하게 구애를 해보지만 그 여자는 정숙하게 침묵으로 응대하고 있다. 소녀와 소년, 여자와 청년의 사이에서 빚어지는 사랑의 아이러니라고 할 수 있다. 다소 관념적이지만 '어떤 愛史略'은 '어떤 人間史略'으로도 확대되어 상징화될 수 있다. 어찌 보면 인간의 삶이란 이렇게 비껴가는 수레바퀴를 타고 가는 것인지도 모른다. 일치하지 못하고 비껴가는 거리를 인식하면서 그 거리를 합치시키고자 꿈꾸는 것이 인간의 삶이라면, 이러한 인간사의 아이러니를 잘 그려낸 것이 <어떤 愛史略>이라고 할 수 있다.

이미 만낫스면 다시 갈러지리라.
떠낫으면 언제나 도라오리라.
오 어디서 오는 信仰力인가.
우리 다만 마음속으로 기다리리라.

또한 낮선 異邦사람처럼
우리 그저 스치고 지나가리라.
항시 입은 다므러 버리리라.

부러오는 無常의 바람이어.
비와 같이 쏟아지는 感情의 落葉이어.
우리 다만 마음속으로 생각하리라.
종시 울지는 안흐리라.

오 가이없는 虛無의 沙漠.
어두운 運命의 하늘이여.
우리 필경 아모것도 모르리라.

― <마음> 전문

인간은 누구나 자기 마음의 중심을 갖고 싶어한다. 그런데 인간의 마음이란 자신도 알 수 없는 마음의 강물에 떠다니게 된다. 함형수는 <마음>에서 만나면 헤어지게 되고 떠나면 돌아오게 되며, 사랑했던 사람을 낯선 이방인으로 스쳐 지나가게 되는 인간의 삶을 無言의 아이러니로 명상하고 있다. 인간의 마음이란 방랑하는 바다의 물결과 같아서 한 번 흘렀던 마음의 강물은 돌아오지 않는다. 아니 돌이킬 수가 없다. 시시각각으로 변화하는 마음은 인간을 喜怒哀樂에 휩싸이게 하고 또 파괴하게 한다. 함형수는 이러한 '마음'을 '無常의 바람' 또는 '虛無의 沙漠'으로 환치시키고 있다. 무상의 바람과 허무의 사막을 헤매는 인간의 마음은 실제 우리가 살면서 겪게 되는 신비적 경험이라고 할 수 있다. '運命의 하늘'과 같은 인간의 삶과 마음을 無念無常의 세계로 확장하는 아이러니를 보여주는 것이다. 사랑, 이별, 고통, 절망, 불안 등이 지나간 뒤에 사람들은 한숨을 내쉬며 자신에게 타이른다. 아무 일도 없었다고. 자신의 마음을 이렇게 '無'의 상태로 돌려버리는 인간 존재의 모순성은 우주적 아이러니[17]의 한 특징을 보여주기도 한다. 함형수는 <마음의 斷片>, <塑像> 등의 시에서도 인간 삶의 콘트라스트[엇갈림]에 대한 내면적 아이러니를 단순한 관념성으로 直逼하고 있다. 이러한 면은 특히 함형수의 시가 실존적 리얼리티를 확보하는 중요한 관건이라고 판단된다.

5. 한계 상황에 처한 비극적 운명의 냉소적 아이러니

함형수의 시 <개아미와 같이>, <나의 神은>, <나는하나의손바닥우에>, <正午의 모랄> 등은 시대의 고통과 절망적 상황을 경험한 시적 자아의 한계 상황과 비극적 운명이 냉소적으로 그려진 작품이다.

---

17) Alex Preminger and T. V. F. Brogan, *The New Princeton Encyclopedia of Poetry and Poetics*, New Jersey : Princeton University Press, 1993, 634~635면 참조.

개아미들이 몬지길을 기어가는 것처럼
뜨거운 거리의 애스팔트우에 사람은 넘처났으나
白紙의 한울에 太陽은 한개의 붉은 쇳덩어리처럼 空然하다.
악착한 市場과
大學室의 試驗管에 어두운 밤은 찾어와
제各各의 內部에서 理論과 苦痛이 달렸다.
개꼬리와 쥐꼬리의 差異만치
一定한 法律과 一定한 流行은
一定한 生活에 象徵되고,
사람은 사람이오 憂鬱은 憂鬱에 불과한 것이냐?
나무 풀은 쓸데없이 자라고,
시럽시 아이들은 울고,
女子는 帽子를 男子는 신짝을 찾고,
두터운 傳統의 眼鏡속으로 아버지는 조으럼오는
忠告를 느러놓을게다.

— <개아미와 같이> 전문

함형수는 <개아미와 같이>에서 근대인의 미미한 존재성을 개미로 상징화하여 표출하고 있다.[18] 뜨거운 아스팔트 위에 넘쳐나는 사람들은 마치 먼지 길을 기어가는 개미와 같이 무기력하다. 이 아스팔트를 쇳덩어리 같이 붉은 태양이 달구고 있다. 空然이 내리쬐던 태양이 지고, 삶의 현장인 시장과 학문의 전당이라고 하는 '大學室의 試驗管'에 밤은 찾아왔으나 사람들의 내부에서는 이론과 고통만이 달리고 있을 뿐이다. 법률과 유행을 따지며 살아가

---

18) 개미는 동양에서 근면, 덕행, 애국심 등의 상징이었다. 한국의 경우는 이러한 상징성 외에 미미한 존재를 상징하기도 하고, 부귀공명을 비판하는 의로운 삶을 상징하기도 했다. 고대 로마에서 개미는 농사와 풍요의 여신 케레스의 상징이었다. 그리고 한편으로는 모든 살아 있는 것 중에서 매우 허약하고 무기력하며 불길한 미물의 상징으로도 쓰였다. 서양에서 특히 '흰 개미'는 살인자, 파괴자, 또는 사리 사욕과 부당 이득을 취하려는 검은 마음의 상징으로도 쓰였다(J. E. Cirlot, *A Dictionary of Symbols*, London : Routledge & Kegan Paul, 1971, 14면 참조 / 韓國文化象徵辭典編纂委員會, 『韓國文化상징사전』, 동아출판사, 1994, 34~37면 참조).

는 일상생활은 '개꼬리와 쥐꼬리의 差異'와 같다. 사람들은 마치 개미가 쳇
바퀴 돌 듯 쇳덩어리 태양 아래 허덕이며 기어가고 있다. '개아미와 같이'
살아가는 사람들은 한없이 '우울'이라는 관념을 늘어놓을 뿐이다. 이처럼 함
형수는 <개아미와 같이>에서 근대 산업사회에서 피동적으로 살아가는 인간
군상들의 무기력함과 고통을 풍자적으로 묘파하고 있다. 이 작품에서 개미
가 神과 대비되는 허약하고 무기력한 인간 존재로 상징화되어 있는 것은 함
형수의 시적 개성을 잘 드러내는 대목이다. 한편, <나의 神은>은 영원한 존
재자인 신을 관념적 이미지로 표출하고 있는 작품이다.

멀-니 暗黑속을 뚤코오는 히미하나마 확실한 光線과갓치
아모리 衰弱한 肉體와 아모리 敗北한精神에게도
또하나의 門을 가르치는
나의神은 그런 慈悲의 神이리라

永遠使役에 떠러진 捕虜囚와도 갓치
불타는 情熱과 굿세인意志와 良心과 熱誠과
最後의 犧牲까지를 바처서 섬길지라도
오히려 우리를 疑心하고 채찍질하는
나의神은 그런 嚴格한 神이리라

地上에 사는 온갓것의 享樂과
地上에 사는 온갓것의 자랑과
地上에 사는 온갓것의 價値와
지상에 잇는 지상에 잇는 온갓 모-든것을 가지고도 바꿀수업는
나의神은 그런 高貴한 神이리라

해와 달과 별과
動物의 系列과
植物의 種類와
人類의 歷史와 이모-든 것을

　　單 한번의 憤怒로써 재가 되게할수잇는
　　나의 神은 그런 恐怖의 神이리라

– ＜나의 神은＞ 전문

　이 시에서 '나의 神'은 '慈悲·嚴格·高貴·恐怖'라는 관념의 상징으로 묘사되어 있다. 일반적인 신의 이미지에서 벗어나 이질적인 관념을 지닌 신으로 돌발적으로 결합되어 있다. 나의 신은 쇠약한 육체와 패배한 정신으로 암흑 속을 헤맬 때, 빛을 비추어 또 다른 문을 열게 해주는 자비의 신이다. 그러나 영원히 사역 당하는 포로와 같이 우리가 신을 향하여 정열과 의지, 양심과 열성, 최후의 희생까지 바쳐 섬길지라도 오히려 의심하고 채찍질하는 엄격한 신이다. 그리고 한편으로는 지상의 모든 향락과 자랑, 가치와도 바꿀 수 없는 고귀한 신이다. 그러면서도 우주의 해와 달과 별을 관장하며 온갖 동물과 식물 등 인류의 역사를 주재하며, 분노하면 이 세계를 한 줌의 재로 종말을 맞이하게 하는 공포의 신이기도 하다.

　이처럼 ＜나의 神은＞에서 '나의 神'은 자비하고 고귀하면서 엄격한 공포의 신으로 병치되어 있다. 즉 나의 신은 현실 세계의 부조리와 절망적인 모순에 맞서 싸우게 하는 존재이면서 다른 한편으로는 세계의 거대한 질서를 난폭하고 잔인하게 지배하는 냉혹한 對極性을 지닌 존재이다. 그래서 나의 신은 나에게 끝없는 혼돈을 던져주는 존재이다. 함형수가 신의 모습을 이렇게 병치 은유[19]로 조직해낸 것은 그 방법론에 있어서 신선감을 불러일으킨다. 이 시에서 형상화된 신의 모습은 당대의 불안과 절망으로 얼룩진 극단적인 한계 상황에서 신과 대면하여 이를 극복해보려는 시적 자아의 실존적 투쟁을 상징적으로 보여주기 때문이다.

　　나는 하나의 피투성이된 손바닥밋테 숨은 天使를 보앗다
　　時間의 魔術이여 物質이여 몬지 갓튼 感傷이여

---

19) P. Wheelwright, *Metaphor & Reality*, Bloomington：Indiana University Press, 1968, 70～91
　면 참조.

天使가 깨어나면 찢어진 空間을 내음새가 돈다
아름다운 皮膚의 湖水여 노래의 忘却者여 깨라
眞理의 빗치여 어두운 寢床이여 돌이여 눈물이여
나는 하나의 피투성이된 손바닥우에 異常스러운 天使를 보앗다
                          — <나는하나의손바닥우에> 전문

함형수는 <나는하나의손바닥우에>에서 시적 자아의 존재를 손바닥 위에 포위되어 있는 피투성이의 '異常스러운 天使'로 상징화하고 있다. 이 시에서도 나의 분신인 천사는 시간과 공간, 자연과 진리까지도 극복해보려는 투쟁을 해보지만 결국 피투성이로 신의 손바닥 위에 쓰러져 있는 비극적인 운명으로 제시된다.

모-랄은 웃는다 모-든 눈물뒤에서 / 모-랄은 운다 모-든 웃음뒤에서 / 모-랄은 怒한다 맷돌방아깐에서도 / 모-랄은 눕는다 曲馬團로-프에도

모-랄은 노래부르는 둑거비냐 / 모-랄은 노래하지안는 꾀꼬리냐

혹은 / 모-랄은 계란속의 都市計劃 / -계란을 삼킨 D孃의 주둥아리

눈을뜨면 나의책상우 / 그라쓰컵속에서 시름꽃이 운다 / 그라쓰컵우에서 구름이 돈다

聖母마리아의 悲哀속에서도 / 센트헤레나의 鬱憤속에서도 / 갈리데오의 디구에서도 / 뉴-톤의 능금에서도 / 그리스도의 수염에서도 / 李太白의 風內 가운데서도

또는 / K博士의 곰팽이긴 노-트속에서도 / 아-나의 깨여진 머릿속에서도 / -손톱눈에서도 / 찌그러진 나의아버지의 갓에서도 / 내음새나는 나의 어머니의 고무신짝에서도 / 얼눅진 N孃의 한가치에서도

또는 / 바람에 날려간 D老人의 帽子속에서도

눈을감으면 / 한업시 한업시 물러서는 焦點과 / 무한히 버러지는 視野
와 / 수업시 수업시 交錯되는 애-테르와

오- 어디에서도 / 무수히 무수히 / 지절거리고 / 不平하고 / 싸히고 / 밀려
드는

모-랄모-랄 ……

– <正午의 모랄> 전문

<正午의 모랄>은 함형수의 체험적 세계 인식과 아이러니의 시정신을 잘 보여주는 작품이다. 일반적으로 정오는 시간의 바다로 가정해본다면 넓은 바다의 한가운데, 즉 세상의 모든 생명이 가장 충일한 생명력으로 약동하고 있는 시간으로 상징된다.[20] 그런데 이 시에서 정오라는 시간은 수없이 전개된 '모랄'의 혼돈이 쌓이고 쌓여 더 버틸 수 없게 된 극단적인 한계 상황으로 상징화되어 있다.

'正午의 모랄'은 모든 슬픔에 조소하고 모든 기쁨에도 弔喪한다. 그리고 맷돌 방앗간에서도 분노하고 곡마단의 재주도 곱게 보아주지 않는다. 그런데 이 '正午의 모랄'은 '계란속의 都市計劃'과 같이 편협하고 부조리한 속성을 가지고 있다. 그러면서도 종교, 문화, 과학, 전통, 현실적인 삶의 냉혹성 등에 대해서도 개입하여 끊임없이 따지고 불평하며 부정하고 반항하는 아이러니를 보여준다. '正午의 모랄'은 '나'의 초점과 시야를 흐리게 하고 교착시켜 자아 분열의 혼돈 상태에까지 이르게 한다. 이 시에서 당대를 뒤흔들고 있는 '正午의 모랄'의 실체란 무엇인가. 어떤 논문에서는 이 시가 모더니즘을 수용한 함형수가 인간성 해방을 문제삼고 있는 작품이라고 논평한 바 있다.[21] 그런데 이 작품에서 '모랄'을 단순히 도덕성으로 풀이하여, 인간을 구

---

20) J. E. Cirlot, 앞의 책, 354~355면 참조.

속하는 도덕성으로부터 해방을 종용하고 약동적인 생명의 힘을 회복하려는 것으로 해석하게 되면 이 시가 지니고 있는 관념의 상징성을 다 아우르지 못하게 된다. 이 '모랄'은 거대한 현대 문명의 조류와 현실 세계의 질서로 상징화시켜 볼 수 있기 때문이다. 그런데 시적 자아는 이 현대 문명의 한가운데에서 끝없는 모순과 혼돈에 빠져 냉소의 칼을 던지고 있다. 그렇다면 이 세계에서 영원한 진실과 가치를 지닌 준거는 무엇인가? 참으로 절망적인 실존의 상황이 아닐 수 없다.

함형수는 <正午의 모랄>에서 현대 문명의 혼란과 현실 상황의 불안 의식을 '모랄'이 넘쳐나는 '正午'라는 시간의 극한으로 상징화하여 표출하고 있다. 현대인은 모순과 혼돈에 빠져 자기 해체를 통하여 영원한 진실과 가치를 찾아 헤맨다. 함형수의 <正午의 모랄>에는 이러한 현대인의 비극적 초상이 담겨 있어 그 문학적 리얼리티를 획득하고 있다고 판단된다.

6. 맺음말

본 연구는 함형수의 시 전편을 분석 고찰하여 그의 개성적 시세계를 구명하고, 한국 현대시사에서 그의 시가 차지하는 시정신의 새로운 한 단면을 밝혀보고자 하였다.

한국 현대시사에서 함형수는 세칭 생명파라고 평가되는 『시인부락』 동인의 한 사람으로 <해바래기의 碑銘>을 쓴 시인이라고 한낱 촌평의 대상이 되어 왔다. 그러나 함형수의 시를 통독해 보면, 그의 시가 그 특유의 순수한 詩心과 상황적 시의식을 심각한 아이러니로 표출하고 있어 그간의 획일적인 단평을 훨씬 뛰어넘는 존재임을 감지하게 하는 바가 있다. 이에 본 연구에서

---

21) 오양호, 「시인부락파의 북방행과 그 시의식―시인 함형수의 작품세계」, 『문학사상』 262호, 1994. 8, 118~121면 참조.

는 함형수의 시편들에 1930년대의 유폐된 현실 상황과 인간에 대한 존재론
적 인식이 잘 드러나 있는 것으로 판단하고, 그의 전 작품 중에서 시적 개성
과 독자적 구조가 뛰어난 시편들을 선별하여 이들을 아이러니의 시각으로
분석 고찰해보았다.

함형수의 시편들은 대개 그 내용과 이에 동원된 제재 또는 소재들이 대척
적인 복합 구조를 이루면서 이것을 하나의 접점으로 형상화시켜 가는 특성
을 지니고 있다. 함형수가 이러한 시적 승화를 이루게 된 것은 그의 시의식
이 아이러니를 그 속성으로 하고 있는 데서 비롯된 것임이 확인되었다. <螢
火>·<그애>·<骸骨의 追憶>·<家族> 등의 시에는 상처 입은 시인의 영
혼이 회상을 통한 소년의 순진성으로 치유되는 아이러니의 세계가 그려져
있다. <幽閉行>·<父親後日譚>·<回想의 房> 등의 작품에는 시적 자아의
유폐된 현실의 체험이 저항과 절망의 상황적 아이러니로 시화되어 있다.
<해바래기의 碑銘>·<어떤 愛史略>·<마음> 등에는 어긋난 생의 두 국면
이 내면 의식의 개안으로 아이러니화하는 세계가 표현되어 있다. 그리고
<개아미와 같이>·<나의 神은>·<나는하나의손바닥우에>·<正午의 모
랄> 등에는 당대의 현실적 시대고와 비소와 절망과 혼돈의 한계 상황에 처
하게 된 비극적 운명이 냉소적 아이러니로 표출되어 있다.

이와 같이 함형수의 시는 가장 암울했던 일제 강점기의 끝에 서서 현실의
절망적 상황에 저항하며 인간 존재의 본질을 천착하는 아이러니를 보여주었
다. 끊임없이 변주되며 인생의 의미와 인간의 유한성에 질문을 던지는 아이
러니의 시정신은 시의 영원한 보고라고 할 수 있다. 이러한 아이러니의 시정
신은 함형수 시의 주요 특성이자 개성이라고 볼 수 있다. 이 점에서 그는 『시
인부락』의 동인으로서는 물론 독자적인 시인으로서도 당대 한국 시사의 한
자리를 차지할 만하다고 평가된다.

& (『국어국문학』128집, 국어국문학회, 2001.5), 改稿

박두진 시의 순진성 아이러니

1. 머리말

한 편의 시에서 순수성과 현실 인식의 양 측면이 조화된 영원한 세계를 만나기란 결코 쉬운 일이 아니다. 참신한 시의 표현을 찾아내기 위해 다양한 시도와 실험이 계속되고 있는 현대에 있어서는 더욱 그렇다. 오늘날 시를 산출해내기 위한 정열의 몸짓들은 흔히 관습적인 언어 사용을 파괴하거나 지성적이고 압축된 시형을 추구하면서 난해성을 띠게 되었다. 이 같은 현상은 우리에게 시가 단순하고 소박한 생각으로 인간 존재의 근원적 생명을 회복시켜 줄 수 있는 감동의 힘을 지닌다는 평범한 진실을 덮어버리게 만들기도 하였다. 시는 존재의 본질에 대한 동경에서 출발한 것이기 때문에 시인은 영원히 변질하지 않는 본질 세계와의 생생한 접촉을 위해 끊임없이 노력해야 한다.[1] 현대시에서 이러한 노력을 지속적으로 실천해 오고 있는 시인이 바로 兮山 朴斗鎭이라고 할 수 있다.

박두진은 1930년대 이래 현재에 이르기까지 그의 절실한 인생 체험을 통하여 자연 친화의 직설적 관조, 기독교 신앙을 통한 영혼의 초월 문제, 현실 비판의 저항적 면모 등 개성적인 그의 시정신을 작품에 구현시켜 왔다. 특히

---

1) 정한모, 『現代詩論』, 보성문화사, 1993, 45면.

<天台山 上臺>를 필두로 쓰인 水石詩는 박두진이 인생 편력을 통하여 삶과 죽음, 현실과 이상, 감성과 이성, 세속과 신성, 질서와 혼돈, 유한과 무한 등 인간이 겪는 이원적 양면성의 문제들을 단순하고 대립적인 구조로 표현하면서 이들을 통합 초월하여 승화시키는 양상을 보여준다.

박두진의 水石詩는 단순히 소재 '돌'에 대한 조형적 가치나 예술미를 표현한 것이 아니라 자연과 인간의 깊은 심미적 교감과 그 무궁무진하고 초월적이면서도 현재적인 인간의 내면적 정서적 깊이를 끈기 있게 탐구할 수 있는 道의 공간2)이다. 그는 水石의 세계에 몰입하면서 시의 세계와 더욱 깊은 만남을 갖게 되었고 그것을 통하여 자연의 정수이자 핵심인, 그리고 求心的이며 초월적인 본체의 한 顯現을 보게 되었다.3) 그래서 그의 水石詩는 그 심미적 예술적 표현을 통하여 온갖 자연의 현상과 우주의 실상들을 보게 해주고, 문학·예술·과학·철학·종교 등 모든 정신세계의 진리를 숙고하게 한다.

이 글은 박두진의 水石詩가 지닌 이러한 세계가 어떻게 미적으로 형상화되어 있는가를 밝히기 위한 시도이다. 특히 박두진의 水石詩 가운데 <平原石 異變>을 그의 정신세계의 특질이 잘 드러난 작품으로 선정하였다. 따라서 이 글에서는 <平原石 異變>을 중심으로 하여 시적 형상화가 뛰어난 작품들을 아울러 고찰하면서 그의 시가 어떠한 시적 체험을 통하여 정신의 상징적인 세계에 도달하는가를 해명해보는 데 중점을 두고자 한다.

2. 水石詩 <平原石 異變>에 나타난 순진성 아이러니

고향이었다. 어릴 때였다. 풀밭, 들길, 논두렁길이었다. 민들레꽃이 한 송이 피어 있었다. 오랑캐꽃이 한 송이 피어 있었다. 아침 이슬이 발끝에 차였다. 후르륵후르륵 벼메뚜기가 날았다. 쩍, 찌기 찌기 찌기 찌기……

---

2) 박두진, 『現代詩의 理解와 體驗』, 일조각, 1976, 120면.
3) 박두진, '自序', 『水石列傳』, 일지사, 1973.

쨋, 찌기 찌기 찌기 찌기……, 여치가 한 마리 울고 있었다. 아무도 없고 혼자였다. 햇볕이 뜨거웠다.

둑 아래 맑은 웅덩이에 붕어떼 노는 것이 보였다. 금붕어였다. 붉은 빛, 깜정빛, 무지개빛 열대어였다. 잡고 싶었다. 어릴 때 마음 그대로, 홀홀 벌거벗고 뛰어들어 모조리 훔켜서 잡고 싶었다. 가슴이 두근댔다. 잡을까 잡을까 망설이는데 이상했다. 갑자기 붕어가 간 곳 없고, 한 마리씩 한 마리씩 호랑나비가 되어 하늘로 날아갔다. 마음이 언짢고 슬펐다. 그렇고나, 내가 지금 어릴 때 고향으로 낙향을 온 거지, 정말 그렇게 절실하게 실감이 나는 실감. 그 죽음의 도시 서울, 모든 것 다 버리고 영원히 이곳으로 낙향을 온 거지, 혼자서 엉엉 울면서 걸었다.

개구리가 한 마리 펄쩍펄쩍 뛰었다. 주먹만한 청개구리, 얼룩덜룩한 콩밭의 청개구리. 헐떡헐떡 당황하며 바로 내 앞을 가로질렀다. 이상했다. 다시 보니, 새끼 뱀장어만한 독사가 한 마리 청개구리의 덜미를 깊숙히 물고 늘어져 있었다. 가엾어라 청개구리가 죽는고나 저렇게 먹혀서 죽는고나 하고 망설이는데 이상했다. 청개구리가 커다랗게 한번 땅재주를 넘더니 큰 입 쩍 벌리고 독사를 통째로 삼켜버렸다. 신났다. 햇볕이 쨍쨍 쬐이고 있었다.

저만치 동네가 하나 보였다. 둥치가 붉은 적송이 몇 그루 서 있고, 초가집이 네댓 집, 아무도 살지 않는 빈 동네였다. 쓸쓸하고 슬펐다. 저기가 아마 옥이네 동네, 저 집이 바로 옥이네 그 집, 쑤루룩 쑤루룩 가슴이 무너졌다. 어디 갔을까, 어디 갔을까, 그 눈동자 까만, 눈썹 까만, 희디흰 살결의 어릴 때 옥이. 어릴 때 그때처럼 훌쩍훌쩍 울었다. 옥이네 옛 동네는 비어 있었다.

가도가도 풀밭, 아무도 없고 나 혼자뿐이었다. 쨍쨍 햇볕이 퍼붓고, 모든 것 다 버리고 온, 죽음의 도시 서울 영원히 영원히 아득하고, 띠리루루 띠리루루 낮 귀뚜라미 잊은 듯 다시 울고, 민들레꽃이 한 송이 피어 있었다. 오랑캐꽃이 한 송이 피어 있었다. 온 들 온 풀밭, 가도가도

아무도 사람이라곤 없고, 사실은 어디로도 나는 갈 곳이 없었다. 그래서
울었다. ― 주여 나 여기에 왔나이다. 여기에 홀로 있나이다. ― 풀밭 빈
들 어릴 때 그 고향 그 논두렁…… 흑흑 느끼는데 이상했다.

아까 그 개구리 녹색 얼룩개구리가 펄적펄적 나타났다. 금테두리 두
눈, 금테두리 입, 금테두리 두꺼비처럼 불컥불컥 숨을 쉬며, 볼 동안에
크게 크게 온 몸뚱이가 부풀어올랐다. 거대한 몸뚱어리, 주홍빛, 거대한
입 쩍 벌리고, 놀라웠다. 하늘 중천의 햇덩어리, 주렁주렁 내려오는 금빛
열 개의 햇덩어리를, 하나씩 늘름늘름 삼켜버렸다. 온 들에 뒤떨어져 나
만 혼자 서 있고, 대낮인데 어둠 펑펑 밤눈 펑펑 쌓였다.

― <平原石 異變> 전문4)

박두진의 <平原石 異變>은 자연에로 돌아간 화자의 시적 상상력을 통하
여 그가 끊임없이 추구해 온 자연에 대한 친화감과 영원에 대한 동경, 갈망
등을 건강한 생명력으로 표출하고 있는 작품이다.

'平原石'이라고 이름 한 돌을 마주하여 '異變'의 상상력을 풀어 놓은 것은
박두진의 자의가 다분히 스며들어 있어서, 혹 현실적 관심에서 탈피하여 상
상의 세계에만 머물러 있는 것이 아닌가 생각될 수도 있다. 그러나 그에게
있어서 水石의 세계는 규격화한 것이거나 고정되어 있는 관념의 공간이 아
니라 그의 상상력을 불러일으켜 시의 세계를 만들어주고 강화하고 배가시키
는, 그러면서도 상징화된 현실을 마주하게 하는 자유로운 浮動의 공간이다.
그것은 <平原石 異變>의 副題가 '綠色의 꿈'이라는 것에서도 확인된다.

박두진이 수만 년의 風雨霜雪을 견디고 결정체로 남은 돌에서 현실에 대
한 관심을 분출하기도 하고 인간의 내면 공간으로 들어와 꿈과 이상을 무한
하게 펼치고 있는 것은, 단적으로 그가 水石을 통하여 낭만적 아이러니의 세
계를 열어 놓은 것이라고 볼 수 있다. 그것은 낭만주의의 본질을 자유로운
정신의 浮動性, 대상의 무한성과 무형식성, 생성의 영속성, 기회원인론적 태

---

4) 박두진, 『가을 絶壁』, 미래사, 1991.

도5) 등으로 볼 수 있기 때문이다. 그러므로 박두진이 고정화한 돌에서 그것을 깨고 무한히 자유로우면서도 부동하며 진취적인 동경을 생성해낸 것은 철저히 낭만주의적 태도를 견지한 것으로 판단된다.

지금은 멀디멀은
볕살의 나라에서 온 아가씨여
나의 앞에서 너는
자꾸만 날개 돋쳐 하늘로 하늘로 올라가고
그만큼의 공간에서 나는
나 혼자 할 수 없이
땅으로 땅으로 가라앉네

너의 예쁘디예쁜
영혼의 날개의
화사한 무지개에 매달리는
내 영혼의 둘레 가의
알 수 없는 이 슬픔

　　　－(중략)－

그 별이 되어 꽃이 되어
이슬이 되어 폭발하는
폭발하는 너와 나의
영원한 순수
하나로의 영원은 언제쯤일까
아가씨여.

－ ＜토르소＞ 1・2, 7연6)

5) 池明烈, 『獨逸浪漫主義研究』, 일지사, 1975, 14∼19면 참조
6) 박두진, 『가을 絶壁』.

<토르소>는 박두진이 돌에 정서적 비탄감과 기대감을 부여하여 인간이 보편적으로 가지고 있는 순수 정감, 슬픔, 욕망 등을 표현한 작품이다. 이 시에서 아가씨는 멀고도 먼 볕살의 나라에서 온 동경의 대상이다. 그래서 '볕살의 나라'는 이 세상과 하늘나라의 사이에 존재하며 자연 자체의 원형이 되는 깨끗하고 밝은 나라를 상징한다. 그 볕살의 나라는 너무나 순수하고 정결하고 높아서 무조건 사랑하고 동경하게 되는 세계이지만 '나'는 그것을 초극하지 못하고 오히려 땅으로만 가라앉아버리고 만다. 예쁜 영혼을 지닌 볕살의 날개인 무지개에 다시 매달리고 충돌하고 투쟁하여 본다. 그러나 볕살은 끝내 무지개 속으로 숨어버리고 만다. 볕살의 아가씨를 놓쳐버린 나는 어쩔 수 없이 체념하는 절망 속에서 아이러니컬하게도 황홀감을 느낀다. 순수 인력으로 마냥 나를 끌어당기는 볕살, 높고도 신성한 나라 ― 그 뜨거운 숨결의 영혼을 만나지 못한 나는 운명의 갈등을 겪고 비극의 주인공이 된다. 그러면서도 나에게 별과 꽃, 이슬의 결정으로 폭발하는 볕살과 영원히 해후하고픈 기대를 가져보는 것이다. 그 볕살의 영혼이 순수함으로 결정되어 시인 앞에 현존한 것이 바로 돌 아가씨 '토르소'이다.

이처럼 <토르소>에는 시간과 공간을 초월하여 깨끗하고 밝고 신성하며 절대적인, 자연의 원형이 되는 세계를 꿈꾸는 박두진의 시적 지향이 잘 드러나 있다. <平原石 異變>에서도 그는 水石에 그의 무한한 상상력을 펼쳐 놓으면서 인간이 지니는 보편적인 순수 정감을 표현하여 새롭게 세계를 경험하는 과정을 개성적으로 그리고 있다.

<平原石 異變>은 6연으로 이루어진 산문체의 자유시이다. 각 연은 행 구분이 없이 독백 형식의 단락을 이루고 있다. 동화와 같은 발상을 보이는 이 시의 각 연은 과거형으로 이루어져 있는데, 이 작품에서 소년의 눈으로 그려진 동화적 시상은 매우 자연스럽게 아름다운 환상의 세계로 인도해주는 역할을 한다. 이 시는 박두진이 어릴 때 고향에서의 체험을 '異變'의 상상력으로 교묘히 합치시켜 독특한 이미지를 표출하고 있다. '綠色의 꿈'이라는 부제는 이 시가 지닌 내면적 憧憬感을 잘 풀이해주는 단서가 된다.

<平原石 異變>을 사건 전개를 중심으로 구분하면 크게 2부분(A, B)으로 나누어 볼 수 있다. A부분은 1·4·5연이고, B부분은 2·3·6연이다. 이 두 부분의 구획은 平原(A)에 일어나는 異變(B)의 상상력이 유기적 구조를 이루고 있는 것을 효과적으로 드러내기 위한 것으로, 필자가 분석을 위하여 편의상 구분한 것이다. A부분은 落鄕한 시적 자아의 체험과 그 내면 의식이, B부분에서는 자연물에 투영되어 나타난 화자의 환상적인 상상력이 그려져 있다. 이를 위해 활용된 유형 상징물의 소재가 '붕어'와 '호랑나비', '청개구리'와 '독사'이다. 화자는 서사적 짜임새를 바탕으로 붕어가 호랑나비가 되어 비상하거나, 청개구리가 역으로 독사를 삼키는 표현을 통하여 그 특유의 환상적인 세계를 드러내고 있다.

> 고향이었다. 어릴 때였다. 풀밭, 들길, 논두렁길이었다. 민들레꽃이 한 송이 피어 있었다. 오랑캐꽃이 한 송이 피어 있었다. 아침 이슬이 발끝에 차였다. 후르륵후르륵 벼메뚜기가 날았다. 쩩, 찌기 찌기 찌기 찌기……, 쩩, 찌기 찌기 찌기 찌기……, 여치가 한 마리 울고 있었다. 아무도 없고 혼자였다. 햇볕이 뜨거웠다. (제1연)

끝없이 평원이 펼쳐지고 있던 고향에 화자가 소년이 된 심정으로 서 있다. 풀밭, 들길, 논두렁길에 민들레꽃, 오랑캐꽃이 정답게 피어 있다. 아침 이슬이 맑게 달려 있는 고향의 들판에 서서 화자는 어릴 때와 같이 혼자 울고 있다. 햇볕이 쨍쨍 내리쬐는데 이를 한없이 바라볼 뿐이다. 이 부분은 박두진이 詩作의 초기에 해를 바라보며 열정적으로 그렸던 詩心과도 그 맥이 닿는다.

> 해야 솟아라. 해야 솟아라. 맑갛게 씻은 얼굴 고운 해야 솟아라. 산 넘어 산 넘어서 어둠을 살라먹고, 산 넘어서 밤새도록 어둠을 살라먹고, 이글 이글 애띈 얼굴 고운 해야 솟아라.

―(중략)―

해야, 고운 해야. 늬가 오면 늬가사 오면, 나는 나는 청산이 좋아라.
훨훨훨 깃을 치는 청산이 좋아라. 청산이 있으면 홀로래도 좋아라.

―(중략)―

해야, 고운 해야. 해야 솟아라. 꿈이 아니래도 너를 만나면, 꽃도 새도
짐승도 한자리 앉아, 워어이 워어이 모두 불러 한자리 앉아 애뙤고 고운
날을 누려보리라.

― <해> 1 · 3 · 6연7)

박두진의 초기 작품 중 대표작이라고 볼 수 있는 <해>에는 세속적·인간
적인 것을 초월하여 이상적인 자연의 세계에 몰입하고 있던 그의 시정신이
잘 나타나 있다. 그에게 있어서 '해'는 '달밤'과 '눈물', '어둠' 등으로 상징되
는 감상적 허무주의, 패배주의, 비정열적 생명성 등을 모두 불살라서 이 세
상의 모든 괴로움과 고통을 잊게 해주고, 생명이 있는 모든 것을 부드럽고
착하고 평화롭게 해주는 주체이다. 그래서 어둠을 살라먹고 뜨는 해는 맑갛
게 씻은 앳되고 고운 소년의 얼굴로 상징화된다. 웅대하고 초월적인, 그리고
무한한 힘의 생명인 해가 솟아오르는 靑山에서 평화를 누리기를 염원하는
그의 이상은 후기의 시에까지 지속적으로 드러난다.

둑 아래 맑은 웅덩이에 붕어떼 노는 것이 보였다. 금붕어였다. 붉은
빛, 깜정빛, 무지개빛 열대어였다. 잡고 싶었다. 어릴 때 마음 그대로, 홀
홀 벌거벗고 뛰어들어 모조리 훔켜서 잡고 싶었다. 가슴이 두근댔다. 잡
을까 잡을까 망설이는데 이상했다. 갑자기 붕어가 간 곳 없고, 한 마리씩
한 마리씩 호랑나비가 되어 하늘로 날아갔다. 마음이 언짢고 슬펐다. 그
렇고나, 내가 지금 어릴 때 고향으로 낙향을 온 거지, 정말 그렇게 절실
하게 실감이 나는 실감. 그 죽음의 도시 서울, 모든 것 다 버리고 영원히
이곳으로 낙향을 온 거지, 혼자서 엉엉 울면서 걸었다. (제2연)

---

7) 위의 시집.

화자는 둑 아래 맑은 웅덩이에 붕어떼가 노니는 것을 바라보고 있다. 갖가지 빛깔을 하고 있는 열대어들을 보며 어릴 때와 같이 모두 훔켜잡고 싶은 충동을 느끼며 가슴을 두근거리는데 갑자기 이상한 일이 벌어진다. 이 연에서 '이상했다'라는 표현은 구체적인 사건 없이 평화로운 과거를 회상하는 화자에게 어떤 비약적인 사건을 전개하기 위한 것이다. 갑자기 붕어가 호랑나비가 되어 하늘로 날아가버리고 눈앞에는 아무 것도 보이지 않는다. 붕어가 호랑나비가 된다는 것은 물 속을 자유롭게 헤엄쳐 다니는 붕어와 하늘로 자유분방하게 날아다니는 나비를 오버랩시키면서 그 환상적인 분위기를 연출한 것으로 볼 수 있다.

벌거벗고 물장구를 치던 어린 시절의 기억으로 돌아가보지만 그것은 추억에 불과한 과거라는 것을 화자는 실감한다. 그러면서 병리적 현상이 들끓고 있는 현대 문명 도시 서울을 '죽음의 도시'로 표현하고 있다. 되돌아갈 수 없는 옛 고향을 그리며 문명 세계를 부정적으로 그리고 있는 화자는 어릴 때의 꿈이 무너져 내리는 비극적 인식을 하고 있다. 영원히 낙향하고 싶은 화자는 어두운 현실 앞에서 어릴 때와 같이 '혼자서 엉엉 울면서' 고향 길을 걷고 있다.

> 산아. 우뚝 솟은 푸른 산아. 철철철 흐르듯 짙푸른 산아. 숱한 나무들, 무성히 무성히 우거진 산마루에, 금빛 기름진 햇살은 내려오고, 둥 둥 산을 넘어, 흰구름 건넌 자리 씻기는 하늘. 사슴도 안 오고 바람도 안 불고, 넘엇 골 골짜기서 울이 오는 뻐꾸기……
>
> 산아. 푸른 산아. 네 가슴 향기로운 풀밭에 엎드리면, 나는 가슴이 울어라. 흐르는 골짜기 스며드는 물소리에, 내사 줄줄줄 가슴이 울어라. 아득히 가버린 것 잊어버린 하늘과, 아른 아른 오지 않는 보고 싶은 하늘에, 어찌면 만나도질 볼이 고운 사람이, 난 혼자 그리워라. 가슴으로 그리워라.
>
> — <靑山道> 1·2연[8]

박두진의 정신적 품격이 잘 살아 있는 <靑山道>에서도 화자는 풀밭에 엎드려 줄줄 울고 있다. 그 이유를 그는 '볼이 고운 사람이 그리워서'라고 말한다. 그런데 그 볼이 고운 사람은 티끌 부는 세상, 벌레 같은 세상에 눈 맑고 가슴 맑은, 마냥 보고 싶고 그리운 사람이다. <靑山道>에서 볼이 고운 사람이 누구인가를 따지는 것은 소용없는 일이다. 표층적으로는 사랑의 동기가 되는 어떤 대상이겠지만, 심층적으로는 누구나 자신의 마음에 뚜렷하게 그려질 수 있는 표상이 되기 때문이다. 박두진에게 있어 그 사람은 "달 가고, 밤 가고, 눈물도 가고, 티어 올 밝은 하늘 빛난 아침"이 오면 나에게 달려와 새로운 세계를 열어줄 상징적 존재이다.

<平原石 異變>에서도 붕어를 잡으려는데 호랑나비가 되어 하늘로 날아가 버리자, 그가 소년의 심정으로 언짢고 슬퍼서 우는 이유를 굳이 설명할 필요가 없다. 소년 시절을 추억하고 한없이 과거에로 지향하고 고향에 대한 그리움을 동경하는 과정을 통해서 박두진이 과거에로, 또는 의식의 내면세계로 역행하고 있는 시적 지향을 자연스럽게 이해할 수 있기 때문이다.

> 개구리가 한 마리 펄쩍펄쩍 뛰었다. 주먹만한 청개구리, 얼룩덜룩한 콩밭의 청개구리. 헐떡헐떡 당황하며 바로 내 앞을 가로질렀다. 이상했다. 다시 보니, 새끼 뱀장어만한 독사가 한 마리 청개구리의 덜미를 깊숙히 물고 늘어져 있었다. 가엾어라 청개구리가 죽는고나 저렇게 먹혀서 죽는고나 하고 망설이는데 이상했다. 청개구리가 커다랗게 한번 땅재주를 넘더니 큰 입 쩍 벌리고 독사를 통째로 삼켜버렸다. 신났다. 햇볕이 쨍쨍 쬐이고 있었다. (제3연)

제3연에서 화자는 주먹만한 청개구리가 펄쩍펄쩍 뛰고 있는 것을 본다. 여기서도 역시 '이상했다'라는 표현을 통하여 상상적인 사건 전개를 해 나가고 있다. 새끼 뱀장어만한 독사가 청개구리의 덜미를 깊숙히 물고 있는 것을

---

8) 위의 시집.

보고 '죽겠구나' 하고 가엾어 하는데, 청개구리가 땅재주를 넘으면서 큰 입을 쩍 벌리고 독사를 통째로 삼켜버리는 것이다. 이 개구리는 <平原石 異變>에서 주제를 설정해 나가는 데 커다란 역할을 하고 있다. 개구리가 독사를 삼키는 장면은 두꺼비와 뱀이 싸우면 두꺼비가 이긴다는 우리 옛 전설을 상기하게도 한다. 아울러 독사가 상징하는 사악성이나 추함을 개구리가 없애버린다는 동화적인 발상도 보이고 있다. 그래서 화자는 어린아이처럼 신이 난다. 이때에도 역시 생명의 상징인 햇볕이 쨍쨍 내리쬐고 있다. 어쩌면 해의 싱싱하고 건강한 기운을 받아 개구리가 추악하고 사악한 것들을 살라 먹는 힘을 발휘한 것인지도 모른다.

> 七月의 太陽에서는 獅子새끼 냄새가 난다.
> 七月의 太陽에서는 薔薇꽃 냄새가 난다.
>
> 그 태양을 쟁반만큼씩
> 목에다 따다가 걸고 싶다.
> 그 수레에 草原을 달리며
> 心臟을 싱싱히 그슬리고 싶다.
>
> 그리고 바람,
> 바다가 밀며오는,
> 소금냄새의 깃발, 콩밭냄새의 깃발,
> 아스팔트 냄새의, 그 잉크빛 냄새의
> 바람에 펄럭이는 절규 ─ .
>
> ─ <七月의 편지> 1∼3연9)

<七月의 편지>에서도 박두진은 더움이 절정에 오르는 7월에 편지를 쓴다. 이 7월은 태양이 모두에게 용기를 주는 때이다. 7월의 태양 밑에는 사자

---

9) 위의 시집.

새끼 냄새와 장미꽃 냄새가 난다. 여기서 사자새끼는 약육강식에 의해 장미꽃을 짓밟는 동물성으로 등장하는 것이 아니라 자연과 어울어진 초식성의 젊음을 상징한다. 태양을 따다가 목에 걸고, 그 수레를 타고 초원을 달리며 가슴을 열어젖혀 태양에 심장을 싱싱하게 그슬리는 것 − 생각만 하여도 축복된 정경이 아닌가. 山과 바다, 들과 도시의 모든 것들이 온통 제 냄새로 꽃을 피우는 7월의 공간에서 화자는 이 땅을 온몸으로 포옹한다.

<平原石 異變>에서 청개구리가 독사를 통째로 삼켜버린 장면 역시 살점을 물어뜯어 핏빛으로 물들인 처참함이나 황폐함으로 남아 있지 않다. 오히려 독사가 없어진 평원에는 더욱 맑고 건강한 햇볕이 평화롭게 비치고 있다.

> 저만치 동네가 하나 보였다. 둥치가 붉은 적송이 몇 그루 서 있고, 초가집이 네댓 집, 아무도 살지 않는 빈 동네였다. 쓸쓸하고 슬펐다. 저기가 아마 옥이네 동네, 저 집이 바로 옥이네 그 집, 쑤루룩 쑤루룩 가슴이 무너졌다. 어디 갔을까, 어디 갔을까, 그 눈동자 까만, 눈썹 까만, 희디흰 살결의 어릴 때 옥이. 어릴 때 그때처럼 훌적훌적 울었다. 옥이네 옛 동네는 비어 있었다. (제4연)

고향의 한 동네가 화자의 향수에 어리어 표현되고 있다. 여전히 몇 그루 赤松이 서 있고 초가집이 있는, 옥이네 동네였던 그곳은 아무도 살지 않아 빈 동네로 쓸쓸하게 남아 있다. 그리고 아름답고 청순한 모습을 간직하고 있던 옥이에 대한 상념이 가슴 저리게 다가온다. 하얀 얼굴에 유난히 까만 눈동자를 지녔던 옥이[10]와의 추억이 있는 빈 집을 바라보며, 어릴 때와 같이 훌적훌적 울고 있다.

---

10) 박두진은 <平原石 異變>에서 '옥이'가 그가 13~15세 때 한 동네에 살았던 소녀 옥이에 대한 추억을 한편으로 떠올려 시화한 것이었다고 회고(1993년 4월 그의 水石詩에 대한 강의에서)한 바 있다.

아직도 나는 너를 사랑하고 있다
너는 하늘에서 내려온
몇 번만 날개치면 산골짝의 꽃
몇 번만 날개치면 먼 나라 공주로,

물에서 올라올 땐 푸르디푸른 물의 새
바람에서 빚어질 땐 희디하얀 바람의 새
불에서 일어날 땐 붉디붉은 불의 새로
아침에서 밤 밤에서 꿈에까지
내 영혼의 안과 밖 가슴속 갈피갈피를
포롱대는 새여.

어느 때는 여왕으로 절대자로 군림하고
어느 때는 품에 안겨 소녀로 되어 흐느끼는
돌아설 땐 찬바람
빙벽 속에 화석하며 끼들끼들 운다.

너는 날카로운 부리로
내 심장의 뜨거움을 찍어다가 벌판에 꽃 뿌리고
내가 싫어하는 짐승 싫어하는 뱀들의
그것의 코빼기를 발톱으로 덮쳐
뚝뚝 듣는 피를 물고 되돌아올 때도 있다.

너는
홀로 쫓겨 숲에 우는 어린 왕자의 말이다가
밤마다 달빛 섬에 홀로 우는 학이다가
오색 훨훨 무지개 속 구름 속의 천사이다가
돌로 치는 군중 속의 피흐르는 창녀이다가
한번 맡으면 쓰러지는 독한 꽃의 향기이다가
새여.

느닷없이 얼키설키 영혼을 와서 어지럽혀
나도 너를 알 수 없고 너도 나를 알 수 없게
눈으로 서로 보면 눈이
넋으로 서로 보면 넋이
타면서 서로 아파 깊게깊게 앓는,

서로 오래 영혼끼리 꽃으로 서서 우는
서로 찾아 하늘 날며 종일을 울어예는
어쩔까 아 징징대며 젖어오는 울음
아직도 너를 나는 사랑하고 있다.

— <魔法의 새> 전문11)

水石詩인 <魔法의 새>는 제목에서부터 동화적 발상을 잘 드러내준다. '너'에 대한 '나'의 사랑을 시화한 이 시에서 너는 魔法에 걸린 새로 상징화되어 있다. 동화의 고전이 된 '백조의 호수'를 떠올리며 이 시를 낭송해본다면 더 이상의 구구한 논설이 필요치 않을지도 모른다.

魔法의 새는 인간이 느끼는 喜怒哀樂을 모두 경험하며 물과 바람, 불에 괴로움을 겪는다. 그 새는 화자에게 여왕과 같은 절대자로 군림하기도 하고 나약한 소녀가 되어 안기기도 하는, 나의 영혼을 온통 뒤흔들어 놓는 극단적인 여성상으로 연출된다. 그러면서도 '나'의 뜨거운 심장을 날카로운 부리로 찍어서 온 들판에 흩뿌리는가 하면 사악한 뱀들을 발톱으로 덮쳐 파먹기도 하는 악마적 이미지로도 제시된다. 그 새는 '어린 왕자의 말', '홀로 우는 학', '구름 속의 천사', '피흐르는 창녀', '독한 꽃의 향기' 등의 이미지로 변신한다. 특히 이 부분은 역사적 종교적 삽화가 배어 있는 서구의 동화를 연상하게 한다. 여기서 '너'는 魔法에 걸린 새이지만 인간으로서 겪을 수 있는 불행, 운명, 괴로움, 아픔 등을 모두 앓으면서도 그 어디에도 실재하지 않는 다양하고 가변적인 이미지로 나타나기 때문이다. "아직도 너를 나는 사랑하고

---

11) 박두진, 『가을 絶壁』.

있다"라는 귀결은 첫 행과 맞물려 이 시의 구조를 더욱 단단하게 만들어준다. 화자가 아무런 조건 없이 그 새와 하나가 되어 깊게 앓는 것은 영혼의 사랑 안에서만이 가능하다. 그 사랑으로 꽃의 영혼으로 만난 너와 나는 징징대며 젖어 오는 막다른 울음을 우는 것이다.

박두진은 <魔法의 새>에서 동화적이고 환상적인 이야기를 통하여 '너'에 대한 사랑을 정직하게 고백하고 있다. 눈에 보이는 현실의 감각적 세계를 초월하였는데도 시인의 감정적 밀도와 갈등, 그리고 정열의 강렬성 등이 더욱 고조되어 절실하게 다가오는 것은 그가 詩心에 純眞性(naiveté)[12]을 간직하고 있기 때문일 것이다. <魔法의 새>에서 박두진이 동화의 세계로 인도하여 아름다운 환상을 창조하였다가 정직한 사랑을 고백하는 것도 자유로운 내면세계에서 부동하며 절대적 사랑을 갈구하는 정신의 한 단면을 보여준다. 이처럼 박두진의 시는 그 특유의 순진성으로 인해 시적 진실을 성취하고 있다.

> 가도가도 풀밭, 아무도 없고 나 혼자뿐이었다. 쨍쨍 햇볕이 퍼붓고, 모든 것 다 버리고 온, 죽음의 도시 서울 영원히 영원히 아득하고, 띠리루루 띠리루루 낮 귀뚜라미 잊은 듯 다시 울고, 민들레꽃이 한 송이 피어 있었다. 오랑캐꽃이 한 송이 피어 있었다. 온 들 온 풀밭, 가도가도 아무도 사람이라곤 없고, 사실은 어디로도 나는 갈 곳이 없었다. 그래서 울었다. ─ 주여 나 여기에 왔나이다. 여기에 홀로 있나이다. ─ 풀밭 빈 들 어릴 때 그 고향 그 논두렁…… 흑흑 느끼는데 이상했다. (제5연)

햇볕이 쨍쨍 퍼붓는데 아름다운 들꽃들이 펼쳐진 풀밭을 화자가 여전히 걷고 있는 풍경이 다시 그려지고 있다. 사방으로 펼쳐진 들길을 가고 있던 그는 문득 자신이 그 어느 곳으로도 갈 곳이 없는 茫茫大海에 떨구어진 것 같은 절망감과 절대 고독을 느낀다. 그리고는 절대적 대상인 주 앞에 홀로 엎드려 자신에 대한 참회로 흐느낀다.

---

12) Alex Preminger, *Princeton Encyclopedia of Poetry and Poetics*, New Jersey : Princeton University Press, 1974, 407면 참조.

우박비 자욱하게 쏟아지고 그치고,
번갯불 불붙어 팔팔대고 그치고,
우릉우릉 천둥소리 우릉대고 그치고,

믿었던 모두는 도망하고 잠적하고,
믿었던 모두는 배반하고 떠나고,

－(중략)－

저녁해 곤두박혀 바다에
별은 아직 돋지 않고
노을로 불타는 주황빛 하늘 땅,

홀로서 걸어가는 당신의 벌판에 노을이 젖어 있다.
벌판을 홀로가는 당신의 전신이 노을에 젖어 있다.
－ ＜어떤 노을＞ 1・2, 9・10연[13]

水石詩 ＜어떤 노을＞은 ＜平原石 異變＞에서 빈 들판에 홀로 울고 있는 화자의 실체를 가늠해볼 수 있게 한다. '어떤'이라는 수식어가 그 불확실성과 함께 시적 상징으로 작용하고 있다. 우박비, 번갯불, 천둥소리 등 큰 변화의 움직임이 일어난 후 노을이 나타난다. 이때 '믿었던 모두'는 도망가거나 배반하여 떠나고, 노을이 지는 벌판에 노을에 젖은 '당신'만이 젖어 있다. 그 벌판은 끝없이 바다로 이어지는 환상의 공간이다. 여기서 바다는 단순한 물로서의 바다가 아니라 인류와 함께해 온 불행의 바다이자 역사의 바다이다. 여기서 당신은 위대한 피해자 '예수'를 가리킬 수도 있고, 큰 희생을 겪은 비극의 주인공인 그 누구일 수 있다. 주황빛, 보라빛, 장미빛, 진달래빛, 황금빛 등으로 다채롭게 펼쳐지는 노을빛은 그 색깔의 이미지로서 시각적 주제를 설정할 수 있게 만들어준다.

---

13) 박두진, 『가을 絶壁』.

지나온 발자국과 선혈빛의 꿈, 당신의 눈물 등을 온통 물들이고 있는 노을은 시간과 공간을 초월하여 자연과 인간사의 여러 비극을 상징한다. 그래서 해가 지는 순간의 노을은 아무 소리 없는 적막함 속에서 더욱더 비극적 색채를 더해 간다. 노을의 아름다운 광경이 비극성으로 그려진 것도 그가 지닌 아이러니의 세계를 잘 드러내준다. 여기에서 당신은 예수이거나 시인 자신일 수 있다. <어떤 노을>은 이처럼 박두진의 상상력을 또 다른 추상으로 시화하여 보편성을 획득하고 있는 면을 보여준다. 완전히 고독한 존재, 인간의 이러한 비극이 어떠한 변환을 거쳐 극복될 것인가. 박두진은 이 역시 무한하게 진행만을 추구하는 아이러니의 세계에서 그의 시적 생명을 지속시키고 있다.

비로소 하늘로 타고 올라갈 수 있는 사다리.
죽음의 바닥으로 딛고 내려갈 수 있는 사다리.
빛이 그 가시 끝 뜨거운 정점들에 피로 솟고
비로소 음미하는 아름다운 고독
별들이 뿌려주는 눈부신 축복과
향기로이 끈적이는 패배의 확증 속에
눌러라 눌러라 가중하는 이 황홀
이에는 미련없이 손을 들 수 있다.
누구도 다시는 기대하지 않게
혼자서도 이제는 개선할 수 있다.

― <가시 면류관> 전문14)

水石詩 <가시 면류관>에는 단도직입적으로 핵심을 찌르는 극한적 상황이 제시되어 있다. 하늘과 땅, 삶과 죽음, 천국과 지옥의 경계인 사다리 ― 십자가에 혼자 떠 있는 그는 가장 참혹한 경지에 있던 예수를 상징한다. 온갖 핍박을 반증하는 '가시 면류관'에 눌려 이마에는 피가 솟고, 인간으로서만 대

---

14) 위의 시집.

항했으나 끝내는 패배감을 맛볼 수밖에 없었던 그의 고독은 아름다움으로 역설된다. 삶의 끝에서 그는 가시관을 더욱 '눌러라 눌러라' 외치며 죽음의 고통을 황홀감으로 느낀다. 십자가에 매달려 가시 면류관에 피가 淋漓한 극한적 상황에 이르렀을 때, 世人들이 모든 희망을 포기한 그때에 그는 비로소 최후의 凱旋을 할 수 있었다.

이처럼 예각적인 지성이 포착한 대립적 상황에 위치한 대립적 존재에 대한 인식, 끊임없이 자유롭고 감성적인 열정, 스스로 창조하면서 파괴하는 부동성, 형식의 속박을 벗어난 비극적 황홀감 등은 박두진의 시에 나타난 아이러니의 상상적인 세계를 단적으로 드러내준다.

<平原石 異變>의 마지막 연은 박두진의 시적 의장이 매우 독특하고 다채롭게 집약되어 있는 핵심 부분이다. 제5연의 마지막 대목 '이상했다'라는 언질이 시적 호기심을 불러일으키고 있다.

> 아까 그 개구리 녹색 얼룩개구리가 펄적펄적 나타났다. 금테두리 두 눈, 금테두리 입, 금테두리 두꺼비처럼 불컥불컥 숨을 쉬며, 볼 동안에 크게 크게 온 몸뚱이가 부풀어올랐다. 거대한 몸뚱어리, 주홍빛, 거대한 입 쩍 벌리고, 놀라웠다. 하늘 중천의 햇덩어리, 주렁주렁 내려오는 금빛 열 개의 햇덩어리를, 하나씩 늘름늘름 삼켜버렸다. 온 들에 뒤떨어져 나만 혼자 서 있고, 대낮인데 어둠 펑펑 밤눈 펑펑 쌓였다. (제6연)

독사를 삼켰던 청개구리가 온 얼굴에 금테두리를 두른 모양을 하고 어디선가 나타난다. 숨을 불컥불컥 쉬자 풍선처럼 몸뚱이가 부풀어 오른다. 그리고 엄청난 사건이 발생한다. 하늘 중천에 떠 있던 해를, 주렁주렁 내려오는 금빛 열 개의 햇덩어리를 개구리가 주홍빛 커다란 입으로 늘름늘름 삼켜버리는 것이다. 여기서 '열 개의 햇덩어리'는 우주에 떠 있는 여러 개의 해를 가리키는 시적 과장이다. 박두진은 <完璧한 山莊> 등에서도 '열 개의 뜨거운 태양'이라는 선동적 표현을 통하여 인류 사회의 정신적인 무게를 상징적으로 제시하고, 구심적이고도 초월적인 우주의 본체를 통찰하려는 시적 감각을 보여준다.

청개구리가 해를 삼키자 대낮이었던 平原에는 '어둠 펑펑 밤눈 펑펑' 내려 쌓인다. 화자 혼자서 그 초상상적 사건을 목격하고 밤이 되어버린 그 들판에서 눈을 맞으며 서 있는 것으로 이 시는 끝을 맺고 있다. 개구리가 해를 삼켜버려 이 세상이 온통 어둠에 덮인 것으로 귀결된 마지막 연은 단순하게 생각하면, 시인이 이 시대 현실은 절망만으로 휩싸여 있다고 결론지은 것이 아닌가 생각될 수도 있다. 그러나 흰 눈이 펑펑 내리면서 이 세상의 모든 것들을 하얗게 덮는 표현은 오히려 그 반대의 의도가 함축된 것이다.

박두진은 平原石이라는 현실적 공간 속에서 비극적 인식과 함께 꿈이 무너져 내리는 체험을 한다. 그는 水石詩 <가을 絶壁>에서 절대적인 '絶壁'을 상징화하여 절벽에 매달려 있는 인류 역사에서의 인간의 한계성과 그에 대한 절망감을 표출하고 있기도 하다. 그러나 그는 <平原石 異變>에서 문명 세계를 비치고 있는 해를 청개구리가 삼켜버린다는 상상적 표현을 통하여 만물에 생명감을 불어넣는 해까지도 모두 포용하여 그것을 초월하기 위한 의지를 흰 눈으로 발현시키고 있다.

박두진의 시에서 주요 대상으로 표현된 자연은 "민족과 인류, 현실과 영원, 현세적 정치적 이상과 종교적 궁극적 생활 생존 양식이 아무런 모순없이 일원화"[15]된 세계라는 명제에서 출발한다. <平原石 異變>에서도 그는 자연의 실상을 묘사하면서 그의 의식 안에서 끊임없이 벌어지는 갈등과 이에 대한 해소의 과정을 자연의 밝음과 어둠의 대칭적 구조로 융합하려 하고 있다. 모든 사물을 존재하게 하는 빛의 핵심, 빛의 상징성, 빛에의 希願은 박두진 시의 테마의 핵심이며, 사상을 具象化한 본체[16]인데, 그는 <平原石 異變>에서 그 특유의 시적 상상력을 통하여 밝음을 삼킨 어둠보다는, 어둠까지도 포용하려는 긍정적인 비약을 표출하고 있다. 그래서 밤눈이 펑펑 내리는 마지막 장면은 善을 지배하는 惡의 세계가 아니라, 어둡고 부정적이고 비극적인

---

15) 박두진, 「詩의 運命」, 『文學思想』, 1972.10, 276면.
16) 박두진, 『韓國現代詩論』, 일조각, 1970, p.389면.

것들을 모두 정화시켜 따뜻하고 밝은 내일을 기대하고 희망하게 하는 심상으로 제시되어 있다.

박두진의 시에서 중심 이미지로 작용하고 있는 빛과 어둠은 <平原石 異變> 등 여러 작품에서 볼 수 있었던 것처럼 대립적 구조로 그치는 것이 아니라 변증법적 통합의 과정을 거쳐 상징적 표상이 되고 있다. 이처럼 박두진은 순진성 아이러니를 통하여 개인적 시대적 민족적 어둠, 또는 절망을 초월하여 우주 본체의 한 顯現인 자연과 긍정적으로 합일하는 상징의 세계를 보여주고 있다.

3. 맺음말

박두진은 일련의 水石詩를 통하여 자연에 대한 친화와 공감을 바탕으로 무한한 상상의 나라로 부동하며 초월적인 세계를 동경하는 시적 지향을 보여주었다. 돌을 대상으로 무한한 생성의 힘을 꿈꾸는 내면적 동경감은 박두진의 시에 독특하게 스며 있는 낭만적 아이러니의 세계를 매우 적절하게 해명할 수 있는 핵심이 된다. 그리고 그의 水石詩篇 중에서 <平原石 異變>은 현실에서 맞게 되는 인간의 대립적 존재감과 고독감을 뛰어넘어 건강하고 신성한 자연의 세계로 귀의하고자 하는 열망이 잘 드러난 작품이다. 그는 이러한 근원적인 욕망을 효과적으로 표출하기 위하여 동화의 시상을 즐겨 사용하였다. 박두진의 이러한 세계는 낭만파 시인인 노발리스가 모든 문학적인 것은 동화를 지향해야 한다[17]고 주장하며 상상의 세계에서 영혼과의 교감을 동경한 것과도 긴밀히 연결된다고 볼 수 있다.

<平原石 異變>에서 박두진은 청개구리에 그의 의식을 투영시키고 그 청개구리가 독사를 삼키고 궁극에는 햇덩어리를 삼켜버리는 초상상적 사건을

---

17) 池明烈, 앞의 책, 24~41면 참조.

전개시키고 있다. 그의 시에 자주 등장하는 '해'는 어두운 현실을 살아가고 있는 이 시대에 만물의 생명을 약동하게 하는 초월적 이상향을 상징한다. 그는 고독한 존재감을 극복하기 위하여 해를 장난감처럼 가지고 노는 환상을 통하여 순진성을 추구하고 있다. 그런데 이 순진성 아이러니는 자연과 역사, 종교 등을 모두 꿰뚫어서 우주의 본체를 洞觀하려는 시정신을 바탕으로 생성된 것으로 보인다.

박두진은 水石詩를 쓰면서 정신의 깊이와 美의 높이에 접할 수 있는 궁극적인 정신과 미의 세계를 추구하였다.[18] 그는 시의 형상화를 통하여 순수한 정신과 자연의 정수가 일치되어 합일의 경지로 응집되는 상징적 세계에 도달하려는 詩心을 보여준다. 시간과 공간을 초월하여 순수 정감인 순진성 아이러니의 세계에서 무한하고 진실하며 아름다운 본향을 그리는 그의 신성한 시적 비애감은 한 빛으로 승화되고 있다. 지나치게 세련된 현대 문명사회에서, 박두진의 시의식은 <平原石 異變>과 같은 시편들을 통하여 외롭지만 순수한 빛으로 떠올라서 하늘빛과 풀빛으로 상징되는 자연의 은총을 갈구하는 순진성과 자유로운 정신으로 인간 존재의 근원적 생명을 건강하게 회복시키는 초월의 세계로 인도해준다.

（『語文論集』5집, 숙명여자대학교 한국어문학연구소, 1995.12), 改稿

---

18) 박두진, 『現代詩의 理解와 體驗』, 124면.

제 3 부

정지용의 시론과 시

1. 머리말

  본 연구는 鄭芝溶의 시론과 시의 내적 상관성을 분석 고찰하려는 것으로 한국 현대시론의 체계적인 정립을 모색하려는 일련의 연구 중 그 한 부분이다.

  현대시를 고찰하는 데 있어서 한 시인의 이론과 실천, 즉 시론과 시를 대비 분석하여 그의 시의 특성과 시의식을 심층 탐색하는 방법은 한국 현대시론을 논리적이고 체계적으로 정립하기 위한 총체적 연구에 반드시 필요한 실증적 고찰이 될 것으로 판단된다. 그런데 한국 현대시론에 관한 기존의 연구[1]들은 실제 병행 창작된 시와의 관련성이 있는 경우에도 대개 이에 관한 상관적 고찰을 배제한 채 이론적인 체계의 정리에 집중하였다.

  시론만을 대상으로 시론 자체의 일관성을 규명하는 것도 필요한 작업이지만, 시론과 시와의 내적 상관성에 관한 연구 또한 중요한 것이다. 왜냐하면 문학 작품의 분석, 시론에 관한 연구 등의 중요한 의의 가운데는 포괄적이고

---

1) 김윤식, 『韓國近代文藝批評史硏究』, 한얼문고, 1973.
　　한계전, 『韓國現代詩論硏究』, 일지사, 1983.
　　정종진, 『韓國現代詩論史』, 태학사, 1988.
　　한국현대문학연구회, 『한국현대시론사』, 모음사, 1992.
　　이승훈, 『한국현대시론사』, 고려원, 1993.

역동적인 문학사 기술이라는 측면이 있기 때문이다.

정지용의 시론에 관한 기존 연구들의 대부분도 시론 자체에 대한 분석이 대부분2)이었고, 그의 대표적인 시론이 30년대 후반부터 쓰였기 때문에 그의 후기 시를 해석하는 데 그의 시론은 부수적인 참고 자료로 사용되어 온 경우가 많았다. 그것은 위와 같은 정황 외에 그가 한국 현대시문학사에서 김기림과 더불어 모더니즘을 선도한 대표적 시인으로 평가되었고, 이에 따라 그의 시론은 모더니즘적 경향과는 다소 거리가 있는 것으로 보이기 때문이었던 것으로 사료된다.

그러나 이러한 견해가 객관적으로 타당성을 얻기 위해서는 정지용의 시론에 관한 검토와 아울러 이를 바탕으로 한 그의 시에 대한 분석이 이루어져야 할 것이다. 본 논문의 제목에 '시론'이 '시'에 앞서는 것도 정지용의 시를 해석하기 위하여 필요한 경우에 시론을 원용하는 것이 아니라 정지용 시론의 정체성을 정립하고, 여기서 드러나는 그의 시의식의 특성이 시에 어떻게 顯現되는가를 살피려는 의도를 드러내고자 한 것이다.

이와 관련하여 본 연구는 정지용의 시론에서 일관된 정체성을 해명하여 이와 유관한 양상이 잘 드러나면서 시적 구조가 탁월한 시편들을 연관지어 정지용 시론과 시의 특성을 분석적으로 구명해보고자 한다.

정지용은 시집 『鄭芝溶詩集』(시문학사, 1935), 『白鹿潭』(문장사, 1941)에 수록된 122편의 시와, 두 시집에 실리지 않고 당대 신문이나 잡지에 발표된 20여 편의 시를 썼다. 한편 산문집인 『文學讀本』(박문출판사, 1948), 『散文 附譯詩』(동지사, 1949)에 평문과 기행문, 수필, 신변잡기의 성격을 띤 산문을 다수 발

---

2) 김윤식, 「直觀的 詩論―言語의 肉化」, 『韓國近代文藝批評史研究』, 일지사, 1976, 450~453면 참조.
　　김학동, 「神聖性과 <서늘오움>의 詩觀」, 『鄭芝溶研究』, 민음사, 1987, 85~103면 참조.
　　한계전, 「芝溶의 詩論의 면모―모더니즘과 전통의 인식」, 『鄭芝溶研究』, 새문사, 1988, 153~164면 참조.
　　정종진, 「傳統的 詩論의 擡頭」, 『韓國現代詩論史』, 태학사, 1988, 218~239면 참조.
　　이숭원, 「정지용의 시론」, 『한국현대시론사』, 모음사, 1992, 295~309면 참조.
　　이승훈, 「정지용의 시론」, 『한국현대시론사』, 고려원, 1993, 81~91면 참조.

표하였다. 이 중에서 해방 이전에 쓰인 대표적인 시론은 「詩의 擁護」(『文章』5
호, 1939. 6), 「詩와 發表」(『文章』9호, 1939. 10), 「詩의 威儀」(『文章』10호, 1939. 11),
「詩와 言語」(『文章』11호, 1939. 12) 등을 들 수 있다. 그리고 김영랑의 詩作 세
계를 논술한 「詩와 鑑賞」(『女性』29·30호, 1938), 『文章』지 시 부문 심사위원으
로 쓴 '詩選後' 등에서 시에 대한 그의 견해를 살펴볼 수 있다.

  정지용이 시에 대해 논의했던 그의 비평들은 그 시론의 특성과 시의 세계
로 보아 '神髓·威儀를 지향하는 낭만주의 시정신', '고전주의 정신과 유기적
구조 표현의 作詩論', 그리고 '시어의 彫琢과 體現을 통한 이미지의 표출' 등
3개 항목으로 집약된다. 본 연구는 이들을 본론의 소주제로 설정하고자 한
다. 이것은 정지용의 시론이 지니는 다소 비논리적이고 직관적인 면을 시의
원론에 입각하여 체계적인 시론으로 이해하기 위한 시도로 설정한 것이다.

2. 神髓·威儀를 지향하는 낭만주의 시정신

  정지용은 「詩의 擁護」에서 시가 타당한 것을 넘어 神髓에 사무치는 것이
어야 한다고 주장한다. 이 시의 神髓에 정신 지상의 열락이 깃든다는 것이
다. 어떤 비평에서 이때 '神髓'는 사물 가운데에서 가장 중요한 부분인 眞髓
를 뜻하며 그가 말하는 정신은 이른바 聖靈에 가까운 것으로 이야기하기도
한다.3) 이것은 시가 문화에 내한 치열한 의무감을 앙양하는 '橄欖聖油'의 성
질을 갖추고 있어야 하며, 정신적인 것의 가장 우위에 '愛와 기도와 감사'가
놓여 있어야 한다는 정지용의 언급에서 암시받은 것이다. 이 말은 시에 있어
서 신앙의 세계로 비유될 수 있는 정신의 순수성과 영원의 세계를 함축한
것으로 볼 수 있다. 이러한 정지용의 태도에 대하여 '기독교적 정신주의'4)라

---

3) 이승훈, 앞의 글, 82면.
4) 위의 글, 83면.

고 규정짓기도 하지만, 이것으로 그의 詩觀의 본질을 설명하기에는 부족하다. 그가 지향하는 정신주의는 이처럼 일종의 종교주의로 치부할 수 없는 시적 상징을 함축하고 있기 때문이다.

> 이제 그대의 시가 天文에 처음 나타나는 미지의 星辰과 같이 빛날 때 그대는 희한히 반갑다. 그러나 그대는 훨씬 지상으로 떨어질 만하다. 모든 맹금류와 같이 노리고 있었던 詩眼을 두리고 신뢰함은 시적 겸양이다. 시가 은혜로 받은 것일 바에야 詩眼도 신의 허여하신 배 아닐 수 없다. 시안이야말로 기계적인 것이 아니라, 차라리 선의와 동정과 예지에서 굴절하는 것이요, 마침내 賞嘆에서 빛난다. 우의와 이해에서 배양될 수 없는 시는 고갈할 수 바께 없으니, 보아줄 만한 이가 없이 높다는 시, 그렇게 불행한 시를 쓰지 말라. 시도 기껏해야 말과 글자로 사람 사는 동네에서 쓰여지지 않았던가.
>
> —(중략)—
>
> 시인은 구극에서 언어 문자가 그다지 대수롭지 않다. 시는 언어의 구성이기보다 더 정신적인 것의 열렬한 정황 혹은 旺溢한 상태 혹은 황홀한 사기임으로 시인은 항상 정신적인 것에서 정신적인 것을 조준한다. 언어와 宗匠은 정신적인 것까지의 일보 뒤에서 세심할 뿐이다. 표현의 기술적인 것은 차라리 시인의 타고난 재간 혹은 평생 숙련한 腕法의 부지중의 소득이다. 시인은 정신적인 것에 신적 광인처럼 일생을 두고 가엾이도 열렬하였다.[5]

정지용에게 있어 詩眼은 하늘의 별처럼 은혜롭고 신성한 것이다. 이 신성성은 종교적 측면의 제한된 의미가 아니라 '사람 사는 동네'의 자연, 人事, 사랑, 죽음, 전쟁 등을 모두 포괄하는 '究極'을 비유한다. 이때 '究極'은 인간을 신격화하는 낭만주의의 영감론과 상통한다. 보다 무한한 것, 진실한 것, 아름다운 것을 추구하는 신성한 비애, 인간의 작품이나 인간적인 사랑보다

---

5) 정지용, 「詩의 擁護」, 『鄭芝溶全集』 2 散文, 민음사, 1988, 242~243면.
　　정지용 시론의 인용은 민음사판에 의함. 誤記로 보이는 부분은 『文學讀本』과 『散文』을 참고하여 교정하였음. 이하 인용에서는 『鄭芝溶全集』 2로 표기함.

보다 고차적이고 보다 숭고한 것에 대한 지향은 낭만주의가 지닌 무한한 생성의 원리이다.6) 정지용이 '정신적인 것의 열렬한 정황 혹은 旺溢한 상태'에서 타고난 '神的 狂人'으로 불멸하기를 갈구했던 시정신은 주관화된 기회원인적 태도를 특징으로 하는 낭만주의의 시정신과 그 특성을 같이 한다고 볼 수 있다.

이 시정신은 시의 道를 妙悟에 있다고 보고, 시는 入神의 경지, 즉 시의 소재를 관조하여 그 정수와 정신을 구체화하는 데까지 이르러야 하며 시인의 직관과 영감을 시의 본질로 파악한 동양의 妙悟論7)과도 상통하는 경지이다.

시는 마침내 先賢이 밝히신 바를 그대로 쫓아 吾人의 性情에 돌릴 수밖에 없다. 성정이란 본시 타고 난 것이니 시를 갖을 수 있는 혹은 시를 읽어 맛드릴 수 있는 은혜가 도시 성정의 타고낳은 복으로 칠 수밖에 없다. 시를 향처럼 사용하야 장식하려거든 성정을 가다듬어 꾸미되 모름직이 孜孜勤勤히 할 일이다. 그러나 성정이 水性과 같어서 돌과 같이 믿을 수는 없는 노릇이니 담기는 그릇을 딸어 모양을 달리하며 물ㅅ감대로 빛갈이 변하는 바가 온전히 성정이 물을 닮었다고 할 것이다. 그뿐이랴. 잘못 담기여 停滯하고 보면 물도 썩어 독을 품을 수가 있는 것이 또한 물이 성정을 바로 닮었다고 해야 할 것이다. 성정이 썩어서 독을 발하되 바로 사람을 상할 것인데도 시라는 이름을 뒤집어 쓰고 나오는 것이 세상에 범람하니 지혜를 가촌 靑春士女들은 시를 감시하기를 猛禽類의 眼睛처럼 빠르고 사나웁게 하되 형형한 眼光이 능히 紙背를 透할 만한 감식력을 갖어야 할 것이다. 오호 詩라고 그대로 바로 맞어들일 수 있을 것인가. 도적과 妖女는 완력과 正色으로써 일거에 물리칠 수 있을 것이나 知覺과 분별이 서기 전엔 시를 무엇으로 방어할 것인가. 시와 청춘은 邪慾에 몸을 맡기기가 쉬운 까닭이다. 하믈며 劣情 痴情 惡情이 요염한 美文으로 기록되여 나오는 데야 쓴 사람이나 읽는 이가 함께 흥흥 속아 넘어가는 것이 차라리 자연한 노릇이라고 그대로 버려둘 것인가! 目不識

---

6) 池明烈, 「浪漫主義와 憧憬의 문제」, 김용직 외, 『文藝思潮』, 문학과 지성사, 1977, 48~69면 참조.
7) 전형대 외, 『韓國古典詩學史』, 기린원, 1988, 379~382면 참조.

丁의 농부가 되었던덜 詩하다가 性情을 傷우지 않었을 것이니 누구는 이
르기를 시를 짓는이보담 밭을 갈라고 하였고 孔子-가라사대 詩三百에 一
言以蔽之曰思無邪라고 하시었다.8)

시의 근원을 인간의 性情에 두고 있는 이 글은 정지용이 지녔던 동양의
전통적인 시관의 일단을 보여준다. 시가 성정, 즉 개인적 정서의 표현이라는
견해는 동양 시학에 있어 전통적인 것이다.

　　　詩者 志之所之也 在心爲志 發言爲詩 情動於中 而形於言(子夏,詩經 大序)

　　　詩者 出自情性虛靈之府(柳夢寅,於于野談)

　　　詩以道性情(李宜顯,陶谷集, 卷二十七, 雜著)

　　　詩者言志 故心之所之 惟詩可達觀(李瀷, 星湖先生全集, 卷四十九, 詩經疾
書序)9)

위의 글들은 시가 성정의 표현이고 개인적 정서를 나타내며, 이렇게 표출
된 시가 인간의 성정 순화에 이바지해야 한다는 논의로 집약된다. 정지용의
성정 논의의 발상을 老子의 '上善若水'에 두고 성정의 수련을 시사10)한 견해
도 전통적인 동양 시관의 하나를 견지한 것이다. 孔子의 "詩三百一言以蔽之
曰思無邪"의 시관으로 상징화될 수 있는 정지용의 性情論은 風敎와 더불어
시의 효용성을 지향하는 詩作 태도와 관련이 있으나, 그의 시관은 여기에 머
무를 수 없는 독특한 정신으로 개진되고 있다.

---

8) 정지용, 「詩選後」, 『文章』 4호, 『鄭芝溶全集』 2, 277~278면.
9) 전형대 외, 앞의 책, 374~375면 재인용.
10) 위의 책, 277~278면 참조.

　　안으로 熱하고 겉으로는 서늘옵기란 일종의 생리를 압복시키는 노릇
이기에 심히 어렵다. 그러나 시의 威儀는 겉으로 서늘옵기를 바라서 마
지 않는다.

—(중략)—

　　정열 감격 비애 그러한 것 우리의 너무도 내부적인 것이 그들 자체로
서는 하등의 기구를 갖추지 못한 無形한 業火的 塊體일 것이다. 제어와
반성을 지나 표현의 제작에 이르러 비로소 조화와 질서를 얻을 뿐이겠
으니 슬픈 어머니가 기쁜 아기를 탄생한다.

　　표현 기구 이후의 시는 벌써 정열도 비애도 아니고 말았다. — 일개
작품이요 완성이요 예술일 뿐이다. 일찌기 정열과 비애가 시의 원형이
아니었던 것은 다만 시의 일개 動因이었던 이유로서 추모를 강요하기에
는 독자는 직접 작품에 저촉한다.

　　독자야말로 끝까지 쌀쌀한 대로 견디지 못한다. 작품이 다시 진폭과
파동을 가짐이다. 기쁨과 광명과 힘의 파장이 넓이 안에서 작품의 앉음 앉
음새는 외연히 서늘옵기에 독자는 절로 會得과 경의와 감격을 갖게 된다.

　　근대시가 안으로 열하고 겉으로 서늘옵기는 실상 威儀 문제에 그칠
뿐이 아니리라.[11]

　　정지용에게 있어 시의 威儀는 '안으로 熱하고 겉으로 외연히 서늘옵기'가
그 관건이 된다. 이러한 논의에 대하여 氣라는 어휘를 사용하지 않고 氣의
본질을 꿰뚫은 현대시론의 氣論[12]이라고 주장한 의견도 있다. 이것은 氣에
의해 응축이나 조절 과정을 거쳐야 시의 威儀를 지킬 수 있다는 생각에서이
나. 그러나 정지용의 시론을 氣論으로 단성하기에는 문학에 나타난 氣의 개
념이 정론이 없기 때문에 현 단계에서는 정확한 이론으로 계승될 수 없을
것 같다. 그보다는 '氣'를 문장의 標格으로서의 정신과 意態 또는 淸冷·虛實
로 보고, 어떠한 것에도 속박되거나 제한받지 않고 千變萬化하는 타고난 자
유로운 氣質·氣象 등[13]으로 인식하는 것이 보편타당할 것이다. 이렇게 본

11) 정지용, 「詩의 威儀」, 『鄭芝溶全集』 2, 250~251면.
12) 정종진, 『한국 현대시의 이론』, 태학사, 1994, 48~49면.
13) 전형대 외, 앞의 책, 376~379면.

다면 정지용의 시론에 스며 있는 氣의 기운은 시인이 주장하는 시의 威儀를 高慢하게 지킬 수 있는, 무한한 생성의 힘을 지닌 정신적 활력의 昌盛한 경지로 해석될 수 있다. 이러한 품격이 잘 드러난 시가 <春雪>이다.

> 문 열자 선뜻!
> 먼 산이 이마에 차라.
>
> 雨水節 들어
> 바로 초하로 아츰,
>
> 새삼스레 눈이 덮힌 뫼뿌리와
> 서늘옵고 빛난 이마받이 하다.
>
> 어름 금가고 바람 새로 따르거니
> 흰 옷고롬 절로 향긔롭어라.
>
> 옹승거리고 살어난 양이
> 아아 꿈 같기에 살어라.
>
> 미나리 파룻한 새순 돋고
> 옴짓 아니긔던 고기 입이 오믈거리는,
>
> 꽃 피기전 철아닌 눈에
> 핫옷 벗고 도로 칩고 싶어라.
>
> — <春雪> 전문[14]

<春雪>에서 화자는 산속에서 '雨水節'을 맞는 것으로 시간과 공간의 상징성을 부여하고 있다. '대동강 물도 풀린다'는 우수절 아침, 화자는 자연의 부

---

14) 『文章』 3호, 1939.4.

활을 기쁘게 맞이한다. 봄바람을 가르며 걸어가는 시인의 옷고름은 飄飄한 분위기를 느끼게 한다. 겨울을 견디며 살아나온 것이 마치 꿈만 같다. 이 자연의 겨울은 시대적 정치적 겨울을 의미하기도 한다. 미나리 파릇한 새순이 돋고, 얼음 풀린 물 위로 고기 입이 오물거리는 것을 보고 화자는 봄을 느낀다. "꽃 피기전 철아닌 눈에 / 핫옷 벗고 도로 칩고 싶어라."라는 표현에서 화자는 春雪이 상징하는 추위를 홀연히 견뎌 나가겠다는 의지를 다짐하고 있다. <春雪>은 청초한 동양적 분위기로 전통적인 시의 세계를 읊은 정지용의 시편 중 하나로 논평된다. 그러나 이 시의 의미를 되새겨보면 雪景의 풍취를 노래한 자연시의 면모와 당대의 사회적 상황이 분리되어 있지 않은 정신의 단련과 지조의 문제, 그리고 神髓와 威儀를 지향하는 낭만주의 시정신이 내장되어 있다.

정지용은 일제 강점기 일본 놈이 무서워 바다로 산으로 회피하여 시를 썼다[15]고 자조적으로 회고한 바 있다. <春雪>에는 정신의 자기 단련으로 세계와 대결하는 정신의 매서움이 보인다. 얼음이 풀리는 강물 사이로 이는 바람은 자연의 부활, 생명의 호흡을 표상하는 생명적 이미지로 생동감 있게 표현되고 있다.[16] "눈이 덮힌 뫼뿌리와 서늘옵고 빛난 이마받이 하다"라는 구절은 겨울로 상징되는 당대의 사회적 상황에서 외연히 자신을 지켜 나아가겠다는 의지를 표상한다. <春雪>은 '안으로 熱하고 겉으로 서늘오움'을 지향했던 정지용의 시정신이 고고한 품격으로 긴장감을 획득하고 있는 秀作이다.

3. 고전주의 정신과 유기적 구조 표현의 作詩論

정지용은 그의 시론에서 시가 하나의 완벽한 유기적 구조체[17]로 탄생한다

---

15) 정지용, '散文', 『鄭芝溶全集』 2, 220면.
16) 김지연, 『趙芝薰 詩 硏究』, 숙명여자대학교 대학원 박사학위논문, 1994, 56~57면 참조.
17) 유기적(organic)이라는 말은 낭만주의 시대 이후 현재에 이르기까지 시론에 있어서 중요

는 창조 과정을 피력하고 있다.

> 시가 어떻게 탄생되느냐. 유쾌한 문제다. 시의 母權을 감성에 돌릴 것
> 이냐 지성에 돌릴 것이냐. 감성에 지적 통제를 경유하느냐 혹은 의지의
> 결재를 기다리는 것이냐. 吾人의 어떠한 부분이 詩作의 수석이 되느냐.
> 또는 어떠한 국부가 이에 협동하느냐.
>
> ―(중략)―
>
> 무성한 감람 한포기를 들어 비유에 올리자. 감람 한포기의 공로를 누
> 구한테 돌릴 것이냐. 태양, 공기, 토양, 雨露, 농부, 그들에게 깡그리 균등
> 하게 論功行賞하라. 그러나 그들 감람을 배양하기에 협동한 유기적 통일
> 의 원리를 더욱 상찬하라.
>
> 감성으로 지성으로 意力으로 체질로 교양으로 지식으로 나중에는 그
> 러한 것들 중의 어느 한가지에도 기울리지 않는 통히 하나로 시에 대진
> 하는 시인은 우수하다. 조화는 부분의 비협동적 단독행위를 징계한다.
> 부분의 것을 주체하지 못하여 미봉한 자취를 감추지 못하는 시는 남루
> 하다.18)

> 시가 시로서 온전히 제자리가 돌아빠지는 것은 차라리 꽃이 봉오리를
> 머금듯 꾀꼬리 목청이 제철에 트이듯 아기가 열달을 채서 태반을 돌아
> 탄생하는 것이니, 시를 또 한가지 다른 자연현상으로 돌리는 것은 시인
> 의 회피도 아니요 무책임한 죄로 다스릴 법도 없다.19)

한 개념의 하나로 받아들여져 사용되어 왔다. 낭만주의자들은 시가 시인의 상상력 속에
서 종자와 세포로서 출발하여 외부 환경과 그것의 변화 속에서 결실을 맺으며 탄생된다
고 보았다. 이때 탄생된 한 편의 시는 부분들의 단순한 결합으로 이루어진 전체가 아니
라 부분들의 총합 이상의 의미를 지닌 유기적 구조체인 것이다(정한모, 『現代詩論』, 보성
문화사, 1993, 27～28면 참조).
정지용의 시론이 낭만주의의 유기체 시론과 맥을 같이한다는 점은 이미 논의된 바 있다
(김윤식, 『韓國近代文學樣式論考』, 아세아문화사, 65～76면 참조).
18) 정지용, 「詩의 擁護」, 『鄭芝溶全集』 2, 244～245면.
19) 정지용, 「詩와 發表」, 『鄭芝溶全集』 2, 248면.

이처럼 정지용에게 있어서 시는 시인의 창조적 상상력에 의하여 작품에
내재해 있는 여러 다양성이 통일을 이루어 창조된 것이다. 이것은 橄欖 한
포기가 결실을 맺을 때 태양, 공기, 토양, 雨露, 농부들의 땀 등이 각기 한 부
분으로 분리될 수 없는 것과 같다. 태아가 열 달 동안 어머니의 태반에서 조
화로운 생명체로 탄생하듯 시는 그렇게 신비스럽고 자연스러우며 유기적으
로 창조되는 것이다.

> 詩人은 진실로 우리 가운데서 자라난 한 포기 나무다. 淸明한 하늘과
> 適當한 溫度 아래서 茂盛한 나무로 자라나고 長霖과 曇天 아래서는 험상
> 궂은 버섯으로 자라날 수 있는 奇異한 植物이다. 그는 地質學者도 아니
> 요 氣象臺員일 수도 없으나 그는 가장 强烈한 生命에의 意志를 가지고
> 빨아올리고 받아들이고 한다. 기쁜 태양을 향해 손을 뻗치고 험한 바람
> 에 몸을 옴츠린다. 그는 다만 記錄하는 以上으로 그 氣候를 生活한다. 꽃
> 과 같이 自然스러운 詩, 꾀꼬리 같이 흘러 나오는 노래, 이것은 到達할
> 길 없는 彼岸을 理想化한 말일 뿐이다. 非常한 苦心과 努力이 아니고는
> 그 生活의 精을 모아 表現의 꽃을 피게 하지 못하는 悲劇을 가진 植物이
> 다.[20]

이 글은 정지용과 더불어 『詩文學』 동인으로 활동했던 박용철의 대표적
시론인 「詩的 變容에 대해서」이다. 시의 생성 과정을 나무의 성장 과정에 비
유하여 '詩的 變容'을 이야기한 이 글은 앞서 보았던 정지용의 시론과 그 내
용이 대비될 수 없을 만큼 닮아 있다. 이 유사점은 정지용과 박용철이 『詩文
學』을 매개로 문학 활동을 하면서 가졌던 시정신과 시에 대한 태도에 있어
일치하였던 것으로 볼 수 있다. 시 아닌 어떤 것이 시라는 것으로 그 모습을
바꾸는 것, 즉 詩作 과정에 대하여 시론을 펼친 박용철의 「詩的 變容에 대해
서」는 필연에 의하여 죽음과 맞바꿀 만큼 절실한 체험에 의하여 시가 변용
되어 나온다는 논리로 역설되고 있다.

---

20) 박용철, 「詩的 變容에 대해서」, 정한모 외, 『韓國現代詩要覽』, 박영사, 1974, 325면.

박용철의 시론과 정지용의 시론을 대비하면 순수시라고 명명되는 이른바 시문학파의 시정신과 詩作 태도가 극명히 드러난다. 문학, 특히 시에 있어서 기본 정신인 창조성과 낭만주의 정신이 시인의 체험에 의하여 형상화된다는 미적 체험이 강조되기 때문이다.

정지용은 박용철과 '詩文學에 對하야'라는 제목으로 대담한 자리에서 그 마무리를 다음과 같이 강조하고 있다.

> 처음에 想이 올때는 맛치 나무에 바람이 부는 것 갓해서 떨니기도 합
> 니다. 말히자면 詩를 배는 것이지요, 그래서 붓을 드는데 그때는 整理期
> 입니다. 그러나 이것은 機會를 기둘러야지요 애를 배어도 열달을 기둘러
> 야 사람의 本體가 생기드시 詩도 밴 뒤에 相當한 時期를 經過해야 詩의
> 本體가 생기는데 그 時期를 기두리면서도 늘 손질은 해야 합니다. 말하
> 자면 彫刻이란 大理石속에 드러잇는데 그것을 파고 쪼아서 彫刻이 되는
> 것과 마찬가지입니다. 그럼으로 아모리 손질을 해도 決코 人工的인데가
> 업는 것이 아닙니까.21)

이 글에서 정지용은 시의 창작이 시인의 性情과 재능에 의하여 시적 정서가 저절로 발흥해야 이루어진다는 비유를 하고 있다. 이러한 진술에 대하여 그가 동양의 예술적 전통인 표현론에 의거22)하고 있다고 본 견해는 타당한 것으로 보인다.

> 시학과 시론에 자주 관심할 것이다. 시의 자매 일반예술론에서 더욱
> 이 동양화론 書論에서 시의 향방을 찾는 이는 비뚤은 길에 들지 않는다.
> 經書 聖典類를 心讀하야 시의 원천에 침윤하는 시인은 불멸한다.23)

---

21) 정지용, 「詩文學에 對하야」, 『鄭芝溶全集』 2, 293면.
22) 이숭원, 앞의 글, 300면.
23) 정지용, 「詩의 擁護」, 『鄭芝溶全集』 2, 245면.

가장 타당한 詩作이란 具足된 조건 혹은 난숙한 상태에서 불가피의 시적 懷妊 내지 출산인 것이니, 시작이 완료된 후에 다시 시를 위한 휴양기가 길어도 좋다. 古人의 書를 心讀할 수 있음과 새로운 지식에 접촉할 수 있음과 母語와 外語 공부에 중학생처럼 굴종할 수 있는 시간을 이 시적 휴양기에서 얻을 수 있음이다. 그보다도 더 좋은 것을 얻을 수 있는 것은 바다와 구름의 動態를 살핀다든지 절정에 올라 高山식물이 어떠한 몸짓과 호흡을 가지는 것을 본다든지 들에 나려가 一草一葉이, 벌레 울음과 물소리가, 진실히도 시적 운율에서 떠는 것을 나도 따라 같이 떨 수 있는 시간을 가질 수 있음이다. 시인이 더욱이 이 시간에서 인간에 집착하지 않을 수 없다. 사람이 어떻게 괴롭게 삶을 보며 무엇을 위하여 살며 어떻게 살 것이라는 것에 주력하며, 신과 인간과 영혼과 신앙과 愛에 대한 항시 투철하고 열렬한 정신과 심리를 고수한다. 이리하여 살음과 죽음에 대하여 점점 段이 승진되는 일개 표일한 생명의 劍士로서 영원에 서게 된다.[24)]

정지용은 위의 인용에서 보이는 것처럼 다분히 고전주의적 태도를 견지하고 있다. 그것은 고전의 일반적 개념을 '영원한 것, 보편성, 지속적 가치, 절도와 조화, 고귀한 정신의 美'[25)] 등으로 집약할 수 있는 것에서 증명된다. 정지용은 經書와 聖典을 心讀하고 보편성을 지닌 자연에서 신과 인간, 영혼과 신앙과 愛에 대한 시의 원천을 찾는다면 삶과 죽음을 초월한 영원의 세계에 설 수 있다고 주장한다. 다시 말하면 반범속적이고 불후의 가치를 지니는 고전에서 시의 意趣를 찾으라고 이야기하는 것이다. <長壽山1>은 정지용의 이러한 意趣가 잘 배어 있는 작품이다.

伐木丁丁 이랬거니 아름도리 큰 솔이 베혀짐즉도 하이 골이 울어 멩아리 소리 쩌르렁 돌아옴즉도 하이 다람쥐도 좃지 않고 뫼ㅅ새도 울지 않어 깊은산 고요가 차라리 뼈를 저리우는데 눈과 밤이 조히보담 희고

---

24) 정지용, 「詩와 發表」, 『鄭芝溶全集』 2, 249면.
25) 박찬기, 「古典主義의 槪念과 本質」, 김용직 외, 『文藝思潮』, 문학과지성사, 1977, 40면.

녀! 달도 보름을 기달려 흰 뜻은 한밤 이골을 거름 이랸다? 웃절 중이 여
섯판에 여섯번 지고 웃고 올라간 뒤 조찰히 늙은 사나히의 남긴 내음새
를 줏는다? 시름은 바람도 일지 않는 고요에 심히 흔들리우노니 오오 견
듸랸다 차고 兀然히 슬픔도 꿈도 없이 長壽山속 겨울 한밤내—

— <長壽山1> 전문26)

　　<長壽山1>의 첫머리인 '伐木丁丁'의 발상법이 詩經의 시 <伐木>27)에 있
음은 이미 알려진 바이다. 장수산의 시간과 공간은 다람쥐도 좇지 않고 산새
도 울지 않는 깊은 산속, 한겨울의 한밤이다. 이 시의 시상을 삶과 죽음, 사
랑과 미움, 선과 악 등 일체의 俗累를 단절하고 장수산의 깊은 정적 속에 파
묻힌 시인이 눈 내린 겨울 山의 차고 고요한 적막 속에서 참고 견디며 無爲
自然의 원리로 돌아가려는 無我의 경지28)로 이야기하는 것이 일반적이다. 특
히 '山'을 제재로 한 그의 시편들은 虛靜無爲의 노장 철학에 대한 접근을 시
도하고 있다고 논평된다. 그러나 정지용의 일련의 시편들은 투명한 이미지
를 통하여 자연을 관조하면서도 당대 사회 상황을 비극적으로 초월하려는
치열함을 보여주고 있다. <春雪>과 <長壽山1>에서 보이는 것처럼 그는 자
연 관조의 靜的 詩趣를 뛰어넘어 자연에 간접적으로 투영된 화자의 고뇌와
슬픔을 고도의 긴장감으로 절제시키고 있는 것이다.

　　정지용은 시집 『白鹿潭』을 내놓았던 시절, 친일도 배일도 못하고 山水에
숨지도 못하고 들에서 호미도 잡지 못한 채, 그래도 버릴 수 없어 시를 이어
갔다고 이야기하였다.29) 정신적 육체적으로 피폐한 때 이렇게 절제되고 아

---

26) 『文章』2호, 1939.3.
27) <伐木> — 伐木丁丁 鳥鳴嚶嚶 出自幽谷 遷于喬木 嚶其鳴矣 求其友聲 相彼鳥矣 猶求友聲 矧
　　伊人矣 不求友生 神之聽之 終和且平……(『詩經』, 小雅, 鹿鳴之什)
　　동양의 古典詩歌 이론은 '詩經'의 창작 경험을 바탕으로 계승하고 발전하는 면모를 보여
　　주었다(劉勰, 최동호 역편, 『文心雕龍』, 민음사, 1994, 91~102면 참조). 정지용은 동양 고
　　전에 조예가 깊었다. 해방 이후 대학 강단에서 시론 수업을 '詩經'으로 강의한 이력은 이
　　미 밝혀진 바 있다(김학동, 앞의 글 참조).
28) 김학동, 앞의 글, 59면.
29) 정지용, 「朝鮮詩의 反省」, 『鄭芝溶全集』 2, 266면.

름다우며 명징한 시가 탄생한 것은 그가 지향했던 시정신이 형상화되었기 때문이다. 그는 감상벽을 통제하여 "시와 예지의 協和는 심리와 육체를 다시 조절하게 된 것이니 고독의 철저로 육체의 초조를 극복하고 비애의 中正으로써 정신에 효력을 발생"[30]하게 해야 한다고 생각했다. <長壽山1>은 정지용이 비극적 초월을 통하여 고고한 정신적 경지에 다다르려는 자기 단련의 모습을 보여준 佳作이다.

4. 시어의 彫琢과 體現을 통한 이미지의 표출

정지용은 시의 표현에 있어서 가장 중요한 수단이자 유일한 방법이 되는 것이 언어라고 생각하였다. 언어에 대한 관심은 그의 「詩와 言語」에서 집약적으로 드러나지만 그는 「詩文學에 對하야」, 『文章』의 '詩選後' 등에서 지속적으로 시어에 대하여 관심을 갖고 한국어의 우수성을 주장하는가 하면, 어떤 경우는 언어의 남용에 대하여 독설에 가까운 평설을 하였다. 이것은 정지용이 『詩文學』 동인으로 유파적 특성을 인식한 것이었다기보다는 그가 지속적으로 지향했던 시관의 반영으로 볼 수 있다.

시의 표현에 있어서 언어가 최후수단이요 유일한 방법이 되고 만 것은 혹은 인류 文化器具의 불행한 貧乏일지는 모르나 언어의 不具를 嘆하는 시인이 반드시 언어를 가벼이 여기고 다른 부문의 소재를 차용치 않았다. 언어의 불구가 도리어 시의 청빈의 덕을 높이는 까닭이다. 언어의 불구에 立命하여 시의 청빈에 귀의치 못한 이를 시인으로 우대할 수 없게 되는 것이니 제약을 통하지 못한 비약이라는 것은 그것이 정신적인 것이 될 수 없음이다. 가장 정신적인 것의 하나인 시가 언어의 제약을 받는다는 것은 차라리 시의 부자유의 열락이요 시의 전면적인 것이요

---

30) 정지용, 「永郎과 그의 詩」, 『鄭芝溶全集』 2, 262면.

결정적인 것으로 되고 만다. 그러므로 시인이란 언어를 어원학자처럼 많이 취급하는 사람이라든지 달변가처럼 잘하는 사람이 아니라 언어 개개의 세포적 기능을 추구하는 자는 다시 언어미술의 구성조직에 생리적 Life-giver가 될지언정 언어 死體의 해부집도자인 문법가로 그치는 것도 아닌 것이다. 그러므로 언어는 시인을 만나서 비로서 血行과 호흡과 체온을 얻어서 생활한다.

시의 신비는 언어의 신비다. 시는 언어와 Incarcation적 일치다. 그러므로 시의 정신적 심도는 필연으로 언어의 정령을 잡지 않고서는 표현 제작에 오를 수 없다. 다만 시의 심도가 자연 인간생활 사상에 뿌리를 깊이 서림을 따라서 다시 시에 긴밀히 혈육화되지 안은 언어는 결국 시를 사산시킨다. 詩神이 居하는 궁전이 언어요, 이를 다시 放逐하는 것도 언어다.31)

이 글은 정지용이 그 특유의 직관적 에세이로 서술한 것으로 그가 시와 언어의 매우 중요한 본질을 꿰뚫고 있었던 것을 보여준다. 그는 시의 언어가 기본적인 운율적 구속에서 자유로워야 한다32)고 생각하였다. 그리고 위의 인용에서 드러난 것처럼 시어가 외부적 조건, 즉 소재의 변화에 따라 변화를 갖고 표출되는 것이 아니라 시인이 인간, 사회, 자연에서 본질적 문제들을 뿌리 깊이 자각하고 그것을 언어라는 매체를 통하여 생명과 정신의 순수성으로 血肉化해야 한다고 주장했다. 이를 바탕으로 본다면 시는 시어와 정신이 이원적으로 분리되는 것이 아니라 유기적으로 결합하여 그 실체가 통합된 상징물이다. 이것은 '고전주의 정신과 유기적 구조 표현의 詩作論'에서 밝힌 바와 같이 시는 시인의 창조적 정신이 언어와 유기적으로 결합하여 조화로운 새로운 생명체로 탄생한다고 한 정지용의 시관과 일치하는 부분이다.

그가 언어에 대하여 이렇게 특별히 관심을 가진 것은 기존의 한국 시가 감정의 낭비가 심했고 이에 따라 시어를 제대로 선택하여 쓸 여유가 없었는

---

31) 정지용, 「詩와 言語」, 『鄭芝溶全集』 2, 253면.
32) 정지용, 「詩文學에 對하야」, 『鄭芝溶全集』 2, 292면.

가 하면,[33] 시적 감흥이 충만한 상태에서 시를 쓰는 것이 아니라 손끝과 언어의 유희에 그치고 있다고 비판한 것에서 증명된다. 그래서 그는 언어의 기법에 대해서는 깊은 관심을 가지려 하지 않았고 오히려 이를 금기시하였다.

> 시의 기법은 시학 시론 혹은 시법에 의탁하기에는 그들은 의외에 무능한 것을 알리라. 기법은 차라리 연습 熟通에서 얻는다.
> 기법을 파악하되 체구에 올리라. 기억력이란 박약한 것이요, 손끝이란 수공업자에게 필요한 것이다.
> 究極에서는 기법을 망각하라. 탄회에서 優遊하라. 도장에 서는 劍士는 움지기기만 하는 것이 혹은 거저 섰는 것이 절로 기법이 되고 만다. 일일이 기법대로 움지기는 것은 초보다. 생각하기 전에 벌써 한대 얻어 맞는다. 渾身의 역량 앞에서 기법만으로는 초조하다.
> 진부한 것이란 具足한 器具에서도 매력이 결핍된 것이다 숙련에서 자만하는 시인은 마침내 맨너리스트로 가사제작에 전환하는 꼴을 흔히 보게 된다. 시의 혈로는 항시 抵身타개가 있을 뿐이다.
> 고전적인 것을 진부로 속단하는 자는, 별안간 뛰어드는 야만일 뿐이다.
> 꾀꼬리는 꾀꼬리 소리 바께 발하지 못하나 항시 새롭다. 꾀꼬리가 숙련에서 운다는 것은 불명예이리라. 오직 생명에서 튀어나오는 항시 최초의 발성이야만 진부하지 않는다.[34]

정지용은 시를 표현함에 있어 시인이 시학, 시론 혹은 시법에서 오히려 탈각해야 한다고 역설하였다. 훈련과 연습에 의해 얻어진 기법은 시를 창조하게 하는 것이 아니라 제작하게 하는 꼴이 되기 때문이다. "꾀꼬리가 숙련에서 운다는 것은 불명예이리라. 오직 생명에서 튀어나오는 항시 최초의 발성이야만 진부하지 않는다."라는 언급은 '시는 언어와 incarnation적 일치'를 이루어야 한다고 주장한 내용을 뒷받침해주고 있다.

---

33) 정지용은 이것을 육체적 자극 또는 정신적 방탕이라고 비판하고 있다(위의 글, 293면).
34) 정지용, 「詩의 擁護」, 『鄭芝溶全集』 2, 245~246면.

> 문자와 언어에 혈육적 愛를 느끼지 않고서 시를 사랑할 수 없다. 사랑
> 은 커니와 시를 읽어서 문맥에도 통하지 못하나니 시의 문맥은 그들의
> 너무도 記事的인 보통 상식에 연결되기는 부적한 까닭이다. 상식에서 정
> 연한 설화, 그것은 산문에서 찾으라. 예지에서 참신한 嬰孩의 訥語, 그것
> 이 차라리 시에 가깝다. 어린아이는 새 말 바께 배우지 않는다. 어린아이
> 의 말은 즐겁고 참신하다. 으레 쓰는 말일지라도 그것이 시에 오르면 번
> 번히 새로 탄생한 혈색에 붉고 따뜻한 체중을 얻는다.[35]

이 글에는 정지용이 지향한 시정신이 어떤 것인지 분명히 제시되어 있다.
산문과 달리 시는 창조성과 낭만성을 바탕으로 한다는 것, 시어는 특수한 언
어가 따로 존재하는 것이 아니라 그것이 어떻게 형상화되느냐에 따라 새로
운 어린아이의 訥語처럼 즐겁고 참신한 모습으로 탄생한다는 것이다.

> 인간 체험에 내재해 있는 그 어떤 것도 시에서 불법화되지는 않는다
> 고 나는 대답한다. 이것은 어떠한 것이든지 모든 시에서 사용될 수 있음
> 을 의미하는 것이 아니다. 그리고 어떤 素材나 詩의 要素가 다른 어떤
> 것보다 더 완강함을 증명하는 것도 아니다. 또한 시에 어떤 사물들을 많
> 이 포함하는 것이 어렵다는 것을 의미하는 것도 아니다. 그러나 그것은
> 어떤 요소이건, 예를 들면 화학 공식이라도, 시에서 詩的으로 나타날 수
> 있음을 의미한다. 그리고 그것은 또한 시인의 위대성이란 그가 시적으로
> 지배할 수 있는 經驗 領域의 폭에 좌우됨을 의미한다.[36]

위의 인용문은 시어에 대한 정지용의 견해를 요약적으로 설명해줄 수 있
는 대목이다. 인간의 체험이 미적 상상력에 의하여 어떻게 시적으로 형상화
되는가는 한 편의 시에서 시어가 기술적으로 제작되는 것이 아니라 어떻게
심미적 유기적으로 결합되어 효과를 발휘하느냐에 달린 것이다. 그리고 이

---

35) 위의 글, 243면.
36) R.P.Warren, *Pure and Impure Poetry*, 70면, 정한모, 『現代詩論』, 보성문화사, 1993, 51면 재
　　인용.

시어가 특수한 기능을 발휘하는 것처럼 보이는 것은 시인의 경험이 비유적
이거나 상징적인 언어로 그 의미가 심화되었을 때이다. 시에 있어서 그 표현
욕구가 강렬하면 할수록 비유가 중요한 관건이 되며 창조성의 표상이 된다
는 것은 아리스토텔레스의 『詩學』에서부터 현재까지 시론의 주 관심이 되어
왔다. 동양에서도 비유가 단순한 수사학의 차원이 아니라 정서적 함축미를
확대시키고 상징적 심도를 강조하는 효과를 준다[37]고 중시되어 왔다. 作詩
에 대한 정지용의 이와 같은 견해는 동양과 서양 문학을 다양하게 접하면서
얻어진 총합의 결과로 보인다. 정지용의 첫 발표작인 <카페 프란스>는 시어
의 彫琢과 體現을 통하여 정지용이 그의 체험을 이미지화하려는 시적 재능
을 보여주고 있다.

옴겨다 심은 棕櫚나무 밑에
빗두루 슨 장명등,
카페 프란스에 가쟈.

이놈은 루바쉬카
또 한놈은 보헤미안 넥타이
뻣적 마른 놈이 앞장을 섰다.

밤비는 뱀눈 처럼 가는데
페이브멘트에 흐늙이는 불빛
카페 프란스에 가자.

이 놈의 머리는 빗두른 능금
또 한놈의 心臟은 벌레 먹은 薔薇
제비 처럼 젖은 놈이 뛰여 간다.

---

37) 문병욱, 「『櫟翁稗說』考」, 『聖心語文論集』 제9집, 성심여자대학 국어국문학과, 1986.6, 40~
47면 참조.

　　　『오오 패롵(鸚鵡) 서방! 꾿 이브닝!』

　　　『꾿 이브닝!』 (이 친구 어떠하시오?)

　　　鬱金香 아가씨는 이밤에도
　　　更紗 커-틴 밑에서 조시는구료!

　　　나는 子爵의 아들도 아모것도 아니란다.
　　　남달리 손이 히여서 슬프구나!

　　　나는 나라도 집도 없단다.
　　　大理石 테이블에 닷는 내쌤이 슬프구나!

　　　오오, 異國種강아지야
　　　내발을 빨어다오.
　　　내발을 빨어다오.

　　　　　　　　　　　　　　　　　- <카ﹾ페 쯔란스> 전문38)

　　정지용은 <카ﹾ페 쯔란스>에서 당대 처해 있던 지식 청년들의 내면 풍경을 예리한 감각과 이미지의 표출을 통하여 형상화하고 있다.

　　<카ﹾ페 쯔란스>에는 '카ﹾ페 쯔란스', '루바쉬카', '보헤미안 넥타이', '페이브멘트', '패롵', '커-틴', '子爵', '大理石' 등 서구적인 새로운 용어가 등장한다. 이식된 棕櫚나무 밑에 비뚤게 서 있는 장명등이 장식된 프란스라는 카페는 이국 취미를 느끼게 하지만, 이것들은 화자와 같이 모순적 존재라는 것에서 공감을 불러일으킨다. '루바쉬카', '보헤미안 넥타이'는 당시 사회주의에 경도되어 있는 진보적 지식 청년들의 풍모를 나타낸다.39) '밤비는 뱀눈 처럼 가는데'라는 표현은 뱀 눈의 이미지를 통해 감시의 눈초리가 번득이는 강박

---

38) 『學潮』 1호, 1926.6.
39) 당시 문학청년들의 생활과 방황, 모험과 흥분, 실패의 이력에 대해서는 정지용의 글에 자
　　못 생생하게 그려져 있다(정지용, 「永郎과 그의 詩」, 『鄭芝溶全集』 2, 254～265면 참조).

적인 시대 상황을 시사하기도 한다. 그래서 청년들은 '빗두른 능금', 또는 '벌레 먹은 薔薇'처럼 절망적인 심정으로 술집 프랑스에 가는 것이다. 앞부분이 술집에 가기 전 지식인들의 존재의 고뇌를 이질적인 발상으로 묘사한 것이라면, 뒷부분에서는 술집 안의 풍경이 펼쳐지고 있다. 화려하게 장식된 술집에 자주 드나들지만 "남달리 손이 히여서 슬프구나!"라는 탄식을 늘어놓을 뿐이다. 이것은 김기진의 <白手의 嘆息>을 연상하게 하는 아이러니이다. 당대 우리 민족의 아픔을 느끼며 화자는 술에 취한 채 "나는 나라도 집도 없단다"라고 근원을 상실한 망국민의 비애와 울분을 터뜨리는 것이다. 마지막 연은 퇴폐적 분위기를 풍기면서 자조적인 탄식으로 끝나고 있다.

<카페 쁘란스>는 표현에 있어서 세련되지는 않았지만 정지용의 시적 지향과 언어에 대한 彫琢의 흔적이 잘 나타나 있다. 낯설고 이국적인 풍물을 통해 특유의 감각적이고 서구적인 이미지를 표현하면서도 시인이 처한 강박적인 시대 상황이 반영되었기 때문이다. 이 작품에 대해 "어떤 관념의 전달도 배제하는 순수한 사물성에 대한 인식, 나아가 그러한 인식이 거느리는 내면성을 읽기는 어렵다."[40]라는 평설이 있는데, 이것은 그의 시를 표층적으로 해석한 것이다. <카페 쁘란스>에 드러나는 감각은 언어 유희에 머물고 마는 즉물적 이미지의 제시에 그치지 않는다. 시적 자아의 방황과 존재의 고뇌, 내면 공간에서의 상실감 등이 진지하고 절실하게 體現되어 있다. <카페 쁘란스>는 당대 시대 상황에 마주한 정지용의 내면의식을 감각적 이미지로 體現해낸 문제작이다.

5. 맺음말

본 논문은 정지용의 시와 시론을 밀착 고찰함으로써 그의 시의식이 어떤

---

40) 이숭훈, 「람프의 시학」, 김학동, 『鄭芝溶硏究』, 새문사, 1988, 113면.

특성으로 나타나는가를 해명하고자 하였다. 이러한 목적을 수행하기 위하여 우선 정지용이 여러 체험을 겪으면서 다양한 시적 역량을 보인 가운데서도 일관된 시의식을 유지하여 나아간 줄기를 찾아 그 저류를 형성하고 있는 시적 원질을 찾는 데에 초점을 맞추었다.

정지용에 대한 기존의 논의는 그의 시에서 서구 지향적인 모더니즘의 측면에서 문학의 줄기를 찾아 사적인 의의를 두거나, 정신사적인 측면에서 동양 정신 또는 전통 사상에 초점을 맞추는 다소 도식적인 구도를 그리고 있었다. 이에 본 연구는 그간의 사조적 측면과 통시적 연구라는 범주에서 탈피하여 정지용의 시정신을 보다 심도 있게 고찰해 보려는 의도로 그 특성을 집약해보았다.

정지용의 시론에서 추출된 특성은 '神髓·威儀를 지향하는 낭만주의 시정신', '고전주의 정신과 유기적 구조 표현의 作詩論', '시어의 彫琢과 體現을 통한 이미지의 표출' 등으로 집약된다. 그리고 이러한 시론적 특성을 잘 드러내면서 시적 구조와 표현성이 탁월한 작품으로 <春雪>, <長壽山1>, <카페 프란스> 등을 선별하여 이들을 분석 고찰하였다.

그런데 정지용의 시론에 드러나는 특성과 시를 분석하면서 도출된 점은 정지용의 시적 경향과 시의식을 어떠한 특정 사조나 사상에 소속시킬 수 없다는 것이었다. 즉 정지용의 시론과 시에는 낭만주의적 창조성과 고전주의적 태도, 동양의 전통적인 시관과 서구적 감각성, 神髓에 사무치는 정신의 순수지향성과 언어의 彫琢을 통한 생명과 정신의 감성적 體現 등이 混淆되어 나타난다는 것이다.

그러므로 정지용의 시론과 시의 정체성을 서구 지향성의 모더니즘과 전통 지향적인 동양 정신의 갈등으로 한정시키는 것은 그의 참다운 본질과 개성의 의미를 밝히는 데 온당한 방법이 되지 못한다는 결론에 이르게 된다.

정지용은 위와 같은 특성들이 총체적으로 수렴된 '究極'의 세계를 표출해 나아가려는 무한한 생성과 영원한 생명의 시정신을 추구하였다. 여기서 말하는 '究極'은 정신의 순수성이 심화되고 확대된 상징의 세계를 함축한다.

정지용이 지향한 이 '究極'의 세계는 그의 시의식과 시정신의 본원으로서 정지용다운 특성이 된다. 그리고 이 특성은 정지용을 한국 현대시에 있어서 가장 개성적이고 탁월한 시인의 한 사람으로 존재하게 하는 근거가 되는 것으로 판단된다.

(『人文科學硏究』창간호, 가톨릭대학교 인문과학연구소, 1996.12), 改稿

<h1 style="text-align:center">윤곤강의 시론과 시</h1>

1. 머리말

　본 연구는 尹崑崗[1]의 시론과 시를 대비 고찰하여 그의 시에 일관하고 있
는 시의식을 파악하는 한편 윤곤강 시의 특성을 밝히는 데 목적을 둔다. 본
연구에서 한 시인의 이론과 실천, 즉 시론과 시를 대비 분석하여 그의 시의
식과 시의 특성을 탐색하려는 방법은 한국 현대시론을 사적으로 체계화하는
데 반드시 필요한 실증적 고찰이 될 것으로 판단된다. 그런데 한국 현대시론
에 관한 기존의 연구[2]들은 시론 자체에 대한 이론적 정리에 집중한 경향이

---

1) 윤곤강(1911~1950)은 충남 서산에서 출생하였다. 본명은 朋遠인데 아호인 崑崗은 천자문
　‘金生麗水 玉出崑崗’에서 유래한 것이다. 보성고보를 졸업하고 혜화전문을 5개월 다니다
　중퇴한 그는 1930년 일본 專修대학에 입학하였다. 1933년 專修대학을 졸업하고 귀국하여
　카프 해산기에 카프에 가담하여 활동하다가 1934년 제2차 카프 검거에 연루·체포되어
　복역하기도 하였다. 1936년 사립학교 교원으로 취직하였고, 1943년 성균관대학교 도서관
　에서 촉탁 근무를 하다가 1944년 충남 당진으로 낙향하여 면서기로 근무하다 해방을 맞았
　다. 1945년 조선문학가동맹에 가입하여 활동하다가 탈퇴하고, 1946년 모교인 보성고보 교
　사로 근무하였다. 1948년 중앙대학교 교수가 되었고 성균관대학교에 출강하는 등 교육과
　연구활동을 하던 그는 1950년 척추염 및 신경쇠약으로 사망하였다.
　윤곤강은 1930년 『조선일보』에 시론 「시의 옹호」를 발표하고, 1931년 『비판』에 시 <옛
　城터에서>를 발표한 이후 제1시집 『大地』(풍림사, 1937), 제2시집 『輓歌』(동광당서점, 1938),
　제3시집 『動物詩集』(한성도서, 1939), 제4시집 『氷華』(한성도서, 1940), 제5시집 『피리』(정
　음사, 1948), 제6시집 『살어리』(시문학사, 1948) 등의 시집을 상재하였고, 1948년 꾸준히
　써온 시론을 모아 시론집인 『詩와 眞實』(정음사)을 간행하였다.

질다. 특히 시론을 검토하고 정체성을 밝혀 시를 해석해 보려는 본 연구의 방법은 포괄적인 시사를 기술하는 데 이론과 실제를 아우르는 역할을 할 것으로 생각된다.

윤곤강에 관한 그간의 연구 실적들은 그가 활동했던 카프와의 친연성을 바탕으로 인물 평전 중심의 산발적인 평설의 성격을 띠거 나, 프로문학 활동과 해방 공간에서의 조선문학가동맹 활동을 중심으로 이념적 투쟁이 강했던 이론가로 재단하여 고찰하는 것이 주류를 이루어 왔다.[3] 이러한 저간의 사정은 그의 시를 문학 외적인 행장에 연관지어 해석함으로써 작품 세계를 충분히 해명하지 못한 감이 있다. 그런데 윤곤강의 시론과 시를 검토해보면 시의 본질적인 문제와 방법론을 제기하고, 좌익 이념을 대변하는 이론적 지도자로서가 아니라 일제 강점과 해방 이후 분단 현실에서 체험한 민족의 수난을 상징적으로 형상화하는 한편, 이러한 문제를 인간 존재의 실존적 차원으로 승화시키고 있는 것을 알 수 있다. 이러한 면모는 시인으로서의 윤곤강이 선천적으로 지녔던 시의식의 보편성과 시의 개성을 보여주는 대목이다.

2) 김윤식, 『한국근대문예비평사연구』, 한얼문고, 1973.
   이승훈, 『한국현대시론사』, 고려원, 1993.
   정종진, 『한국현대시론사』, 태학사, 1988.
   한계전, 『한국현대시론연구』, 일지사, 1983.
   한계전 외, 『한국현대시론사연구』, 문학과 지성사, 1998.
   한국현대문학연구회, 『한국현대시론사』, 모음사, 1992.
3) 권영민, 『해방직후의 민족문학운동 연구』, 서울대출판부, 1986.
   김용성, 「윤곤강」, 『한국현대문학사탐방』, 현암사, 1984.
   김용직, 「계급의식과 그 이후−윤곤강론」, 『한국현대시사』, 한국문연, 1996.
   김현정, 「윤곤강의 시 연구」, 『문예시학』11, 충남시문학회, 2000.
   문성숙, 「곤강 윤명원론」, 『북천 심여택선생 화갑기념논총』, 형설출판사, 1982(이 논문에서는 윤곤강의 본명인 '朋遠'을 '明遠'으로 오기하였음).
   박재서, 「윤곤강 시 연구」, 『문예시학』1, 충남시문학회, 1988.
   서준섭, 「오일도와 윤곤강의 시」, 김용직 외, 『한국현대시사연구』, 일지사, 1983.
   윤정룡, 「윤곤강 시론에 대한 검토」, 『관악어문연구』10, 서울대학교 국어국문학과, 1985.
   이승훈, 「자기인식의 세 가지 양상 − 신석초·윤곤강·김상용의 시세계」, 『한국현대시문학대계』10, 지식산업사, 1984.
   조용훈, 「곤강 윤붕원 연구」, 『서강어문』8, 서강대학교 서강어문학회, 1992.
   한영옥, 「윤곤강 시 연구」, 『성신연구논문집』18, 성신여대, 1983.
   허시강, 「윤곤강 연구」, 『호서문학』12, 호서문화사, 1994.

따라서 본 연구에서는 윤곤강의 시론과 시를 검토하여 그의 시정신의 실체를 객관적으로 분석·집약하는 한편, 시적 체험이 탁월하게 형상화된 시 작품을 선별·해석하여 윤곤강의 시론과 시가 지닌 시사적 의의를 규명해보고자 한다.

2. 현실의 에스프리와 감동의 리얼리티–참됨과 아름다움의 직관적 표현

윤곤강은 첫 시론인 「시의 옹호」에서부터 시정신의 고양과 옹호를 적극 주장하고 있다. 시 속에서 영원한 실체인 시정신을 파악하고 새로운 시적 개성의 창조를 위하여 고뇌의 길을 떠나야 한다는 그의 주장은 1930년 시론을 쓰기 시작하면서부터 1948년 시론집『詩와 眞實』을 간행할 때까지 지속적으로 이어지고 있다.

> 우리의 앞에는 아직도 산더미 같은 미개척의 황야가 가로놓여 있다. 그것들은 창조자의 손에 개척되기를 갈망하고 있다. 냉철한 철학의 수풀, 아름다운 서정의 샘물, 캄캄한 자의식의 동굴, 질펀한 서사의 자갈밭, 아무데로 가든지 길이 로마인 시의 나라로 통하기만 하면 그만이다. 길은 '자유'이다. 무게와 깊이와 폭을 가지고 걸어가면 그만이다. 시정신의 고양과 옹호는 여기에서부터 시작될 것이다.[4]

1930년 벽두에 쓰인 이 글은 윤곤강에 대한 기존 연구와 일반적으로 거론되어 온 이력을 대비해볼 때 다소 이질적으로 보일 수 있다. 당대 정지용이 「詩의 擁護」에서 타당한 것을 넘어 神髓에 사무치는 정신 지상의 열락이 깃

---

4) 윤곤강, 「시의 옹호」(『조선일보』, 1930. 1), 『시와 진실』, 한누리미디어, 1996, 58면.
   윤곤강이 1948년 정음사에서 간행한 시론집『詩와 眞實』은 1996년 그의 고향인 서산문화원에서 '문학의 해'를 기념하여 윤곤강의 시론 자료를 발굴·수집하여 재판을 발행하였다. 본 논문에서는 1996년 한누리미디어 재판본인『시와 진실』을 텍스트로 인용한다.

든 시5)를 주장한 데 비하여 윤곤강이 부르짖는 시정신의 옹호는 당대가 산문의 시대라고 판단한 데서 온 것이다. 이렇게 당대의 시단이 유명무실하게 된 것은 현대문학의 주류가 산문이며 당대에 지어진 시가 내적 생활의 심도가 없이 난해하게 쓰였기 때문이라며 윤곤강은 산문정신의 추종으로부터 시를 탈환해야 한다는 논리를 펴고 있다. 당대가 산문의 시대인 까닭으로 보다 더 광의의 서정인 포에지가 더욱 크게 요구되고 확대되어야 한다는 비전을 안고 시의 길을 힘차게 걸어가야 한다는 의지를 내비치고 있는 것이다.

윤곤강이 「시의 옹호」에서 시정신의 고양과 옹호를 외치며 강조하는 '자유'는 이성적 직관의 힘으로 감정의 실체를 향하여 정면으로 돌진하고 그 실재의 비밀을 들추는 자유6)를 말한다. 자아가 욕망하는 방향으로 거짓 없는 도전을 감행함으로써 얻어지는 자유는 시인이 기본적으로 지녀야 할 주체성과 자율성을 강조한 것이다. 그리고 윤곤강은 참으로 시적인 것과 참으로 시인적인 것을 동일하게 파악하여 시인은 시의 자극을 내면적으로 감지하는 자발적인 충동으로, 다시 말하면 스스로도 제압하기 어려운 욕망이 분출되어 시가 쓰이는 것이라고 보았다. 그런데 자신의 감정을 객관화하고 입체화하고 보편화하기 위해서는 표현하려는 소재에 대한 시인의 비판력이 요구된다.7) 표현에 대한 욕망과 비판력은 서로 상충하는 것으로 해석될 수 있다. 그런데 윤곤강은 시론의 초기에서부터 시적 리얼리티를 담보하기 위하여 '황홀의 돌연한 감각의 준열한 표현'8)을 강조하고 있다.

> 엄밀한 의미로 본다면 종합을 떠나서 분석이란 있을 수 없으며, 분석이 없이는 종합이라는 것도 무의미한 것이다. 그러므로 우리가 오늘날 '주지적'이라고 부르는 것은 낡은 '분석정신에 대한 기양으로부터 시작하여 분석에 의한 단위 세포로 밀실된 강렬한 종합정신'을 말하는 것이다.

5) 정지용, 「시의 옹호」, 『정지용전집』 2, 민음사, 1988, 242~243면 참조
6) 윤곤강, 「현대시의 반성」(『조선일보』, 1938. 6), 『시와 진실』, 27면 참조.
7) 윤곤강, 「시의 생리-시적인 것의 추구」(『조선일보』, 1938. 7), 『시와 진실』, 28~33면 참조
8) 윤곤강, 「직관과 표현-물질과 정신의 현격」(『동아일보, 1940. 6), 『시와 진실』, 64면.

현실의 중시, 무한히 풍부한 세계형상의 포용. 현실에 대하여 온갖 감
각을 연마하면서 현대적 주지의 정신을 가지고 돌입하는 태도.
우리의 시적 행위의 무한성과 시적 방법론의 새로움은 여기에 있다.[9]

당대 모더니즘 시인을 비판[10]하면서도 윤곤강은 현실을 중시하면서도 감각적이고 주지적인 태도가 새로운 방법론이라고 이야기한다. 윤곤강은 이론과 판단을 초월한 시정신을, 생활력의 근원으로서의 시정신을 해방 이후까지 일관되게 주장하고 있다.[11] 그가 이야기하는 주지적 방법론이란 쉬르레알리슴이 보여주었던 '관념'에 대한 자각과 선견의 눈을 지칭하는 것이다. 그는 쉬르레알리슴의 시가 인간의 심정에 호소하는 것이라는 종래의 낡은 관념을 버리고 자아를 탐구하였다는 의미에 주목하였다. 이러한 부분은 윤곤강이 시에 대하여 가졌던 포괄적이고 객관적인 시각을 보여준다. 그는 쉬르레알리슴이 현대시에 '의미의 확대'는 물론 '의미의 의미'를 추구하게 되는 시정신의 정열을 보여준 것으로 판단하였다. 이처럼 쉬르레알리슴의 공적을 인정하면서도 이 사조가 '현실에서 눈을 감고 애매한 상태로부터 완전히 무관한 제로인 대상을 표현하려는 것'이어서 '산 현실 생활의 개개의 현상'을 보여주지 못했다고 비판한다.[12] 살아 있는 현실의 에스프리를 표출해야 한다는 윤곤강의 이러한 주장은 감동의 리얼리티에 대한 탐구[13]와 맞물려 나타난다.

---

 9) 윤곤강, 「시의 진화—시와 방법의 추구」(『동아일보』, 1939. 7), 『시와 진실』, 44면.
10) 윤곤강은 당대 시인 중에서 특히 김기림의 시집 『태양의 풍속』에 대하여 과학적 방법으로 시를 해설하다가 시를 놓쳐버린 무모함을 보여주었다고 비판한 바 있다(윤곤강, 「감각과 주지—시에 관한 변해(3)」(『동아일보』, 1940. 6), 『시와 진실』, 72~73면 참조).
11) 윤곤강, 「시와 생활」,(『건설』, 1946), 『시와 진실』, 161~163면 참조.
12) 윤곤강, 「시의 진화—시와 방법의 추구」, 『시와 진실』, 34~43면 참조.
13) 윤곤강, 「감동의 가치」(『비판』, 1938. 8), 『시와 진실』, 49면.

시인은 느낌을, 다른 사람이 자기의 '느낌'과 동일한 직관을 맛볼 수 있도록 명료한 체험으로써 표현한다. …… 그러한 의미에서 시의 '리얼리즘'이라는 것은 아무리 세부의 완전을 다 한 것이라도 표현으로서는 완전하다고 말할 수 없을 것이다. 그것은 고작해야 직관의 본질적인 근원의 대용물에 지나지 못한다. 우리가 우리의 시에서 확실한 정서의 섬광을 때때로 볼 수 있게 되는 것은, 우리 자신이 창조한 직관에 의한 것이다. 같은 의미에서 시에 있어 '리얼리티'만을 치중하는 것은 그 표현이 아니라 직관의 원료를 공급하는 데 불과하다고 말할 수 있다. 그러므로 '리얼리티'만을 위주하려는 시인은 코끼리(象)를 더듬는 장님(盲人)처럼 포에지(詩)의 일부분만을 더듬게 된다.[14]

위의 글에서 보이는 것처럼 윤곤강은 직관을 실재와 존재하는 하나의 이미지와의 지각의 조화가 구별되지 않은 것으로, 이 직관으로 인하여 우리는 외부 현실에 대하여 경험자로서 대치하게 된다고 하였다. 이처럼 윤곤강은 직관이 온갖 심미적 표현의 기초가 되는 것으로 보았다. 단순한 감정이나 설익은 知力의 재작용이 아닌 참된 직관은 '동시적 표현'이다. 그러므로 표현 방법에 있어 대상화되지 않는 것은 직관이 아니다. 물론 여기에서 말하는 표현 방법이란 순수한 내부적 전진의 과정으로서 맑게 흐르는 시인의 충동적인 창조적 활동이다.

시적 표현의 기초를 직관에서 찾고 있는 윤곤강은 꿈도 리얼리티와 같이 진실이 될 수 있다고 하였다. 그에게 있어서 '꿈'이란 '비논리의 의미'인 바로 시와 동의어이다. 그리고 그 꿈은 환영이 비상하는 순간과 찰나를 끊임없이 포착하여, 그 '아름다움'과 '참됨'을 표현하기 위하여 뼈를 쑤시는 괴로움을 동반한다. 직관은 고뇌의 저쪽에 있기 때문에 우리가 이쪽에 있다고 생각하고 손쉽게 잡으려 할 때 무모한 감성의 亂行이 반복되는 것이다.[15]

현실의 고통 속에서 호흡하며 순간의 경험인 직관적 표현이 이루어지기를

---

14) 윤곤강, 「직관과 표현―물질과 정신의 현격」, 『시와 진실』, 63면.
15) 위의 글, 61~65면 참조.

바라는 것은 어쩌면 꿈일지도 모른다. 그리고 시인이 체험한 '내면적 경험의 깊이와 너비와 높이를 구유'[16]한 직관적 표현이란 어쩌면 시의 이상일 뿐 영영 만나지 못하는 세계일 수도 있다. 현재에 대한 불안과 회의, 자각 등을 바탕으로 아름다움과 참됨을 끊임없이 추구하는 윤곤강의 시적 지향은 그 닿을 수 없는 세계를 동경하고 있다는 점에서 오히려 시적 리얼리티와 진실을 느끼게 한다.

윤곤강의 <나비>는 현실과의 거리를 체험하는 나비의 꿈이 깊은 비애감으로 표출되면서 시적 자아의 내면의 깊이를 보여주는 성공작이다.

> 비바람 험살궂게 거처 간 추녀 밑
> 날개 찢어진 늙은 노랑나비가
> 맨드라미 대가리를 물고 가슴을 앓는다
>
> 찢긴 나래에 맥이 풀려
> 그리운 꽃밭을 찾아갈 수 없는 슬픔에
> 물고 있는 맨드라미조차 소태 맛이다
>
> 자랑스러울손 화려한 춤재주도
> 한 옛날의 꿈조각처럼 흐리어
> 늙은 巫女처럼 나비는 한숨진다.
>
> — <나비> 전문[17]

윤곤강은 시인이 현실의 추와 악 등 온갖 불미한 것의 일부가 되어야 한다고 주장했다.[18] 이 시에서 시적 자아로 등장하고 있는 '나비'의 이미지는 한국 시에서 형상화되었던 이미지와는 매우 다른 면모를 보여준다. 날개가 찢어진 '늙은 호랑나비'인 시적 자아는 '늙은 巫女'로 동일시되고 있다. '나

---

16) 윤곤강, 「감동의 가치」, 『시와 진실』, 51면.
17) 윤곤강, 『動物詩集』, 한성도서주식회사, 1939.
18) 윤곤강, 「시와 문명－시에 관한 변해(2)」(『동아일보』, 1940. 6), 『시와 진실』, 70면 참조.

비’가 연인을 상징하거나 나비와 꽃의 관계가 연인 사이의 행복을 상징하는 것이 일반적이라면, 이 시에서는 소태 같은 현실 속에서도 환몽의 세계를 찾고 있는 유랑객의 화신으로 설정되어 있다. 아름다운 꽃밭을 찾아 날아가야 할 나비는 늙고 찢긴 날개 때문에 더 이상 날아가지 못하고 비바람 험상궂게 거쳐 간 추녀 밑에서 맨드라미 대가리를 물고 있다. 맨드라미를 ‘대가리’라고 표현하여 동물성으로 인식한 것은 마치 늙은 나비가 빨간 수탉 벼슬 모양을 한 맨드라미를 물고 있는 것과 같은 징그러운 이미지로 연출한 것이다. 꽃 대가리를 옥죄어 닫고 있는 맨드라미에 앉아 향기로운 꿀을 얻기 위해 빨아보지만 맨드라미 꽃잎은 열리지 않고 수탉 벼슬을 빨고 있는 것과 같이 소태맛이 날 뿐이다. 여기에서 나비의 슬픔은 더욱 슬프고 아프게 젖어 들어 간다. 아름답고 화려하게 춤을 추던 나비의 모습은 마치 옛날의 꿈 조각처럼 흐리고 나비는 마치 늙은 巫女처럼 한숨을 지을 뿐이다.

이 시에서 나비는 꽃을 찾아 춤을 추는 행복의 상징이 아니라 ‘늙은 巫女’의 상징으로 표출되어 있다. 巫女는 춤을 추면서 무아의 경지에 이르러 脫魂의 과정을 거쳐 신과 접하기도 하고, 신과 인간과의 중간적인 존재로 질병, 凶事 등의 근원이 되는 악령을 구축하기도 하며, 인간의 능력으로 미치지 못하는 미지의 세계를 신과 통하여 吉凶禍福을 예언하는 靈媒로 간주되기도 한다. ‘巫’라는 한자는 양 소매를 늘이고 나비처럼 춤추는 巫女의 모양을 본뜬 글자이다. 즉 무당은 춤과 노래로 신을 청하는 존재로서, 자신의 몸으로 신명을 청하고 스스로 신명을 풀어냄으로써 삶의 영역을 확충해 나가는 한국인의 정서를 대변하기도 한다.[19] 그런데 이 시에서 나비는 날개가 찢어진 늙은 巫女로 한숨밖에 내지 못하는 불구적 존재로 그려져 있다. 현실에 침식당하고 좌절할 수밖에 없는 부정적인 이미지로 그려져 있는 것이다.

---

19) 한국문화상징사전편찬위원회, 『한국문화상징사전』, 아세아문화사, 1994, 273~276면 참조

그것은 '수레바퀴' 위에 머물은 '나비'의 운명과 같다. 거기에 슬픔이 있다. 이 슬픔이 시가 발상하는 원천이기도 하다. 그리하여 시인은 끊임 없이 생탄하면서 운다. 시인이 이러한 무신경하고 심술궂은 문명의 앙가 슴 속에 태어날 때, 그는 유일의 가능한 방법으로써 이에 반동한다.

현실은 끊임 없이 도망하고, 충동은 쉬임 없이 그것을 추구한다. 충동 은 가장 박약하고 투명한 존재이다. 그 상태를 우리는 형용할 수 없다. 다만 우리는 항상 현실과 그것의 거리를 측량할 따름이다. 그것을 측량 하는 것은 물론 '의식'이다. 이 '의식'은 '꿈의 형식'이다. 그러나 그것은 또한 꿈의 '존재양식'은 아니다. 꿈의 형식이란 사색 자체가 가지는 '자 주적 형태'라고 보는 것이 지당한 것이다.[20]

윤곤강의 이 글은 그의 시 <나비>를 모티프로 하여 지어진 것으로 보인 다. 부채꼴 모양인 맨드라미 꽃 모양이 특이하여 수레바퀴로 환원할 수도 있 다. 시 <나비>에서 맨드라미에 앉아 있는 나비의 모습은 수레바퀴 위에 앉 아 있는 나비의 형상과 같다. 찢어진 날개로 춤도 추지 못하고 한숨짓고 있 는 나비의 슬픔은 화려하게 번영하고 있는 현대문명 속에서 현실 세계와 초 자연적인 신의 세계와의 소통을 꿈꾸는 반동의 몸짓과 같다. 그런데 찢긴 날 개로 인하여 하늘로 날아가지 못하고 닭 벼슬 같은 맨드라미를 빨고 있는 나비의 모습에서 비애감은 더욱 깊어져 가고 있다.

윤곤강에게 있어서 꿈은 무의식한 창조적 활동의 거짓 없는 표현이다.[21] 여기서 창조를 위한 노력은 새로운 이미지를 말한다. 시만이 가지는 특유한 우주가 창조되는 것이다. <나비>에는 시인이 현실과 맞서서 아름다운 꿈을 창조하려는 처절한 체험이 극화되어 나타난다. 그리고 <나비>에는 시가 새 로운 이미지를 창조하려는 꿈의 형식으로 이루어져야 한다고 주장한 윤곤강 의 시정신이 잘 형상화되어 있다.

---

20) 윤곤강, 「시와 문명—시에 관한 변해(2)」, 『시와 진실』, 70면
21) 윤곤강, 「과학과 독단—시에 관한 변해(1)」(『동아일보』, 1940. 6), 『시와 진실』, 67면.

3. 정서와 사상의 재현 – '생의 원형'과 '현재적 고뇌'의 표출

윤곤강은 시를 '정서와 사상의 재현'[22]이라고 정의하였다. 시에 대한 이러한 정의는 현재의 관점에서 보았을 때 매우 보편적인 견해로 보일 수도 있다. 그러나 윤곤강의 시에 대한 정의는 시가 시대적 현실 재현인 '억압된 감정의 정서화'와 '고귀한 꿈'이라고 단정하고, 시에서 이데올로기를 분석하고 탐구하는 자유를 누려야 한다는 생각에서 나온 것이다. '위대한 사상성과 심원한 상상력의 융합'[23]에 의하여 시에서 창조의 샘물이 용출하는 것이다.

이와 관련하여 윤곤강은 시에 있어서 가장 중요한 관건은 '현재적 고뇌'를 바탕으로 '생의 원형'이 그려져 있어야 한다고 역설하였다. 그래서 랭보를 '생의 원형'을 통찰한 위대한 시인으로 거론하고 서정주에게는 강렬한 '인간의 내음새'가 난다고 평가하였다. 그리고 현실에 대한 시인의 상념의 상극에서 빚어진 陰鬱이 녹아 있어야 한다고 하였는데, 특히 에세닌의 시에서 인생학적 고뇌를 높이 샀고 이용악의 시가 현실에서 느끼는 상념의 간극이 잘 형상화되어 있다고 평가하였다.[24]

윤곤강은 시론을 통하여 꿈과 현실, 물상과 심상의 상극, 현실의 고뇌와 시인의 상념의 상극, 현재적 고뇌와 생의 원형, 물질과 정신의 현격 등 '相距하는 반작용'[25] 들을 포착하여 감성의 향불을 지펴 올리자고 역설하였다. 또한 윤곤강은 「시의 밸런스」에서 새로운 관념과 새로운 에스프리가 결합되어야 새로운 시가 창조된다고 주장한다. 이 글에서 그는 무거움과 가벼움, 기쁨과 슬픔 등 상극의 개성적 감정과 사고가 조화되어 생생한 에스프리가 생

---

22) 윤곤강, 「표현에 관한 단상−자아에게 주는 독백」(『조선문학』, 1936. 6), 『시와 진실』, 96면.
23) 위의 글, 99면.
24) 윤곤강, 「랭보적·에세닌적−시에 관한 변해(4)」(『동아일보』, 1940. 6), 『시와 진실』, 75~78면 참조.
   이 글에서 윤곤강은 특히 랭보가 그의 시를 통하여 '생의 원형'을 통찰하였다고 높이 평가하고 있다. 이 부분은 윤곤강이 상징주의를 정신과 물질의 상호 작용에 의하여 미지의 세계를 인식하기 위한 중요 방법론으로 공감하고 있었던 것을 보여주는 대목이다.
25) 윤곤강, 「직관과 표현−물질과 정신의 현격」, 『시와 진실』, 64면.

성된다고 하였다.26) 윤곤강의 이러한 주장들은 그가 아이러니의 시정신을 지니고 있었던 것을 보여준다. 아이러니는 현대시에 있어서 그 자체에 모순 충돌하는 요소를 모두 수용하여 인생의 고통과 세계의 진실을 천착해보는 정신적 가치를 부여해준다. 낭만적 아이러니는 예술가가 창조적이면서 비판적이어야 하고, 주관적이면서 객관적이어야 하며, 열정적이면서 현실적이어야 하고, 정서적이면서 이성적이어야 하며, 무의식적으로 영감을 받으면서도 의식적이어야 한다고 강조한다. 그러면서도 작품은 광대하고 모순에 차 있는 현실을 허구적으로 묘사하여 끊임없이 생성의 의미를 부여해야 한다.27) 윤곤강이 일련의 시론을 통하여 꿈과 현실, 현재적 고뇌와 생의 원형 등 相距하는 감정과 사고가 조화를 이루어야 한다고 주장한 것은 부조리한 현실에서 인생의 복잡성과 가치의 상대성에 대하여 인식하고 그것을 표현하려한 아이러니의 정신을 잘 드러내준다.

이처럼 윤곤강에게 있어서 시적 표현은 인간 자체를 표현하는 데 가장 충실하면 할수록 가장 진실한 것이 된다. 그리고 참된 시는 시대적 진실을 함축하는 인간적 사상과 위대한 생명성의 완전한 결합의 발현으로 얻어진다. 다시 말하면 현실적 기조에 뿌리를 박은 자각과 인식 밑에, 그 전형적 감정을 노래하려는 인간적 열정이 반드시 수반되어야 하는 것이다.28)

> 서정시의 운명, 현대 메카니즘과 리리시즘 사이에 방황하는 오늘의 시인의 생리적 상극, 우리는 이 난관을 하루 바삐 타개해 나아가야 되겠다. 어느 시기에나 시에 대한 질곡이 강하면 강할수록 시정신은 보다더 앙양되었다는 사실을 기억하면서……29)

---

26) 윤곤강, 「시의 밸런스」(『동아일보』, 1938. 10), 『시와 진실』, 123~125면 참조.
27) D. C. Muecke, 문상득 역, 『아이러니』, 서울대학교출판부, 1980, 27~44면 참조.
28) 윤곤강, 「포에지에 대하여」(『조선일보』, 1936. 2), 『시와 진실』, 80~84면 참조.
29) 윤곤강, 「시정신의 저회ー시단 월평」(『동아일보』, 1941. 2), 『시와 진실』, 145면.

시는 현대의 야수꾼의 꿈꾸는 세계－동굴이다. 그것은 객체의 자기발전의 필연적 진행에 저항하는 인간의지의 충돌에서 생기는 생명의 불꽃이다.
산문을 필연에 대한 의지의 저항이라면, 시는 사물이 가진 바 필연의 방향을 역환하는 꿈의 현실화이다. 물론 시인의 시와 결합하는 것은 표현을 통하여서만 가능하나 그것은 절대부정을 통하여 상호 결합된다. 여기에 존재로서의 시의 부단의 생성변화가 있다. 시인은 항상 변전하는 '현실'과 '영원한 것'을 동시에 보는 까닭이다. 니체의 해석에 의하면 사람이 '사는 것의 최고의 향수는 위험하게 사는 데 있다'고 한다. 그러한 의미에서 우리는 현실과 시간적 실재의 통일인 현재로서의 초월자가 되어야 할 것이다. 그러한 각성에서 시의 이념으로 배태시키고 또한 시인의 성실을 발굴해야 될 것이다.[30]

1941년 시단을 평한 앞의 글에서 당대 서정시의 운명을 현대 메커니즘과 리리시즘의 상극에서 방황하고 있다고 진단한 윤곤강의 견해는 세기를 뛰어넘은 오늘날에도 물질문명에 가치가 전도된 현실을 살면서 훼손된 세계를 순화하기 위해 꿈꾸는 시인의 지향을 예견하고 있다고 볼 수 있다. 변전하는 현실을 호흡하면서 부정하고, 영원한 것을 지향하는 시인의 강인한 정신력이 진실을 느끼게 해준다.

"사는 것의 최고의 향수는 위험하게 사는 데 있다"라는 니체의 발언은 부조리한 현실에서 열정을 동반한 모순을 감행하는 참된 인간 존재를 아이러니컬하게 이야기한 것이다. 이처럼 윤곤강은 현실에 뿌리를 내리면서도 부단한 정신력으로 초월적인 힘을 발휘하는 의지적 인간을 강조하고 있다. 현실의 카오스와 영원한 것 사이에 충돌하는 생명의 불꽃인 시는 인간의 영원한 꿈을 실체화한다. 현실과 영원한 것 사이에서 현재적 의미를 창조하는 인간의 꿈을 주장하는 윤곤강의 시론은 아이러니컬한 비평력을 확보한다고 생각된다.

<지렁이의 노래>는 윤곤강이 주장한 대로 '생의 원형'과 이에 相距하는

---

30) 윤곤강, 「꿈꾸는정신－시는 꿈의 실체화」(『동아일보』, 1940.10), 『시와 진실』, 130면.

시적 자아의 현실에 대한 고뇌가 비극적으로 표출되어 있는 문제작이다.

아지못게라 검붉은 흙덩이 속에
나는 어찌하여 한 가닥 붉은 띠처럼
기인 허울을 쓰고 태어났는가

나면서부터 나의 신세는 청맹과니
눈도 코도 없는 어둠의 나그네여니
나는 나의 지나간 날을 모르노라
닥처 올 앞날은 더욱 모르노라
다못 오늘만을 알고 믿을 뿐이노라

낮은 진구렁 개울 속에 선잠을 엮고
밤은 사람들이 버리는 더러운 쓰레기 속에
단 이슬을 빨아마시며 노래부르노니
오직 소리 없이 고요한 밤만이
나의 즐거운 세월이노라

집도 절도 없는 나는야
남들이 좋다는 햇볕이 싫어
어둠의 나라 땅 밑에 번듯이 누워
흙물 달게 빨고 마시다가

비오는 날이면 따 우에 기어나와
갈 곳도 없는 길을 헤매노니
어느 거친 발길에 채이고 밟혀
몸이 으스러지고 두 도막에 잘려도
붉은 피 흘리며 흘리며 나는야
아프고 저린 가슴을 뒤틀며 사노라

(정해 여름 삼팔선을 마음하며)
－ <지렁이의 노래> 전문[31]

이 시에서 시적 자아는 매우 특이하게도 '지렁이'[32]로 설정되어 있다. 제목에서부터 '지렁이'와 '노래'가 복합되어 시적 자아의 내면 의식과 현실적 상황이 모순 충돌하는 체험이 상징화되어 있다. 상처받은 슬픈 영혼인 지렁이의 비극적 운명과 현실 상황이 소리 나지 않는 노래로 불리는 아이러니라 하겠다. 1947년 정해년 남북 분단의 비극을 목도하고 민족의 현실과 고통을 노래하는 아이러니로 그 비애감이 한층 더 깊어지고 있는 것을 볼 수 있다.

이 시에서 지렁이는 나면서부터 청맹과니인 어둠의 나그네로 검붉은 흙덩이 속에서 떠돌며 기어 다니는, 한낱 붉은 띠와 같은 불구적 존재이다. 그리고 앞을 못 보는 눈으로 인해 과거는 물론 미래도 알 수 없어 다만 오늘만을 알고 믿으며 살 뿐이다. 오늘을 연명하기 위해서 지렁이는 깊은 밤 더러운 쓰레기 속에서도 이슬을 빨아 마시며 노래를 부른다. 지렁이에게는 고요한 밤만이 즐거운 세월이 된다. 지렁이는 일반적으로 낮 동안에는 땅속 구멍에 숨어 지내다가 밤이 되면 몸통의 절반을 땅 위로 내밀고 지상의 썩어가는 유기물을 삼키거나 구멍 속으로 끌어들인다. 윤곤강은 이러한 지렁이의 생태를 잘 응용하여 시적 자아를 집도 절도 없이 떠도는 환형동물로 형상화하였다. "남들이 좋다는 햇볕이 싫어 / 어둠의 나라 땅 밑에 번듯이 누워 / 흙물 달게 빨고 마시다가 / 비오는 날이면 땅위에 기어나와 갈 곳도 없는 길을 헤매노니"라는 구절은 암담한 시대를 살아가는 민족의 한 단면을 상징화하고 있기도 하다. 지렁이는 비가 와 흙속에 물이 차면 산소가 줄어 숨쉬기 위해 흙 밖으로 나오는데, 이때 햇볕에 노출되면 수분을 잃고 몸이 마비되어 죽게 된다고 한다. 이 시에서 지렁이는 비 오는 날 땅 위에 기어 나와 거친 발길

---

31) 윤곤강, 『피리』, 정음사, 1948.

32) 지렁이는 일반적으로 재생력이 뛰어난 불사신의 생명력으로 상징되었다. 특히 지렁이 1 마리의 몸에 붙은 암컷과 수컷의 생식 기관이 암수 동체의 兩性具有라는 신비감과 연계되어 異物交媾談으로 발전하여 후백제의 견훤 설화와 같은 영웅 탄생 설화를 낳게 되었다. 그러나 한편 미천하고 약한 사람도 지나치게 업신여김을 당하면 성을 낸다는 뜻으로 "지렁이도 밟으면 꿈틀거린다."라는 속담에서 보이듯이 힘없는 인간을 빗대어 표현한 인간 심리 저변의 저항 의식으로 상징화되기도 한다(한국문화상징사전편찬위원회, 앞의 책, 545~546면 참조).

에 채이고 밟혀 몸이 으스러지고 두 도막으로 잘려 붉은 피를 흘리지만 죽지도 않은 채 저린 가슴을 뒤틀며 살아가는 존재로 형상화되어 있다. 이 ‘지렁이’의 이미지는 윤곤강이 이야기한 대로 ‘생의 원형’이 적나라하게 그려진 단면을 보여준다.

1947년 ‘여름 삼팔선을 마음하며’ 시를 쓴 윤곤강은 거친 발길에 채이고 밟혀 동강난 지렁이를 민족적 자아로 환치하여 분단 현실의 민족적 비극과 모순을 노래하고 있다. 지렁이는 몸의 일부가 잘리면 잘린 부분을 원래의 몸과 같이 재생시킨다. 일반적으로 지렁이를 땅속에 기생하는 징그럽고 무기력한 존재로 인식하는 경우가 많다. 그러나 실상 지렁이는 밤낮 없이 성실하게 일하는 생활을 한다. 깊은 땅 속에서 흙을 파 올려 공기와 습기가 들어가 땅을 비옥하고 기름지게 하는 고마운 존재가 지렁이다. 또한 지렁이는 흙 속의 유기물 찌꺼기를 썩게 하여 비료작용을 돕는다. 이러한 지렁이의 이미지는 한국 사회에서 생산의 주체이면서 수탈의 주체였던 농민들의 소외된 모습을 상징화했다고도 볼 수 있다. 지렁이의 노래를 통해 윤곤강은 잘려진 몸에 붉은 피를 흘리면서도 가슴을 뒤틀며 살아가겠다는 불굴의 의지와 강인한 정신력을 토로하고 있는 것이다.

> 그러므로 참된 시인은 항상 시를 죽이면서 시의 맨 앞을─첨단이라고 불러도 좋다─걸어가야 된다. 시인이란 이러한 자각을 가지고 어둠 속을 헤매는 사람의 명칭이다. 그 자각을 실천하지 못하고 말 없는 구렁에 영영 매몰되는 불행이 있을지라도……
> 시를 쓰지 말고 밭을 만들라(!)는 말이 있는 것도, 능과 전진이 없는 시인에게 보내는 한 개의 가슴 쓰린 역설이다.
> 문과 창이 없는 방안의 생활.
> 권태다. 피로다. 죽어넘어진 이념이다. 말라빠진 감성이다. 대가리가 무거운 지성이다. 천치의 백일몽이다. 종국적인 전체성을 얻지 못하는 허거품이다. 순간이다. 찰나다.
> 그러나, 우리는 이 속에서 무한한 실체를 걸어 잡아야 한다. 시는 쉬

임 없이 자라고 끊임 없이 변하는 그 속에 살고 있다.
　　우선 먼저 가져야 할 것—
　　시를 부정하라. 그 다음에 시를 긍정하자.
　　그 다음에 시와 시인과의 조합을 가지자. 그때—비로소 한 사람도 가
보지 못하였고 앞으로도 또한 가보기 어려운 세계 그곳까지 돌파하는
'기쁨'을 자기만이 가질 수 있음을 자각하자.[33]

　　윤곤강은 위의 글에서 시인이 첨단적인 자각을 가지고 어둠 속을 헤매는
자라고 이야기하고 있다. 그래서 권태롭고 피곤한 말들, 진부한 이념, 메마른
감성, 공소한 지성 등을 물리치고 새롭게 싹을 일굴 밭을 만들어야 한다고
강조한다. <지렁이의 노래>를 보면 지렁이에게는 어두운 땅속이 포근한 꿈
의 세계가 된다. 흙물을 달게 빨아 마셔 그 힘으로 재생에의 의지와 열망을
표출하고 있는 지렁이의 모습은 죽음보다 더한 고통을 온몸으로 극복하려는
모습으로 상징화되고 있다. 이러한 지렁이의 현실인식과 비극적 실존의 체
험은 민족의 고통을 노래한 동시에 확대되어 인간 존재의 실존적 고통을 노
래하고 있다는 점에서 리얼리티를 확보하고 있다고 평가된다.

4. 개성과 보편성을 지향한 표현론—전통 위에 뿌리박은 창조의 새로움

　　윤곤강은 시의 생명력을 지속시키는 근거로서 개성과 보편성을 들고 있
다. 이 개성과 보편성은 시뿐만 아니라 온갖 문학의 기조가 된다는 것이다.
그래서 T. S. 엘리엇이 「전통과 개인적 재능」에서 시로부터 개성적 요소를
제거시키려 한 것은 시의 보편성을 살리기 위한 시험이었다고 진단한다. 윤
곤강이 말하는 개성의 문제는 단지 스타일에 국한된 문제가 아니라 시인의
상상력을 기저로 한 시작품의 형식과 내용, 감상 등 총합의 문제이다. 그가

---

33) 윤곤강, 「시인 부정론」(『조선문학』, 1939. 6), 『시와 진실』, 106면.

말하는 상상력은 개성 특유의 감동의 양식을 표현하는 형식이다. 그리고 개성이 보편성을 가져야 한다는 의미는 감상자에게 읽혀서 널리 이해되고 공감을 주어야 한다는 사회성의 관점에서 말한 것이다. 이러한 맥락에서 서정시의 현실성 문제도 개성과 보편성이 바탕이 되어야 한다고 주장한다.[34] 개성과 보편성을 담보로 한 시 창작의 문제는 '창조와 표현'이라는 관점에서 더욱 구체화되어 나타나고 있다.

윤곤강은 구루몽이 일찍이 예술의 창조를 가리켜 "자연의 아름다움(미)과 사람의 느낌(감각)과 이 두 가지 힘의 충돌에서 평행사변형의 대각선 예술이 생탄된다"라고 이야기한 바에 근거를 두고 시의 창조와 표현의 문제를 거론하였다. 자연의 아름다움에 대하여 느끼는 인간의 주관 사이에서 충돌하여 생기는 '대각선'이 바로 '표현'이라는 것이다. 그런데 표현을 위한 원소가 되는 것은 객체와 주체, 즉 '무엇' 또는 '어떤 것'을 따지는 것이 문제가 아니라 "어떻게 표현되었느냐?"라는 문제라는 것이다. 어떻게 표현되었는지의 문제는 현실에 대하여 주체가 표현한 객관화와 형식화의 문제로 수렴된다. 그러한 의미에서 창조란 '표현화의 새로움'이 보여주는 '새로운 전율'을 만드는 것이다.[35]

> 표현화의 결여 — 형식화 이전의 비극 — 시의 새로움이란 시인에게 있어 표현화의 새로움을 말한다. 시가 표현에 살고 표현은 그 형식을 통하여 결정되는 것이라면 새로운 표현이란 항상 새로운 표현형식의 추구 없이는 무의미한 것이다. 표현형식이란 그러므로 소재가 되는 '객체'까지를 새롭게 한다. E. A. 포가 현대시에 새로운 전율을 창조한 것도 그가 자아의 시를 (그 특유의 감각과 소재를) 표현형식이라는 새로운 프리즘에 투영시킨 데 있으리라.
>
> 참된 표현이란 '불변의 태양처럼 그 비치는 모든 것을 명확히 하고 보다더 훌륭한 모양을 만드는 것이다'(A. 폽 <비평>)

34) 윤곤강, 「개성과 보편」(『비판』, 1938), 『시와 진실』, 107~111면 참조.
35) 윤곤강, 「창조와 표현」(『작품』, 1939. 6), 『시와 진실』, 115~118면 참조.

시인의 임무란 '새로운 정서를 찾아내는 것이 아니라 행용의 정서를
사용하는 일이다. 그리고 그 정서를 시화할 때 실제의 정자 가운데에는 전
연 없는 감정을 표현하는 일이다'(T. S. 엘리엇 <전통과 개인적 재능>)[36]

윤곤강의 이러한 견해는 "시는 어떻게 구성되는가"에 초점을 맞추고 있는
형식주의의 방법론과 유사한 관심을 보여준다. 표현의 새로움이 소재가 되
는 객체까지를 아름답게 하고 새로운 전율을 창조한다는 그의 견해는 당대
를 앞서는, 시의 방법론에 있어서 본질적인 문제를 제기한 것으로 평가된다.
특히 시에 있어서 진정한 창조는 시인이 새로운 정서를 찾아내는 것이 아니
라 행용의 정서를 사용해야 한다는 논의는 형식주의의 '낯설게 하기'[37]와 상
통하는 면모를 보여준다.

한편, 윤곤강이 강조했던 창조와 보편성의 문제는 전통의 문제와 연결된
다. 윤곤강이 갈구했던 표현의 새로움인 '혁신'에 대한 염원은 전통을 옳게
파악하고 바르게 계승하는 데서 실현되는 것이다. 즉 그가 말하는 혁신이란
전통을 깊이 파악하여 새로운 창조의 기초를 삼는 것을 의미한다.[38]

전통이란 다만 과거의 역사에 나타난 한 현상이 아니라 미래까지를
내포하고 좌우하는 커다란 힘을 말한다. 그러므로 어떠한 전통을 전제로
하지 않고 혁신이라는 것을 생각할 수는 없다. 혁신이란 사물이 새로워
진다는 것을 말함이요, 사물이 새로워진다는 것은 어떠한 의미로든지 어
제까지 없었던 것을 만들어 내는 것을 의미한다. 그러므로 전통 가운데
에 이미 혁신을 위한 새로운 맹아가 마련되어 있는 것이다. 그리하여 혁
신은 전통의 탐구와 그 본질의 파악으로부터 시작되는 것이다. 혁신은

---

36) 위의 글, 118면.
37) 형식주의는 예술작품의 자율성을 강조하여 사물을 낯설게 하고 형태를 어렵게 하여 지각
    의 과정자체를 하나의 심미적 목적으로 주목하였다. 형식주의의 선도자인 슈클로프스키
    의 '낯설게 하기'는 종래의 이미지 또는 비유의 원리를 뒤집은 새로운 경험과 인식의 전
    환을 보여주었다. 이러한 면에서 윤곤강이 주장한 창조와 표현의 문제는 한국시사에서
    시의 방법론적 문제를 선구적으로 거론한 것으로 평가된다.
38) 윤곤강, 「전통과 창조」(『인민』, 1946. 1), 『시와 진실』, 158면 참조.

> 그 자체의 움직임과 전통의 본질이 합치되는 데서 이루어지는 것이다.
> 그리 함으로써 우리는 비로소 정당한 전통의 계승자가 될 수 있는 것이
> 다.39)

　참된 전통 위에 뿌리박은 창조와 혁신을 주장하고 있는 이 글은 윤곤강이 해방 공간에서 잠시 조선문학가동맹의 일원으로 활동했었지만, 반전통적인 이념적 경직성으로 흐르지 않고 전통에 대하여 올바른 이해를 하고 있었던 것을 보여준다. "사람은 자연을 부정하고 자연과 대립항쟁 하는 창조의 정신을 가진 동시에 또한 자연을 본받고 자연을 따르고 자연에게 순응하는 모방의 정신을 가졌다."40)라는 그의 언급은 인간이 가진 문화가 대자연의 모방이라고 볼 수 있으며, 혁신을 하기 위해 전통을 탐구하게 되고 창조를 하기 위해서 자연을 모방하게 되는 경우를 말한 것이다. 그래서 혁신은 전통에 육박하는 힘이 강할수록 창조적이 된다. 전통의 참된 본질을 파악하여 인습을 타파하고 전통이 생동하는 생물체와 같이 새로운 창조를 위하여 고양시켜야 한다는 논리는 윤곤강이 참된 전통 위에 뿌리박은 창조만이 우리 민족 전체를 바른 길로 이끌어줄 수 있을 것이라는 확신에서 나온 주장이다.

> 　—(전략)— 현실은 과거의 역사의 성과요, 미래의 동인이다. 현실은
> 그 발자취에 과거를 기록하고 영원히 미래의 방향을 찾아 진전한다. 그
> 러므로 현실을 현실로서 본 때는 그것은 이미 개념이다. 그러므로 과거
> 를 떠나서 현실을 생각할 수는 없다. 또한 미래를 떠나서 생명 있는 현
> 실을 생각할 수는 없다. 여기에 인간의 이상이 있다. 광휘가 있다.41)

　현실은 과거 없이는 있을 수 없고 또한 미래 없이 생장할 수도 없다. 현실은 과거 역사의 성과요 미래의 동인이다. 위의 글에서 보이는 것처럼 윤곤강

---

39) 위의 글, 159면.
40) 위의 글, 159~160면.
41) 윤곤강, 「시와 현실」(『예술신문』, 1947. 9), 『시와 진실』, 165면.

은 참된 전통 위에 뿌리박은 창조가 현실을 기반으로 이루어져야 한다고 주
장한다.

> 문학은 마침내 한 개의 고정화된 관념이거나 정당의 사자생이거나 상
> 인의 앞잡이가 되어서는 안 된다. 그것은 사회적 충동의 파문이 크고 강
> 하면 크고 강할수록 자주적 성격을 엄연히 갖추어 가지고 온갖 외적 위
> 압에도 굴하지 않고, 항상 참된 인간성의 회복과 획득을 지향하여야 한
> 다. 문학의 정신은 온갖 시대적 속박으로부터 해방되려는 자유스러운 인
> 간성의 본원적 발현인 것이다.
> 현실의 온갖 불합리와 모순에 대하여 영원히 타협하지 않고 굴종하지
> 않는 불사신의 정신 이것이 문학이요, 이것을 떠받들고 영원히 매진하는
> 것이 문학자인 것이다.
> 우선 문학을 온갖 속박으로부터 해방시키라. 봉건적 암흑으로부터, 자
> 본과 기계의 아성으로부터, 편향된 유물사상으로부터, 진부한 유심사상
> 으로부터, 그 밖의 온갖 외적인 것으로부터 문학을 그 독자적인 본연의
> 위상으로 환원시키자. 이것만이 문학의 유일한 사명이요, 진로인 것이
> 다.42)

해방기에 쓰인 글로 추측되는 이 글에서 윤곤강은 문학의 독자성을 역설
하고 있다. 윤곤강은 '해방'이라는 말이 근로계급의 해방 등 경향문학 등에
서 유물론의 허울을 쓴 소박한 관념론으로 떨어졌다고 지적하면서 문학 자
체의 독자적인 본연의 위상을 회복하자는 의미에서 문학의 해방을 강조하고
있다. 문학은 현실의 온갖 불합리와 모순된 속박으로부터 벗어나려는 자유
로운 인간의 본원적 발현이다. 혁신과 퇴보, 진보와 반동, 해방과 압박이 혼
동·전도되어 있었던 당대 현실 속에서 문학 외적인 것으로부터 그 독자적
인 본연의 위상을 환원해야 한다는 윤곤강의 문학 해방론은 문학의 참된 지
향을 선언하였다는 점에서 그 의미가 큰 것으로 생각된다.

---

42) 윤곤강, 「문학의 해방」, 『시와 진실』, 172~173면.

윤곤강은 해방 이후 고전에 관심을 갖고 고전 시가에 대한 연구 실적인『近古朝鮮歌謠撰註』(1947),『孤山歌集撰註』(1948) 등을 간행하였다. 그리고 전통을 주 제재로 한『피리』,『살어리』등의 시집을 발간하였다. <살어리>는 고전 시가인 <청산별곡>을 모티프로 삼아 윤곤강이 지향했던 전통과 창조, 개성과 보편성의 문제가 잘 형상화되어 있는 佳作이다.

4

살어리 살어리 살어리랏다
그예 나의 고향에 돌아가
내 고향 흙에 묻히리랏다

고운 손길 한번 못 만져본
애타는 시름 덧없이 보내고
나는야 잃어버린 땅 찾으러
사랑보다 더 큰 사랑에 몸바쳤어라

투구 쓰고 바위 끝에 서서
머언 하늘 끝 내어다보면
화살이 빗발치는 싸움터 나를 불렀어라
불 맞은 호랑이처럼 나는 내달았어라

날아드는 화살이 가슴에 맞는가 했더니
화살이 아니라 한 마리 제비였어라
비비배 비비배배…… 제비는 몸을 뒤쳐
내 어깨를 스치며 날아갔어라

7

살어리 살어리 살어리랏다
그예 나의 고향에 돌아가
내 고향 흙에 묻히리랏다

어린애 가슴처럼 세월 모르던 시절하!
바랄 것 없는 어두운 마음의 뒤안길에서
매캐하게 풍기는 매화꽃 향내
아으, 내 몸에 맺인 시름 엇디 호리라

얼마나 아득하뇨 나의 고향
몇 메 몇 가람 넘고 건너
구름 비, 안개 바람, 풀 끝의 이슬 되어
방울방울 흙 속에 스미고녀

눈에 암암 어리는 고향 하늘
궂은 비 개인 맑은 하늘 우혜
나무 나무 푸른 옷 갈아입고
다리 노래 들으며 흐드러져 살고녀 살고녀……

— <살어리> 4·7편[43]

　7편의 연작으로 지어진 <살어리>는 고려가요인 <청산별곡>의 가락과 전통적 정서를 현대적으로 잘 살려 자연에 귀의하려는 多情多恨의 정감을 형상화하고 있다. 고향을 떠나 삶의 辛酸함과 편력을 겪은 시적 자아가 고향을 그리며 삶에 대한 달관의 정조를 유장하게 그려내고 있다. 이 시를 시적 자아가 대면하고 있는 시대적 상황의 토로나 역사적 현실에 대한 상실감 등으로 해석한다면 다분히 의도적 오류일 수 있다. 이 시에서는 시적 자아의 현실에 대한 비애나 허탈감이 느껴지는 것이 아니라 천지자연의 원리에 동화되려는 보편적 정조를 그려져 있기 때문이다.

　<살어리>는 시적 자아가 고향에서 대장 놀음하던 어린 시절부터 풋사랑에 미친 가슴을 억누르던 소년 시절, 고향에 사랑하던 '가시내'를 두고 떠나와 타향에서 모진 편력을 겪으며 사랑마저 잃어버려야 했던 허망함, 상실한 민족의 땅을 찾기 위해 큰 사랑에 몸과 마음을 바치다 옥살이를 했던 체험,

---

43) 윤곤강, 『살어리』, 시문학사, 1948.

그리고 해방을 맞아 어린애 가슴처럼 꿈만 같았던 인생을 회고하며 먼 고향을 아득히 그려보는 시상의 전개를 보이고 있다.

먼 고향으로 돌아가 구름 비, 안개 바람, 풀끝의 이슬이 되어 흙 속에 스미고 싶다는 시인의 소망은 자연의 영원한 흐름에 동화된 古雅한 경지와 삶에 대한 달관의 모습으로 연출되고 있다. 그러나 고향에 돌아가 한 방울 이슬이 되고 싶은 바람은 현실에서는 영원히 가 닿을 수 없는 세계이다. 죽어서라도 고향의 맑은 하늘 아래 푸른 옷을 입은 나무처럼 노래 들으며 살고 싶다는 시인의 노래는 세속적인 번뇌를 초월하여 자연의 세계로 환원되는 순수성을 획득하고 있다.

> 커다란 슬픔을 가져 보았다는 것은 한 번도 그것을 가져 보지 못한 것보다는 오히려 축복받은 생활일 것이다.
> 그리고 젊은이에게 가장 슬픈 일은 말할 것도 없이 우선 '사랑'을 잃어버리는 것, 혼을 깎는 것 같은 슬픔은 '사랑'을 잃어 본 사람만이 경험하는 고통이다.
>
> ─(중략)─
>
> '사랑'은 인생의 꽃이다. 꽃처럼 곱고 아름다운 것은 또한 없으니, 사랑을 잃어버리는 것은 슬프다 괴롭다. 그러나 '사랑'은 과연 행복을 가져오는 것인가? 만약 사람을 사랑하는 것으로 자기의 생활을 행복하게 하려는 사람이 있다면 그는 어리석은 사람일 것이다. 왜냐하면 우리는 완전한 사랑을 욕구하면서도 실상 '사랑'을 잃어버리는 것으로써 완전 이상의 것을 찾아낼 수 있는 까닭이다.[44]

위와 같이 윤곤강은 인생의 꽃이라는 사랑의 기쁨과 슬픔을 경험한 사람만이 축복받은 생활을 누렸다고 할 수 있다고 이야기한다. 사랑의 슬픔을 겪으면서 경험하는 절망과 고통은 인간의 정신을 강인하게 하고 삶의 의미를 확장시켜 준다. 또한 완전한 사랑을 꿈꾸면서도 비껴가는 사랑의 아름다움

---

44) 윤곤강, 「≪향연≫을 읽고─김용호 시집」, 『시와 진실』, 154~155면.

을 향수하고 삶의 원천으로 삼는 것이 인간 존재라는 보편성을 보여준다. <살어리>에서도 시적 자아는 사랑의 체험으로 인하여 내적 번민을 겪으면서도 찬란한 슬픔과 따뜻함을 경험하고 있다. 마치 첫사랑의 체험이 인생을 살면서 온갖 고통을 떠받쳐주는 힘을 주는 것과 같다. 어린애 가슴 같이 순수한 마음으로 고향을 그리워하고 있는 <살어리>에는 전통적 정조를 바탕으로 우주 자연으로 회귀하려는 인간 존재의 보편적 정서가 형상화되어 있다. <청산별곡>을 현대시로 변용시켜 심미적 아름다움을 창조하고 있는 <살어리>는 윤곤강이 참된 전통 위에 뿌리박은 창조의 새로움을 보여준 작품으로 평가된다.

5. 맺음말

윤곤강은 한국 현대시사에서 카프의 해산기에 문단에 등장하여 프로시에 관한 비평 활동을 주로 한 이론가로 고찰되었다. 그에 관한 기존 연구들이 지니고 있는 이러한 경향은 시인의 생애와 환경, 역사적·사회적 활동 등에 근거한 것이나, 이러한 논의들은 윤곤강의 시론과 시가 지니고 있는 특성을 근본적으로 밝히지 못했다고 판단하였다. 이에 본 연구에서는 윤곤강의 시론과 시를 면밀하게 검토하여 시의식의 본질을 밝혀보는 한편, 한국의 시사에서 개성적인 의의를 지닌다고 평가되는 시를 선별하여 윤곤강의 시론에 준거하여 작품론을 수행하였다.

윤곤강의 시론에서 추출된 특성은 "현실의 에스프리와 감동의 리얼리티 — 참됨과 아름다움의 직관적 표현", "정서와 사상의 재현 — '생의 원형'과 '현재적 고뇌'의 표출", "개성과 보편성을 지향한 표현론 — 전통 위에 뿌리박은 창조의 새로움" 등으로 집약되었다. 그리고 윤곤강의 시적 체험이 형상화에 있어서 성공하고 있는 작품으로 <나비>, <지렁이의 노래>, <살어리> 등을 선별하여 분석하였다. <나비>를 현실과의 거리를 체험하는 '늙은 巫女'의 꿈으로, <지렁이의 노래>는 상처 입은 인간 존재의 비극적 운명의 아이러니로, <살어리>는 자연의 영원한 흐름에 회귀하려는 전통 정서의 변용으로 그 세계를 분석해보았다.

윤곤강의 시론과 시를 검토·분석하여 도출된 점은 그를 프로시의 이념을 중시한 이론가로 한정할 수 없다는 것이었다. 그는 감동의 리얼리티를 확보하기 위하여 시가 현실을 바탕으로 하여 '내면적 경험의 깊이와 너비와 높이를 구유'해야 한다고 주장하였다. 그러면서도 무의식적이며 창조적 활동의 거짓 없는 표현인 꿈의 세계가 아름답게 그려져야 한다는 포괄적인 안목을 보여주었다. 윤곤강은 시가 '현재적 고뇌'를 바탕으로 '생의 원형'이 녹아 있어야 한다고 역설하였다. 꿈과 현실, 물상과 심상의 상극, 현실의 고뇌와 시인의 상념의 상극, 물질과 정신의 현격 등 '相距하는 반작용'들을 포착하여 새로운 관념과 새로운 에스프리를 창출해야 한다는 아이러니의 시정신을 보여준 것이다. 윤곤강은 개성과 보편성이 시뿐만 아니라 온갖 문학의 기조가 되어야 한다고 강조하면서 시 창작의 문제를 창조와 표현의 관점에서 집약시키고, 참된 전통 위에 뿌리박은 창조의 새로움을 주장하였다.

윤곤강은 시론집 『시와 진실』의 머리말에서도 시를 사랑하고 시정신을 옹호하는 詩心을 드러내고 있다. 이처럼 참다운 시의 전통을 창조하기 위하여 아름다운 꿈을 펼쳐 나가야 한다고 주장하는 윤곤강의 시론은 보편성과 개성을 갖춘 참다운 시의 길을 제시하고 있다는 점에서 시론사적 의의를 지닌다고 평가된다.

아름다운 생활이 참된 삶으로 이끌고 참된 죽음으로 인도해준다는 윤곤강의 '시의 진실'이 담겨 있는 다음 글에 공감하면서 본 연구의 끝을 맺는다.

> 시인의 생명이란 죽음의 준비인 것이다. 그림자가 물체를 따르는 것 같이 아름다운 죽음은 반드시 아름다운 생활의 뒤를 이어오고 참된 죽음은 반드시 참된 삶의 뒤를 따르는 것이니, 시인의 삶은 죽음을 반드시

아름답고 찬란하게 짜 줄 수의를 — 땀의 올과 피의 씨로 된 비단의 —
짜는 시기인 것뿐이다.

　뮤즈여 피비린내 나는 현실의 동굴 속에서 영원한 고행자의 모습을
지키어 나가라. 영원한 생명 — 문학의 정신은 그 보상으로 그대만이 가
지는 유일의 보배일진저!45)

(『聖心語文論集』26집, 성심어문학회, 2004.2), 改稿

---

45) 윤곤강, 「창조의 동기와 표현」(1948.1), 『詩와 眞實』, 184면.

전봉건의 시론과 시

1. 머리말

본 연구는 全鳳健의 시론과 시를 대비 고찰하여 그의 시에 일관하고 있는 시의식을 파악함으로써 전봉건 시의 특성을 밝히는 데 목적을 둔다. 전봉건에 관한 그간의 연구들은 전봉건을 한국 현대시사에서 특히 1950년대 戰後詩의 한 양상을 보여준 대표적 시인으로 평가하였고, 그의 시는 대부분 6·25 체험을 통한 전후의식의 형상화와 그 시적 승화를 이루었다고 논평되었다.[1] 이러한 연구들은 전봉건의 회고[2]를 바탕으로 하여, 그의 시의 출발과 도정이 6·25 체험으로부터 자유로울 수 없다[3]는 점을 주안점으로 삼은 것

---

[1] 이승훈, 「全鳳健論─6·25 체험의 시적 극복」, 『文學思想』, 1988.8.

[2] "내 30년 여기저기에는 핏방울이 튕겨 있고 핏자국이 번지어 있다. 내가 총을 메고 말려들었던 6·25의 그 핏방울이요 핏자국이며, 이것이 부르는 또 어떤 핏방울과 핏자국이다. 이런 것을 두고 사람들은 상황이라고 하지만, 그러나 나는 내 경우의 상황이 어떠한 의미를 지니는가에 대해서 별로 할 말을 가지고 있지 않다. 할 말을 가지고 있는 사람은 批評家 쪽이지 詩 쓰는 사람 쪽이 아니다. 그래도 한마디 내가 할 말을 가지고 있다면, 그 핏방울 그 핏자국은 앞으로도 계속해서 내 길의 여기저기에 튕길 것이고 번지어날 것이라는 것이다. 아마도 철조망 쳐진 38선이라는 것이 없어지고 統一이 오는 그 날까지는 그러하리라는 것이다. 아니 그러한 날이 와도 그것들이 쉽게는 사라질 것 같지가 않다는 바로 그것이다."(전봉건, 「後記」, 『꿈 속의 뼈』, 근역서제, 1980, 124면)

[3] 이광호, 「폐허의 세계와 관능의 형식─전봉건론」, 이남호·송하춘 편, 『1950년대의 시인들』, 나남, 1994, 267면 참조.

이다. 그래서 대개 전봉건의 생애와 환경, 사회적 활동 등에 그의 시를 연관
지어 시적 변모 양상을 고찰하거나 전쟁 체험에 대한 대응이나 극복의 양식
으로 이미지 등의 표현성에 주목하는 경우가 많았다.[4]

  그런데 실제에 있어서 전봉건은 전쟁의 비극과 混濁을 모더니즘적 감각의
현실인식으로 형상화하면서도 詩作의 초기부터 시의 근본 동인을 추구하는
순수한 꿈의 세계를 추구하고 있었다. 전봉건이 추구했던 이와 같은 본원적
특성에 관한 탐구는 그동안 거의 이루어지지 않았던 것으로 보인다. 필자는
그의 본원적 시의식이 잘 드러나는 글이 바로 그의 시론인 「詩를 찾아서」라
고 판단하였다. 그는 시대의 격변과 현실의 혼란 속에서 의식의 혼돈으로 방
황하면서도 일관된 시의 본질을 탐구하는 시의식을 견지하고 있었다. 이와
관련하여 본 연구에서는 전봉건의 시론인 「詩를 찾아서」와 그의 정신세계가
잘 드러난 長詩 <春香戀歌>를 대비하여 분석 고찰함으로써 전봉건의 시론
과 시의 한 특성과 시적 개성을 구명해보고자 한다.

---

4) 김윤식, 「戰爭과 삶의 方式」, 『韓國現代文學史』, 일지사, 1985.
   김재홍, 「戰後 抒情의 向方」, 『韓國 戰爭과 現代詩의 應戰力』, 평민서당, 1978.
   김춘수, 「戰後 十五年의 韓國詩」, 『韓國戰後問題詩集』, 신구문화사, 1961.
   김 현, 「全鳳健을 찾아서」, 『詩人을 찾아서』, 민음사, 1975.
   문혜원, 『한국 전후시의 실존의식 연구』, 서울대학교 박사학위논문, 1996.
   민병욱, 「全鳳健의 서사정신과 서사갈래 체계 上·中·下」, 『現代詩學』, 1985. 2~4.
   박민영, 「6·25와 북의 고향, 상실의 시적 극복」, 『現代詩學』, 1993.6.
   신동욱, 「全鳳健論」, 『現代文學』, 1980.9
   오세영, 「韓國戰爭文學論」, 『韓國 近代文學論과 近代詩』, 민음사, 1996.
   이승훈, 앞의 글.
   이승훈, 「히메로스와 페이서스」, 『現代詩學』, 1974.10.
   이어령, 「戰後詩에 대한 노오트 二章」, 『韓國戰後問題詩集』, 신구문화사, 1961.
   차한수, 「상실의식과 탐구정신-전봉건의 6·25 연작시를 중심으로」, 『現代詩學』, 1989.6.
   최동호, 「實存하는 삶의 歷史性」, 『아지랭이 그리고 아픔』, 혜원출판사, 1987.
   홍신선, 「꽃, 혹은 生命에의 원초적인 집착」, 『現代詩學』, 1974.5.

2. '1+1=0'의 쾌락과 춘향의 역설적 獄中 戀情

전봉건은 시론 「詩를 찾아서」에서 시의 특수한 세계를 명확히 보여주기 위하여 인간의 사랑, 다시 말하면 '戀愛'라는 모티프를 주로 하여 그 세계를 그리고 있다. 이는 연애라는 것이 인간의 역사와 전개, 사회적 구조, 그리고 한 개인의 인생 운행에 매우 크고 절대적인 힘을 부여한다고 믿는 다소 심정적 사유에서 설정된 것이다.[5] 그는 인간이 두 개의 현실을 지니면서 살아간다고 하면서 시적 현실과 실재 현실을 설정하여, 시를 태어나게 하는 것은 '그쪽의 현실'이 아니라 '이쪽의 현실'—현실적인 눈으로 보았을 때 다름아닌 거짓이라는 세계—이라고 말하고 있다.[6]

> 그 거짓이거나 거짓과 다름없는 사실과 함께 있으면서 조금도 불편하거나 억지를 느낌이 없이 오히려 스므스한 쾌감을 맛보면서 호흡하고 즐거워했던 당신이, 가령 이 시에서처럼 별이 흐느끼거나 내장을 가진 인내라는 이런 일을 두고서 거짓말이라고 한다면 그것은 마치 「더하기」 정도의 수학은 알겠지만 고등수학, 이를테면 기하학이나 이런 정도가 되면 영 알지 못 하겠다는 얘기 밖에 안됩니다.[7]

이처럼 시는 '그쪽의 현실'에서 보면 '명백한 거짓인 정말'로 해서 시인의 '이쪽의 현실' 속에서 태어나 사람들을 즐겁게 해주는 것이다. 그런데 '이쪽

---

5) 전봉건, 『詩를 찾아서』, 문명사, 1968, 17면 참조.
6) 그가 시론에서 이야기하는 '시적 현실'과 '실재 현실'은 다음과 같이 정리된다.

시적 현실	실재 현실
이쪽의 현실	그쪽의 현실
마음속의 현실	마음 밖의 현실
간접 체험의 세계	직접 체험의 세계
자유·무한한 가능성의 세계	불모의 어둠, 칠흑의 감방
1+1=0의 쾌락	1+1=2의 현실

7) 전봉건, 『詩를 찾아서』, 21면.

의 현실'이 '1+1=0'의 경우인데도 불구하고 믿게 되기란 쉬운 일이 아니다. 이 '거짓인 정말'을 잘 설명해줄 수 있는 것이 전봉건에게는 행복과 황홀 그 자체, 아름다움 그 자체로 상징화되는 인간의 사랑이며, 이는 다시 없이 성스러운 쾌락, 기적 같은 황홀의 세계인 것이다. 이렇게 해서 '1+1=0'의 사실과 '정말'이 생성된다. 전봉건이 인간의 사랑, 즉 '연애'를 '거짓인 정말'로, '성스러운 쾌락'으로 설정하여 시적 발상의 동기로 삼은 것은 현대 문명의 온갖 소란과 번잡에서 벗어나 싱싱하고 건강한 사랑에의 충동과 행복을 느끼고자 하는 역설적 상황의 전략[8]이라고 볼 수 있다. 그것은 전봉건의 詩作 출발이 전쟁과 거의 동시에 이루어져 시대의 격변과 현실의 혼란 속에서 방황하면서도 훼손되고 모순된 삶을 사랑이라는 치유제를 통하여 정신적으로 극복하기 위한 것으로 풀이되기 때문이다. 전봉건의 이러한 시정신은 장시 <春香戀歌>에서 春香이 처한 극한적 고통과 사랑이라는 체험을 승화시키고 있는 데서 극명히 드러난다.

<春香戀歌>는 春香이 처한 獄中의 고통을 통하여 李夢龍에 대한 사랑을 몽상적으로 향유하는 상황을 그리고 있다. 이 시의 主調는 에로티시즘이다. 그러나 전봉건이 의도하고 있는 것은 에로틱 러브 스토리 그 자체가 아니다. '나는 사랑한다' 다음에 '왜냐하면'으로 이지적 또는 논리적 언변이 따르지 못하도록 하고 오로지 '정말 사랑할 뿐'인 그 心緒를 드러내기 위하여 다름 아닌 '사랑의 행위'를 가져오고 있다. <春香戀歌> 전편에 걸쳐 이 연애의 무드와 그 행위가 특히 言說이 絶하는 獄中의 공포 또는 고통이라는 극한적 국면과 오버랩되어 표출되는 것은 그 좋은 증거가 될 것이다.

<春香戀歌>의 이와 같은 작품성은 형태적 측면에서도 드러난다. 이 작품의 대비적 고찰 대상이 되는 古典 <春香傳>은 그 진행상의 추이가 이야기에 따라 전개된다. 그것은 이들의 첫머리와 말미를 보아도 판이한 양상을 드러낸다. 즉 판소리 <열녀츈향슈절가라>는,

---

8) C. Brooks, *The Well Wrought Urn*, New York : Harcourt, Brace & World. Inc., 1975 참조.

숙종디왕직위초의성덕이너부시사셩자셩손은게게승승ᄒᆞᆫ금고옥족은
요순시졀이요의관문물은우탕의버금이라.
―(중략)―
젼ᄒᆞ게읍셔남원부사죄목보압시고어사를층찬ᄒᆞ사츈향이ᄂᆞᆫ졍열가죄을
니리시고어ᄉᆞᄂᆞᆫ병조판셔를졔수ᄒᆞ시어ᄉᆞ셩을츅ᄉᆞᄒᆞ시고츈향과그모를셩
울노올여틱평으로지너더라.
오자낙셔만ᄒᆞ오니살펴보옵.9)

이렇게 시작하여 끝맺는 데 반하여, <春香戀歌>는

女子예요
그래요 나는 女子예요
그런데 나는 獄에 갇혀 있어요
―(중략)―
오오 나 혼자 흘리는 虛妄한 피여
오오 나 혼자 흘리는 虛妄한 피여
칼날 같은 달빛에 젖은 피여
큰 칼 쓰고 흘리는
피여.10)

이렇게 시작과 끝을 맺고 있다. 고전 <春香傳>은 서두와 말미가 하나의
이야기를 위하여 서로 맥을 이루고 있으나 <春香戀歌>의 경우는 사건 전개
와는 무관한 고통의 영탄만이 반복되고 있다. 이것은 고전 <春香傳>이 서사
에 충실한 데 반하여 <春香戀歌>는 철저히 반서사적이라는 점을 보여준다.
<春香戀歌>의 이와 같은 실상은 이 작품의 1·2·3 전편을 통하여 장과 단
락은 물론 심지어 단편적인 구의 경우까지 영탄조의 반복이 끊임없이 이어
지고 있는 점에서도 그러하다. 이 반복들은 '기막힘'을 토로하는 넋두리이다.

---

9) <열녀츈향슈절가라> 完板, 33章本.
10) 전봉건, <春香戀歌>, 『사랑을 위한 되풀이』, 혜진서관, 1985.

이 작품 속에서 읊조려지고 있는 사연들은 이 넋두리 속에 번번히 함몰되고 있다. 이 점에서 <春香戀歌>는 고전 <春香傳>보다는 판소리 <열녀춘향슈절가라>가 지닌 극적 충동의 영탄성과 더 가까운 성향을 지닌 것으로 보인다. 말하자면 이 장시는 '넋두리조 연가'라는 형태적 호칭을 부여해도 좋을 것으로 생각된다.

여기서요
廣寒樓 여기서 만났어요
지금도 나는 여기 있어요
나는 사랑하고 있는 걸요.
이제는 우거진 숲에 들어도 무섭지 않고
햇살이 안 드는 어둔 곳이 오히려 정다와요
풀잎에 손이 닿으면 슬며시 허리께가 부끄러워져
나는 사랑하고 있는 걸요.
　　　　－(중략)－
그래요 나는 여기 그 날처럼 앉아 있어요
그이도 그 날처럼 저만치에 서 있어요.
흰 돌 쓸리는 물에 목욕하다가
문득 놀랜 물새 한 마리
그 새가 그 날의 나였어요.
아 지금도 나는 놀라워 보세요
내 입술 놀라움에 반쯤은 열려 있는걸
물에 젖어서 반쯤만 흔들리는 蓮꽃이예요
　　　　－(중략)－
목 매달아 죽은 鬼神
지금은 궂은 비 퍼붓는
깊은 밤 三更이라고요
또 저것은 亂杖 맞아 죽은 鬼神
또 저것은 刑杖 맞아 죽은 鬼神이라고요
<이년

　　잡아 내리라!
　　형틀에 올려 매어
　　物故를 내어라!
　　매우 쳐라! 매우 쳐라!>

　위와 같은 春香의 독백과 극적 환상의 상황은 이 시가 '獄'이라는 현실적 공간축을 중심으로 해서 春香이 처한 비극적인 상황에 돌발적인 인식 장면이 교차되어 시간과 공간, 과거와 현재가 사랑의 밀도에 의하여 자동기술법적으로 표출되어 나아가고 있는 것을 보여준다. <春香傳>에 보이는 열녀 春香의 모습을 통한 교훈성, 李夢龍이 암행어사가 되어 고난을 극복하는 진전의 모습 등은 없다. 春香이 처한 극한적 사랑이 '卞學道', '亂杖'으로 비유된 고통과 春香과 李夢龍의 '性愛'의 극적인 체험으로 나타날 뿐이다. 이러한 면은 전봉건이 春香의 사랑을 단순히 性行爲로 제시한 것이 아니라 죽음까지 파고드는 삶인 에로티즘11)으로 승화시키고 있는 것으로 볼 수 있다. 죽음과 같은 고통이 가중될수록 더욱 열정적이고 풍요로웠던 李夢龍과의 사랑이 역설적 상황으로 제시되고 있는 것이다.

　獄中에서 겪는 공포와 고통의 극한이 심해질수록 廣寒樓의 황홀한 충격을 환기시키는 국면은 '1+1=0'으로 超論理化하는 순수 감성의 체험적 세계를 보여준다. 이것을 역설적이라 하는 것도 사실은 논리가 따르지 못하는 감성의 세계이기 때문이다.

3. '이쪽의 현실'의 상징성과 獄中 현실의 쾌락적 사랑

　전봉건에게 있어 시인은 '이쪽의 현실'에 배풀고 그 세계에 더 많이 관계

---

11) Georges Bataille, 조한경 역, 『에로티즘』, 민음사, 1996, 9~25면 참조.

하고 몰입하는 사람이다. 그는 이 시인의 속성을 미치광이와 대비하여 설명하고 있다.

> A. 어머니가 偵察機를 타고 巡使가 二七名이 飛行機에서 내려 어머니를 가자고, 그래서 어머니가 끌려가는데 二年만 기다리라는 어머니 말이었으나, 三·四年 지나도 오지 않아서 번득 깨어 슬퍼서 울었다.
> B. 三人은 서로들 알지 못하는 兄弟의 幻影을 그려 보았다. 이만큼이나 컸지―하고 形容하는 어머니의 팔목과 주먹은 瘦瘠하여 있다. 두번씩이나 喀血을 한 내가 冷情을 極하고 있는 家族을 爲하여 빨리 아내를 맞아야겠다고 焦燥하는 마음이었다.
> ―(중략)―
> 정신 이상 징후가 보이는 소년의 꿈 이야기는 얼마나 B처럼 시적인가. 그리고 한 시인의 이 작품의 일부분은 또한 얼마나 A처럼 정신 이상 징후가 나타난 소년의 꿈 이야기와 비슷한가.[12]

A는 心因性 질환의 판명을 받은 환자의 꿈 이야기이고, B는 천재시인이라고 불리는 李箱의 작품 중 일부분이다. 그런데 A나 B는 '그쪽의 현실'에서 보면 명백한 心因性 질환의 한 현상으로 보일 수 있다. 시인은 미치광이와 다름없고 미치광이는 시인과 다름없다고도 보이는데, 이를 구별할 수 있게 하는 것이 바로 시인이 스스로 다시없는 쾌락을 느끼고 의식하는 데 있다. 시인은 스스로를 가장 뚜렷하고 완전하게 시인이게 하는 가장 순수한 행위 속에서 쾌락, 즉 놀라움을 의식하고 느끼는 자이다. 이를 설명하기 위해 그는 시 <알프스 小三部曲>의 일부를 소개하면서 그 역설적 상황을 제시한다.

> 牧原에서
> 勿忘草를 꺾으려고 하니
> 발이 젖네요

---

12) 전봉건, 『詩를 찾아서』, 41~43면.

오얏나무는
슬픈 모양으로 서서 있네요
자주빛 눈물을 머금고

암소가 있네요
삼(麻) 빛 머리칼의 가시네가 있네요
고요한 生活 어리석은 生活.

알프스 산발치의 초원에 들어선 고올의 상쾌한 희열이다. 「발이 젖네요」의 한구절로써 모든 도시가 가진 잡답과 허위를 벗어난 대자연의 청신한 품안에 안긴 그의 어린애와 같은 놀라움을 보여주고 있다. 마치 한 번도 풀밭의 이슬에 발을 적셔보지 못한 사람처럼.[13]

시인이 오직 全心全靈으로 새롭게 보는 세계는 어린아이와 같이 새롭고 놀라운 쾌락의 세계가 된다. 그래서 시에서 드러나는 이미지들은 '이쪽의 현실'에서 발견되는 경이로운 세계가 된다. 이러한 시를 통하여 우리는 생생해지는 감각으로 알프스 산발치인 '그쪽의 현실'에 발을 들여놓는 것이 아니라 원시 그대로의 人跡未踏인 어떤 수려한 고원지대에 발을 들여놓는 인류 최초의 한 사람이 되어 그 놀라움과 쾌락을 느끼는 것이다.

　<春香戀歌>의 다음 대목은 心因性 질환을 앓는 환자와도 같은 작중 화자의 심성이 獄中에 갇힌 자신의 情念을 어떻게 순수한 쾌락으로 이행시켜 가는가를 잘 표출하고 있다.

나는 다시 꽃이 되어야 해
나는 다시 꽃잎 속에서 뽑아 낸 꽃술이 되어야 해
뽑아 낸 꽃술 같은 벌거숭이 알몸이 되어야 해
그 알몸 다시 방 안 가득히 밤새도록 일렁거리는
불춤의 바다가 되어야 해

───────────────
13) 위의 책, 45~46면.

나는 다시 銀빛 불춤으로 사루어지고
나는 다시 金빛 불춤으로 사루어져야 해
나는 가야 해 당신에게로
보세요 이렇게 나는 가고 있어요
헤엄치고 있어요 헤엄쳐 가고 있어요
보세요 보세요 보세요 당신
오 이렇게 내가 다 왔어요

전봉건은 시인을 미치광이와 같이 실재 생활과 현실에 재미를 느끼지 못하고 보통 사람들의 울타리 밖에서 연출되는 것에 쾌락을 느끼는 존재라고 말한다.

미치광이에겐 의식도 없고 쾌락도 없는 것입니다.
랭보의 손을 권총으로 쏜 벨레에느는 감옥의 신세를 져야 했었읍니다. 시를 만들어낸다는 1+1=0의 무상의 행위(미치광이의 언행이나 다름 없는)는, 그것이 의식된 행위이고 쾌락의 행위이기 때문으로 해서, 보통 사람들의 생활, 사회, 현실, 생각의 울타리 밖에서 연출되는, 보통 사람들의 눈에 「무슨 영문인지도 알 수 없는 일」로 비치이는 것이 아니라, 그 울타리 안에서 의식하면서 살고 있고 언제나 좀더 보다 나은 쾌락을 희구하면서 사는 보통 사람들의 눈이 눈여겨 보면 분명히 「무슨 영문인지 알 수 있는」 일이었기 때문입니다.
시인과 그의 행위는 미치광이가 그렇듯이 보통 사람의 세계와 관련 없는 것이 아닐 뿐만 아니라 그 울타리 안에서 함께 살고 있는 것입니다.14)

이 글은 세속에서 저주받은 시인이 세속을 떠나 시의 세계로 비상하여 우주만상의 상징을 해독하는 날카로운 감성, 즉 합리적 사고를 초월한 시인의 悟性을 이야기한 것으로 볼 수 있다.15) 이런 면에서 시인은 인간의 보다 높

---

14) 위의 책, 49~50면.
15) 金鵬九, '보들레에르와 象徵主義', 金容稷 外編, 『文藝思潮』, 문학과 지성사, 1977, 210~

은 행복과 아름다움을 추구하여 상징의 세계로 넘나드는 사람이다. 그리고
그는 보들레르의 시 <旅行에의 勸誘>를 인용하면서, 시인이 이 세상에서 제
일 사랑하는 것은 저기 저 멀리 가는 구름이고, 이 세상 바깥이라면 어디든
지 가고 싶어하는 시인의 내면 세계를 이야기하고 있다.

> 내 사랑 나의 누나
> 꿈꾸라 그 다사로움
> 그곳에 같이 가 둘이서 사는!
>   한가로이 사랑하고
>   사랑하다 죽으리
> 너를 닮기도 한 그 나라에서!
>   그 흐린 하늘의
>   젖은 太陽은
> 내 마음에 신기로운
>   매력 있나니,
>   눈물 속에서도
> 반짝이는 믿지 못할 네 두 눈인양.
> 거기선, 모두가 秩序와 아름다움
> 豪奢와 고요, 그리고 逸樂.

　　보들레르의 눈에 보이는 현실, 그가 걸어가는 거리엔, 생활에는, 「질
서」와 「아름다움」이 없고 「호사」와 「고요」도, 그리고 「일락」도 없읍니
다. 그것들은 「거기」에 있는 것입니다. 이 「거기」란 물론 손에 잡히거나,
보고, 나날이 스스로가 살고 있는, 직접 눈앞에 벌어지는 현실이 아니고
생활이 아닙니다. 그러니 재미가 있을 도리가 없읍니다. 재미가 없어서
붓세는 산 너머 저쪽으로 떠나보기도 했읍니다.[16]

214면 참조
16) 전봉건, 『詩를 찾아서』, 45〜46면.

　시인은 보들레르의 <交感>에서와 같이 '거기'로 표현된 상징의 숲을 가로질러 들어간다. '거기'에서는 모든 것이 '秩序와 아름다움', '豪奢와 고요', 그리고 '逸樂'의 풍성함을 맛보게 된다. 그러면 이러한 쾌락이 시인의 것이기만 할 것인가? 이에 대하여 전봉건은 다음과 같이 말하고 있다.

　　한 송이의 꽃이 있읍니다. 누가 「아! 아름다운 꽃이다!」고 했다 합니다. 그런데 사실은 그 꽃이 아름다운 것이 아니라, 그렇게 말한 사람의 마음이 아름다운 것입니다.
　　그 사람의 마음에 아름다움이 먼저 있었던 것입니다. 그렇지 않다면 아무리 아름다운 꽃이라 해도 그는 그렇게 말할 수가 없었을 것입니다.
　　꽃은 그 사람의 마음에 간직된 아름다움이 비치였던 거울인 것입니다.17)

　이처럼 인간은 예술을 향수하면서 평화와 안정을 얻는 신비스러운 능력을 천성으로 지니고 있으며 자신의 마음에 간직된 아름다움을 외부 세계인 거울에 비쳐보고 쾌락을 느끼는 존재다. 그는 인간이 지니는 신비스러운 능력을 朴南秀의 <神의 쓰레기>를 예로 들어 설명해 나아가고 있다. 이 시에서는 매일 아침 하늘의 가장 푸른 곳에서 내리비취는 황금의 별, 두 번 다시 하늘로 거두어지지 않는 밝은 햇살이 '神의 쓰레기'로 묘사되고 있다. 그리고 시인이 원고용지 위에 자신의 시를 만드는 일을 "무엇인가 所重한 것을/ 詩人들도 종이 위에 버리면서"라고 표현하여 시인 자신에 의해 버려지는 것이 바로 시라는 역설적 인식을 보여주고 있다. 이렇게 탄생한 시는 그것을 받아들이는 수많은 경우에 따라서 變容無常한 것이 된다. 다시 말하면 시인의 '1+1=0의 快樂'은 시인만의 것이 아니라 시를 받아들이는 독자, 좀더 넓게 말하면 일반 사람들의 것이기도 한 것이다.
　그런데 전봉건은 시인이 이 '1+1=0의 쾌락' 속에 있을 때 가장 싫어하는

---

17) 위의 책, 64면.

것이 있는데, 그것은 아이러니컬하게도 '언어'라고 말한다. 그 이유는 한 시인이 형상된 언어 예술의 완전무결한 상태를 찾아 방황하는데, 이것은 한 인간이 그의 이상형을 찾아 방황하는 과정에서 얻어지는 연애에 비유할 수 있다. 결국 시인은 자신의 마음속에 그려진 심상을 이미지화하기 위하여 이 세상의 모든 언어를 상대로 방황하는데, 이 방황은 진정한 이상형을 찾는 경우처럼 인간의 욕망이자 靈肉의 본능인 것이다.

> 이제 우리는 한 진리와 같은 결론을 얻게 됩니다. 그것은 우수한 시란 티끌만한 틈도 없이 째여진 시라는 것입니다.
> 그리고 이 「티끌만한 틈도 없이 째여진 시」는 앞에서도 얘기했듯이 시인의 언어에 대한 영원하고 철저한 싫증과 방황만이 결과할 수 있는 것입니다. 이 언어에 대한 영원하고 철저한 싫증과 방황은 다름 아닌 언어에 대한 절대적이며 징확하고 준엄한 사랑이 그렇게 하는 것이기 때문입니다.[18]

언어에 대한 절대적이며 정확하고 준엄한 사랑을 역설적으로 언어에 대한 시인의 영원하고 철저한 싫증과 방황으로 묘사하고 있는 이 글은 비상한 고심과 수련의 길을 밟아 한 편의 시가 형상화되는 詩作 과정을 사랑이라는 美感으로 표출하고 있다. 이렇게 형성된 시는 전봉건에게 해설이 불가능한 최고의 상징물이 된다.

> 박물관의 유리관 속에 있으면서 녹쓸고 말이 없지만 사라지지 않는 향기와 빛갈을 발산하고 있는 그 옛날의 균형의 예술작품들은 아무래도 지금의 나의 시작의 표본이 되는 것이다. 시를 만드는 작업 중의 내가 상상 속에서 하는 계산이 유리 상자 속에 들어 있는 옛날의 왕관이나 보검이나 조각들이 지니는 우리의 육안으로 더듬을 수 있는 그 아름다운 균형, 결핍 없는 균형을 짜낸 옛날 예술가의 계산만큼이나 정확하고 멋

---

18) 위의 책, 101~102면.

이 있었으면 하는 것이 나의 둘도 없는 욕심이다. 이 글 첫 머리에 「예
술」이라는 글자를 박물관의 유리 상자 속에 들어 있는 녹쓸고 말 없는
물건들을 생각하면서 적는다고 한 것은 이러한 뜻에서였다. 내가 지금
시를 쓰는 것은 그러니까, 그 옛날 예술가의 계산만큼이나 정확하고 멋
있는 계산을 상상 속에서 할 수 있기 위해서 되풀이하는 공부이고 연구
이고 훈련이라고 할 수 있겠다.[19]

전봉건에게 있어서 이상적인 시는 박물관의 예술작품처럼 변함없는 향기
와 빛깔을 지니면서 아름답고 결핍 없는 균형이 잡힌 형상물이다. 우수하고
모범적이면서 불후의 가치를 지향하는 그의 고전주의적 시정신은 그가 〈春
香傳〉을 주 제재로 취택한 〈春香戀歌〉에서 春香의 불멸의 사랑을 노래하는
데서 극명히 드러난다.

한국인에게 〈春香傳〉은 '春香'이 지닌 보편적 인간성과 고귀한 정신의 美
가 시대를 초월하여 한국적 전통을 이어주는 고전이다. 〈春香戀歌〉에는 春
香이 겪는 獄中의 고통이 격앙되면서 李夢龍에게로 가는 恒心이 고조되어 환
상적인 사랑이 극화되어 나타난다.

> 이 깜깜한 안개 속엔 아무도 없건만
> 저것 보세요 지워지지 않는 웬 목소리가
> 저기 반짝반짝 물방울처럼 듣고 있는 것을.
> 저기 불긋불긋 핏방울처럼 듣고 있는 것을.
> 〈저리 가거라
>   이리 오너라……〉
> 〈방긋 웃고……〉
> 〈우지마라
>   우지마라〉
> 〈잡아 내리라!……〉
> 〈큰 칼 씌워 下獄하라!

---

19) 위의 책, 123면.

         큰 칼 씌워 下獄하라!
         큰 칼 씌워……>
     <이리 와
         업히거라……>
     <사랑
         사랑
         내 사랑아……>

　'깜깜한 안개'로 제시된 獄中에서 春香에게 '물방울', '핏방울'과 같은 李
夢龍의 모습이 환상적으로 교차한다. 그리고 <春香傳>에서의 '사랑가' 대목
과 春香의 下獄 장면이 오버랩되어 있다. 그러나 <春香傳>의 서사적 사건은
구체화되어 있지 않다. 다소 지나칠 만큼 동어 반복이 되풀이되는 가운데 나
타나는 것은 오로지 의식 내면에 깊어지는 사랑뿐이다.

     壁인데
     壁 속인데
     壁 속의 어둠인데
     꿈 아니고야 볼 것인가
     어디서 그 노래와 만날 것인가.
     이 곳엔 걷을 珠簾도 없고
     지금은 案席 밑에 베개 놓고
     닫는 문도 없네.
     슬픈 마음은 山
     아픈 마음도 山
     나를 둘러치고 비인 山
     해가 들어도 깜깜하게 비인 山
     지금 이 곳은 壁 속 어둠 가득
     높이높이 깎아지른 山 疊疊
     모가지가 길어서 멀리멀리 울리는
     鶴의 울음소리처럼 그렇게 날개 펴서 넘어가는

꿈 아니고야 볼 것인가
어디서 그 노래와 만날 것인가.

　‘벽 속의 어둠’, ‘높이높이 깎아지른 山 疊疊’ 가운데서 꿈과 같은 사랑의 노래를 그리는 이 대목은 초자연적인 영혼의 상태를 추구하는 전봉건의 상징의 세계에 대한 지향을 볼 수 있다.

4. 이미지의 엑스터시와 환상적 열애의 승화

　전봉건이 시론에서 가장 중요시하고 있는 시의 요소는 이미지이다. 그에게 시란 ‘이쪽의 현실’에서 그려진 象이 집적된 것으로, 이해되기 전에 전달되는 세계이다. 시인은 연장에 지나지 않는 언어의 장치로 이미지를 우리에게 발사하여 ‘1+1=0’이라는 쾌락의 사실과 ‘정말’의 모습을 생성시킨다.

봄은 바람속에 있었다.
아이가 돌리는 팽이의 主軸에서
한참
머,
물,
다,
가,
눈동자에
쏙
들어간다.
아이는 웃었다.
나의 눈은 커서
봄이
뿌옇다.　　　(林眞樹「눈속에 들어가는 봄」에서)

－(중략)－

　여기서 형태가 없는 봄은 내부를 지닌「바람」으로 달라진「바람속」에 들어 있을 수 있음으로써 형태가 있는「봄」으로 변신하면서 구체화되고 현실화된 봄이 새로이 이루어졌읍니다.

　하여, 이제 사람은 직접 눈으로 움직이는 봄을 알게 되고, 피부로 느낄 수 있고, 손가락을 벌리면 거기에 와 감기는 봄을 만질 수도 있게 되었읍니다.[20]

　이상 전봉건이 행한 시 <눈속에 들어가는 봄> 분석을 보면 봄이 우리에게 주는 복잡 미묘한 생성의 모습을 날카롭게 지적해내는 안목을 볼 수 있다. 전봉건은 이처럼 이미지가 유기적인 결합에 의하여 선명하고 강력하게 시각화되고 환상화되는 감각적 심리적 체험을 중요한 시적 인식의 방법으로 견지하고 있었다.

　여러 개의 상은 보이지 않는 손을 서로 뻗쳐서 어느덧 한편의 작품이 지니는「경이의 경지」를 이루어야 한다. 이「경이의 경지」를 이루기 위해서 한편의 작품 속에 들어 있는 여러 개의 상은 서로 방해가 되지 않고 서로 傷하게 하는 일이 없이 어울려야 한다. 그렇기 때문에 단 한 개의 불량배나 방해물, 그리고 迷兒로서의 상이 끼어들어 있어서는 안된다. 아름답고 결핍 없이 그것들이 서로 어울릴 수 있기 위해서 여러 개의 상의 보이지 않는 손길은 정확하고 세밀하게 계산되어야 한다.[21]

　이처럼 시는 시인의 상상력에 의하여 ‘경이의 경지’를 이루게 하는 계산에 의해서 ‘소리’, ‘빛깔’, ‘내음’ 등의 이미지가 확고하고 절대적인 상태로 어울려 나타나는 것이다.

---

20) 위의 책, 31～33면.
21) 위의 책, 119면.

상상 속에서의 1+1=2의 어김 없는 계산은 한편의 시가 大團圓으로
지니는 상, 1+1=3이나 0의 상태를 결과한다.
　이 3이나 0의 상태가 한편의 시가 지니는 「경이의 경지」이다. 그리고
이 경지, 그 상이 보는 사람의 얻어 지니는 「느낌」의 전체가 되는 것이다.
　일반적으로 말하는 시의 해설 불가능의 원인이 여기에 있는 것이다.
한편의 시가 지니는 「경이의 경지」, 그 상의 해설이 불가능한 것은 그것
이 상상 속에서 이루어진 여러 상의 보이지 않는 손길의 정확한 융합체
이며, 이 융합체엔 가장자리라는 것이 없기 때문이다.[22]

시는 가장자리가 없는 융합체이며, 여러 개의 상이 이루는 아름답고 결핍
없는 균형 속에 획득되는 것이다. 전봉건의 이러한 고전주의적 시관은 시가
'경이의 경지'를 제공해주며, 이미지는 그 '경이의 경지'를 향해 트여 있는
문으로 인식하고 있는 데서도 드러난다.[23]

무서운 현실에 虛構를 섞는 일,
나는 그 일에 집착한다.

이것은 엘류아르가 세계에 대하여 변함 없이 짓는 기본적 태도라고
비평가들은 말하고 있읍다만 여기의 虛構, 이것이 바로 이메지인 것입니
다. 그리고 이 虛構=이메지는 이어서 이렇게 설명됩니다.

「있을 수 없을 것만 같이 蠱惑的인 여자들」 즉 이것은 꿈입니다. 이처
럼 이메지는 꿈입니다.[24]

이처럼 그는 전쟁으로 황무한 땅, 광대한 폐허가 되고 있는 이 세계에서
살기 위해 인간은 엘뤼아르의 표현처럼 '있을 수 없을 것만 같이 蠱惑的인
여자들'의 존재가, 즉 '무서운 현실에 虛構를 섞는 일'이 필요하게 되었다고

22) 위의 책, 120면.
23) 위의 책, 210면 참조.
24) 위의 책, 151~152면.

역설한다.

전봉건은 '여인=허구=이미지=꿈'으로 집약되는 비논리적 아이러니의 세계를 효과적으로 잘 드러내기 위하여 비유의 기법에 많은 관심을 기울이고 있다. 그는 비유를 직유와 은유로 구별하여 그 원리를, 직유가 간접적인 유사성의 표현이라면 은유는 직접적인 동일성의 표현이라고 대별하고 있다. 그리고 은유가 우리에게 던져주는 충동적이고 직관적이며 자유 분방한 모습을 강조한다.

> 채찍 갈긴 듯 채찍 갈긴 듯
> 엷은,
> 바람결과 햇살에도
> 핏무늬가 감긴다.
>
> 꽃배암 彩色지는 벗은 몸둥이
> 피에 젖은 十字木에
> 아슬히 달려,
>
> 그 絶頂!
> 사랑에 겨워 죽은 人子人처럼
> 그 위에 타오르는
> 피 圓光처럼,
>
> 무한 하늘 푸름 속을
> 꽃불 번지고
> 발 아래 地心 깊이 피의 江이 흐른다.
>
> 아무도 못 어쩌는
> 내일에의 피흘림
> 靈魂의 內出血이
> 바다가 된다.   (朴斗鎭 「出血」)

이 시의 제一련을 대하는 우리는 거기서 「채찍」과 「바람결」, 「채찍」
과 「햇살」의 충돌을 봅니다. 그 충돌로 해서 「핏무늬」가 생겨납니다. 그
때 우리의 의식 속에는 「핏무늬가 어린 바람결과 햇살」의 이메지가 있게
됩니다. 그러나 이 이메지는 우리의 의식 속에서 「바람결」이니 「햇살」이
니 「핏무늬」니 하는 언어 그 자체를 토대로 하여 「핏무늬가 어린 바람
결과 햇살」을 형성하는 것은 아닙니다. 왜냐하면 우리의 의식이란 것은
항상 끊임 없이 흐르고 움직이는 것이기 때문입니다. 처음에 이메지가
들어와 있게 되면서 잠시 단절되었던 우리의 의식의 흐름은 다시 구비
쳐 흐르기 시작하고, 그리고 이 우리의 의식 속에서 이메지는 스스로의
확실성을 찾아서 분망스럽고 자유로운 운동을 전개합니다. 이 때의 이메
지의 운동엔 한계가 없고 방향이 없읍니다. 왜냐하면 스스로의 확실성을
찾아서 전개한 이메지의 자기운동은 이미 그 문자들과—즉 「바람결」, 「햇
살」, 「핏무늬」—관련이 없기 때문입니다. 그리하여 이메지는 자꾸 부풀
어납니다. 때문에 제二련의 「피에 젖은 十字木」, 제三련의 「피 圓光」, 제
四련의 「피의 江」, 제五련의 「바다」는 서로 별 것인 여러 개의 이메지로
우리의 의식 속에 뛰쳐드는 것이 아니라, 이 시를 地平으로 하여 거기
피어오른 뭉게구름(단일한 이메지)의 이모 저모에 해당되는 것입니다.[25]

전봉건이 행한 박두진의 시 <出血> 분석을 보면 그가 A(원관념, tenor)와 B
(보조관념, vehicle)의 관계를 친화적인 비교 또는 유추로 보는 치환은유(epiphor)
를 포함하여 병렬과 종합을 통하여 새롭고 역동적인 이미지 세계로 변환시
키는 병치은유(diaphor)[26]에 대한 원리를 의식하고 있었던 것을 알 수 있다.

그것은 A도 아니고 B도 아닌 것입니다. —(중략)— 우리가 지니는 여
하한 기성개념으로 해서도 때 묻지 아니한 상태, 아직 무어라고 이름지
워지지 아니한 새로운 상태인 것입니다. 은유의 결과가 우리를 놀라게
하고 감동케 하는 것은 이 때문인 것입니다. A 속에 B가 완전히 용해 해
들므로써 생성되는 A도 아니고 B도 아닌 그것은 이메지입니다. 그러니

---

25) 위의 책, 163~165면.
26) P. Wheelwright, *Metaphor & Reality*, Bloomington : Indiana Univ. Press, 1968, 70~91면 참조

> 까, 은유를 시의 기법으로서 채택하는 까닭을 누가 묻는다면 직유에 있
> 어서와 마찬가지로 시를 대하는 사람에게 이메지를 주기 위함이고, 나아
> 가서는 시의 목적을 확실하고 효과적으로 달성하기 위함이라고 말해야
> 하겠습니다.27)

 이 글에는 A와 B가 표면적으로 유사성에 의해 묘사된 듯하면서도 충동적
이며 돌발적인 은유 결합에 의해 시적인 신선감이 부여되고 새로운 이미지
가 창조되는 비유의 원리가 잘 설명되어 있다. 이처럼 전봉건은 이미지를 효
과적으로 창출하기 위해 비유의 원리를 해명하면서, 직유와 은유를 구별하
고 비교할 수 있는 의식의 힘이 상상력이라고 규정한다.

> 인생에 있어서 연애가 중요시되는 것은 연애가 「연료로서의 상상」을
> 발동케 하는 추진력으로 가득 차 있는 까닭인 것입니다. 보십시오, 연인
> 들은 그들의 연애편지에서 보는 바와 같이 (그들 자신이 의식하건 의식
> 안하건 간에) 이 세상을 상상력으로써 좀 더 고도하게 떠받쳐 올리고 있
> 는 것입니다. 「아름다움」을 향해서 그렇습니다.
> ─(중략)─
> 시의 기법으로서 채택되는 비유, 직유나 은유의 기능은 이미 앞에서
> 얘기한대로입니다만, 이것이 시의 기법으로서 채택되는 까닭엔, 인생에
> 있어서 연애가 중요시되는 그것과 같은 점이 많습니다. 왜냐 하면 시란
> 상상력 없는 상태에 대한 저항, 다시 얘기하면 가장 투철한 「상상과 이
> 메지」의 옹호이며, 비유는 이같은 시가 그 중심부에 지니는 가장 효과적
> 인 기능인 것이기 때문입니다.28)

 시적 상상력의 중요성과 환기를 보여주기 위하여 연애를 찬양하는 전봉건
의 견해는 구체적인 논리적 이론의 체계를 견지하고 있지는 못하다. 그러나
시의 이미지를 인간의 '강렬한 希望, 탐욕스런 생명력이 넘쳐나는 꿈'29)으로

---

27) 전봉건, 『詩를 찾아서』, 215~216면.
28) 위의 책, 221~222면.

파악하여 공포와 혼란과 죽음에 시달리고 짓눌린 인간에게 '우리의 의식을 미지의, 상상의, 그 새로운 세계로 해방'30)시켜 소생케 할 수 있는 인간 회복의 희망으로 역설한 것은 당대에 있어서는 미래를 슬기롭게 전망했던 탁견으로 보인다.

<春香戀歌>는 이 작품의 포괄적 보조관념을 '獄'으로 설정하여 이를 통한 '사랑'의 원관념을 이른바 '이해되기 전에 전달되는 세계'로 표출해내고 있다. 그런데 이 사랑의 전달 방식은 비유의 경계를 넘어 상징의 차원에서 이루어지고 있으며, 이 상징성 역시 논리가 소멸된 심적 상태에서 감득되도록 하고 있다. 여기서 감득되는 시의 세계가 사랑의 충격적 경이감을 무논리적 비이성적 순수 감성의 엑스터시로 고양시키고 있음은 앞서 밝힌 바와 같다.

> <큰 칼 씌워 下獄하라!
> 큰 칼 씌워 下獄하라!>
> 보세요 저것은 부서진 竹窓
> 보세요 이것은 무너진 壁
> 보세요 이것은 썩어 문드러진 자리
> 보세요 어머니 매맞아 터진 살 에이는 狼적한 바람.
> 하지만 어머니 나는 보아요
> 나는 이 곳에 앉아 있어도
> 나는 獄中에 갇혀 있어도
> 나는 廣寒樓 앉아 있는 것
> 육천 매디로 맺힌 마음인 것을
> 육천 매디로 얽힌 사랑인 것을
> 보세요 저만치에 섰는 그이
> 환하게 섰는 그이
> 환하게 섰는 그이
> 어머니!

---

29) 위의 책, 148면.
30) 위의 책, 173면.

이 작품에서 '獄' 이미지는 시적 공간으로서 중심축을 이루고 있다. 春香으로 하여금 끝없는 고통과 공포 속에 빠져들게 한 이 현장이 그대로 '이쪽의 현실'이 되고 '廣寒樓'가 그 戀事를 통하여 일종의 시간적 이미지로서 다양하게 연계되면서 春香의 연정을 交織해 놓는다. 이렇게 交織되어 나타나는 이 시의 이미지들은 그 현장과 시간이 작중화자의 무의식 속에서 몽상적으로 융화되어 혹독한 고문이 곧 가장 환상적인 사랑의 열락으로 치환되는 역설을 낳고 있다.

이 시에는 '소리', '빛깔', '내음' 등을 속성으로 하는 크고 작은 제재들이 매우 다양하게 동원되어 있다. '구슬·새·꽃·버들', '술·술잔·부채·악기', '무릎·허리·얼굴·손' 등 자연물, 가공물, 인간의 지체 등의 낭만적인 것들과 '바람·구름·거울·밤·달·안개', '壁·珠簾·신발', '머리카락·목소리·꿈' 등 감상 또는 凶兆의 것들이 다양하게 구사되고 있다. 그런데 이들의 이미지는 화자의 心緒를 반대급부로 交織시켜 놓은 특징을 드러내고 있다. 낭만적 제재들의 연상은 獄中의 비극적 현장으로 환기되고, 감상 또는 흉조의 것들은 李夢龍을 열애하는 환각으로 역상승하는 작용이 그것이다. 이처럼 <春香戀歌>는 감상적 낭만의 정조에 머물러 있지 않고, '사랑의 환상'이라는 시적 환상력을 인간의 강렬한 생명력이 넘쳐나는 꿈으로 이미지화하여 새로운 상징의 세계로 인도해준다.

5. 현대시의 형성 요건과 戀詩 <春香戀歌>의 작품성

전봉건은 시가 문학의 중심이 된다는 기본 전제 아래 『詩를 찾아서』에서 시의 소재, 동기, 주제에 대하여 일반적인 논의를 하고 있다. 그는 시의 기본 요소인 언어가 하나의 기호이므로 그것이 나타내는 것은 무엇이든 소재로 간주할 수 있다고 보았다. 그리고 시의 소재에 대하여 "사회적인 사건이기도

하며 자연일 수도 있다. 또한 그러한 시인의 외부에 있는 사물만이 아니라 시인의 내부에 있기도 하다. 가령 감정의 기복과 같은 것이 그것이다."31)라고 정의하며, 자연물에서부터 인간 체험의 한 단면 등 모든 것이 시의 소재가 될 수 있다고 밝혔다.

그런데 시는 단순히 그 소재만으로 이루어지는 것이 아니라 어떤 계기, 즉 동기에 의해서 탄생하는 것이다. 이에 대하여 그는 조지훈이 <僧舞>를 착상하게 된 동기를 예로 들고 있다. 조지훈이 <僧舞>의 작시 체험을 말하면서 시의 비밀을 詩作 과정으로 토로한 글32)은 시를 짓게 되는 동기가 시의 창작에 얼마나 큰 영향을 끼치고 고양시키는지를 잘 설명해준다. 동기에 대한 배려가 결여되면 시는 시로서 그 자격이 상실된다. 다시 말하면 모티프를 그냥 나열하면 시 작품이 되는 것이 아니라 시를 짓게 된 동기를 자신의 정신으로 더듬어서, 어떻게 하면 진실하게 시적으로 형상화할 수 있을까 하고 스스로에게 질문하고 여러 일에 깊은 주의를 베풀면서 확신이 서기까지 기다려야 하는 것이다. 동기는 시의 소재를 작품으로서의 시로 결정시키는 극히 개성적인 사건이다. 이것은 러시아 형식주의자들이 소재가 주제로 발전하는 데에 시인에 의한 동기화의 과정이 필요하다33)고 말한 의미와도 상

---

31) 전봉건, 『詩를 찾아서』, 128면.

32) "내가 僧舞를 詩化해 보겠다는 생각을 가지기는 열 아홉 때의 일이다. 나는 이 僧舞로써 나의 詩世界의 處女地를 개척하려고 무척 고심하였으나 마침내 이보다 늦게 구상한 <古風衣裳>에게 자리를 양보하지 않을 수 없었다. 이 難産의 詩를 懷孕하기까지 나는 세 가지의 僧舞를 사랑하였다. 첫 번은 韓成俊의 춤, 두 번째는 崔承喜의 춤, 세 번째는 어떤 이름 모를 僧侶의 춤이 그것이다.

나는 舞踊批評家가 아니므로 그 우열을 논할 수 없으나, 앞의 두 분 춤은 그 해석이 나의 詩心에 큰 파문을 던지지는 못했다. 그러나, 나로 하여금 僧舞에의 好奇心을 일으켜 몇 번의 妓女가 추는 僧舞에까지 이끌려 갔던 것이니 僧舞를 詩化케 한 최초의 모멘트가 된 것은 사실이다.

내가 참 僧舞를 보기는 열 아홉 살 적 가을이다. 그 가을 어느 날 水原 龍珠寺에는 큰 齋가 들어 僧舞 밖에 몇 가지 佛教傳來의 古典音樂이 베풀어지리라는 소식을 거리에서 듣고 난 나는 그 자리에서 곧 水原으로 내려가지 않을 수 없었다. 그 밤 나의 정신은 온전한 藝術情緒에 싸여 僧舞 속에 溶入되고 말았다."(趙芝薰, 「詩의 原理」, 『趙芝薰全集』 3, 일지사, 1973, 100면)

33) 정한모, 『現代詩論』, 보성문화사, 1993, 130~131면 참조.

통하지만, 여기서는 이처럼 독특한 의미가 아니라 詩人의 심리적 충동의 의미로 이해된다.

> 이제 우리는 결론을 얻게 됩니다. 그것은 잊혀지지 않는 「연애」란 것은, 그러니까 다시 말하면 교훈적이고 모범적이고 가치 있는 「연애」란 것은 테에마의 有無와 절대적인 혹은 많은 관계가 있는 것이 아니라는 것입니다. 주제가 있고 없음으로 해서 「연애」가 훌륭하게 되거나 시시하게 되거나 하는 것은 아니라는 것입니다.[34]

위의 인용에서 확인할 수 있듯이 전봉건은 주제가 지녀야 할 요건을 연애에 비유하여 이야기하고 있다. 주제는 시를 통하여 전달되는 사상이다. 그러나 주제가 없다고 하여 그 질이 떨어지는 것은 아니며, 그것이 시가 지녀야할 필수 조건은 아니라는 것이다. 일반적으로 주제라고 하면 사상, 관념 등의 의미를 생각하기 쉬운데, 전봉건은 이러한 주제에 얽매여 유기적인 총체로서의 시작품을 제대로 향수할 수 없게 될 수 있는 태도를 경계하고 있다. 이러한 견해는 I. A. 리처즈가 『Principles of Literary Criticism』에서 시라는 것은 발언의 방법임에도 불구하고 그것을 하나의 심리적 사실로서 받아들이려 하지 않고 주제에 주의를 기울이는 태도를 비판하고, 훌륭한 시는 주제를 가지고 있지 않다고 주장한 것과 동일하다. 전봉건은 이를 잘 표현하기 위해 사랑의 '느낌', '예감'이 지니는 정조적인 측면을 강조하고 있다. 이와 관련하여 그는 시의 중요한 구성 요소인 음악성의 내재율을 '자연한 해조', '모든 시구의 전체적인 조화', '정념의 리듬의 조화'로 설명하고 있다.

> 「리듬」이 발산하는 아름다움과 쾌감이란 무엇을 말하는 것이겠읍니까. 잘 다듬어지지 않고 훈련되지 아니한 정념은 들짐승이나 산짐승처럼 야생적이고 조잡합니다. 이런 정념에 조화와 아름다움의 규제를 부여하는 것이 「리듬」이고, 無形의 사상에 어떤 형태라는 잘 디자인된 옷을 입

---

34) 전봉건, 『詩를 찾아서』, 143면.

혀주는 것이 「리듬」입니다. 시에 있어서 「리듬」이 발산하는 아름다움과
쾌감이란 아름답게 조화된 정념과 어떤 형태라는 잘 디자인된 옷을 입
은 사상이 우리의 가슴과 머리에 전해주는 그것을 말하는 것입니다.[35]

전봉건은 시의 음악성을 춤추면서 노래하는 인간 생명의 고독이라고 인식
하였다. 그래서 자유시의 내면에 흐르는 리듬은 원래의 자유분방하고 풍요
한 자신을 찾으려는 시인의 춤과 노래라고 이야기한다. 시의 음악성을 정념
의 리듬의 조화라고 이야기하는 그의 견해는 지극히 자유로운 상식적이고
소박한 것이었다.

전봉건의 <春香戀歌>는 完版 33장본인 <열녀춘향슈절가라>에서 그 소재
를 취하고 있다. 그러나 <春香傳>이 지니고 있는 서사성에서 완전히 벗어나
春香이 품고 있는 사랑의 밀도를 완전히 어긋나 있는 獄中 상황의 대비를 통
하여 풀어 나가고 있다. 이는 물론 春香이 지니고 있는 사랑을 어떻게 하면
극한적으로 표현할 수 있을까 하는 동기가 작용한 것으로 보인다. 고전 <春
香傳>을 소재로 취택한 것도 이 작품에 친근성을 부여하는 데 성공적으로
작용하였다.

> 나 혼자 피 흘리고 있어요
> 나 혼자 피 젖어 있어요.
> 내가 무슨 죄를 지었단 말이던가
> 나라의 곡식을 훔쳤단 말이던가
> 산 사람을 죽였단 말이던가
> 逆律하였던가 網常을 범하였던가
> 나는 사랑을 하였는데
> 나는 오직 사랑만을 하였는데
> 푸른 하늘 그 한 장 종이에 부끄러움 없이
> 듬뿍 번져나는 사랑만을 하였는데

---

35) 위의 책, 193면.

그러나 지금 당신은 없고
나 혼자 칼날 같은 달빛에 젖어 피 흘리고 있어
큰 칼 쓴 채 흘리는 피가 발가락도 적시고 있어.
<앉으라고
일러라……>
반만 열린 내 입술은 어디에 있는가요
흰 돌에 흐르는 물은 어디에 있는가요
목욕하고 앉은 물새는 어디에 있는가요
어디에 있는가요 별도 같고 玉도 같은
내 눈은 어디에 있는가요
피 흘러서 아랫배는 젖어 있는데
피 흘러서 무릎도 발가락도 젖어 있는데
아아 당신은 없어
아아 당신은 없어 내 살과 넋의 가장 속 깊은 중심에서
터지는 것이 없는데 넘치는 것이 없는데
지금 피에 젖어 뒤틀리는 이 아랫배
지금 피에 젖어 뒤틀리는 이 무릎
지금 피에 젖어 뒤틀리는 이 발가락
오오 나 혼자 흘리는 虛妄한 피여
오오 나 혼자 흘리는 虛無한 피여
칼날 같은 달빛에 젖은 피여
큰 칼 쓰고 흘리는
피여.

위의 구절은 <春香戀歌>의 마지막 부분이다. 春香이 지니고 있는 사랑의
정념이 부질없는 듯한 넋두리처럼 늘어지고 있는 것을 볼 수 있다. 이것은
그가 시의 리듬과 유장한 선을 표현함에 있어서 부질없는 듯한 말을 넣지
않을 수 없으며, 자연한 해조를 이루는 빈틈없는 부연은 생략보다도 어렵
다[36]는 의견을 제시한 것과 부합되는 것이다. 그는 정형의 틀을 완전히 벗어

---

36) 위의 책, 175면.

나 현실적으로 죄를 짓지 않고도 고통에 피를 흘리는 사랑을 '칼날 같은 달빛에 젖은 피'로 형상화하고 있다. 이처럼 전봉건은 대중적 정감을 지닌 戀詩 <春香戀歌>를 형상화하면서 사랑이라는 시적 환상력을 통하여 인간의 내면 심층에 자리잡고 있는 강렬한 생명에의 욕구를 극화하는 개성적인 세계를 보여주고 있다.

6. 맺음말

한 시인의 생애와 환경, 역사적 사회적 배경 등에 그의 시를 연관 지어 시적 변모 양상 등을 구명해 내는 것은 의미 있는 작업이다. 그러나 그 시인이 여러 체험을 겪는 가운데 어떤 시의식을 유지해 나아간 특성을 찾아 이를 해명해보는 연구는 또 다른 의의를 지닐 수 있다. 한국 현대시사에서 전봉건에 대한 기존의 논의는 그가 1950년대 전쟁 체험을 시의 모티프로 삼아 전후의식을 승화시켰다는 것이 일반론이었다. 본 연구에서는 전봉건에 대한 이러한 선입견들을 배제하고 그의 본원적인 시의식을 심도 있게 고찰해보려는 의도로 전봉건의 시론 「詩를 찾아서」와 장시 <春香戀歌>를 대비 분석하여 그 특성을 고찰해보았다.

전봉건의 시론과 <春香戀歌>에 대한 해석을 통해 추출된 특성은 "1+1=0'의 쾌락과 春香의 역설적 獄中 戀情', "이쪽의 현실'의 상징성과 獄中 현실의 쾌락적 사랑', '이미지의 엑스터시와 환상적 열애의 승화', '현대시의 형성요건과 戀詩 <春香戀歌>의 작품성' 등으로 집약된다.

전봉건은 전쟁의 비극과 혼탁한 상황 속에서도 시의 근본 동인을 추구하는 순수하고 환상적인 꿈의 세계를 형상화하였다. 그는 「詩를 찾아서」에서 "시가 현실에 충실하다는 것은 시가 현실의 꽁무니에 매어 달리거나 현실의 꽁무니를 시종처럼 따라다니면서 현실을 模寫하는 것이 아니라는 것입니다.

그것은 현실을 발판으로 하고 현실과 대결하면서 현실 위에 새로운 현실을 창조한다는 일을 말합니다.[37]라고 말한 바 있다. 그가 추구하는 '이쪽의 현실', '시적 실재', '시적 현실' 등은 인간의 극한적 '사랑'을 모티프로 형상화되었다. 전봉건에게 있어서 사랑은 황폐한 세계를 치유하는 정신적 구원의 표상이며, 그의 시의식은 이 사랑을 통한 인간의 해방과 영혼의 승화를 갈구하였다. 육신의 고통과 비극적 상황이 고조되면 될수록 사랑에의 욕망과 충동을 환상적으로 환기시키는 정신의 투명함과 순수성 – 이러한 시적 엑스터시의 상징적 세계가 전봉건의 시의식과 시정신의 본원적 바탕이 될 수 있는 개성이며 특성으로 평가된다.

(『語文硏究』100호, 한국어문교육연구회, 1998.12), 改稿

---

37) 위의 책, 239~240면.

신경림의 시론과 시

1. 머리말

신경림은 한국 현대시사에서 1970년대와 1980년대에 걸쳐 대표적인 민중
시인 혹은 참여시인의 한 사람으로 평가되어 왔다. 그는 민중의식을 바탕으
로 사회의 변화와 역사의 소용돌이 속에서 희생되어 가는 소외된 민중들의
삶을 이야기하는 한편, 전통적인 민요의 가락을 창작방법론과 작품으로 진
지하게 통찰하는 실천력을 보여주었다.[1]

그리고 한국 시론사의 영역에서는 자신의 창작적 체험과 민중적 리리시
즘[2]이라는 비평 인식을 바탕으로 민족문학론, 민중문학론, 농민문학론으로
평가될 수 있는 독자적인 시론을 개척해냈다.[3] 신경림의 문학 세계에 관한

---

1) 1955년 <낮달>을 처녀작으로 하여 詩作 활동을 시작한 신경림의 시집 목록을 정리해 보
  면 다음과 같다.
  『農舞』(창작과 비평사, 1973), 『새재』(창작과 비평사, 1979), 『달넘세』(창작과 비평사, 1985),
  『씻김굿』(나남, 1987), 『남한강』(창작사, 1987), 『우리들의 북』(문학세계사, 1988), 『가난한
  사랑노래』(실천문학사, 1988), 『길』(창작과 비평사, 1990), 『여름날』(미래사, 1991), 『쓰러진
  자의 꿈』(창작과 비평사, 1993), 『어머니와 할머니의 실루엣』(창작과 비평사, 1998).
2) 본 연구자는 '민중적 리리시즘'이 신경림 시론과 시의 요체가 되는 핵심적 의미로 설정하
  였다. 이에 대한 해설은 본론의 '민중적 리리시즘의 민중 미학' 장에서 행해질 것이다.
3) 신경림의 대표적인 시론집과 평론집으로는 『文學과 民衆』(민음사, 1977), 『삶의 眞實과 詩
  的 眞實』(전예원, 1983), 『農民文學論』(온누리, 1983), 『우리 시의 이해』(한길사, 1986) 등이
  있다. 본 논문의 시론 연구는 위의 시론집과 평론집에 수록되어 있는 시론을 중심으로 고

연구는 1995년 『신경림 문학의 세계』[4]라는 단행본이 묶여 나오면서 그의 문학 30년을 중간 결산하고 있다.

본 연구는 신경림의 대표적인 시론을 분석하여 그의 시론의 요체를 '민중적 리리시즘의 민중 미학'과 '민요의 민중적 공동체의식'으로 설정하여 고찰하고, 여기서 얻어진 시론의 특성과 잘 부합되면서 시적 구조가 뛰어난 작품을 선별하여 대비 분석해보고자 한다. 본 연구의 이러한 방법론은 한국시론을 체계적으로 고찰하기 위하여 이론과 실제의 관계라는 큰 틀인 '시론'과 '시'를 총체적으로 연구해보려는 목적에서 비롯된 것이다.

신경림의 시론에 대한 기존 연구들은 시론 자체에 대한 체계적이고 분석적인 논의보다는 우리 시의 한 경향으로 지적되는 이른바 민중시를 이론으로 실천[5]한 것으로 그의 시론을 소개하거나, 신경림의 평론 세계가 창작적 체험을 바탕으로 일반 이론을 연역해낸 대가비평[6]의 영역에 속한다고 전제하면서 그 성격을 민중문학론으로 압축하여 통합[7]하고 있는 견해가 일반적이다. 그러나 시인이 자신의 창작적 비밀을 독자들에게 공개[8]한 것으로, 다시 말하면 단순한 체험적 시론으로 신경림 시론의 특징을 일반화할 수는 없을 것으로 보인다. 왜냐하면 그가 주장한 민중문학론은 한국적 체험과 환경을 바탕으로 민중적 리리시즘이라는 확고한 인식 아래 실천된 것이기 때문이다.

이에 본 연구는 신경림 시론의 독자성을 체계적으로 분석하고, 그가 실제 시를 통하여 민중의식을 어떻게 실천적으로 형상화하고 있는지 살펴보기로 한다.

찰할 것이다.

4) 구중서·백낙청·염무웅 엮음, 『신경림 문학의 세계』, 창작과 비평사, 1995.
5) 이승훈, 「신경림의 시론」, 『한국현대시론사』, 고려원, 1993, 255면 참조.
6) 김윤태는 대가비평을 예술가로서의 대가가 자기의 작품 및 문학 일반을 비판하는 것으로 규정하고, 신경림은 본격적인 비평가가 아니라 작가로서 인상에 의존하여 거시적인 시야 속에서 문학 일반에 대해 비평적 재단을 가하고 있다는 논의를 하고 있다(김윤태, 「민중성, 민요정신, 현실주의―신경림의 평론에 대하여」, 구중서 외, 앞의 책, 304면 참조).
7) 위의 논문, 316면 참조.
8) 위의 논문, 304면 참조.

2. 민중적 리리시즘의 민중 미학

신경림은 시론집 『삶의 眞實과 詩的 眞實』에서 1970년대 한국 시의 한 경향으로 지적되는 이른바 민중시를 이론화하고 실천적으로 작품화하려는 민중의식의 고양을 역설하였다. 이 '민중'이란 용어는 신경림의 시에서 가장 많이 취급되고 있는 시적 소재이면서 가장 중요한 개념이다.

그는 민중의 개념을 다음의 세 가지로 구분하여 이야기하고 있다. 첫 번째는 민중이 특권층과 대립되는 개념으로, 지배 계층에 대한 피지배 계층 전체를 가리키는 것으로 보았다. 그래서 민중에는 농민과 노동자, 중소 지주 및 자본가, 도시 중산층 등이 포함된다. 두 번째는 지식인의 상대 개념으로서의 민중으로, 대중과 같은 의미의 민중을 가리키고 있다. 그런데 이 개념은 엘리트에 의한 민중의 지배·계도라는 냄새가 짙고, 愚衆·愚民이라는 민중 경멸의 사고가 깔려 있으며 민중의 에너지의 능동적 행사를 믿지 않는 사고가 깔려 있다고 보았다. 세 번째로는 무사려한 근대주의에 대한 반대 개념으로서의 민중으로, 합리주의에 대한 대항으로서 이성주의의 극복과 인간 회복의 필요불가결을 내세워 민중을 강조하는 의미로 파악하였다. 이 경우는 대체로 농민과 일치된다. 이들은 시골에 뿌리를 박고 고향에 대한 향수와 공동체 의식을 가지고 있으나 고도성장 정책으로 해체된 시골의 목가적 생활 습속을 체질적으로 가지고 있다. 이러한 민중의 정서적 감상적인 복원에 의해 합리주의와 이성주의를 극복하자는 의도가 내재된 것이 이 개념인데, 신경림은 여기서 파악되는 것이 민중의 허상에 불과하다는 날카로운 비평을 하고 있다.[9]

신경림은 민중의 개념이 어느 한 일면만으로 파악되거나 강조되어 왔다고 비판하면서 민중의 개념을 민족사의 발전이라는 측면에서 포착하여 그 뜻을 분명히 하고 있다.

---

9) 신경림, 「民衆文學의 참길」, 『삶의 眞實과 詩的 眞實』, 전예원, 1982, 29~31면 참조.

민중은 어느 특정한 계층이 아니다. 민족사의 발전이라는 측면에서 그는 한국이 민족과 국가의 분단이라는 비극을 극복하고 통일된 민족 국가를 성취하는 것이 가장 큰 염원이며 목적이 된다고 하였다. 이때 민중이 통일의 주체 세력으로 나타나는 것은 새삼 강조할 필요가 없다. 분단 현실을 철저하게 인식하고 그 상황을 적극적으로 극복하고 통일의 의지를 슬기롭게 실현하는 과정에서, 분단 현실을 기정사실로 인정하기를 거부하고 그 연장을 묵시적으로 승인하는 일체의 행위에 가담하기를 거부하는 과정에서 여러 계층이 통일된 민중으로 나타나는 것이다.[10]

신경림의 민중문학론은 1970년대 소외된 다수였던 농민만을 대상으로 하여 이루어진 것이 아니다. 민중의 개념을 민족사의 발전을 위한 통일의 주체 세력으로 인식하는 그의 통일 지향의 민중문학론은 과거에 머물러 있는 문학론이 아니라 미래 지향의 민족문학적 의의를 지니는 것이다.

신경림의 이러한 민중의식은 민중의 문학, 민중을 위한 문학을 위해서 보편적이고 포괄적인 바탕이 된다. 그러므로 민중의 문학은 민중의 삶을 구체적으로 형상화하는 과정에서 얼마든지 다양하고 다채로울 수 있다. 그런데 기존의 민중시는 그렇지 못했다. 신경림은 당대까지 지어졌던 민중시에 대하여 목소리가 모두 같고, 삶의 인식이나 시적 처리가 상투적이며, 시어가 극히 한정되어 상상력의 부족이 느껴지며, 시의 세계가 한결같이 어둡다고 비판하고 있다. 그리고 "시는 자기가 찾아낸 자기의 가락에 의하여 삶의 진실, 삶의 구체적 모습을 드러내는 것이다. 시에 있어 가장 중요한 것은 자기의 가락을 찾아 내는 일이다."[11]라고 힘주어 이야기하고 있다.

그는 인식의 피상성에서 벗어나 철저한 민중인식, 치열한 시정신만이 자기의 가락을 가질 수 있게 해주며, 이를 위해서는 생생한 생활 체험을 바탕으로 한 修辭가 본격적으로 탐구되어야 한다고 주장한다.

---

10) 위의 글, 31~32면 참조.
11) 위의 글, 33~34면.

참으로 훌륭한 시라면 나아가서 일반 민중의 사상과 의지를 결합시키고 그것을 승화시킬 수 있는 것이 되지 않아서는 안 될 것입니다. 이것은 오로지 시인이 올바른 역사인식, 올바른 사회의식을 가질 때만 가능할 것입니다. 예컨대 그 시가 아무리 민중의 삶 속에 깊이 뿌리박고 있고, 또 민중에게 이해받고 사랑을 받는 것이라 해도, 그 시가 본질적으로 역사를 인식한 데서 나온 것이 아니라면 그것은 일반 민중의 정서 생활에 독소적으로 작용하고, 마침내 그들의 사상과 의지를 타락시킬 수도 있는 것이기 때문입니다.

시가 일반 민중을 위하여 반역사적으로 작용해서는 안 될 것입니다. 추상적인 말이겠지만 시는 역사의 주체요 민족의 중심 세력인 민중 속에서 그들과 함께 역사를 만들어 가는 것이 아니어서는 안 될 것입니다.[12]

이처럼 신경림은 민중의 삶 속에 뿌리를 박고 민중에게 사랑을 받는 시라고 할지라도 올바로 역사를 인식한 데서 나온 시가 아니라면 민중에게 악영향을 끼칠 수도 있다고 주장한다. 훌륭한 시란 훌륭한 사회를 창조하는 데 보탬이 되어야 한다. 시가 민중 속에서 역사의 주체로서 그들과 함께 참된 역사를 만들어 가야 한다는 문학의 효용성을 펼치고 있는 것이다.

신경림은 이러한 문학의 효용성을 실천적인 삶으로 보여주는 것이 '삶의 眞實'이고 이것이 바로 '詩的 眞實'이라고 역설하였다.

시에 있어서의 인식이란 삶과 생활을 통한 직접적인 인식이어야 할 것 같다. 이 때의 삶과 생활은 곧 실천이요 행동이지 서로 다른 것이 아니다. 그러나 대부분의 경우, 시가 사회과학이 도달한 결론을 연역적으로 메꾸어 나가는 듯한 느낌을 줄 뿐, 삶과 생활의 구체적 결을 잡지 못하고 있다. 당연히 시는 헛소리만 높을 뿐, 거기 자기의 목소리가 들어가지 않게 됨은 말할 것도 없다.

거듭 말해서 시인은 자신의 삶과 생활을 통해서 역사와 현실을 인식

---

12) 신경림, 「나는 왜 詩를 쓰는가」, 『삶의 眞實과 詩的 眞實』, 54~55면.

할 때 거기 자기 목소리가 있게 되며, 비로소 그 시는 살아 있는 시가 될
수 있다.[13]

이처럼 신경림은 시인이 역사와 현실을 올바로 인식하고 시인의 거짓 없
는 목소리 속에서 자기의 목소리를 확인하며 참다운 삶의 길을 찾아내기 위
하여 최선을 다할 때 삶의 진실과 시적 진실이 일치한다고 이야기한다.[14] 그
러면서도 신경림은 시적 소재가 그대로 토로된 것이 시가 아니며 시가 형상
화되기 위하여 필요한 시적 장치를 다음과 같이 설명하고 있다.

> 준열한 삶이나 체험이 곧장 준열한 시가 되는 것은 아니다. 그것이 충
> 분히 설득력을 지니기 위해서는 시적 걸름이 필요하며, 시적 걸름의 방
> 법이 곧 미학이다. 여기서 나는 다시금 민중 미학의 성립이 여러 모로
> 검토되지 않아서는 안 되겠다는 생각을 하게 된다.[15]

현장의 삶이나 체험이 준열한 시가 되기 위해서 '시적 걸름'이 필요하며
그것이 곧 '민중 미학'이라고 설명하는 신경림에게 과연 시란 무엇인가. 이
에 대하여 그는 시가 사람이 올바로 사는 일, 참되게 사는 길을 제공할 수
있는 꾸밈없는 이 시대의 목소리[16]라고 이야기하고 있다. 이러한 시만이 이
어려운 세월을 가장 올바르게, 가장 참되게 살아가려는 사람들의 집약된 목
소리로 읽히는 것이다.

신경림은 민중시가 지니는 삶과 생활의 의식성에만 주의를 기울이지는 않
았다. 그는 기존의 민중시가 민중의 생활 감정과 동떨어져 공연히 목소리만
높고 뼈가 앙상하게 드러나 보기 흉한 것이 많았다고 지적하면서 이러한 점
을 상보적으로 메울 수 있는 것이 '시의 리리시즘'이라고 강조한다.

---

13) 신경림, 「詩에 있어서의 자기 목소리」, 『삶의 眞實과 詩的 眞實』, 278면.
14) 신경림, 「詩의 正直性을 중심으로」, 『삶의 眞實과 詩的 眞實』, 188면 참조
15) 신경림, 「삶의 眞實과 詩的 眞實」, 『삶의 眞實과 詩的 眞實』, 235면.
16) 위의 글, 240~241면 참조.

　　리리시즘이란 삶에서 얻어진 생활의 얼룩이 묻은 감정의 모임이요, 그런 점에서 생활과는 동떨어진 설익은 감정의 표백인 센티멘털리즘과는 엄격히 구별된다. 여기에서 시인의 의도 여하에 관계없이 시에서 리리시즘을 완전히 제거할 수 없는 타당한 근거가 찾아진다고 할 수 있을 것 같다.

　　특히 오늘의 우리 시의 바람직한 길인 민중시를 얘기함에 있어서도 리리시즘은 상당히 중요한 몫을 차지해야 하지 않을까 생각된다. 민중시를 내세우면서도 민중의 생활 감정과는 동떨어진, 공연히 목소리만 높고 뼈가 앙상하게 드러나 보기 흉한 시들을 너무도 많이 대할 수 있기 때문이다.[17]

신경림은 시의 리리시즘을 "삶의 때가 묻어 있는 정서요 역사의 얼룩에 절어 있는 정서"[18]로 정의하고, 이 리리시즘이 시에 있어서 필수 불가결한 요소라고 설명하고 있다. 신경림은 『우리 시의 이해』에서도 시의 리리시즘이 삶의 현실과 삶의 진실 자체를 담고 있어야 한다[19]고 강조하고 있는데, 이 리리시즘은 자연스럽게 리얼리즘을 지향하는 시의식과 맞물려 나타나고 있다.

우리 시가 바람직한 길로 나아가기 위해서 리리시즘이 현대시의 바탕을 이루고 있어야 한다는 그의 주장은 민중시가 지녀야 할 민중 미학의 중요 방법론이 될 수 있다고 보인다. 이에 따라 신경림 시론의 독자성과 특성을 '민중적 리리시즘'으로 정의 내리는 것 또한 타당하다고 판단되는 것이다.

시적 형상화를 위한 '시적 걸름'의 방법을 '민중적 리리시즘의 민중 미학'으로 연결시켜 이야기하고 있는 그의 견해는 '삶의 眞實'과 '詩的 眞實'을 정직하게 일치시키는 단순 논리를 보여주지만, 이러한 일관된 주장에 의해서 한국문학사에 민족문학론의 논리 아래 민중문학이라는 영역을 탐구하고 확산시켰다는 점에서 그의 시론에 대한 의의를 새길 수 있다.

17) 신경림, 「詩의 리리시즘에 대하여」, 『삶의 眞實과 詩的 眞實』, 221면.
18) 위의 글, 226면.
19) 신경림, 『우리 시의 이해』, 한길사, 1986, 17~23면 참조.

3. <農舞> - 민중적 삶과 극적 아이러니

신경림은 「농촌현실과 농민문학」에서 민족문학으로서의 농민문학에 대하여 구체적인 논의를 하고 있다. 한국 사회의 파행적인 근대화 과정에서 가장 깊은 상처를 입은 현장이 바로 농촌인데, 그는 이러한 농촌 문제 또는 농민 문제에 적극적인 관심을 가지고 그 해결을 향한 긍정적인 의지를 문학에 담아 우리의 그릇된 근대화를 올바른 길로 되돌려 놓자고 주장한다. 다시 말하면 그는 농민문학론에 있어서 농촌과 농민의 문제를 단순한 소재로서가 아니라 한국의 역사적 사회적 縮圖의 개념으로 받아들여야 한다고 역설하고 있는 것이다. 신경림이 농촌을 한국 사회의 축도로 파악하여 농민의 삶에 뿌리를 둔 문학으로 우리 사회를 파괴로부터 지켜내야 한다고 본 것[20]은 민중적 삶 속에서 참된 시의 진실을 찾으려 한 것과 동일한 맥락에서 이해된다.

신경림의 <農舞>는 그 소재를 농촌 현실과 농민이라는 민중의 삶 속에서 선택하여 민중적 리리시즘을 劇的인 장치로 형상화한 秀作이다.

> 징이 울린다 막이 내렸다
> 오동나무에 전등이 매어달린 가설 무대
> 구경꾼이 돌아가고 난 텅빈 운동장
> 우리는 분이 얼룩진 얼굴로
> 학교 앞 소줏집에 몰려 술을 마신다
> 답답하고 고달프게 사는 것이 원통하다
> 꽹과리를 앞장세워 장거리로 나서면
> 따라붙어 악을 쓰는 건 쪼무래기들뿐
> 처녀애들은 기름집 담벽에 붙어서서
> 철없이 킬킬대는구나
> 보름달은 밝아 어떤 녀석은
> 꺽정이처럼 울부짖고 어떤 녀석은

---

20) 신경림, 「농촌현실과 농민문학」, 『農民文學論』, 온누리, 1983, 48~74면 참조.

　　　　서림이처럼 해해대지만 이까짓
　　　　산구석에 처박혀 발버둥친들 무엇하랴
　　　　비료값도 안나오는 농사 따위야
　　　　아예 여편네에게나 맡겨 두고
　　　　쇠전을 거쳐 도수장 앞에 와 돌 때
　　　　우리는 점점 신명이 난다
　　　　한 다리를 들고 날나리를 불거나
　　　　고갯짓을 하고 어깨를 흔들거나

- 〈農 舞〉 전문21)

　〈農舞〉는 그의 시론에서 일관되게 주장했던 민중적 리리시즘이 극적으로 잘 형상화된 작품이다. '農舞'란 일반적으로 농민들의 춤을 의미하는데, 이 農舞는 마을 굿인 洞神祭를 지낼 때 행해지는 농악 춤이라고 할 수 있다. 農舞는 제의적 기능과 축원적 기능을 동시에 지니는 춤으로 상징되어 왔다. 그러나 산업 사회가 되면서 農舞의 이러한 기능은 점차 소멸되고, 1970년대 農舞를 소재로 한 이 시에서는 산업화 과정에서 소외되어 있는 농민의 절망이 아이러니컬하게 그려지고 있다.

　모두 20행으로 되어 있는 이 시의 공간은 '가설 무대와 운동장'(1~3행), '소줏집'(4~6행), '장거리'(7~16행), '도수장 앞'(17~20행)으로 구성되어 있다. 1~3행에서는 징이 울리고 막이 내리는 가설 무대와 운동장이 묘사되어 있다. 화자는 '우리', 즉 農舞에 참여한 농민들이다. 4~6행에서는 분이 얼룩진 얼굴로 소줏집에 몰려가 술을 마시는 농민들의 고달픈 모습이 제시되어 있다. 7~16행에는 農舞를 추는 '우리'들의 뒤에 '쪼무래기'들만이 악을 쓰고 '처녀애'들이 '킬킬대는' 장거리의 쓸쓸한 풍경이 을씨년스럽게 그려지고 있다. 17~20행의 마지막 부분은 屠獸場 앞에서 신명이 나 날라리[太平簫의 속칭]를 불고 어깨춤을 추는 '우리'들의 모습이 아이러니의 절정을 이루고 있다.

　이 시의 표면에는 農舞의 신명 나는 어깨춤과 날라리의 흥겨운 가락이 극

---

21) 신경림, 『農舞』, 창작과 비평사, 1973.

적으로 제시되어 있다. 그러나 이 시의 극적 상황의 이면에는 오히려 '산구석에 처박혀 발버둥'치며 살아가는 농민 자신들에 대한 한탄과 '비료값도 안 나오는 농사'를 짓게 되는 農政에 대한 비판과 현실의 모순과 부조리가 대조되어 나타난다. "쇠전을 거쳐 도수장 앞에 와 돌 때 / 우리는 점점 신명이 난다 / 한 다리를 들고 날나리를 불거나 / 고갯짓을 하고 어깨를 흔들거나"라는 결구는 '답답하고 고달프게 사는 것이 원통'한 농촌 생활의 어려움과 농민들의 비극성이 심화되는 극적 아이러니를 보여준다.[22]

신경림은 <農舞>를 통하여 농촌 현실을 인식하고 화자를 농민인 '우리'로 설정하여 그 삶의 때와 얼룩이 묻어 있는 정서를 형상화하였다. 그가 <農舞>에서 1970년대 민중의 주체라고 볼 수 있는 농민들의 삶과 훼손되어 가는 농촌의 삶 속에 깃들여 있는 민중들의 소외의 정서를 극적 아이러니의 기법을 통하여 그려낸 것은 그가 주장했던 민중적 리리시즘의 한 전형을 획득하고 있다고 평가된다.

4. 민요의 민중적 공동체의식

신경림은 「이 時代의 참된 목소리를」에서 민중의 목소리가 바로 참된 목소리이며, 이 참됨은 아름다움과 통한다고 이야기하고 있다. 그런데 민중의 참된 목소리를 표현한다는 것은 민중을 위해서 시를 쓰는 것이 아니라 민중의 삶의 모습을, 민중의 체험을, 그 기쁨과 설움을 함께 함으로써만 가능하다는 시작 태도를 드러내고 있다.[23]

그러면 우리가 한민족으로서 함께 할 수 있는 보편적인 문학적 소재는 무엇인가. 신경림에게 있어서 그것은 다름아닌 전통문화, 구체적으로 이야기하

---

22) 정한모, 『現代詩論』, 보성문화사, 1986, 100~101면 참조.
23) 신경림, 「이 시대의 참된 목소리를」, 『삶의 眞實과 詩的 眞實』, 56~59면 참조.

면 민중에게 익숙한 구비문학 양식인 판소리나 마당극 또는 민요의 가락이다.24) 이러한 민요의 양식을 통하여 시인과 독자는 하나가 되어 공감대를 이룰 수 있는 것이다. 다음은 신경림이 독자가 시를 통하여 추구하는 바를 논의한 글이다.

> 첫째, 독자는 시인의 목소리 속에서 자기의 가락을 찾고자 한다. 자기의 느낌, 자기의 생각이 시 속에서 하나의 가락으로 정리 승화되어 있는 것을 찾아 냈을 때 독자는 그 시에서 더없는 만족을 느낀다.
> 둘째, 독자는 시 속에서 사람이 사는 모습을 보고자 한다. 시인 자신의 삶의 모습, 시인 주위의 사람들의 모습, 그리고 독자의 삶이 거기 투영된 모습, 이것들을 찾아 냈을 때 독자는 시를 읽는 보람을 느끼며, 또 자기의 삶이 풍성해지는 것을 느낀다.
> 셋째, 독자는 시 속에서 참 삶의 길이 어떠한 것인가 암시를 받기를 원한다. 시인이 사상가가 되거나 당시대의 지도자가 되어야 한다는 말이다. 시의 독자이거나 독자가 될 수 있는 민중의 생활 감정이나 사상을 꿰뚫고 또 그들과 그것을 함께 함으로써, 시인은 시 속에서 참 삶의 길을 암시 혹은 제시할 수가 있을 것이다.25)

이처럼 신경림은 독자가 시 속에서 자기의 가락을 찾고자 하며, 사람이 사는 모습을 보고자 하며, 참 삶의 길이 어떠한 것인가 암시 받기를 원한다고 보았다. 이는 시의 존재 이유 중 중요한 면이라고 할 수 있는 자율성, 즉 표현 자체의 목적을 배제하는 편협성을 갖는다고 보일 수도 있다. 그러나 앞의 '민중적 리리시즘의 민중 미학' 장에서 살펴본 바와 같이 신경림은 리리시즘을 시 표현 방법의 중요한 요소로 인식하고 탐구하는 포괄성을 견지하고 있다.

신경림은 독자가 시 속에서 추구하는 바를 충족시키지 못할 때 시는 독자

---

24) 위의 글, 60면 참조.
25) 신경림, 「詩와 民謠」, 『삶의 眞實과 詩的 眞實』, 65면.

로부터 외면당하고 사회적으로 무력해진다고 보았다. 당대 시가 독자로부터 외면당하고 무력해진 것은 시인이 민중과의 일체감을 잃고 지식인으로 자처하면서부터라는 것이다.

> 민중이 이해할 수 있는 시, 민중이 알 수 있는 글을 써야 한다 하면, 시의 타락이다 문학의 타락이다, 이렇게 생각하시는 분이 계실는지도 모릅니다. 실제로 저도 그러한 비판, 비난을 여러 차례 들어 왔습니다. 이러한 비판, 비난의 근저에는 시란 또는 문학이란 일부 선택된 소수자에 의해서 독점되고 향유되는 것이 당연하다는 발상이 깔려 있는 것은 말할 것도 없습니다. 또한 이렇게 생각하는 사람들은 의식화가 가능한, 또 언젠가는 반드시 의식화되어야 할 민중과, 의식화가 불가능하며 의식화되어야 할 필연성을 가지고 있지 않은 대중을 동의어 – 같은 말로 파악하고 있는 것입니다.[26]

위의 글은 신경림이 민중과 대중의 개념을 분명하게 인식하고 있었던 것을 보여준다. 즉 민중이 우리 역사의 주체적 세력으로 민족문학론의 중심을 이루고 있어야 한다고 뚜렷하게 자각하고 있는 것이다.

신경림의 판단으로는 시는 본디 민중의 것이었다. 민중은 슬픔·기쁨·한 등의 정서를 서로 어울려 함께 노래했는데, 이것이 민요요 시의 원시적 모습이다. 사회가 변화 발전하면서 민요와 시는 분리되었고, 문자가 생기자 '읊는 시'에서 '보는 시'로 바뀌면서 시의 민요적 바탕은 완전히 없어졌으며 민중과의 연계도 끊어졌다. 시가 다시 독자의 사랑을 받기 위해서는 시인이 민중과의 일체감을 되찾아야 하며 민요적 바탕을 되찾아야 한다.[27] 민중이 이해할 수 있는 시를 쓰려면 민중의 삶과 기쁨, 설움을 함께 담아내야 하기 때문에 쉬운 표현으로 널리 이해되게 해야 한다. 이렇게 쉬운 표현의 시를 쓰자는 논의는 한글 전용의 문제로 발전하고 있다.[28]

---

26) 신경림, 「나는 왜 詩를 쓰는가」, 『삶의 眞實과 詩的 眞實』, 48면.
27) 신경림, 「詩와 民謠」, 『삶의 眞實과 詩的 眞實』, 65∼66면 참조.

민중이 이해하는 시를 얘기하면서 빠뜨릴 수 없는 것은 한글 전용 문제입니다. 한문은 이제 단순히 중국의 글자가 아니라 우리의 문화적 유산이라고, 최근에 어느 저명한 분이 주장한 것을 본 바도 있지만, 한자가 우리의, 우리 민족의 문화적 총화를 위해 또 민중의 생활 양상이나 정치적 권리를 획득하는 데 얼마나 커다란 장애가 되었던가는 여기서 새삼스럽게 말할 필요가 없을 것 같습니다. 경제의 독점이나 정치의 독점이 나쁘듯이 문화의 독점도 나쁜 것입니다. 한문은 결국 문화의 독점 현상을 빚었으며 그 해독은 오늘날에까지 남아 있습니다.[29]

이처럼 신경림은 한문이 동아시아 문화를 독점하고 해독을 끼쳤던 폐해와, 한자가 지니고 있는 비과학성과 비능률성을 제시하면서 한글 전용을 통하여 우리 문화를 주체적으로 펼쳐야 한다고 주장하고 있다. 특히 우리나라 토착어의 사용이 시를 더욱 풍요롭게 한다고 보고 있다. 또한 실용의 측면에서 정신적인 가치를 잃고 있는 사회의 풍토에 대하여 비판하면서 역사의 주체로서의 민중, 민족의 중심 세력인 민중에게 깊은 신뢰와 애정을 갖고 시를 써야만 민중에게 사랑을 받을 수 있다고 이야기하고 있다.

여기서 저는 구체적으로 시가 민중으로부터 사랑을 받기 위해서 시 속에 우리 고유의 민요적 가락을 되살리는 것이 어떻겠느냐 말씀드리고 싶습니다. 저는 최근 여러 해 동안 졸시 「새재」를 쓰기 위해 자료를 모은다는 구실로 시골, 특히 남한강 일대를 여러 번 돌아다녔는데, 강마을 어딜 가나 들을 수 있었던, 아직도 농민들 사이에 전승되어 오고 있는 민요 가락처럼 저에게 커다란 감동을 준 것은 없었습니다. 결코 정교하게 다듬어진 것은 아니었지만 거기에는 우리의 어떠한 현대 문학 작품도 형상화하지 못했던, 이 민족의 한과 설움, 견딤과 참음, 끈질긴 생명력이 넘치고 있었습니다. 이제 민요는 텔리비전이나 라디오의 특수 프로그램이나 뒷골목 술집에서 가수나 작부에 의해 가까스로 보존되고 전승

---

28) 신경림, 「나는 왜 詩를 쓰는가」, 『삶의 眞實과 詩的 眞實』, 49~50면 참조.
29) 위의 글, 50면.

되고 있다는 느낌인데 이것을 시 속에 끌어들이는 것은 민요의 계승을, 발전을 위해서라기보다 시가 민중의 사랑을 되찾기 위하여 매우 시급한 일이라 여겨집니다.[30]

신경림의 위의 언급처럼 민요 속에는 지난날의 우리의 삶과 정서가 가장 폭넓게 들어 있으며 앞으로의 우리의 삶에 대한 계시가 있다. 민요 속에는 지난날의 역사와 민중의 삶이 녹아 있다. 그 역사의 현장 속에서 민중들은 우리 민족의 한과 설움, 견딤과 참음, 끈질긴 생명력을 담아 온 것이다. 신경림은 그 예로 <이듬논매기 노래>라는 노동요를 예로 들면서 민요의 가락에는 가난하고 억눌린 사람들의 보편적 느낌과 의지와 저항이 들어 있다고 해설하고 있다.[31]

시가 독자가 찾는 것을 외면하는 뒤에는 시인이 민중과의 일체감을 잃었다는 역사적 사실이 도사리고 있으며, 이것이 구체적으로 드러난 것이 시의 민요적 바탕의 상실이다. 민요가 시의 가장 오랜 형태인데도 불구하고 아직도 그대로 민요로 남아 많은 민중에게 사랑을 받고 있다는 사실도 이를 뒷받침해 주는 것으로 보아 마땅할 것이다.

시가 다시 독자로부터 사랑을 받기 위해서는 시인이 민중과의 일체감을 되찾아야 하며, 시가 민요적 바탕을 되찾는 일도 그 하나가 될 수 있을 것이다. 물론 민요는 어느 한 개인의 감정이나 사상에서 비롯되는 것이 아니요, 집단적 민중의 참여와 공명에 의해서만 그 성립이 가능한 것이다. 민중의 공통된 감정, 공통된 사상이 노래로 열매 맺는 곳에 민요가 있게 되는 것이므로, 여기에는 개인적 특수성이 배제되고, 민중적 보편성만이 보이게 된다. 현대시에서 철저히 외면되고 있는 집단적 민중의 참여와 공명 및 민중적 보편성, 이것이야말로 빈사 상태에 빠져 있는 현대시를 살릴 수 있는 더 없는 약이요, 현대시를 외면하고 있는 많은 민중을 현대시 속에 되끌어들일 수 있는 유일한 길일 것이다. 오늘의 시가 민요적 바탕을 되찾는 일은 불가피하게 되었다.[32]

30) 위의 글, 52~53면.
31) 신경림, 「詩와 民謠」, 『삶의 眞實과 詩的 眞實』, 68~69면 참조.

현대시가 일반 민중과의 일체감을 획득하고 소생하기 위하여 민요적 바탕을 되찾아야 한다는 신경림의 이 견해는 집단적 민중의 참여와 공명을 유도하기 위하여 적절한 방책이 될 수 있다. 그러나 이 민요적 바탕을 되살려 현대시에 어떠한 방법론으로 적용시켜 詩作에 활용할 것인지에 대하여는 언급이 보이지 않는다.

신경림이 현대시에 민요적 가락을 도입하려는 문제는 謠와 詩의 분리, 말하자면 노래와 시의 분리를 근대시의 형식상의 측면에서 어떻게 정의할 것인가 하는 문제를 낳는 한편, 한 시인의 호흡과 민요적 가락을 어떻게 조화시키느냐 하는 문제가 발생한다는 한 비평가의 지적이 있다.[33] 그는 신경림의 민중의식이 반부르주아적 이데올로기를 표방하는 진보적 태도를 보여주지만, 시적 형식의 차원에서는 지나치게 보수적인 태도를 보여준다는 결론을 내리고 있다. 1970년대 민중시의 한 특성을 내용의 진보성과 형식의 보수성으로 규정하는 이 글은 신경림 시론의 한 특성을 파악해낸 것이라고 볼 수 있다. 그러나 이 비평 또한 현대시에 민요적 가락을 어떻게 되살릴 수 있을지 그 방책에까지는 논의를 전개하지 않고 있다.

민요를 그 시정신과 형태적인 면에서 어떻게 현대시에 접목시켜 대중화시켜야 하는지에 대한 보다 심도 있는 논의는 <목계장터>의 작품 분석에서 행해보고자 한다.

신경림은 민요가 민중의 공통된 감정과 사상이 전통적인 율격에 의해 시화된 것이라고 하였다. 이때 '민요의 민중적 공동체의식'은 앞에서 논의한 '민중적 리리시즘의 민중 미학'과 그 맥락을 같이하는 것이다. 그에게 민요는 역사 속에서의 민중의 삶이 녹아 있는 참된 문학이자 아름다움의 상징이다. 그리고 오늘날 계승 발전시켜야 할 시 장르이자 창작방법론의 중요 미학이다.

---

32) 위의 글, 66면.
33) 이승훈, 앞의 논문, 259~260면 참조.

5. <목계장터> – 민중적 삶과 보편적 상징

<목계장터>는 전통적인 민요의 가락으로 민중적 삶의 보편성을 상징적으로 형상화한 신경림의 佳作으로, "안에서 솟구치는 정감과 바깥에서 물결치는 가락이 기막히게 조화를 이룬 절정적 서정시"[34]라는 극찬을 받은 바 있다.

하늘은 날더러 구름이 되라 하고
땅은 날더러 바람이 되라 하네
청룡 흑룡 흩어져 비 개인 나루
잡초나 일깨우는 잔바람이 되라네
뱃길이라 서울 사흘 목계 나루에
아흐레 나흘 찾아 박가분 파는
가을볕도 서러운 방물장수 되라네
산은 날더러 들꽃이 되라 하고
강은 날더러 잔돌이 되라 하네
산서리 맵차거든 풀속에 얼굴 묻고
물여울 모질거든 바위 뒤에 붙으라네
민물 새우 끓어넘는 토방 툇마루
석삼년에 한 이레쯤 천치로 변해
짐부리고 앉아 쉬는 떠돌이가 되라네
하늘은 날더러 바람이 되라 하고
산은 날더러 잔돌이 되라 하네

– <목계장터> 전문[35]

신경림은 『삶의 眞實과 詩的 眞實』에서 <목계장터>가 민요의 가락을 살리기 위해 무척 고심하면서 많은 퇴고를 거쳐 완성된 작품이라는 作詩 체험을 말하고 있다.

---

34) 염무웅, 「민중의 삶, 민족의 노래」, 구중서 외, 앞의 책, 88면.
35) 신경림, 『새재』, 창작과 비평사, 1979.

우리의 고유한 가락—그것이 빠져 있어서는 목계장터는 결코 한 편의 시로 될 수가 없다는 생각이 들었다.

그 무렵 나는 민요에 적지 아니 열중해 있었다. 민요에 관심을 갖기 시작한 것은, 첫째는 내 시가 또 한 번 껍질을 벗기 위해서는 민요에서 그 가락을 배워 와야 하고 또 참다운 민중시라면 민중의 생활과 감정, 한과 괴로움을 가장 직정적이고도 폭넓게 표현한 민요를 외면할 수 없다는 매우 의도적이요 실용적인 동기에서였으나, 민요가 보여 주는 민중의 참 삶의 모습, 민중의 원한과 분노, 지배계층에 대한 비판과 풍자는 원래의 동기와는 관계없이 차츰 나를 깊숙이 민요 속으로 잡아끌었다.36)

이처럼 신경림은 참다운 민중시를 실천하기 위하여 우리의 고유한 가락인 민요의 세계에 빠져들었다. 신경림의 시론에 대한 선행 고찰에서 확인할 수 있었던 것처럼 민요 속에는 민족의 한과 설움, 견딤과 참음, 끈질긴 생명력이 담겨 있다. 그가 추구하려고 애썼던 민중적 보편성의 상징으로서 ‘목계’는 적절한 시적 제재가 되고 있다.

실제로 지금 목계는 장터가 아니다. 1910년대까지만 해도 목계는 중부 지방의 각종 산물의 집산지였다. 충주, 제천, 단양, 괴산 등 각지의 산물이 달구지나 그 밖에 우마에 실려 이곳 나루에 모였다가 배에 실려 서울로 내려가는 것이었다. 거꾸로 서울에서는 소금이나 어물 등 바다의 산물들이 배에 실려 올라와서 여기서 각 고장으로 배급되었다. 따라서 이곳은 몇 백 년에 걸친 산업과 교통의 요지일 수밖에 없었다.

그러나 일본의 자본주의 경제 침략이 한국의 일본 상품 시장화 및 식량 기지화를 더욱 신속·철저하게 수행하기 위한 방책의 하나로서 충북선을 부설(1921년)하자, 목계의 중요성은 차츰 잃어졌다. 마침내 장터마저 면소재지가 있는 내청이로 빼앗기고 말았다.

목계는 공업과 농업이 가정적으로 이어졌던 자족경제의 종언을 상징하는 것으로 내게는 느껴졌다.37)

36) 신경림, 「내 詩의 뒷이야기」, 『삶의 眞實과 詩的 眞實』, 308면.
37) 위의 글, 311면.

이처럼 '목계'는 한국의 토착 중심지였다. 그러나 일본이 자본주의 경제 침략을 위하여 한국의 토착 중심지를 해체하고자 철도를 낙후한 곳에 비껴 놓았다. 신경림은 한국의 전통적인 농촌 사회에서 산업과 교통의 요지였던 '목계'가 산업화와 일제 강점에 의하여 이중적으로 침탈당하고 파괴되어 가는 실상에 대하여 비장감을 느끼면서, <목계장터>를 구상하여 詩作했던 것이다.

이 시를 읽어보면 4음보의 율격이 바탕을 이루고 있는 것을 알 수 있다. 이것은 민요가 대개 3음보 또는 4음보의 기본 가락이 규칙적으로 반복되면서 매겨지는 형태로 이루어져 있다는 점과 밀접한 관련이 있다. <목계장터>가 4음보라는 전통적인 민요의 음보를 변화 발전시켜 자연스러운 친화성을 보여주고 있다는 분석은 이미 적절히 행해진 바 있다.[38] 그런데 신경림이 현대시에 민요를 계승하기 위해 중시한 것은 민요의 형식적 측면이라기보다는 고난의 역사 속에서 소외된 삶을 살았던 민중의 공동체의식이라고 할 수 있다.

이 시는 天地, 즉 하늘과 땅이라는 보편적인 공간과, 현실과 환상의 시간이라는 두 축을 넘나드는 인간 존재가 의미의 바탕을 이루고 있다. 다시 말하면 <목계장터>의 시적 공간은 영원 불멸을 상징하는 '하늘'과 '땅'이다. "하늘은 날더러 구름이 되라 하고 / 땅은 날더러 바람이 되라 하네"라는 시구에서 보이는 것처럼 하늘과 땅은 화자인 '나'에게 '구름'과 '바람'이 되라고 한다. 이 '구름'과 '바람'은 순간적인 삶을 사는 인간 존재의 상징이라고 할 수 있다. 그리고 '청룡'과 '흑룡'이 비가 되어 흩어진 환상적인 공간에 '잡초나 일깨우는 잔바람'이 되라고 한다. 이 '잡초나 일깨우는 잔바람' 또한 영원 불멸의 세계에 찰나의 생을 살다 허무하게 사라지는 하잘것없는 인간 존재의 상징이 된다. 하늘과 땅은 화자인 나에게 '구름, 바람, 잔바람, 방물장수, 들꽃, 잔돌, 떠돌이'가 되라고 한다. 이 '구름, 바람, 잔바람, 방물장수, 들꽃, 잔돌, 떠돌이'는 순간적인 삶을 사는 인간 존재인 동시에 대지에 뿌리를 내리지 못하고 떠도는 민중의 상징이라고 할 수 있다.

---

38) 이시영, 「'목계장터'의 음악적 구조」, 『곧 수풀은 베어지리라』, 한양출판, 1995.

그러므로 <목계장터>는 민중의 삶이 하늘에 이는 구름, 땅에 부는 바람처럼 하잘것없는 생명의 개체에 불과하다는 체념적 사유와, 하늘과 땅의 무한한 공간과 시간 속에 태어나 수시로 변하고 시들어 죽어 가는 유한한 존재인 인간의 삶이 보편적 상징으로 형상화되어 있는 작품으로 볼 수 있다.

> 「목계장터」에서 서정적 주인공은 풍진세상의 모진 세파('청룡 흑룡' '맵찬 산서리' '모진 물여울') 속에서 절망과 환멸을 경험한 개인으로서의 근대적 예술가이다. 다시 말해 "가을볕도 서러운 방물장수" "짐부리고 앉아 쉬는 떠돌이"는 설움과 고달픔을 등짐 지듯 지고 팍팍한 인생길을 한없이 걸어가는 시인 개인의 예술적 투사인 것이다. 그러나 물론 이때의 시인은 사회적 단절과 고립을 자신의 명예로 내세우는 소외된 존재는 아니다. "아흐레 나흘 찾아 박가분 파는" "민물 새우 끓어넘는 토방 툇마루" 같은 신경림 특유의 토속적 장면에 있어서뿐 아니라 험악한 역사의 격랑을 숨죽이며 살아가는 왜소한 서민적 표상('풀 속에 얼굴 묻은 들꽃' '바위 뒤에 붙은 잔돌')에 있어서도 시인과 민중은 근원적으로 일치한다.[39]

위의 글은 신경림의 <목계장터>가 지니고 있는 예술성을 묘파한 평설이다. 이 글에서 필자는 신경림의 <목계장터>가 민중의식을 지향하고는 있지만 예술적 간격에 의해 민중과 일정한 거리를 두고 있는 예술가의 고독과 애수를 그리고 있다고 끝맺고 있다. 이 시를 지배하고 있는 기본 정서가 군중적 감정이 아니라 뜨내기이자 떠돌이로 자신을 의식하는 예술가 자신이라고 한 논의는 타당성을 지닌다.

그런데 앞에서 분석한 바와 같이 이 시는 민중의 삶이 하늘의 구름과 땅의 바람처럼 하잘것없는 것에 불과하다는 표층적 의미에, 하늘과 땅의 무한한 시간과 공간 속에 유한한 존재로 살다 스러지는 인간의 삶에 대한 성찰이 심층에 자리잡고 있다. <목계장터>는 신경림이 시론에서 강조했던 민요

---

39) 염무웅, 앞의 논문, 89면.

의 형식적 절제와 소외된 민중의 끈질기고 꿋꿋한 생명력이 탁월하게 형상화된 시이면서 동시에 천지자연의 원리에 동화되어 가는 보편적인 인간 존재를 상징적으로 그려낸 작품이라고 볼 수 있다.

신경림의 주장대로 현대시가 일반 민중과의 일체감을 획득하고 소생하기 위하여 민요적 바탕을 되찾아야 한다면 한국의 역사적 현실이나 동양적 사유에 바탕을 둔 보편적 상징을 시 속에 끌어들여야 할 것으로 판단된다. 이를 위하여 현대시에 신화나 전설, 민담, 설화 등을 이끌어들여 문학적 공감대를 넓히는 한편, 한국인의 집단무의식 속에 자리잡고 있는 원초적 심상인 원형적 상징을 활용해보는 것도 적절한 방법론이 될 수 있을 것이다.

신경림은 <목계장터>를 통하여 4음보라는 민요의 형식에 고난의 역사를 살아 온 소외된 민중의 서정을 표출하면서 천지자연의 원리에 동화되어 가는 인간 존재의 보편성을 상징적으로 형상화하였다. 이러한 시적 상징으로 인해 이 시가 한국인의 정서와 일치하는 보편적인 민중적 리리시즘을 심어 주고 있다고 평가된다.

6. 맺음말

본 연구는 신경림의 대표적인 시론집과 평론집인 『삶의 眞實과 詩的 眞實』, 『農民文學論』, 『우리 시의 이해』 등에 수록되어 있는 그의 시론을 고찰하여 신경림 시론의 핵심이 되는 요체를 '민중적 리리시즘의 민중 미학'과 '민요의 민중적 공동체의식'으로 조명하여 탐구하였다.

신경림은 '참된 삶의 眞實'과 '詩的 眞實'을 '민중적 리리시즘의 민중 미학'으로 일치시켜 한국 시론사에서 민중문학이라는 이론적 기반을 탐구하고 확산시켰으며, 민중의 삶을 통한 체험의 시학을 민요의 율격과 공동체의식을 형상화하는 시적 실천을 통하여 보여주었다.

특히 <農舞>에서 시화한 '민중적 삶과 극적 아이러니'의 면모와 <목계장터>에서 그려낸 '민중적 삶과 보편적 상징'의 세계는 그의 시론적 기반을 체험적으로 창작해낸 쾌거라고 할 수 있다.

신경림은 한국적 체험과 민중적 리리시즘이라는 비평 인식으로 한국문학사에 민족문학론이라는 영역을 개척하였다. 신경림의 민중문학론은 민중을 민족사의 발전을 위한 주체 세력으로 인식하여 한국이 민족과 국가의 분단이라는 비극을 극복하고 통일된 민족 국가를 성취하는 민족문학론으로 확대되어 미래 지향의 민족문학적 의의를 지닌다고 평가된다.

> 나는 아무래도 쓰러지고 깨지는 것들 속에 서 있을 수밖에 없을 것 같다. 어차피 시는 괴롭고 슬픈 자들, 쓰러지고 짓밟히는 것들의 동무일진대 이것이 크게 억울할 것은 없다. 최근 나는 시는 궁극적으로 자기 탐구요 시의 가장 중요한 주제는 자신일 수밖에 없다는 생각도 많이 하지만, 쓰러지는 자들, 짓밟히는 것들의 상처와 아픔을 어루만지고 흩어지는 것들, 깨어지는 것들을 다독거리는 일, 이 또한 내 시의 숙명인지도 모르겠다. 시를 가지고 할 일이 더 많아졌다는 생각이다.[40]

시집 『쓰러진 자의 꿈』 후기에 쓴 신경림의 이 글을 보면 첫 시집 『農舞』에서 보여주었던 민중적 리리시즘이 여전히 그 바탕을 이루고 있는 것을 알 수 있다. 그러면서 한편으로 "시는 궁극적으로 자기 탐구요 시의 가장 중요한 주제는 자신"이라는 문학의 보편적인 진리를 이야기하고 있다.

참다운 문학은 자기 응시와 성찰을 통하여 자기 자신에게 소외되는 아이러니까지 극복해야만 이루어질 수 있는 것으로 생각된다.

신경림은 쓰러지고 짓밟히는 자들과 함께, 오늘도 꿈을 잃지 않고 고단한 길을 끊임없이 걷고 있다. 그의 민중적 리리시즘이 내적 성찰을 통해 보편성을 획득하고 있는 작품 <길>을 제시하면서 본 연구의 끝을 맺는다.

---

40) 신경림, '시집 뒤에', 『쓰러진 자의 꿈』, 창작과 비평사, 1993.

사람들은 자기들이 길을 만든 줄 알지만
길은 순순히 사람들의 뜻을 좇지는 않는다
사람을 끌고 가다가 문득
벼랑 앞에 세워 낭패시키는가 하면
큰물에 우정 제 허리를 동강내어
사람이 부득이 저를 버리게 만들기도 한다
사람들은 이것이 다 사람이 만든 길이
거꾸로 사람들한테 세상 사는
슬기를 가르치는 거라고 말한다
길이 사람을 밖으로 불러내어
온갖 곳 온갖 사람살이를 구경시키는 것도
세상 사는 이치를 가르치기 위해서라고 말한다
그래서 길의 뜻이 거기 있는 줄로만 알지
길이 사람을 밖에서 안으로 끌고 들어가
스스로를 깊이 들여다보게 한다는 것은 모른다
길이 밖으로가 아니라 안으로 나 있다는 것을
아는 사람에게만 길은 고분고분해서
꽃으로 제 몸을 수놓아 향기를 더하기도 하고
그늘을 드리워 사람들이 땀을 식히게도 한다
그것을 알고 나서야 사람들은 비로소
자기들이 길을 만들었다고 말하지 않는다

— <길>[41] 전문

Ŀ (『聖心語文論集』22집, 가톨릭대학교 국어국문학과, 2000.2), 改稿

---

41) 위의 시집.

찾아보기